Sophia Farago

Verlobung wider Willen

W0314911

Die Lancroft Abbey Reihe

Band 2

Verlobung wider Willen

von

Sophia Farago

DRYAS

Das für dieses Buch eingesetzte Papier ist ein Produkt aus nachhaltiger Forstwirtschaft.

Die Familiengeschichte von Lancroft Abbey
und eine Liste der wichtigsten Personen
finden sich im Anhang (Seite 334 - 336).

3. Auflage 2021

© 2016 by Sophia Farago
Deutsche Erstausgabe © 2016 Dryas Verlag

Herausgeber: Dryas Verlag, Frankfurt am Main
Alle Rechte vorbehalten. Kein Teil des Werkes darf in irgendeiner Form ohne schriftliche Genehmigung des Verlages reproduziert oder unter Verwendung elektronischer Systeme vervielfältigt oder verbreitet werden.

Herstellung: Dryas Verlag, Frankfurt am Main
Lektorat: Dr. Rainer Schöttle
Korrektorat: Anika Beer
Umschlaggestaltung: Anke Koopmann, Designomicon, München
Umschlagmotiv: Tatyana_K / Jason Salmon / Shutterstock (Montage)
Graphik „Floral Design": © life_artist - Fotolia.com
Satz: Dryas Verlag, Frankfurt am Main
Gesetzt aus der Palatino Linotype

Dieses Werk wurde vermittelt durch die
Michael Meller Agency GmbH, München

Bibliografische Information der Deutschen Bibliothek:
Die Deutsche Bibliothek verzeichnet diese Publikation in der Deutschen Nationalbibliografie, detaillierte bibliografische Daten sind im Internet über http://dnb.ddb.de abrufbar

ISBN 978-3-940855-68-8
www.dryas.de

Kapitel 1

Lancroft Abbey, Tunbridge Wells, Kent,
Frühsommer 1813

Lady Penelope Barnett war glücklich. Der Regen der letzten Tage hatte aufgehört, der scharfe, für die Jahreszeit ungewöhnlich kalte Wind hatte sich gelegt. An diesem Vormittag im Mai schien die Sonne bereits seit dem frühen Morgen und beflügelte nicht nur Penelopes eigene Lebensgeister, auch die Schafe hatten sich aus dem engen Unterschlupf begeben und grasten nun friedlich nebeneinander auf der saftigen Wiese. Manche vollführten so fröhliche Luftsprünge, dass sie sie zum Lachen brachten. Wie schön es hier war! Wie friedlich und beschaulich! Penelope seufzte. Wenn es nach ihr gegangen wäre, dann wäre sie für immer auf Lancroft Abbey geblieben, hätte sich tagsüber um die Tiere ihrer Nachbarin Lady Stonesdale gekümmert und die Abende mit Mutter und Cousine Agatha vor dem offenen Kamin verbracht. Natürlich hatte sie insgeheim stets davon geträumt, dass sich eines Tages, wie durch ein Wunder, ein passender Gentleman auf den Landsitz verirren würde, der sie nicht nur lieben, sondern sich auch noch nahtlos in dieses ländliche Idyll einfügen würde. In ihren Träumen hatte ebenjener Gentleman blondes, volles Haar und ein höchst anziehendes Lächeln, genauso wie ein ganz bestimmter Herr, der sich bei ihrem Debüt in London als alles andere denn ein Gentleman entpuppt hatte. Und an den sie keinesfalls mehr denken wollte.

Die Turmuhr von St. George im nahen Benenden schlug zehn Mal und schreckte Penelope aus den Gedanken auf. Um Himmels willen, sie musste umgehend nach Hause! Für elf Uhr hatte sich James Northbrook angesagt. Mutter war sich sicher, dass er heute nur aus einem einzigen Grund vorsprach, nämlich um ihr, ihrer zweitältesten Tochter die eine, die ganz bewusste Frage zu stellen. Und diese Tochter stand da, am Rande der Weide, und hatte wieder einmal die Zeit völlig vergessen. Die Stiefelchen waren voller Lehm, die Haare zerzaust. Ihr schneller Blick streifte die Hände. Die schwarzen Ränder unter den Fingernägeln sahen alles andere als adrett und damenhaft aus.

Penelope schürzte die Röcke und lief zu *Morning Glory* hinüber, die unter dem großen Eichenbaum friedlich graste. Mit einem geübten Satz war sie im Sattel und ergriff die Zügel. Hoffentlich würde Mama nichts von ihrem verspäteten Nachhausekommen und ihren verschmutzten Kleidern bemerken! Es war Lady Panswick ohnehin ein Dorn im Auge, dass sie sich jeden Tag in den Ställen und auf den Weiden *herumtrieb,* wie sie es nannte. Nicht, dass sich Mama eine eitle Tochter gewünscht hätte, deren einzige Interessen schöne Kleider und Tand gewesen wären. Und wegen der sie sich mehrmals die Woche der mühevollen Aufgabe hätte unterziehen müssen, sie als Anstandsdame auf Bälle und Musikabende in Tunbridge Wells zu begleiten. Nein, sie war froh, dass Penelope keinen großen Wert auf gesellschaftliche Veranstaltungen legte. Doch sie hätte sich sicher gewünscht, ihre Zweitälteste würde sich mehr für Haushaltsführung interessieren und endlich die Kissenüberzüge besticken, die für den Grünen Salon so dringend benötigt wurden. Vor allem aber hätte sie sich gewünscht, sie hätte einen der drei Heiratsanträge angenommen, die ihr schon unterbreitet worden waren.

Während das Pferd eine lange Gerade entlanggaloppierte, korrigierte Penelope ihre Gedanken. Zumindest zwei der

Gentlemen wären in Mamas Augen als passende Bewerber durchgegangen. Den dritten, einen gewissen Mr Sherman Stottleby, hatte auch sie *einen affektierten Tunichtgut* genannt, der nichts anderes konnte, als das Erbe seines Onkels durchzubringen. Penelope hätte, in Erinnerung an diesen Heiratsantrag, beinahe laut losgelacht. Sie musste sich auf die Lippen beißen, um es nicht zu tun. Am Wegesrand hatte sie nämlich einen der Pächter von Lancroft Abbey mit seinen zwei Knechten entdeckt, die Bünde mit Reisig geschultert hatten. Sie waren stehen geblieben und zogen zum Zeichen ihrer Ehrerbietung die Filzhüte vom Kopf. Penelope beeilte sich, freundlich zu winken, während sie an ihnen vorbeigaloppierte. Das gelang ihr zum Glück mit äußerster Selbstbeherrschung ganz gut. Die Schwester eines Viscounts, die schallend lachend durch die Gegend ritt, das wäre ein willkommener Anlass für manche Bewohner gewesen, um sich das Maul zu zerreißen.

Doch der Heiratsantrag war wirklich allzu komisch gewesen. Sie hatte Mr Stottleby auf einem Ball in den Assembly Rooms kennengelernt und er war ihr auch bei den nächsten Veranstaltungen nicht von der Seite gewichen. Penelope hatte schon befürchtet, dass er ihr einen Antrag machen würde, und sich den Kopf darüber zerbrochen, wie sie ihn zurückweisen konnte, ohne seinen Gefühlen allzu großen Schaden zuzufügen. Dann hatte der Bedauernswerte allerdings den Fehler begangen, mit seiner Frage völlig unvermittelt herauszuplatzen, als nicht nur sie im Wohnzimmer anwesend gewesen war, sondern auch Mama, Cousine Agatha und ihre kleine Schwester Vivian, die vom *Institut für Höhere Töchter* ein paar Tage Ferien bekommen hatte. Zuerst hatte sie den Eindruck gehabt, er wäre zu einem ganz normalen Vormittagsbesuch erschienen. Man hatte geplaudert und Höflichkeiten ausgetauscht. Und Vivian hatte sich ganz offensichtlich weder an seiner gepuderten Perücke sattsehen können noch an seinem Dreispitz, den er unablässig in den

Händen drehte. Kaum jemand trug in diesen Tagen noch eine Perücke. Das war so altmodisch! Und nur ganz alten Herren und ausgewiesenen Traditionalisten vorbehalten. Und auch der Dreispitz war schon lange durch den Zylinder ersetzt worden. Als Mr Stottleby plötzlich aufgestanden war, um sich vor sie hinzustellen – Gott, war sie überrascht gewesen! Geradezu überwältigt! Noch dazu war seine Perücke verrutscht und bot ein höchst seltsames Bild. Und die Wangen hatten die Farbe der dunkelroten Seide seiner bestickten Weste angenommen. Vivian ließ einen erschreckten Schrei vernehmen, worauf Cousine Agatha zu kichern begann und sie selbst nicht anders konnte, als in dieses Kichern einzustimmen. Obwohl sie sich doch so sehr bemüht hatte, es nicht zu tun. Mutter raunte ihr von der Seite ein strenges „Hör sofort auf!" zu. Leider bezog Mr Stottleby diese harschen Worte auf sich. Mutter hatte eine laute Stimme, selbst wenn sie zu flüstern glaubte. Er hielt mitten im Satz inne, sah Ihre Ladyschaft mit angstgeweiteten Augen an, stammelte eine Entschuldigung, machte auf dem Absatz kehrt und verließ den Raum. Man hatte den armen Mann seither in Tunbridge Wells nicht wiedergesehen.

Penelopes Versuch, ungesehen auf ihr Zimmer zu gelangen, scheiterte kläglich, da ihre Mutter sie bereits in der offenen Wohnzimmertür erwartete. Kritische Augen musterten den lehmbespritzten Rocksaum und die von Matsch völlig durchweichten Stiefelchen mit einem tadelnden Blick.

„Wo bist du gewesen? Und wie siehst du schon wieder aus? Hast du vergessen, was dich heute erwartet?"

Oh nein, Penelope hatte nicht vergessen, dass ihr in Kürze der vierte Heiratsantrag bevorstand. Schließlich hatte ihre Mutter in den letzten Tagen von nichts anderem gesprochen. Heute war Mama, dem hoffnungsfrohen Anlass gemäß, ungewöhnlich elegant gekleidet. Lady Panswick war eine tüchtige, tatkräftige Frau, die ihre korpulente Gestalt gern in praktische, robuste Baumwollkleider steckte, um ihren Pflichten in Haus und Hof besser nachgehen zu können. Wer nicht wusste, dass es sich bei dieser Dame um die verwitwete Viscountess handelte, hätte sie auf den ersten Blick mit einer Pächtersfrau verwechseln können. Allerdings nur so lange, bis er in ihre wachen Augen geblickt und ihre scharfzüngige Sprache erfahren hätte, die sehr viel Klugheit und Menschenkenntnis verriet. Das Kleid, das Mylady heute trug, bestand aus einer tannengrünen Chemise mit gerafftem Halsausschnitt aus Seidencrepe. Dazu trug sie ein Überkleid mit rückwärtigen Kellerfalten aus lindgrünem gestreiften Leinen.

„Mama, du bist so elegant!", rief Penelope erstaunt, ohne auf die Fragen ihrer Mutter einzugehen. Diese wusste doch auch so, dass sie den Vormittag wieder auf Lady Stonesdales Weide verbracht hatte. Das musste sie ihr nicht auch noch ausdrücklich bestätigen. Und: Wie hätte sie vergessen können, was sie heute erwartete? Wo doch der bevorstehende vierte Heiratsantrag für viele unruhige Nächte gesorgt hatte.

„Ja, natürlich bin ich das", sagte Ihre Ladyschaft soeben, „und ich bedaure es sagen zu müssen, zum Unterschied zu dir, Penelope. Meine Kleidung entspricht dem Anlass, der vor uns liegt. Mr Northbrook wird sicher bei mir vorsprechen wollen, nachdem er dir seinen Antrag gemacht hat. Da kann ich ihm doch nicht gut in einem fadenscheinigen Tageskleid entgegentreten. Was ist denn mit deinen Fingern?"

Ihre Ladyschaft ergriff die Hände ihrer Tochter und unterzog sie einer kritischen Musterung, während diese wieder einmal feststellte, dass die Hände ihrer Mutter zwar sauberer waren, ihr jedoch an Schwielen und Kratzern an nichts nachstanden.

„Mein Kind, mein Kind!", sagte Lady Panswick schließlich kopfschüttelnd, „man sollte doch annehmen, du seist ein wenig vernünftiger. Ein junger Mann von heute wünscht sich eine zarte Elfe, die ihn durch Grazie und Eleganz überzeugt.

Du bist zwar zweifelsfrei eine Schönheit, doch deine Hände gleichen eher denen eines Bauerntrampels."

„Aber du hast doch auch ...", versuchte Penelope einen Einwand, wurde aber umgehend zurechtgewiesen.

„Ich bin alt und verwitwet, das ist ganz etwas anderes! Jeder weiß, dass ich nach dem Tod deines Vaters ein Landgut zu leiten habe, bis dein Bruder alt genug ist, um es zu übernehmen. Auch wenn wir, Dank deines Schwagers, jetzt einen tüchtigen Verwalter haben, bleibt genug, worum ich mich kümmern muss. Unserer Heimat, Lancroft Abbey zuliebe!"

„Wie recht du hast, Mama! Lancroft Abbey ist auch meine Heimat. Kann ich nicht einfach hier wohnen bleiben? Zumindest noch ein paar Jahre? Hier bin ich glücklich. Ich bin doch erst zweiundzwanzig, Mama. Warum ist es denn so wichtig, dass ich mich jetzt schon vermähle?"

„*Erst* zweiundzwanzig!", rief Ihre Ladyschaft aus und hob in einer dramatischen Geste beide Arme. „Erst zweiundzwanzig! Als ich so alt war wie du, da war ich seit einem Jahr verheiratet und trug bereits deine Schwester Frederica unter dem Herzen." Dann legte sie ihrer Zweitältesten die Hand auf die Schulter und schaute ihr eindringlich in die Augen: „Wenn Gott will, dann bekommst du heute deinen vierten Heiratsantrag, Penelope. Du bist zwar eine Schönheit, doch Schönheit ist vergänglich. Worauf willst du warten? Und, vor allem, wie lange noch? Bis deine Haare grau und deine Zähne braun geworden sind? Ich würde mich an deiner Stelle auch nicht darauf verlassen, dass noch einmal so ein passender Gentleman des Weges kommt. Drei Bewerber hast du schon verschmäht ..."

„Der erste war kaum jünger, als Papa gewesen wäre! Der zweite liebte London und konnte gar nicht genug davon erzählen, welche Bälle und Gesellschaften ich für ihn ausrichten sollte. Ich hasse London, das weißt du, Mama. Und solch große gesellschaftliche Verpflichtungen machen mir Angst. Und der dritte Bewerber war einfach nur lächerlich."

„Das war er wohl!", gab Lady Panswick zu, die für ihre Ehrlichkeit bekannt war. „Aber Northbrook ist es nicht. Im Gegenteil, er scheint mir ein höchst passabler Mann zu sein. Außerdem ist er kaum dreißig, also in passendem Alter. Er liebt das Landleben ebenso sehr wie du. Mir ist nicht bekannt, dass seine Familie überhaupt ein Haus in der Hauptstadt besitzt. Also hast du auch nicht zu befürchten, dass er sich jede Season dort aufhalten will. Ich wüsste nicht, was es an ihm auszusetzen gäbe. Wirklich nicht!"

„Ich finde ihn ja auch ganz angenehm", gab Penelope zu. „Aber ich liebe ihn nicht!", hätte sie noch gern angefügt. Doch sie wusste zu gut, dass Mama diesen Einwand nicht gelten lassen würde. Sie selbst war dereinst eine Vernunftehe eingegangen und doch hatte sich diese mit den Jahren als durchaus erfreulich und gelungen herausgestellt.

„Natürlich habe ich euren Vater geliebt!", hatte sie vor etwa einem Jahr ausgerufen, als Vivian sie direkt danach gefragt hatte. „Noch nicht bei unserer Heirat natürlich, aber nach ein, zwei Jahren, als wir uns aneinander gewöhnt hatten. Und ab dann genau in dem Ausmaß, das sich für eine Lady unseres Standes geziemt. Liebe ist etwas anderes als das, worüber ihr in euren Romanen lest. Solch himmelhochjauchzende Gefühle, wie sie in Novellen beschrieben werden, gibt es im wirklichen Leben nicht. Und selbst wenn es sie gäbe, wären sie wohl eher etwas für die unteren Stände."

„Ich will keine Widerworte hören!", sagte Ihre Ladyschaft in diesem Augenblick und hob abwehrend die Hand, noch bevor Penelope ein Wort gegen Mr Northbrook hätte vorbringen können. „Und jetzt hinauf mit dir in dein Zimmer. Rosie muss wahre Wunder vollbringen, wenn sich dich in weniger als einer Stunde von einem verschmutzten Wildfang in eine repräsentable junge Lady verwandeln will."

Kapitel 2

Vom Vorplatz aus war Hufgetrappel zu hören und die große Standuhr schlug laut und vernehmlich zur vollen Stunde. Penelope saß in ihrem neuen, himmelblauen Tageskleid auf dem Sofa im Salon und knetete ein Batisttaschentuch in den vor Aufregung schweißnassen Händen. Rosie hatte ihre blonden Locken gebürstet, am Hinterkopf aufgesteckt und mit einem Seidenband in der Farbe des Kleides geschmückt. Ein paar Locken kringelten sich um die Ohren und im Nacken. Penelope verschwendete keinen Gedanken daran, wie außergewöhnlich hübsch sie war. Sie dachte nur: *Ach, wäre doch alles schon vorüber! Hätte er doch schon den Antrag gestellt. Und hätte ich doch schon die alles entscheidende Frage hinter mich gebracht, ob er mir gestatten würde, mich auch in seinem Heim um die Tiere zu kümmern.*

Pferde und Schafe waren ihr Lebensinhalt. Sie hatte sich in den letzten Jahren so großes Wissen über die Heilkunst von Tieren angeeignet, dass selbst der erfahrene Stallmeister von Lady Stonesdale ihr Respekt zollte und sie bisweilen um Rat fragte. Würde ihr Mr Northbrook erlauben, sich entgegen allen Konventionen, weiter um Vierbeiner zu kümmern? Wenn seine Antwort auf ihre Frage *ja* lauten sollte, worauf sie inständig hoffte, dann würde das auch ihre Antwort auf seine Frage sein. Denn Charles Northbrook schien tatsächlich ein angenehmer Mensch zu sein, der einen ganz passablen Gatten abgeben konnte. Vom Sehen kannte sie ihn seit ihrer Kindheit. Sein Vater war der jüngere Bruder eines Viscounts und die Familie lebte auf einem Landsitz südlich von Tunbridge Wells. Da war es nur natürlich, dass man sich immer mal wieder über den Weg lief. Allerdings war Charles fast acht Jahre älter und darum hatte er lange Zeit keinen zweiten Blick auf sie verschwendet. Vor drei Jahren verlobte er sich mit einer jungen Dame, die wenig später an demselben Fieber verstarb, das auch Penelopes Vater, den Viscount of Panswick, sowie den Ehemann ihrer Cousine Agatha dahingerafft hatte. Inzwischen war die Trauerzeit vorüber und Charles Northbrook wandelte wieder auf Freiersfüßen. So kam es, dass sie seit einigen Wochen das Ziel seiner Aufmerksamkeit war. Anfangs hatte sie das gar nicht bemerkt und bei abendlichen Veranstaltungen völlig unbefangen mit ihm geplaudert und sich aufs Parkett führen lassen. Erst als sie von Mama eindringlich ermahnt worden war, diese Chance nicht wieder ungenutzt verstreichen zu lassen, war sie sich der Tatsache bewusst geworden, dass er sie umschwärmte. Bei diesem Gentleman würde sie keinen akzeptablen Grund finden, ihn abzulehnen. Sie dachte an die hoffnungsfrohen Erwartungen ihrer Mutter und beschloss, alles zu tun, um an diesem Abend als verlobte Frau zu Bett gehen zu können.

„Ist es Ihnen recht, wenn wir das Teetablett hier platzieren, Lady Penelope?"

Die Worte des Lakaien schreckten sie aus ihren Gedanken. Sie fand die vielen Diener, die sie umgaben, immer noch gewöhnungsbedürftig. Seit ihre älteste Schwester Frederica im letzten Jahr den reichen Earl of Derryhill geheiratet hatte, standen, im Gegensatz zu früher, ausreichend finanzielle Mittel zur Verfügung, die es Mama erlaubten, einen standesgemäßen Haushalt zu führen. Penelope bemerkte, dass einer der kleinen runden Tische zum Sofa gerückt worden war und ein zweiter Diener sich bemühte, eine bodenlange, weiße Tischdecke darüber zu breiten.

In diesem Augenblick wurde laut und vernehmlich der Türklopfer betätigt. Das konnte nur eines bedeuten: Mr Northbrook war eingetroffen.

„Ja, gern", antwortete sie daher schnell, während ihr Herz vor Aufregung noch um einige Takte wilder zu schlagen begann. „Aber bitte beeilen Sie sich, mein Gast scheint soeben angekommen zu sein."

„Natürlich, Mylady!"

Der Diener rückte das Tablett auf dem Tisch zurecht, legte kleine Silberlöffel neben die feinen Tassen aus blau-weißem Wedgwood Porzellan und schob die Etagere in Reichweite, auf die die Köchin kleine süße Köstlichkeiten drapiert hatte. Dann zogen sich die beiden mit einer Verbeugung zurück und wären im Türrahmen beinahe mit dem Butler zusammengestoßen. Dieser beobachtete ihren Abzug mit erhobenen Augenbrauen, bevor er sich umdrehte, um mit würdevoller Stimme zu verkünden: „Mr Charles Northbrook, Mylady."

Da ihm dieser bereits auf dem Fuße folgte, hatte Penelope keine Zeit mehr „Ich lasse bitten!" zu sagen. Rasch ließ sie ihr Taschentuch hinter einem Kissen verschwinden und sprang auf, um ihrem Gast entgegenzugehen. Aus den Augenwinkel heraus sah sie, dass der Butler den Raum wieder verlassen hatte. Natürlich nicht, ohne die Tür einen Spaltbreit offenstehen zu lassen. Ein Mann und eine junge Frau, die weder miteinander verwandt noch verheiratet, ja noch nicht einmal verlobt waren, hatten sich keinesfalls allein hinter geschlossenen Türen aufzuhalten. Niemand wusste das besser als der oberste Diener eines herrschaftlichen Hauses. Penelope war mit Mr Northbrook allein.

Rasch warf sie ihm einen Blick zu, bevor sie in einen angemessenen Knicks versank. Mama hatte sich nicht geirrt! So elegante Kleidung trug man nicht zu einem informellen Vormittagsbesuch. Nur für Ereignisse von Gewicht zwängten sich junge Herren schon tagsüber in ihre engste Jacke aus Schurwolle. Penelope gestand sich ein, dass diese die trainierten Schultern ihres Verehrers vortrefflich betonte. Das Halstuch war so kunstvoll geknüpft, dass es ihren Bruder Bertram vor Neid hätte erblassen lassen. Er versuchte seit

Jahren, die kunstvolle Technik zu perfektionieren, doch diese Bemühungen waren nicht immer von Erfolg gekrönt.

„Meine liebe Lady Penelope!" Ihr Besucher kam mit großen Schritten näher und ergriff die Hand, die sie ihm entgegenstreckte, um sich galant darüber zu verbeugen.

Sie wusste, dass sie eigentlich die Augen weiterhin sittsam zu Boden hätte schlagen müssen, aber dafür war sie viel zu gespannt darauf, seine Gesichtszüge zu beobachten. Wie würde er blicken, während er sich ihr erklärte? Würde er ernst schauen? Wild und zu allem entschlossen? Oder freundschaftlich mit einem Zwinkern in den Augen?

Rasch erinnerte sie sich an ihre Manieren: „Wie schön, Sie zu sehen, Mr Northbrook. Mama wird sich sehr freuen, dass Sie uns besuchen. Ich werde sie umgehend holen lassen."

Sie ging ein paar Schritte zur Seite und tat so, als würde sie zum Klingelstrang greifen. Mit angehaltenem Atem wartete sie auf seinen Widerspruch, der prompt erfolgte.

„Einen Augenblick!", hörte sie seine Stimme hinter ihrem Rücken. Auch diese klang atemlos.

Penelope ließ den Arm wieder sinken. Ihre Mutter wäre alles andere als erfreut gewesen, hätte sie sie gerufen, bevor der Antrag vorgebracht worden war. Aber sie hatte das Gefühl gehabt, zumindest so tun zu müssen, um den Anstand zu wahren. Nun drehte sie sich langsam um und bemühte sich um ihr reizendstes Lächeln. Wieder begann ihr Herz wie wild zu schlagen. Gleich war es so weit! Gleich würde er vor sie hintreten! Gleich gab es kein Entkommen mehr.

Sei glücklich!, befahl eine strenge innere Stimme, die verräterisch nach der ihrer Mutter klang. *Du bist alt genug! Willst du wirklich warten, bis deine Schönheit vergangen ist? Er ist besser als viele andere. Sei froh, dass er dich zur Gemahlin nehmen will!*

Mr Northbrook stand nun vor dem kleinen Teetischchen, das extra für ihn aufgebaut worden war, die Wangen gerötet, das Lächeln saß etwas schief. Der Atem ging schnell und stoßweise. Dass er ebenso aufgeregt war wie sie selbst, beruhigte Penelope etwas. Vielleicht passten sie doch besser zusammen, als sie insgeheim fürchtete.

„Meine liebe Lady Penelope!", sagte er noch einmal und ergriff wieder ihre Rechte. Mit einer hektischen Bewegung sank er vor ihr auf ein Knie … und dann nahm das Unglück seinen Lauf.

Kapitel 3

Während nämlich Mr Northbrook niedersank, hatte er nur Augen für Penelope, die ihm so schön und reizvoll erschien, dass es ihm schwerfiel, nicht nur die richtigen Worte, sondern überhaupt Worte zu finden. Seine Freunde würden ihre Münder vor Staunen und Neid nicht mehr zubringen, wenn sie erst erfuhren, dass es ihm gelungen war, das schönste Mädchen der Grafschaft als Trophäe nach Hause zu führen. Und was noch erfreulicher war: Er würde mit dem Earl of Derryhill verschwägert sein, der nicht nur einer der reichsten Männer des Königreichs war, sondern auch als äußerst großzügig galt, was seine Familie betraf. Mr Northbrook hatte erst letzte Woche ein Gespann von vier Grauen bei Tattersalls in London gesehen und allein der Gedanke, dass er die berechtigte Hoffnung hegen konnte, diese in Kürze sein Eigen zu nennen, ließ seinen Atem noch schneller fließen. Von diesen höchst erfreulichen Zukunftsaussichten abgelenkt, den Blick auf seine zukünftige Braut gerichtet, entging es ihm, dass er mit dem Stiefel entlang des weißen Tischtuchs rutschte und sich sein Spor in der Lochstickerei verhedderte. Auch Penelope bemerkte das Unheil erst, als es nicht mehr aufzuhalten war. Der Stiefel zog das Tischtuch mit sich und dieses wiederum das Tablett. Das feine Service fiel zu Boden, wo es mit lautem Klirren zu Bruch ging, der heiße Tee ergoss sich über Sofa und Teppich.

„Was zum Teufel …?“

Vom Lärm hinter seinem Rücken irritiert, sprang Mr Northbrook auf und stellte beim Blick an sich hinunter fest, dass der Tee auch unschöne Flecken auf seiner biskuitfarbenen Hose hinterlassen hatte. Er beugte sich hinunter, um seinen Stiefel aus dem Tischtuch zu befreien, und als er wieder hochkam, warf er Penelope einen derart verärgerten Blick zu, als wäre sie an dem Missgeschick schuld gewesen. Das bemerkte sie allerdings nicht. Ihre Augen hatten nämlich etwas ganz anderes entdeckt. Etwas, das ihr das mühsam aufrechterhaltene Lächeln mit einem Schlag aus dem Gesicht wischte.

„Sind das etwa Sporen?", fragte sie, weil sie ihren Augen nicht trauen wollte.

Ungläubig sah sie von seinen Stiefeln zu seinem Gesicht hinauf und gleich darauf wieder zurück. In den letzten Jahren hatte sie nicht nur einmal all ihre Heilkünste anwenden müssen, wenn Besucher ihre Pferde mit Sporen verletzt hatten und die Wunden versorgt werden mussten. Penelope hasste Menschen, die ihre Vierbeiner auf diese Weise quälten, nur um etwas schneller an ihr Ziel zu gelangen.

„Selbstverständlich sind das Sporen!", stand Mr Northbrook nicht an, ihren schrecklichen Verdacht frei heraus zu bestätigen. „Mein alter Gaul ist faul geworden, dem muss man Beine machen."

Stirnrunzelnd blickte er zum Teetischchen hinüber.

„Jetzt holen Sie doch endlich jemanden, der sich um diese Malaise kümmert. Der dumme Tee hat bereits meine ..." Er erinnerte sich gerade noch rechtzeitig daran, wie unschicklich es war, vor einer Dame das Wort *Hose* in den Mund zu nehmen, und korrigierte sich auf „*Stiefel* durchnässt!"

Sprach's und ging an das andere Ende des Raumes, um sich dort vor einen der großen Gobelins zu stellen und mit vor der Brust verschränkten Armen zu erklären: „Ich kann erst dann zum Grund meines Hierseins kommen, wenn diese Unordnung beseitigt ist. Also beeilen Sie sich, bitte!"

Er klang nun gar nicht mehr charmant, sondern eher aufgebracht und vielleicht auch eine Spur trotzig.

In Penelope stiegen die unterschiedlichsten Gefühle hoch. Und alle waren unerfreulich, was Mr Northbrooks Ambitionen betrafen. Wie kam dieser Mann dazu, sie zu behandeln, als wäre sie sein Dienstbote? Noch dazu in ihrem eigenen Elternhaus! Wie konnte er ihr die Unordnung vorwerfen, die er selbst verursacht hatte? Und vor allem aber: Wie konnte er auch nur im Entferntesten annehmen, dass sie einen Mann heiraten würde, der in Kauf nahm, dass ein Tier verletzt wurde, seinen eigenen Befindlichkeiten zuliebe?

Energisch zog sie am Klingelstrang.

Während sie das tat, schob sich das mahnende Gesicht ihrer Mutter vor all die anderen Gedanken. Oh Gott, Mama würde toben! Wie sollte sie ihr auch erklären, warum sie auch den vierten Antrag abgelehnt hatte? Lady Panswick würde keinen ihrer Vorbehalte verstehen.

Der Butler erschien so schnell im Türrahmen, dass sie den Verdacht hatte, er hätte in der Nähe gewartet.

„Sie haben geläutet, Mylady?"

Das rasche Hochschnellen einer Augenbraue deutete an, dass er das Chaos auf den Teppich bemerkt hatte. „Ich werde das Unheil umgehend beseitigen lassen!"

„Ich danke Ihnen, Shipton, doch das hat Zeit. Zuerst möchte sich Mr Northbrook verabschieden", antwortete Penelope, ohne eine Miene zu verziehen.

Shiptons Augenbrauen schnellten abermals nach oben.

Auch der Besucher blickte mit großen Augen zu ihr hinüber. „Wie bitte!?", fuhr er auf. „Also, ich habe doch noch gar nicht … Sie wissen doch noch überhaupt nicht …"

Um Penelopes Selbstsicherheit war es lange nicht so gut bestellt, wie sie vorgab. Konnte dieser schreckliche Mann nicht einfach gehen? Mit wachsender Verzweiflung fragte sie sich, was ihre vernünftige große Schwester wohl in so einer Situation antworten würde.

„Bemühen Sie sich nicht, Sir. Manche Dinge bleiben besser ungesagt", brachte sie schließlich hervor.

Natürlich konnte er das nicht unwidersprochen hinnehmen. Nun waren seine Wangen ebenso rot geworden wie die der anderen drei abgewiesenen Verehrer.

„Was erlauben Sie sich, Miss?", fuhr er sie an. „Also, ich lasse mich doch nicht einfach ..."

„Ich danke Ihnen für Ihren Besuch, Mr Northbrook!", unterbrach sie ihn, verzweifelt bemüht, ihrer Stimme weiterhin einen würdevollen Klang zu geben. „Er war sehr aufschlussreich. Unser Butler bringt Sie zu Ihrem armen Pferd!"

Shipton hielt bereitwillig die Tür auf: „Wenn Sie mir bitte folgen wollen, Sir!"

Mr Northbrook blieb nichts anderes übrig, als sich dieser unmissverständlichen Aufforderung zu fügen. Er tat dies mit einer steifen Verbeugung und einem zwischen zusammengekniffenen Zähnen hervorgepressten „Wie Sie wünschen, Mylady!" Gefolgt von einem ebenso hervorgepressten „Landei!"

Der Stich, den sie in ihrem Herzen verspürte, erstaunte Penelope. Sie hatte nicht angenommen, dass man sie mit diesem Schmähwort immer noch verletzen konnte. Ein Gentleman der Londoner Gesellschaft hatte sie während ihres Debüts mit diesem unrühmlichen Etikett versehen. Das machte damals rasch die Runde und damit ihre Chancen am Heiratsmarkt zunichte. Für die Londoner High Society gab es nichts Schlimmeres als Menschen, denen Stallgeruch anhaftete, wie sie es nannten. Frederica und sie waren damals geradezu aus der Hauptstadt *geflohen*, froh, auf Lancroft Abbey wieder sicheren Unterschlupf zu finden. Mr Northbrook besuchte seinen Club in London mehrmals im Jahr. Also war es eigentlich kein Wunder, dass er von ihrem unerfreulichen Spitznamen erfahren hatte. Aber dass er sich als so schlechter Verlierer erwies und sich nicht verkneifen konnte, sie mit diesem abfälligen Wort zu bedenken, das war wirklich arg. Obwohl Penelope das wusste und obwohl ihr dieser Mann nicht das Geringste bedeutete, war sie doch gekränkt, wieder als *Landei* bezeichnet zu werden. Es fiel ihr zunehmend schwerer, sich nichts anmerken zu lassen. Sie deutete einen Knicks an und schaute dem Besucher nach, der mit raschen Schritten dem Butler in die Eingangshalle folgte.

Daraufhin ging sie zur Tür, um diese leise zu schließen. Jetzt war es allerdings mit ihrer Selbstbeherrschung vorbei. Sie sank aufs Sofa, suchte hektisch nach dem versteckten Taschentuch und brach in Tränen aus. Mama würde jeden Augenblick kommen und erfahren wollen, warum ihr Galan das Haus bereits wieder verlassen hatte. Wenn sie erst hörte, dass er das tun musste, ohne den Antrag überhaupt vorzubringen, würde sie mehr als ungehalten sein. Und ihr tagelang ins Gewissen reden. All das wusste Penelope. Was aber tatsächlich alles auf sie zukommen würde, das konnte sie in diesen Augenblick natürlich noch nicht ahnen.

Kapitel 4

Lady Panswick war nicht ungehalten. Nein, sie war außer sich. So hatte ihre Tochter sie noch nie in ihrem Leben gesehen. Ja, natürlich, Mama war streng. Wenn es sein musste, lenkte sie sowohl ihre fünf Kinder als auch die Dienerschaft mit eiserner Hand. Und doch kannte man sie vor allem als praktisch veranlagte Frau mit einem ausgeprägten Sinn für Gerechtigkeit und einer gesunden Portion Humor. Die exaltierte Art, die Damen ihres Standes oft zu eigen war, wurde von ihr mit äußerstem Missfallen beurteilt. Man hatte Ihre Ladyschaft noch selten den Tränen nahe gesehen. Und wenn, dann geschah dies aus Trauer, selten auch aus Rührung, aber bisher noch nie aus enttäuschten Gefühlen. Und noch nie hatte man sie hysterisch brüllen gehört. In diesem Augenblick schrie sie allerdings so laut, dass ihre Stimme durch die geschlossene Zimmertür in die Eingangshalle hinausdrang und der Butler sich bemüßigt fühlte, die verschreckten Hausmädchen in das Küchengeschoss zu scheuchen und den jungen Gärtner, der gekommen war, um das Blumengesteck in der Mitte der Halle zu erneuern, unverrichteter Dinge wieder fortzuschicken.

Ihre Ladyschaft hatte sich mit ihrer vollen stattlichen Größe von fast sechs Fuß vor ihrer Tochter aufgebaut, die noch immer auf dem Sofa saß und abwechselnd erschrocken zu ihr hinaufschaute oder in das Taschentuch schluchzte.

„Bist du von allen guten Geistern verlassen?", brüllte sie nun nicht zum ersten Mal zu Penelope hinunter. „Sporen! Sporen! Fast jeder junge Stutzer, der etwas auf sich hält, trägt heutzutage Sporen. Ich heiße das auch nicht gut", räumte sie ein, um sich dann erneut aufzubäumen: „Aber darum geht es doch nicht! Es geht darum, dass das wohl der dümmste aller Gründe ist, eine so vorteilhafte Heirat auszuschlagen. Ich habe dir aufgetragen, diesen Antrag anzunehmen. Es steht dir nicht zu, meine Wünsche zu missachten, Penelope."

Sie machte kehrt und begann auf dem Teppich im Kreis zu gehen, wie ein Raubtier im Käfig. Ein höchst gefährliches Raubtier. Penelope war ganz elend zumute. Sie mochte es nicht, wenn Mama ihr böse war. Andererseits bereute sie keine Sekunde lang, den Antrag abgelehnt zu haben. Oder, wie es Ihre Ladyschaft exakter ausdrückte: „Meine Tochter war sich zu gut, den Mann überhaupt seinen Antrag vorbringen zu lassen! Ich bin so enttäuscht von dir, Penelope, bitter enttäuscht!"

Sie seufzte laut auf.

Ihre Tochter seufzte mit.

Und wieder ging Lady Panswick schweigend ein paar weitere Kreise und hing ganz offensichtlich ihren Gedanken nach, bis sie schließlich abrupt stehen blieb: „Aber vielleicht ist ja noch nicht aller Tage Abend. Wir dürfen die Hoffnung nicht aufgeben. Morgen gibt Mary Ann Stevensen eine kleine Gesellschaft. Ich hatte eigentlich nicht vorgehabt, diese zu besuchen. Doch nun werden wir es tun, denn ich gehe davon aus, dass Northbrook ebenfalls anwesend sein wird. Wenn du ihn freundlich anlächelst, Penelope, und deinen Charme spielen lässt, dann besteht vielleicht noch Hoffnung. Noch hast du ihn nicht offiziell abgewiesen. Noch kannst du …"

„Das werde ich nicht tun, Mama!", unterbrach sie Penelope so ungewohnt energisch, dass sie ihre Mutter damit für kurz zum Verstummen brachte. So kannte sie ihre Zweitälteste gar nicht. Frederica konnte energisch sein und Vivian, ihre Jüngste, erst recht. Aber Penelope war doch sonst so freundlich und leicht zu lenken. Zumindest war sie es früher immer gewesen.

„Ich verbitte mir diesen frechen Tonfall!“, fuhr Ihre Ladyschaft auf. „Die Hauptstadt hat dir nicht gutgetan! Seit deinem Debüt vor zwei Jahren bist du manchmal wie ausgewechselt!“

Was sollte Penelope darauf sagen? Dass ihr in London ein gewisser Henry Bernard Markfield das Herz gebrochen hatte? Dass er mit ihren Gefühlen nur gespielt hatte, um ihre Zuneigung für seine Zwecke auszunutzen? Dass sie sich bis über beide Ohren in ihn verliebt hatte, er ihr Vertrauen aber nur dazu verwendete, Derryhill zu zwingen, ihm ein Offizierspatent zu kaufen? Dass er immer noch in ihrem Kopf herumspukte, obwohl sie sich bemühte, es nicht zuzulassen? Nein, das hatte sie Mama bisher verschwiegen und jetzt war bestimmt nicht der geeignete Zeitpunkt, sie in dieses Geheimnis einzuweihen.

Sie bemerkte erstaunt, dass ihre Mutter neben ihr Platz genommen hatte und ihre Rechte mit beiden Händen umschloss. Anscheinend hatte sie sich wieder etwas beruhigt.

„Penelope“, sagte sie und blickte ihr ernst in die Augen. „Hör mir gut zu! Deine ältere Schwester Frederica ist hübsch, deine jüngere Schwester Vivian ist ebenfalls hübsch. Doch du, Penelope, bist eine Schönheit. Eine Schönheit, die stets zu hohen Hoffnungen Anlass gegeben hat. Doch was machst du mit deinem dir von Gott gegebenen Geschenk? Nichts! Du verbringst die Tage draußen auf der Weide oder im Stall. Du kümmerst dich keinen Deut darum, dass dein Teint im Sommer seine noble Blässe verliert und dass deine Kleider schmutzig werden wie die einer Dienstmagd. Nein“, sie hob abwehrend die Hand, „lass mich aussprechen! Auf Bällen und Gesellschaften bist du zu allen Leuten freundlich, lächelst brav und plauderst charmant. Und doch habe ich immer das Gefühl, du machst dies alles nur aus Pflichtbewusstsein und nicht aus jener unbekümmerten Begeisterung, die von einem Mädchen deines Alters eigentlich erwartet wird. Gibt es denn wirklich im gesamten, weiten Umkreis von Tunbridge Wells nicht einen Gentleman, der, um es romantisch auszudrücken, dein Herz ein wenig höherschlagen lässt?"

Sie blickte fast flehentlich zu ihrer Tochter hinüber, doch diese schüttelte nur stumm den Kopf.

„Keinen einzigen?", hakte sie nach.

„Nein, Mama, keinen einzigen."

Von der Tatsache ermutigt, dass sich ihre Mutter beruhigt zu haben schien, erlaubte sich Penelope einen neuen Vorstoß: „Warum ist es denn so wichtig, dass ich heirate, Mama? Ich habe doch noch jede Menge Zeit, auf den Richtigen zu warten. Warum kann ich nicht, bis er in mein Leben tritt, in Ruhe hierbleiben, mich die Tiere kümmern und mit dir und Cousine Agatha ein friedliches, glückliches Leben führen?"

Lady Panswick war für einen kurzen Moment abgelenkt: „Agatha ist doch gar nicht da! Sie ist zu ihren seltsamen Verwandten auf den Kontinent gereist."

„Das weiß ich doch, Mama, aber sie kommt bestimmt wieder zurück. Stell dir vor, wie enttäuscht sie sein wird, wenn ich ihr nicht weiterhin Gesellschaft leiste!", setzte Penelope hoffnungsfroh hinzu. Mama liebte ihre Nichte. Vielleicht war das ja das Argument, das sie zum Umdenken bewegte?

Es war es nicht, wie sich umgehend herausstellen sollte. Ihre Ladyschaft hatte die Hand ihrer Zweitältesten abrupt losgelassen und war so schnell aufgestanden, wie es ihr massiger Körper zuließ.

„So, wie du dir das vorstellst, so geht das nicht! Du musst aus dem Haus, Penelope, und zwar so schnell wie möglich!"

„Ich *muss* aus dem Haus?", wiederholte ihre Tochter. Ihre Tränen waren längst versiegt, jetzt war sie fassungslos. „Was meinst du bloß damit?"

Mylady zog seufzend beide Augenbrauen hoch, seufzte abermals und sank wieder aufs Sofa zurück. „Ich wollte es dir eigentlich erst später sagen, aber bitte, anscheinend führt kein Weg daran vorbei. Dein Bruder Bertram hat ein Auge auf Clarissa Harristowe geworfen und es besteht tatsächlich die Aussicht, dass sie ihn erhören wird!" Es klang so, als könnte sie dieses große Glück selbst kaum fassen.

Penelope hatte keine Ahnung, wer Clarissa Harristowe war und warum sie ihretwegen *aus dem Haus musste.* „Und?", forderte sie ihre Mutter auf, mit der Erzählung fortzufahren.

„Und?", wiederholte diese ungläubig. „Ja, verstehst du denn nicht? Es handelt sich um die jüngste Tochter des Duke of Stainmore! Unser lieber Bertram wird eine Herzogstochter ehelichen! Weißt du, was das bedeutet? Das bedeutet, dass wir zu den namhaftesten Familien des Königreichs aufsteigen. Bertram stehen natürlich auch jetzt schon als Viscount alle Türen offen. Aber als Schwiegersohn eines Herzogs, da hat auch sein Wort viel mehr Gehör. Euer Vater wäre so stolz auf ihn!"

Penelope verstand noch immer nicht: „Das ist ja wunderbar! Ich freue mich für ihn!", sagte sie pflichtbewusst und hoffte, dass ihr Bruder glücklich wurde, Herzogstochter hin oder her. „Was hat das mit mir zu tun, Mama?"

Lady Panswick sprang wieder auf. „Was das mit dir zu tun hat?" Sie schüttelte ungläubig den Kopf. „Sag, bist du wirklich so naiv? Wenn der Viscount eine so hochgestellte Braut nach Lancroft Abbey heimführt, dann darf keine unverheiratete Schwester im Haus wohnen und das junge Glück trüben."

Während Penelope diesen ungeheuerlichen Satz erst einmal verdauen musste, war Ihre Ladyschaft bereits auf dem Weg zu ihrem Schreibtisch.

„Ich weiß, was ich machen werde. Wenn dir kein Gentleman des Umkreises genehm ist, meine Tochter, dann werde ich die Countess of Titchwell und ihren jüngsten Sohn einladen. Wir haben einst zusammen debütiert, die gute Edith und ich. Ihr Sohn, ich habe seinen Namen vergessen, ist im passenden Alter. Er soll zwar das schwarze Schaf der Familie sein, aber das macht nichts, schließlich hast du ja eine Vorliebe für Schafe." Mit diesen Worten stellte Ihre Ladyschaft ihren trockenen Humor wieder einmal anschaulich unter Beweis.

Leider stand ihrer Tochter nicht der Sinn danach, dies zu würdigen.

„Aber Mama!", rief sie stattdessen aus. „Du kannst mich doch nicht so einfach verkuppeln! Was wird die Countess von mir denken, wenn du mich ihrem Sohn förmlich an den Hals wirfst?" Jetzt war auch sie aufgesprungen. „Wenn du gestattest, Mama, dann begebe ich mich nun wieder hinaus auf die Weide. Dort ist es friedlich und niemand will mir jemanden aufzwingen."

Wenn Lady Panswick eines nicht mochte, dann war das ein so offen zur Schau gestellter Widerstand.

„Oh nein, so kommst du mir nicht davon! Du hast vier Anträge abgelehnt. Du kannst zu Gott beten, dass du noch einen fünften bekommst!"

„Aber ..."

Eine strikte Handbewegung ließ sie innehalten. „Du kannst mir dankbar sein, dass ich dich dabei unterstütze, einen geeigneten Gatten zu finden. Denn was ich dir jetzt sage, ist mein voller Ernst: Ich erwarte von dir, dass du den fünften Antrag annimmst, Penelope. Und ich werde alles daransetzen, dass dieser nicht mehr allzu lange auf sich warten lässt. Schau mir in die Augen und gib mir deine Hand darauf!"

Sie war ihrer Zweitältesten gegenübergetreten und hielt ihr nun auffordernd ihre Rechte entgegen.

„Das kann doch nicht dein Ernst sein, Mama! Ich kann dir doch nicht versprechen, einen Antrag anzunehmen, wenn ich nicht weiß, von wem er vorgebracht wird."

Ihre Mutter blieb hart: „Doch, das kannst du. Und das wirst du. Du hattest deine Chance, einen Mann nach deinem Geschmack zu wählen. Du hast all diese Chancen ungenutzt gelassen. Doch den nächsten Antrag, der dir gestellt wird, wirst du annehmen."

Penelope wurde das Herz schwer. Sie suchte Zuflucht in kindlichem Trotz: „Und wenn ich mich weigere, was dann?"

„Dann hast du hier nichts mehr zu suchen. Dann kannst du irgendwo eine Stelle als Gesellschafterin annehmen."

„Mama!"

Lady Panswick hörte diesen flehenden Ruf und erschrak selbst über die unfreundlichen Worte, die sie geäußert hatte. Andererseits erschien ihr Penelope trotziger, als sie es als Dreizehnjährige je gewesen war. Sie wusste, da half kein gutes Zureden, da half nur unbeugsame Strenge.

„Du gibst mir jetzt sofort deine Hand darauf, dass du den nächsten Antrag annehmen wirst!", forderte sie daher noch einmal, nach außen hin ungerührt.

Penelope war ihre folgsamste Tochter und daher verwunderte es sie nicht, dass sie ihrem Wunsch nachkam und ihr die Hand reichte. Für kurz überwältigte sie der Impuls, das Mädchen in den Arm zu nehmen und zu trösten. Zu sagen, dass nichts so heiß gegessen wurde wie gekocht. Doch dann dachte sie an den Ernst der Lage und die Herzogstochter und entschied sich dafür, beim strengen Vorgehen zu bleiben. Ja, sogar noch ein Schäufelchen nachzulegen.

„Und damit du darüber nachdenken kannst, welche Chance du dir durch die Zurückweisung von Mr Northbrook entgehen hast lassen, verbiete ich dir in den nächsten Wochen den Umgang mit den Schafen. Sowohl mit unseren, als auch mit denen von Lady Stonesdale."

Penelope schnappte nach Luft.

„Mama, bitte!", nun war das Flehen unüberhörbar.

„Geh! Die Unterredung ist beendet!" Ihre Mutter wandte den Blick ab und nahm einen Briefbogen aus der Ledermappe, um ihr angekündigtes Vorhaben in die Tat umzusetzen.

Kapitel 5

Es war einige Tage später, als die ältere Lady Derryhill ihr Lorgnon beiseitelegte, das sie seit Neuestem zum Lesen benötigte, und das Schreiben von Lady Panswick sinken ließ. Nachdenklich sah sie zu ihrer Schwiegertochter hinüber, die zu einem überraschenden Vormittagsbesuch in der Brook Street erschienen war, um ihr den Brief ihrer Mutter zu zeigen. Obwohl die vielen aufregenden Informationen wie ein bunter Wirbel durch ihre Gedanken fegten, fiel ihr doch auf, wie hübsch Frederica heute wieder war. Das olivgrüne Tageskleid unterstrich die Farbe ihrer Augen, die dunklen Haare waren kunstvoll à l'Aphrodite hochgesteckt. Ihr Sohn hatte wahrlich Glück, so eine reizende Gemahlin gefunden zu haben, die nicht nur ein erfreulicher Anblick war, sondern auch von wachem Verstand, gediegenem Humor und herzerwärmender Liebenswürdigkeit. Und sie hatte das große Glück, durch Federica eine höchst erfreuliche Gesprächspartnerin gefunden zu haben, die ihr Leben bereicherte und sie an so aufregenden Dingen teilhaben ließ wie diesem Schreiben. Lady Derryhill liebte ihren einzigen Sohn aus tiefstem Herzen. Und doch hatte sie sich immer eine Tochter gewünscht. Durch seine Vermählung vor zwei Jahren war dieser Wunsch in Erfüllung gegangen.

„Die kleine Harristowe also", sagte sie schließlich. „Das wäre natürlich eine höchst wünschenswerte Verbindung. Dein Bruder würde dadurch Mitglied einer der einflussreichsten Familien des Königreichs. Der Schwiegersohn des Herzogs von Stainmore. Das wäre für euch alle äußerst erfreulich. Es sei denn …"

Sie verzog den Mund zu einer unwilligen Grimasse, zog dann die Luft scharf zwischen den Zähnen ein und schwieg. Natürlich war Frederica viel zu neugierig geworden, um dieses Schweigen geduldig hinzunehmen.

„Es sei denn, was? Gibt es irgendwelche Bedenken, was Miss Clarissa Harristowe betrifft, Cassandra?"

Ihre Schwiegermutter hatte sie nach der Trauung gebeten, sie künftig mit dem Vornamen und nicht mit *Mama* anzusprechen. Das war zwar ungewöhnlich, doch Frederica hatte gerne eingewilligt. *Mama* war ihre Mutter auf Lancroft Abbey und die hatte so gar nichts gemein mit dieser zierlichen, fröhlichen, ja manchmal verwegenen, höchst modischen Dame, die ihr jetzt gegenübersaß.

„Nicht direkt gegen die junge Lady, denn die wurde mir bisher noch nicht vorgestellt ", räumte diese nun ein, „aber ihre Mutter ist eine wahre Plage. Und ihre Großmutter, die Herzoginwitwe, ein alter Drachen."

Natürlich war Frederica sofort Feuer und Flamme: „Erzähl mir von den beiden, bitte, Cassandra. Ich muss alles erfahren, was du weißt."

In der nächsten Viertelstunde war sie dann hin- und hergerissen. Die Schilderungen ihrer Schwiegermutter waren so bildhaft, dass sie sich das affektierte Gehabe der gegenwärtigen Herzogin von Stainmore nur allzu deutlich vorstellen konnte. Sie war nicht traurig darüber, der Duchesse noch nicht begegnet zu sein. Dasselbe galt für deren Schwiegermutter, deren scharfe Zunge landauf und landab gefürchtet zu sein schien. Frederica war amüsiert und fasziniert und gleichzeitig wurde ihr ganz angst und bang. Hoffentlich war Clarissa aus der Art geschlagen, sonst stand ihrem Bruder Bertram wahrlich keine wünschenswerte Zukunft bevor. Als sie diese Bedenken äußerte, wiegte Lady Derryhill nachdenklich den Kopf. „Ja, das hoffe ich auch für ihn! Aber ich nehme an, er ist so vernünftig wie du und weiß, was er tut."

Frederica errötete über dieses Kompliment und sagte, bei Bertram hätte sie dahingehend keine Zweifel. Er sei tatsächlich ein vernünftiger junger Mann und nicht so ein Heißsporn wie ihr jüngster Bruder Nicolas oder gar Vivian, die Drittälteste.

Ihre Schwiegermutter nahm das mit Wohlwollen zur Kenntnis: „Ich denke, wir werden bald selbst die Gelegenheit haben, uns ein Bild von Lady Clarissas Charakter zu machen." Sie nahm den Brief und das Lorgnon noch einmal zur Hand und überflog einige Zeilen. „Deine Mutter schreibt hier, es sei ihr Wunsch, die Herzogstochter möglichst rasch kennenzulernen." Sie las die nächsten Sätze laut vor: „Als ich Bertrams Zeilen las, war es mein erster Impuls, die junge Lady und ihre Chaperon nach Lancroft Abbey einzuladen. Bei näherem Nachdenken überkamen mich jedoch Zweifel. Wird sich eine Herzogstochter dazu herablassen, der Witwe eines Viscounts einen Besuch abzustatten, ohne dass andere höhergestellte Personen zu ihrer Unterhaltung anwesend sind? Natürlich würde ich es vorziehen, die Auserwählte meines ältesten Sohnes würde sich nicht durch derartigen Standesdünkel auszeichnen, doch solange ich sie nicht persönlich kennengelernt habe, kann ich mir dessen nicht sicher sein. Vor allem aber möchte ich mir die Schmach ersparen, eine Abfuhr erteilt zu bekommen."

Frederica kannte diese Bedenken ihrer Mutter natürlich schon. Sie waren einer der Gründe für ihren Besuch gewesen und sie freute sich, dass sie die Bitte, die sie auf dem Herzen hatte, nicht laut aussprechen musste, da ihr Lady Derryhill zuvorkam: „Ich denke, wir können deine liebe Mutter beruhigen, Frederica, was meinst du? Sollen die verwitwete Duchess of Derryhill und ihre Schwiegertochter, die gegenwärtige Duchess of Derryhill, Lancroft Abbey einen Besuch abstatten? Wenn wir beide anwesend sind, dann steht dem

Aufenthalt der kleinen Harristowe sicher nichts mehr im Wege."

Frederica klatschte begeistert in die Hände, bevor ihr Lächeln einem besorgten Blick wich: „Würdest du die weitere Reise und all die damit verbundene Mühe wirklich auf dich nehmen, Cassandra? Es handelt sich immerhin um eine Strecke von mehr als vierzig Meilen."

Eine wegwerfende Handbewegung wischte alle Bedenken vom Tisch: „Und wenn schon", entgegnete Ihre Ladyschaft leichthin. „Wir können unterwegs zwei Mal übernachten, damit es nicht allzu strapaziös werden wird." Sie hielt kurz inne und warf einen prüfenden Blick auf den Bauch ihrer Schwiegertochter und dann in ihr Gesicht: „Bist du sicher, dass es für *dich* nicht zu strapaziös wird?", wollte sie schließlich wissen.

Frederica errötete. Es war sehr taktvoll, dass Cassandra ihr die Frage nicht direkt stellte, aber sie wusste auch so, was sie damit gemeint hatte. Schließlich war sie nun schon fast zwei Jahre verheiratet und immer noch nicht guter Hoffnung. Schweigend schüttelte sie den Kopf und wagte dabei gar nicht, der anderen in die Augen zu sehen.

„Gut, dann soll es so sein. Ich freue mich darauf, deine Mutter wiederzusehen. Und natürlich auch Penelope."

Ach ja, Penelope! Die Erwähnung dieses Namens brachte Frederica sofort auf andere Gedanken.

„Hast du gelesen, Cassandra? Meine Schwester hat wieder einmal einen Antrag abgelehnt. Es war bereits ihr vierter!"

„Ich habe auch zuerst zwei Anträge abgelehnt", sagte Ihre Ladyschaft leichthin. Dann runzelte sie die Stirn. „Denkst du, dieser – wie hieß er noch mal? – geistert immer noch durch ihren Kopf und verhindert, dass sie sich neu verlieben kann?"

Nicht, dass Frederica dieser Verdacht nicht schon auch gekommen wäre. Doch sie konnte nicht glauben, dass Penelope so dumm war, Henry Markfield auch nur eine Träne nachzuweinen. Nicht nach allem, was sie bei ihrem Debüt erlebt hatte.

„Markfield? Nein, ich denke nicht. Der dient auf dem Festland und ist ohnehin unerreichbar. Sorgen macht mir viel mehr, dass Mama befürchtet, Penelope könnte keinen passenden Antrag mehr bekommen und als alte Jungfer enden!"

„Also bitte", kam der prompte Protest Ihrer Ladyschaft. „Deine Schwester ist eine Schönheit. Es war eben unter all den Verehrern noch nicht der Richtige dabei. Vielleicht gelingt es uns beiden ja, einen passenden Gentleman auf sie aufmerksam zu machen."

„Uns beiden?", rutschte es Frederica heraus.

Ihre Schwiegermutter nickte nachdrücklich. „Das Schicksal deiner Schwester liegt mir fast ebenso sehr am Herzen wie deines, meine liebe Frederica. Vergiss bitte nicht, dass ich es war, die sie in die Gesellschaft eingeführt hat. Wie heißt nur dieser gut aussehende Gentleman, der eben vom Kontinent zurückgekommen ist, um das Erbe seines Vaters anzutreten? Der große Herr mit den dunklen Haaren?"

Frederica hielt die Luft an: „Du meinst doch nicht etwa den frischgebackenen Viscount of Badwell?"

Dieser Gentleman war vor einigen Wochen auf der Bildfläche erschienen und hatte mit seinem verwegenen Aussehen die Damenwelt in Entzücken versetzt. Da Frederica glücklich verheiratet war, hatte er sie damit nicht einfangen können. Zuerst war sie ihm skeptisch gegenübergestanden, kurz darauf hatte er ihre Sympathie jedoch gänzlich verspielt. Sie war Ohrenzeugin gewesen, als er über die Dummheit der Gesellschaft lästerte. Frederica hatte noch nie eine Vorliebe für Arroganz gehabt. Und Penelope noch weniger.

Zum Glück kam umgehend Lady Derryhills entrüsteter Protest: „Wo denkst du denn hin, meine Liebe? Wie schlecht wäre es wohl um meine Menschenkenntnis bestellt, würde ich einen Mann, den sie insgeheim *den Teufel* nennen, mit einer jungen Frau in Verbindung bringen wollen, die du zu Recht *Lämmchen* nennst? Nein, nein, für einen Mann wie den Viscount kommt nur eine unterwürfige Frau in Frage, die seinen Sarkasmus als gottgegeben hinnimmt. Oder, und das würde ich persönlich äußerst charmant finden, eine junge Lady, die ihm Paroli bieten kann. Doch wenn ich mich in London so umsehe", sie seufzte kurz auf, „dann ist von so einer jungen Dame weit und breit nichts in Sicht. Doch zurück zu deiner Schwester! Ich würde ihr gern den Gentleman vorstellen, den wir letzten Samstag auf dem Ball der Herzogin von Wellbrooks kennengelernt haben. Du weißt schon, der mit dem zwar etwas schütteren Haar, aber den hübschen rehbraunen Augen. Soweit ich mich erinnern kann, stammt er aus Essex. Derryhill schien ihn zu kennen ..."

„Oh, dann meinst du vermutlich Mr Angram."

Das Nicken Ihrer Schwiegermutter zeigte Frederica, dass sie dieses Mal ins Schwarze getroffen hatte. Sie erwog den Gedanken. Würde dieser ernsthafte junge Mann zu ihrer Schwester passen? Warum eigentlich nicht? Sie hatte sich mit ihm unterhalten. Er erwies sich als angenehmer Gesprächspartner, der sie mit kleinen Geschichten über Erlebnisse auf dem Kontinent zu interessieren wusste. Gut, er war keine Stimmungskanone, aber das war Penelope auch nicht. Und er hatte, fiel ihr zu ihrer eigenen freudigen Überraschung ein, voll Begeisterung über das Gestüt erzählt, das zu seinem Erbe gehörte. Also liebte er Tiere, zumindest Pferde. Das war das Allerwichtigste.

„Finanziell dürfte es allerdings nicht allzu gut um ihn bestellt sein", dämpfte Ihre Ladyschaft die rosigen Zukunftspläne, die Frederica soeben für Penelope zu spinnen begonnen hatte. „Das Anwesen soll zwar umfangreich, das Herrenhaus ein stolzer Bau aus dem fünfzehnten oder sechzehnten Jahrhundert sein, aber es fehlen ausreichende Mittel, um alles mehr als nur notdürftig zu erhalten. Das meint zumindest meine liebe Freundin Sarah, und die irrt so gut wie nie."

Fredericas Hoffnungen, in Mr Angram einen geeigneten Bewerber für ihre Schwester gefunden zu haben, sanken. Bei *der lieben Freundin Sarah* handelte es sich nämlich um niemand Geringeren als Lady Jersey, eine der mächtigen Patronessen des Almack Clubs, den man allgemein als Londons wichtigsten Heiratsmarkt bezeichnete. Wenn jemand gut informiert war, dann sie. Die nächsten Worte ihrer Schwiegermutter ließen Fredericas Hoffnung jedoch rasch wieder steigen.

„Ich werde Anthony bitten, die Mitgift deiner Schwester zu erhöhen. Wir müssen sie für die Männerwelt noch interessanter machen. Sie ist schon zu lange auf dem Markt, als dass Schönheit allein ausreicht."

Frederica wusste, dass sie jetzt eigentlich protestieren sollte. Penelope war immer noch ungewöhnlich schön und Anthony, Fredericas Gatte, war ohnehin schon sehr großzügig gewesen. Doch sie hatte die Londoner Gesellschaft in der Zwischenzeit kennengelernt und wusste, dass Cassandra recht hatte. Also schwieg sie. Ihrer Schwester zuliebe.

Lady Derryhill war schon beim nächsten Gedanken: „Am besten wird es wohl sein, wenn du deiner Mutter vorschlägst, einen Ball zu organisieren. Dann hätten wir einen guten Grund, in Gesellschaft anzureisen. Mitte Juni wäre dafür der beste Zeitpunkt. Dann ist einerseits die Season hier zu Ende und andererseits haben wir uns alle noch nicht auf unsere Landsitze zurückgezogen, um den Sommer abseits der Großstadt zu genießen. Ein Abstecher nach Tunbridge Wells wäre eine willkommene Idee, als Abschluss der Season gewissermaßen. Dazu laden wir diesen Mr Angram ein und vielleicht noch einen anderen passenden Junggesellen. Bis dahin haben wir genügend Zeit, eine Auswahl zu treffen. Was meinst du?"

Was Frederica dazu meinte? Sie war begeistert! Begeistert

von der Idee, Penelope zu helfen, und auch begeistert, selbst wieder einmal in ihr Elternhaus zu kommen.

„Außerdem", fiel ihr ein, „kann Mama Bertram und seine Angebetete einladen. Zu einem Ball wird sich auch eine Herzogstochter herablassen. Noch dazu, wenn du persönlich anwesend sein wirst."

„Wenn wir beide anwesend sein werden!", korrigierte Ihre Ladyschaft. „Und wir bitten Derryhill, mit uns zu kommen, um dem Ganzen noch mehr Glanz zu verleihen."

Das war ein weiterer Teil des Plans, der Frederica ausnehmend gut gefiel.

Kapitel 6

Zur selben Zeit, als sich die Damen Derryhill ein Gläschen Veilchenlikör genehmigten, um auf ihren so erfreulichen Plan anzustoßen, stand ein gewisser Joe Frimley vor der Poststation in Hastings, etwa dreißig Meilen südlich von Tunbridge Wells – und außerdem am Rande der Verzweiflung. Er war müde, er war hungrig und jeder Knochen im Leib tat ihm weh.

Am Vorabend war er, von Frankreich kommend, hier im Hafen eingetroffen. Die Überfahrt mit dem alten Schoner war anstrengend gewesen und in dem Loch, das man ihm in einer der heruntergekommenen Hafenkneipen als Zimmer vermietet hatte, war an schlafen kaum zu denken gewesen. Hinter der Wandvertäfelung hatte sich ein Dutzend Ratten ein stundenlanges Wettrennen geliefert. Ihre grellen Pfiffe klangen ihm auch jetzt noch in den Ohren. Von der Schänke her waren bis weit nach Mitternacht Gelächter und lautes Gejohle zu ihm hinauf gedrungen, und als wären das nicht schon genug störende Geräusche gewesen, hatte der Mann, mit dem er sich die Strohsäcke, die als Bett dienten, teilte, nicht nur tief und fest geschlafen, sondern auch geröchelt und geschnarcht, dass es eine wahre Freude gewesen war.

Apropos Zimmernachbar: Joe sah zur Hausmauer hinüber. Er hatte den Mann auf die Bank davor gesetzt, bevor er sich ins Innere der Poststation aufgemacht hatte, um sich nach Fahrtmöglichkeiten für sie beide zu kümmern. Er selbst musste weiter in den Westen, nach Bexhill, wo seine Frau, so hoffte er zumindest, bereits sehnsüchtig auf ihn wartete. Sie bewirtschaftete den kleinen Hof allein und musste sich dabei auch noch um die vier munteren Kinder kümmern, die er ihr bei seinen Heimaturlauben quasi als Andenken hinterlassen hatte.

Joe war Bursche eines Leutnants gewesen und hatte für Gott und Vaterland auf dem Kontinent gekämpft. Den letzten Winter hatten sie im Norden Portugals verbracht. Es war der ruhigste Winter seiner bisherigen militärischen Laufbahn gewesen. Anscheinend hatte das Ungeheuer Napoleon in der Zwischenzeit in einer Gegend namens Russland herbe Verluste erlitten. Genaueres wusste er nicht, aber es war ihm egal. Hauptsache war, dass Napoleon sich von der iberischen Halbinsel fast zur Gänze zurückgezogen hatte, und er, Joe Frimley, die begründete Hoffnung hatte hegen können, dass der verdammte Krieg in Kürze vorüber wäre und er endlich für immer nach Hause könnte. Damals hatte er noch beide Arme besessen und wäre seiner Frau tatsächlich eine große Hilfe gewesen. Doch dann kam das Frühjahr und sein Oberbefehlshaber Lord Wellesley, den der Prinzregent nach der Eroberung von Ciudad Rodrigo zum Earl of Wellington ernannt hatte, beschloss mit seinen Truppen über das Gebirge in den Norden Spaniens zu marschieren, um die französische Armee unter Marschall Jourdans anzugreifen. Seither fehlten Joe Frimley der rechte Arm und der Großteil seines rechten Ohrs, aber zum Unterschied zu seinem Herrn, dem Leutnant, hatte er die Schlacht überlebt. Wäre er je ein eitler Geselle gewesen, hätte ihm die tiefrote Narbe an seiner Wange sicher mehr Kummer bereitet. Doch Joe war ein praktisch veranlagter Mensch und eine Narbe im Gesicht hatte noch niemanden davon abgehalten, ein tüchtiger Bauer und guter Familienvater zu sein. Und genau das zu werden hatte er vor.

Da er ohne seinen rechten Arm in der Armee zu nichts mehr nütze war, hatte man ihn auf einen Schoner verfrachtet und in seine Heimat verschifft. Dort konnte er jetzt selbst zusehen, wie es mit ihm weiterging. Bis vor wenigen Stunden hatte er noch keine Ahnung gehabt, wie er das Geld für die Weiterfahrt nach Bexhill auftreiben sollte. Das waren zwar kaum mehr als sechs Meilen, doch fühlte er sich zu schwach und ausgelaugt, um sich mit seinen Habseligkeiten auf dem Rücken zu Fuß auf den Weg zu machen. Ersparnisse hatte er keine. Bisher hatte stets der Leutnant dafür gesorgt, dass es ihm an nichts Wesentlichem fehlte. Er war aus derselben Heimatgemeinde gewesen wie Joe und so war er es auch gewesen, der die Heimfahrten bezahlt hatte, wenn sie ihnen denn gewährt wurden. Nun war der Leutnant tot und es war ein absoluter Glücksfall gewesen, dass er auf dem Schiff mit einem anderen Leutnant zu reden kam. Jenem Leutnant, der jetzt dort drüben auf der Bank saß. – Hätte sitzen sollen, wie sich Joe Frimley aufstöhnend korrigierte. Denn der Mann war seitlich umgekippt und von der Bank gefallen, wo er nun, völlig verkrümmt auf dem harten Pflaster liegend, wieder eingeschlafen war. Mit ein paar raschen Schritten war Joe bei ihm.

„He, Leutnant, aufwachen! Sie können doch nicht hier mitten auf dem Vorplatz einpennen. Ein unachtsamer Kutscher könnte …" Seinen linken Arm umklammernd, wollte er ihn wieder aufrichten. Er kam nicht dazu, den Satz zu vollenden, denn der Schmerzensschrei, den der Leutnant nun ausstieß, fuhr ihm durch Mark und Bein. Er hatte völlig vergessen gehabt, dass der junge Mann verletzt war. Dabei hatte er doch selbst dessen linken Arm auf dem Schiff notdürftig verbunden. Man brauchte kein Arzt zu sein, um zu wissen, dass dem Leutnant dasselbe Schicksal bevorstand wie ihm selbst. Der Arm musste ab, je schneller, desto besser. Bevor die Wunden zu faulen begannen und damit den ganzen Körper vergifteten. Aber es war kein Arzt auf dem Schiff gewesen. Und wenn, dann wäre er bei den vielen Verwundeten und Versehrten, die man in den Schiffsbauch geladen hatte, ohnehin nicht dazu gekommen, sich um jeden Einzelnen zu kümmern. Und auch hier, im Hafen von Hastings, suchte man vergeblich nach jemanden, bei dem fachgerechte Amputationen zum Handwerk gehörten. Gebe Gott, dachte Joe, dass der Leutnant an seinem Ziel in fachkundige Hände geriet. Denn er wurde von Stunde zu Stunde schwächer. War er noch selbstständig auf den Schoner gegangen, so brauchte er zum Verlassen desselben bereits eine starke Schulter zum Abstützen. Hatte er vor einem Tag noch gesprochen, ja sogar gescherzt, so konnte er sich jetzt offensichtlich gar nicht mehr auf den Beinen halten. Wie er da nun saß, an die Hausmauer gelehnt, wirkte er nur noch wie ein Häufchen Elend. Der schmale Kopfverband, den er auf der Stirn trug, war von Blutflecken nur so durchtränkt. Der kahl rasierte Schädel darunter zeigte eine Vielzahl von Schrammen und Narben. Die Beine in den ehemals weißen Uniformhosen schienen zwar in Ordnung zu sein, doch sie waren zu schwach, um ihn zu tragen. Am schlimmsten war es um den linken Arm bestellt. Blut drang nun durch den Ärmel seiner roten Uniformjacke und hinterließ einen weiteren dunkelroten, fast schwarzen Fleck dort, wo bereits andere solcher Flecken eingetrocknet gewesen waren.

Der durchdringende Laut eines Posthorns ließ Joe aus seinen Gedanken auffahren. Schon war das Getrampel eines Vierergespanns zu vernehmen, das sich in raschem Tempo der Poststation näherte. Die Stalltür ging auf und Bedienstete brachten die Gäule für den Pferdewechsel ins Freie.

Schon bog das ausladende, schwarz-scharlachrot lackierte Gefährt auf den Vorplatz ein. Ihm folgte ein unscheinbares Gespann, das von einem einzelnen Mann gelenkt wurde und hinter dem ein einfacher Holzanhänger über das Kopfsteinpflaster klapperte. Die Planen hatte man abgenommen und im Wagen verstaut. Während sich niemand um das einfache Gefährt kümmerte, eilte ein Bediensteter in Postuniform herbei, um den Wagenschlag der großen Kutsche zu öffnen und einen Schemel zurechtzurücken, der den Passagieren das Aussteigen aus dem Inneren der geräumigen Kutsche ermöglichte. Diese sahen alle reichlich mitgenommen aus und eilten in die Poststation, um sich frisch zu machen. Der Kutscher sprang vom Bock und verschwand ebenfalls im Inneren des Gebäudes. Der bewaffnete Wächter verließ seinen Platz am hinteren Ende der Kutsche und übergab einen Stapel Briefe an den Postmeister, um gleich wieder einen neuen entgegenzunehmen. Mit schnellen Schritten war Joe Frimley bei den beiden.

„Wohin fährt diese Kutsche?“, begehrte er zu wissen.

„Unsere nächste Station ist Westfield“, erklärte der Wächter. „Beeil dich, wenn du noch mitfahren willst. Die Fahrkarte bekommst du in der Poststation. Sobald der Kutscher zurück ist, geht es weiter.“

„Wenn man nach Tunbridge Wells will, ist das die geeignete Kutsche, richtig?“, vergewisserte sich Joe und konnte sein Glück kaum fassen. Laut Fahrplan hätte die Kutsche nach Westfield längst wieder abgefahren sein sollen. Ihre Verspätung kam ihm sehr zugute. So konnte er seinen neuen Bekannten noch in ein Fahrzeug setzen, das ihn zumindest ein Stück näher an dessen Heimat bringen würde, bevor Joe seine eigene Heimreise antrat. Allein dafür, dass ihm der Leutnant das Fahrgeld geschenkt hatte, war er es ihm schuldig.

„Die Richtung stimmt wohl“, bestätigte der Wächter. „Beeil dich wegen der Karte. Bist du allein unterwegs? Es dürfte sehr eng werden im Inneren. Das Wetter ist gut. Am besten steigst du vorne hinauf zum Kutscher. Ah, sieh nur, da kommt er bereits zurück. Du musst dich sputen, Junge!“

„Es geht nicht um mich, ich brauche eine Karte für meinen … Freund hier drüben.“ Er wies mit dem Kinn zur Hauswand hinüber. „Vielleicht können Sie ihm in der Zwischenzeit schon einmal in den Wagen hineinhelfen, bis ich mit der Karte zurück bin. Ich denke nicht, dass er in der Verfassung ist, auf dem Kutschbock zu reisen.“

In diesem Augenblick kippte der Leutnant wieder zur Seite und landete aufstöhnend auf den Pflastersteinen, wo er ohne aufzuwachen liegen blieb.

Der Kutscher war inzwischen behäbigen Schrittes nähergekommen und so hatte er Joes letzte Worte mit angehört.

„Was ist los?“, schnauzte er, während er neben den Kutschbock trat. „Ich denke gar nicht daran, diese Kreatur im Wagen mitzunehmen. Der verreckt doch jeden Augenblick. Ich hab keine Lust auf irgendwelche Scherereien.“ Er griff zum Posthorn und blies energisch hinein, ohne sich auch nur im Geringsten um Joes Protest zu kümmern. „Abfahrt!“

Sofort schwang die Tür zur Poststation auf und die Reisenden eilten so schnell sie konnten zu ihren Sitzen. Wenige Minuten später ratterte die Kutsche aus dem Vorhof und Joe war den Tränen nahe. In kaum mehr als einer Stunde wurde seine Postkutsche erwartet. Was sollte er tun? Er konnte den Leutnant doch nicht gut hier vor der Poststation sitzen lassen. Hilflos und allein.

Da kam Hilfe von völlig unerwarteter Seite.

„Nach Tunbridge Wells muss er?“, erkundigte sich eine raue Männerstimme hinter ihm. Joe fuhr herum und sah einen Mann in etwa seinem Alter. Er trug einen groben Tweedanzug und hielt eine grüne Kappe in der Linken.

„Ich hab's zufällig mitgehört, was ihr gesprochen habt. Eine Schande ist das, wie man mit unseren tapferen Soldaten umgeht, die für König und Vaterland ihr Leben aufs Spiel gesetzt haben. Sind sie verwundet oder versehrt, schert sich keiner mehr einen Deut um sie. Eine Schande, so was!“

Zum Zeichen dafür, wie empört er war, spuckte er drei Mal ausgiebig auf den Vorhof. Dann hielt er die Zeit für gekommen, sich vorzustellen: „Mein Name ist Jack Bayton, ich arbeite für eine Weberei, oben in Croydon, an die sechzig Meilen von hier. Hab grad eine Ladung Stoffe zum Hafen gebracht, die sie in die Kolonien verschiffen werden. Und jetzt fahre ich leer zurück, um die nächste Partie zu holen. Also, wenn du willst, kannst du mir den Soldaten da in den Karren legen und ich nehme ihn mit. Tunbridge Wells liegt ohnehin auf meinem Weg!“

„Dich schickt der Himmel!“, rief Joe aus und war so erleichtert und erfreut über das Angebot, dass er dem Fremden mit seiner Linken so heftig auf den Rücken schlug, dass dieser erschrocken zusammenzuckte.

„Hast du eine genaue Adresse?“, wollte er schließlich wissen.

Joe ging zu dem Verletzten hinüber und zog ein zusammengefaltetes Blatt aus der Jackentasche. Er hielt es Jack entgegen: „Da schau her, hier stehen alle Einzelheiten.“

Das hoffte er zumindest, denn es hatte nie jemand nötig gefunden, ihm schreiben und lesen beizubringen. Aber der Leutnant hatte ihm das Blatt Papier am Vortag gezeigt, als er ihm das Fahrgeld gegeben hatte, und davon gesprochen, nach Tunbridge Wells zu wollen. Das hatte sich Joe zum Glück gemerkt.

„Sind Sie dort zu Hause?“, hatte er wissen wollen.

„Dort ist alles, was ich habe, und alles, was mir wichtig ist“, hatte die Antwort gelautet. Joe nahm an, das hieß *Ja*.

„Ich werde es schon finden!“, sagte Jack Bayton nun, der ebenfalls nicht zugeben wollte, dass er des Schreibens und Lesens nicht mächtig war. „Am besten, du steckst das Papier in die Jacke zurück. Und dann hilf mir, den Mann auf den Karren zu heben. Ich habe keine Zeit mehr, hier sinnlos herumzustehen. Bis zum Einbruch der Dunkelheit will ich Robertsbridge erreicht haben, und das sind noch ganze elf Meilen. Was mich zur Frage bringt: Hat dein Freund da Geld für ein Wirtshaus? Ich kann ihn ja nicht gut die Nacht im Karren zubringen lassen.“

Joe Frimley hatte zwar keinen Shilling, aber er wusste, wo er den gut gefüllten Geldbeutel des Leutnants fand. Also zählte er einige Münzen heraus und drückte sie dem Webereiarbeiter in die ausgestreckte Hand. Dann schob er den Beutel in die Jackentasche zurück. Dort sollte er nicht lange bleiben. Denn so hilfsbereit Jack Bayton auch war, so gut konnte er einen überraschenden Geldsegen gebrauchen.

Kapitel 7

Wie sehr sich doch die Stunden dahinschleppten, wenn man das nicht tun durfte, was man am liebsten tat. Noch nie in ihrem bisherigen Leben waren Penelope die Tage so lang, so freudlos erschienen wie seit dem missglückten Heiratsantrag. Auf dem Rücken ihres Pferdes und aus einiger Distanz beobachtete sie jeden Tag die Schafe auf Lady Stonesdales Weide. Wie ging es den trächtigen Tieren? Was machten Halfy und Darky, ihre beiden Lieblingslämmer? Die Versuchung war groß, sich über Mutters Verbot hinwegzusetzen und näher zu reiten. Lady Panswick war keine geübte Reiterin und würde daher niemals davon erfahren. Sie legte all ihre Wege mit ihrem kleinen, wendigen Landaulett zurück, das ihr Schwiegersohn ihr zu ihrem letzten Geburtstag geschenkt hatte. Auch mit dem Fahrzeug würde es ihr nicht möglich sein, querfeldein zu dieser Weide zu fahren. Doch Penelope war sich nicht sicher, ob nicht der Verwalter von Lancroft Abbey auf Mutters Geheiß ein Wort mit dem Stallmeister von Lady Stonesdale gewechselt hatte, und den wollte sie keinesfalls in Verlegenheit bringen. Außerdem war sie schon immer eine folgsame Tochter gewesen, für die die Anordnungen ihrer Eltern Gesetz waren.

Doch heute, an diesem strahlenden Frühsommertag, da fragte sie sich auf einmal, wie lange das noch so weitergehen sollte. Sie war jetzt zweiundzwanzig Jahre alt, wie Mutter zu betonen nicht müde wurde. Das hieß aber auch, dass sie nicht mehr unter der Gewalt ihres Vormunds stand. Sie war großjährig. *Gewalt* klang schlimmer, als es gewesen war, wie sie vor sich selbst zugeben musste. Ihr erster Vormund nach Papas Tod war Mamas Halbbruder gewesen, der sich ohnehin keinen Deut um sie gekümmert hatte. Nach der Vermählung mit Frederica hatte deren Gatte, der Earl of Derryhill, diese Aufgabe übernommen, und der war überaus nett und freundlich und hatte sie in allen Belangen unterstützt. Also hatte sie wohl eher Mamas Erziehungsgewalt unterstanden, und an die hatte sich schon so gewöhnt, dass sie es sich gar nicht vorstellen konnte, wie es wäre, seine eigenen Entscheidungen zu treffen. Wie es wohl sein würde, niemanden mehr um Erlaubnis fragen zu müssen, ob sie dies oder jenes unternehmen dürfte? Einfach mal eine Nacht bei einem verletzten Tier im Stall verbringen zu dürfen, ohne sich rechtfertigen zu müssen? Was für ein Gedanke! Verlockend, aber auch furchterregend.

Penelope hatte auf dem breiten Baumstumpf einer Eiche Platz genommen, die vor Jahren gefällt worden war und von der man einen wunderschönen Ausblick über die Landschaft hatte. Die Sonne schien wärmend vom Himmel, das Gras ringsherum war in sattem Grün, die Fliederbüsche am Wegrand verbreiteten ihren intensiven Duft. Alles hätte so schön sein können und war es doch nicht. Denn Penelopes Inneres war in Aufruhr. *Sie musste aus dem Haus*, hatte Mama gesagt. Obwohl sie Mutters freimütige Art sich auszudrücken kannte, brannten diese Worte immer noch auf ihrer Seele. Dort, wo sie fast ihr ganzes Leben verbracht hatte – an ihr unrühmliches Debüt in London wollte sie ebenso wenig denken wie an die beiden Jahre, die sie in Mrs Cliffords Anstalt für Höhere Töchter verbracht hatte –, war sie mit einem Schlag unerwünscht. Sie hatte gute Lust wegzulaufen. Wenn sie nur wüsste, wohin. Außerdem war Weglaufen keine Lösung auf Dauer, wie sie sich eingestehen musste. Wovon wollte sie leben? Auch wenn Derryhill sie kürzlich mit einer noch großzügigeren Mitgift ausgestattet hatte, wie Frederica in ihrem letzten Brief schrieb, so half ihr das gar nichts. Die Auszahlung des Geldes war auf eine Eheschließung ausgerichtet. Ohne Vermählung keine Mitgift. Ohne passenden Gentleman keine Vermählung. Penelope verzog unwillig das Gesicht. Und mit einer Eheschließung gab es zwar die Mitgift, aber über diese würde ihr Gemahl verfügen. Der, der ihr dann auch sagen würde, was sie zu tun oder zu unterlassen hatte. Genau wie Mama.

Hufgetrampel holte sie aus ihren trüben Gedanken. Sie drehte sich neugierig um. Der Anblick, der sich ihr wenige Augenblicke später bot, hätte den Mund jeder anderen junge Lady vor Erstaunen weit offenstehen lassen, doch Penelope war viel zu sehr daran gewöhnt, um ihn auch nur bemerkenswert zu finden. Und so war stattdessen tief empfundene Freude das einzige Gefühl, das sie in diesem Augenblick verspürte.

Ihre Nachbarin, Lady Stonesdale, kam in rasantem Tempo den Hügel heraufgaloppiert. Das wäre an und für sich noch nichts Ungewöhnliches gewesen, doch Ihre Ladyschaft geruhte dies im Herrensattel zu tun. Wie immer folgte ihr ihr treuer Stallmeister. Ein Mann in ungefähr ihrem Alter. Sie schätzte beide auf in etwa sechzig. Bei Ihrer Ladyschaft wehten die roten Locken ebenso im Wind wie die blauen Bänder ihres ungewöhnlich hohen Reithutes, beim Stallknecht die etwas zu langen, schlohweißen Haare. Der Reitrock war eine bunte Pracht aus mintgrünem Samt, über und über mit bunten Blumen und Girlanden bestickt.

„Penelope!" Lady Stonesdale brachte ihren feurigen Rappen zum Stehen. „Dachte ich mir doch, dass ich dich hier finde. Dieser Tag ist doch viel zu sonnig, um Trübsal zu blasen. Du musst mir sofort erzählen, was nun schon wieder geschehen ist." Sie wandte sich zu ihrem Begleiter um: „Danke, Rolesford, wir kommen nun sehr gut allein zurecht. Sie können nach Hause reiten."

Der Bedienstete, der Penelope zum Zeichen des Grußes zugenickt hatte, sagte kein Wort, hob zum Abschied die Hand an die Mütze, wendete sein Pferd und machte sich daran, den Befehl auszuführen. Ihre Ladyschaft scherte sich keinen Deut um Konventionen. Die Leute aus der Gegend waren es längst gewöhnt, sie auch alleine bei ihren Ausritten im Herrensattel anzutreffen. Und falls jemand meinen sollte, sich den Mund über solch offen dargestellte Unschicklichkeit zerreißen zu müssen, so schenkte sie ihm keinerlei Beachtung.

„Lass uns ein paar Schritte gehen", schlug sie vor, nachdem sie ihr Pferd an einen der Bäume gebunden hatte. „Was ist los? Wie soll ich deine Nachricht verstehen, deine Schwester sei genauso arg wie deine Mama?"

Penelope, die sofort aufgesprungen war, als Lady Stonesdale nähergekommen war, ergriff nur zu gern den angebotenen Arm. Ihre Ladyschaft war in der Gegend ebenso beliebt wie ihr Mundwerk gefürchtet und es war für Penelope eine große Ehre gewesen, als sie sich, nach dem missglückten Debüt vor zwei Jahren, für ihre Belange zu interessieren begann. In der Zwischenzeit waren sie fast so etwas wie Freundinnen geworden, auch wenn dies höchst ungewöhnlich war. Lady Stonesdale war schließlich die Schwester eines Herzogs und hätte vom Alter her ihre Mutter, ja fast schon ihre Großmutter, sein können. Und doch hatte sich in den letzten Monaten eine tiefe Vertrautheit gebildet, die noch weiter zu wachsen schien. Dabei hatte sich die Jüngere anfangs sogar ein wenig vor ihrer Nachbarin gefürchtet. Sie war so ... anders. Mutter hatte stets die Nase gerümpft und gemeint, Ihre Ladyschaft kleide sich wie eine Schauspielerin. Das war in ihrem Weltbild alles andere als ein Kompliment. Und sie trug Lippenstift! Etwas, das die bodenständige Lady Panswick absolut nicht guthieß. Wäre Lady Stonesdale nicht im Rang über der verwitweten Viscountess gestanden, sie hätte der ungewöhnlichen Freundschaft niemals zugestimmt. Für Penelope dagegen war sie ein Geschenk des Himmels. Vor allem seit Frederica verheiratet war und sich darüber hinaus Cousine Agatha entschlossen hatte, den Kontinent zu bereisen.

„Aha, also noch jemand, der dich verkuppeln will!", sagte Ihre Ladyschaft, als Penelope ihr die Einzelheiten aus Fredericas Brief erzählt hatte. „Deine Mutter holt ihre alte Freundin und deren offensichtlich missratenen Sohn nach Lancroft Abbey. Dazu wird es einen Ball geben, zu dem deine Schwester und ihre Schwiegermutter einen oder zwei Londoner Stutzer mitbringen. Meine Liebe, meine Liebe, deine Familie gibt sich wirklich Mühe, dich unter die Haube zu bringen, das muss man sagen!"

Penelope seufzte nur und enthielt sich einer Antwort. Was hätte sie auch sagen sollen? Lady Stonesdale hatte es, wie immer, auf den Punkt gebracht.

„Weißt du, woran mich das erinnert?", setzte die Ältere nun fort. „An meine eigene Jugend. Auch ich war einst sehr hübsch, man mag es kaum glauben, wenn man mich jetzt so sieht!" Sie ließ ihr lautes, bellendes Lachen hören und Penelope beeilte sich zu protestieren. Doch Lady Stonesdale hieß sie schweigen: „Es hat keinen Sinn, die Tatsachen zu verkennen, auch wenn es lieb gemeint ist, meine Kleine. Jetzt bin ich alt, doch einst war ich hübsch. Nicht so schön wie du, aber schön genug, dass ich meine Verehrer an zwei Händen abzählen musste. Was hat meine Mama nicht alles unternommen, um mich standesgemäß unter die Haube zu bringen! Es gab Bälle und Musikabende, Picknicks und Maskeraden. Damals trugen wir noch Perücken und viel opulentere Kleider als heute."

Sie schwieg kurz und hing ihren nostalgischen Gedanken nach. Penelope versuchte sich derweilen vorzustellen, wie Kleider noch opulenter sein konnten als die, die Ihre Ladyschaft ohnehin schon trug.

„Es war eine schöne Zeit, fürwahr", sagte diese schließlich und sah Penelope an, als sei sie soeben aus einem Traum erwacht. „Ich habe sie sehr genossen."

„Und dennoch haben Sie nie geheiratet", antwortete diese schlicht.

„Richtig!", kam die umgehende Bestätigung. „Es war unter all den Verehrern kein einziger Mann dabei, der mich so hätte fesseln können, dass ich ihm zuliebe meine Freiheit aufgegeben hätte!"

„Freiheit?" Penelope dachte an ihre eigenen Überlegungen vor wenigen Minuten. „Ist man denn als junges, unverheiratetes Mädchen jemals frei? Ist man nicht stets gezwungen, das zu tun, was die Gesellschaft von einem erwartet?"

Sie erschrak selbst über diesen leidenschaftlichen Ausbruch. Wie gut, dass Mama sie nicht gehört hatte. Ihre Begleiterin war alles andere als schockiert.

„Da hast du natürlich recht, meine Liebe. Doch nur so lange, bis du das dreißigste Lebensjahr überschritten hast. Dann, so verspreche ich dir, kommt niemand mehr auf die Idee, dich unter die Haube bringen zu wollen."

Penelope seufzte. Dieses Versprechen klang alles andere als verlockend.

„Großtante Charlotte hat mir ihren Landsitz hier vererbt", setzte Ihre Ladyschaft fort. „Papa war so gütig, mir die nötigen Mittel für den Erhalt zur Verfügung zu stellen. Glaub mir, meine Liebe, ich habe mein Leben stets in vollen Zügen genossen. Niemand macht mir Vorschriften und als Tochter und nunmehrige Schwester eines Herzogs billigt mir die Gesellschaft eine gewisse Exzentrik zu."

Nun seufzte Penelope erneut und es kam aus der Tiefe ihrer Seele: „Der Unterschied zwischen uns beiden, Lady Stonesdale, könnte größer nicht sein. Zum einen bin ich bloß die Schwester eines Viscounts und somit sicher strengerer Kritik der Gesellschaft ausgesetzt und zum zweiten habe ich weder eine Großtante noch einen Vater, der mir etwas vererben könnte. Und drittens bekomme ich die Mitgift, die mein Schwager so freundlich war für mich zu stellen, nur nach meiner Eheschließung ausbezahlt."

Und viertens, fügte sie insgeheim hinzu, *will ich gar nicht allein bleiben. Ich möchte ja heiraten. Aber nur einen Mann, den ich liebe und der mich liebt.* In ihre Erinnerung schlich sich das freche Lächeln eines gewissen Londoner Gentlemans. Seinen Mund sah sie noch klar vor sich. Diese Lippen, die sie so gern geküsst hätte. Aber seine Augen? Wie waren bloß seine Augen gewesen? Sie waren blau, nein grün, oder doch vielleicht braun? Warum vergaß man so etwas so schnell? Rasch rief sie sich selbst zur Ordnung. Es war gut, wenn sie alles vergaß, was Henry Markfield betraf. Je schneller, desto besser!

Lady Stonesdale hatte ihren Arm losgelassen, war stehen geblieben und überraschte dann Penelope und wohl auch sich selbst mit dem spontanen Ausspruch: „*Ich* könnte dir meinen Landsitz vererben. Und etwas Geld dazu, um ihn zu erhalten."

Penelope war so in Gedanken gewesen, dass sie nun meinte, sich verhört zu haben: „Wie bitte?"

Je länger Ihre Ladyschaft jedoch ihren überraschenden Einfall erwog, umso besser gefiel er ihr: „Warum denn nicht? Ich habe keine Kinder und damit keine direkten Erben. Seine Gnaden, mein Bruder, ist reich wie Krösus, meinen beiden Neffen wird es an nichts fehlen."

„Aber, Lady Stonesdale ..."

„Die Idee ist großartig! Einfach großartig! Dass ich da nicht schon längst drauf gekommen bin!"

Ihre Ladyschaft klatschte in die Hände und drehte sich einmal um die eigene Achse, sodass die blauen Bänder ihres Hutes wieder im Wind flogen. Dann hielt sie abrupt inne: „Eine Bedingung verknüpfe ich allerdings mit meinem Angebot. Wenn du meinen Landsitz erben willst, meine Kleine, dann darfst du keinen der Männer heiraten, die man dir auf diesem Ball aufzwingen will. Weder den Sohn von Lady Panswicks Freundin noch einen der beiden Dandys aus London. Was sagst du dazu? Ist das nicht ein großartiger Plan?"

Sie blickte Penelope mit geröteten Wangen so freudestrahlend an, dass es dieser sehr schwerfiel, sie wieder auf den Boden der Realität zurückzuholen. Dereinst in Lady Stonesdales hübschem Häuschen zu wohnen und die Schafherde ihr Eigen nennen zu können? Sie konnte sich kaum etwas Erstrebenswerteres vorstellen. Und dennoch:

„Ich danke Ihnen herzlich für das Angebot. Doch zum Glück werden noch viele, viele Jahre ins Land gehen, bevor man sich bei Ihnen mit dem Thema Erben beschäftigen muss, Lady Stonesdale. Ich wünsche mir von Herzen, dass Sie noch ganz lange meine Freundin und Beraterin sein werden."

Die Ältere hatte wieder ihre Hand ergriffen und setzte zum nächsten Versuch an, sie zu überreden. „Das ist natürlich lieb von dir, meine Kleine, aber bedenke doch, wie ..."

Penelope wusste, dass es ungehörig war, die Ranghöhere so brüsk zu unterbrechen, aber sie wollte verhindern, dass sich diese noch länger einem Traum hingab, der keine Chance auf Verwirklichung haben konnte.

„Mama wird niemals zulassen, dass ich bis dreißig noch unverheiratet bleibe!", sagte sie daher schnell.

Außerdem war das ein Gedanke, der sie selbst, wenn sie ehrlich war, zutiefst erschreckte. Wie hätte sie sich auch wünschen können, als alte Jungfer zu sterben?

„Sie hat mir das Versprechen abgenommen, den nächsten Heiratsantrag, der mir gestellt wird, anzunehmen. Und ich halte meine Versprechen!", fügte sie noch hinzu, so als müsste sie sich selbst überzeugen.

„Wenn sie möchte, dann kann eine junge Lady sehr gut verhindern, dass einem ein Antrag gemacht wird", antwortete Lady Stonesdale trocken und begann zu der Stelle zurückzugehen, auf der ihr Pferd geduldig auf sie wartete. „Das hast du bei deinem letzten Antrag von diesem Mr Northbrook selbst anschaulich bewiesen. Aber wir müssen nicht jetzt und heute eine Entscheidung treffen. Lass dir mein Angebot durch den Kopf gehen, meine Kleine. Du wirst sehen, er ist die Lösung all deiner Probleme!"

Kapitel 8

In der Zwischenzeit hatte Lady Panswick nahezu all die Besuche absolviert, die auf ihrem Tagesplan standen. Eine der Pächterfamilien hatte ihr siebtes Kind, den lang ersehnten Sohn, bekommen. Da galt es, ihren Glückwunsch persönlich auszusprechen und der geschwächten Mutter einen Kessel mit kräftigendem Eintopf vorbeizubringen, den die Köchin von Lancroft Abbey eigens nach einem alten Familienrezept hergestellt hatte. Dann ging es mit dem Landaulett weiter zu zwei anderen Bauernhäusern. Der Verwalter von Lancroft Abbey hatte Löcher in den Dächern festgestellt und sie wollte sich selbst von der Sinnhaftigkeit teurer Reparaturarbeiten überzeugen. Sie hatte schließlich nach dem Tod ihres Gatten lange Zeit den Landsitz allein verwaltet. Und so tauglich und ambitioniert der junge Mann auch war, den ihr Schwiegersohn als Verwalter eingesetzt hatte – es schadete nie, wenn sie auch selbst nach dem Rechten sah.

Nun stand noch ein letzter Punkt auf dem Programm. Bauer Drewes hatte zur Mittagszeit einen Knecht vorbeigeschickt und um den umgehenden Besuch Ihrer Ladyschaft gebeten. Dieser Bursche war so nervös gewesen, dass kaum ein vernünftiges Wort aus ihm herauszubringen war, während er seine Mütze in der Hand drehte und seine Wangen vor Aufregung tiefrot angelaufen waren. Und so war er auch nicht in der Lage gewesen, den Grund für diesen ungewöhnlichen Wunsch seines Herren zu nennen.

Das Ganze ist tatsächlich äußerst seltsam, dachte Mylady, während sie ihr Pferd zu einer schnelleren Gangart antrieb.

Was sollte der Pächter von ihr wollen, das er ihr nicht bei einem persönlichen Vorsprechen im Herrenhaus hätte erzählen können? Warum musste sie sich der Strapaze unterziehen, an das äußerste Ende ihres Landsitzes zu fahren, dorthin, wo die Poststraße nach Norden am Haus der Drewes' vorbeiführte? Er wolle ihr etwas Wichtiges zeigen, hatte der Bursche gesagt, wenn sie ihn richtig verstanden hatte, etwas, das man nicht ins Haus hätte bringen können. Der Besuch dulde keinen Aufschub, hatte es geheißen, und im ersten Moment hatte Lady Panswick den erschreckenden Verdacht gehabt, es ginge um Leben und Tod. Doch davon wusste der Bursche auch nach mehrmaligem Nachfragen nichts zu berichten. Ihr erster Impuls war es dennoch gewesen, ihre Rundfahrt mit einem Besuch bei den Drewes zu beginnen. Dann jedoch dachte sie, eine Lehre könnte dem Bauern nicht schaden. Sollte er doch künftig selbst auf Lancroft Abbey vorsprechen, wenn er etwas mit ihr bereden wollte. Also entschied sie, es würde ihm guttun, ungeduldig zu warten, bis sie mit ihrem geplanten Programm fertig war. Dass die eigene unerfüllte Neugier den ganzen Nachmittag ihre ständige, unerfreuliche Begleiterin war, musste er ja nicht wissen.

Die letzte Meile hatte sie auf der Poststraße zurückgelegt und nun bog sie mit gekonntem Schwung in den Hof der Drewes' ein. Erst als sie das Gefährt zum Stillstand gebracht hatte, fiel ihr auf, dass sie direkt neben dem Misthaufen stand. Es stank fürchterlich. Wäre sie eine feine Dame aus der Hauptstadt gewesen, hätte sie sich wohl einen mit Rosenwasser gesprühten Schal vor die Nase gehalten und nach dem Riechsalz verlangt. Doch Ihre Ladyschaft war aus einem viel robusteren Holz geschnitzt. Sie gestattete dem Bauern, der sofort herbeigeeilt war, als er den Wagen gehört hatte, ihr vom Kutschbock zu helfen, und sagte nach einer knappen Begrüßung in strengem Ton: „Ich hoffe, Sie haben einen wahrlich guten Grund, mich um diesen Besuch zu bitten, Mr Drewes."

„Den habe ich, Mylady, den habe ich!", beeilte sich der Mann zu versichern, während er nicht aufhörte, sich vor seinem hohen Gast zu verbeugen. „Wenn Mylady mit mir kommen wollen, bitte schön, ich habe ihr da was zu zeigen. Da werden Mylady Augen machen, das schwöre ich, Mylady!"

Lady Panswick zog eine Augenbraue nach oben: „Ja, so sagte man mir. Lassen Sie uns keine Zeit verlieren, Mr Drewes. Was haben Sie denn in Ihrem Haus, was Sie nicht genauso gut nach Lancroft Abbey hätten bringen können?"

„Ist nicht im Haus, Mylady. Ist dort drüben, im Stall. Habe es nicht gewagt, ihn zu Ihnen zu bringen, weil, wie sollte ich wissen, ob Sie ihn wollen? Außerdem hätte ich eh nicht gewusst, wie."

„Im Stall? Sie wollen, dass ich in Ihren Stall mitkomme?"

Jetzt war Ihre Ladyschaft wahrlich entgeistert. Mit einem schnellen Blick auf ihre Füße vergewisserte sie sich, dass sie, als hätte sie eine Vorahnung gehabt, am Morgen zu ihrem derbsten Schuhwerk gegriffen hatte. Sie schnaufte unwillig und fügte sich dann ihrem Schicksal: „Nun denn, dann gehen Sie eben voraus, Mr Drewes, und zeigen mir den Weg. Ich bin gespannt, um welches Tier es sich handelt und warum Sie auf die Idee gekommen sind, ausgerechnet ich sei die Richtige, es mir anzusehen."

„Kein Tier, Mylady, doch kein Tier, was denken Sie denn!", sagte der Bauer und machte sich daran, den Befehl zu befolgen.

Er öffnete das Scheunentor, das quietschend in den Angeln nachgab. Obwohl es erst später Nachmittag und die Sonne noch nicht in die Dämmerung übergegangen war, mussten sich die Augen Ihrer Ladyschaft erst an die Dunkelheit gewöhnen. Das wenige Licht, das durch die kleinen, schmutzigen Fensterscheiben ins Innere gelangte, ließ es nun zu, dass sie die Holzverschläge und die Konturen einzelner Gegenstände erkennen konnte. Von irgendwoher drang ein leises Stöhnen an ihre Ohren. Dann war es wieder still.

„Wo sind die Tiere, Mr Drewes? Der Stall scheint leer zu sein. Was wollen …"

„Das Vieh ist auf der Weide, wo es hingehört, Mylady", beeilte sich der Bauer einer Rüge zuvorzukommen. „Es geht ja auch nicht um ein Vieh. Es geht um den Kerl dort."

Seine Hand zeigte auf die hinterste Koje, in der auf Heu und Stroh etwas Rotes lag.

„Da ist doch glatt heute am frühen Morgen ein Wagen stehen geblieben, Mylady, man glaubt es nicht! Es war so ein Holzkarren, ein einfacher. Und während ich mich noch frage: ‚Was will denn der hier?', da hat der Kutscher auch schon den Mann dort vom Karren gehoben. Da draußen auf meinem Boden hat er ihn fallen lassen. Hat ihn einfach im Gras liegen lassen und ist weitergefahren. Was sagt man dazu?"

Ihre Ladyschaft war einige Schritte näher gekommen. Da sie offensichtlich nichts dazu zu sagen hatte, setzte der Bauer fort: „Da war der Kerl da anscheinend noch bei Bewusstsein, weil, wie ich eine Stunde später wieder zu der Stelle bin, um nach ihm zu sehen, da hatte er sich schon hier im hintersten Winkel versteckt. Ich habe ihn zuerst gar nicht gefunden."

Er war nun die letzten Schritte bis zum Ende des Stalles gegangen und wies auf eine zusammengekauerte Gestalt in einem völlig verdreckten, ehemals roten Uniformrock. Lady Panswick beeilte sich, dem Pächter zu folgen, bemüht, nicht über einen der Gegenstände und das unregelmäßig aufgebrachte Stroh am Boden zu stolpern.

„Ein Soldat?", vergewisserte sie sich schließlich und es klang fassungslos. „Sie wagen es tatsächlich, mich wegen eines vagabundierenden Soldaten hierherzuholen?"

Mr Drewes wurde zunehmend nervöser. Die strenge Herrin zu erzürnen, war das Letzte, was er wollte.

„Scheint ein Offizier zu sein", beeilte er sich daher, zu korrigieren, machte dadurch die Sache aber auch nicht besser.

„Na und? Was habe ich mit einem fremden Offizier zu schaffen? Mr Drewes, machen Sie mit dem Mann, was Sie für richtig halten, aber belästigen Sie mich nicht mit ihm. Der Krieg fordert viele Opfer. Das ist schlimm, aber es ist …"

„Er hatte dieses Blatt Papier bei sich!" Seine schwielige Hand reichte einen zusammengefalteten Bogen zu Ihrer Ladyschaft hinüber. Diese ergriff ihn eher unwillig und ging dann doch zur nächsten Fensterscheibe hinüber, um zu erkennen, was darauf geschrieben stand. Was sie sah, ließ ihr den Atem stocken: *P. Barnett* stand da mit einer klaren Männerhandschrift geschrieben. *Lancroft Abbey, Tunbridge Wells, Kent.*

„Das war das Einzige, was der Mann in den Taschen hatte. Sonst nicht das Geringste, kein Geld, kein nichts. Ich habe mir gedacht, es könnte Sie interessieren, Mylady!", sagte der Bauer, nach einem Blick in Lady Panswicks Gesicht, nun schon etwas hoffnungsfroher.

Zum Unterschied zu den beiden Männern in der Poststation von Hastings hatte ihn ein engagierter Pfarrer lesen und schreiben gelehrt.

Der Soldat stöhnte abermals, aber es war offensichtlich, dass er nicht bei Bewusstsein war.

P. Barnett, dachte Ihre Ladyschaft. Die Erkenntnis traf sie wie ein Blitz: Das musste Peter sein, der Neffe ihres verstorbenen Mannes. Er war der Einzige, den sie kannte, auf den dieser Anfangsbuchstabe des Vornamens zutraf. Sein Vater war bereits vor vielen Jahren gestorben, da musste, wenn sie sich richtig erinnerte, Peter ungefähr zehn Jahre alt gewesen sein. Er war ein, zwei Jahre älter als ihre älteste Tochter Frederica. Als Kind war er oft auf Lancroft Abbey gewesen und hatte mit ihren beiden Mädchen gespielt. Sie erinnerte sich gern an die Zeit, denn sie hatte ihren Schwager gemocht und auch Peter war ein netter, aufgeweckter Junge gewesen. Leider konnte man das von ihrer Schwägerin nicht behaupten. Das war eine aufgetakelte Pute, die nur ihr eigenes Wohlergehen im Auge hatte.

Lady Panswick hatte ihr Gesicht bei dieser Erinnerung so unwillig verzogen, dass Mr Drewes wieder angst und bang wurde und er es nicht wagte, das Schweigen zu unterbrechen.

Als ihr Schwager starb, überlegte Ihre Ladyschaft weiter, war die ungeliebte Schwägerin mit dem Buben nach Yorkshire zu ihrer Familie gezogen und beide waren fortan nicht mehr gesehen. Und jetzt schrieb er diese Adresse auf das Blatt Papier!

Lady Panswick wurde warm ums Herz. Als verletzter Offizier suchte er hier, auf Lancroft Abbey, Schutz und Zuflucht! Dem Ort, an dem er als Kind so unbeschwert und glücklich gewesen war. Es stand außer Frage, dass sie ihm beides gewähren würde. Allein die Tatsache, dass der Mann so schwer verletzt zu sein schien, machte ihr Sorge. Neben der weiteren unerfreulichen Tatsache, dass sie dadurch unter Umständen gezwungen sein würde, mit ihrer grässlichen Schwägerin in Kontakt zu treten. *Aber vielleicht habe ich ja Glück,* dachte sie, *und die dumme Gans ist in der Zwischenzeit gestorben.*

„Das haben Sie sehr gut gemacht, Mr Drewes!", beeilte sie sich, dem Mann neben sich zu versichern, der ungeduldig von einem Fuß auf den anderen getreten war und dabei inständig auf eine wohlwollende Antwort gehofft hatte.

„Bei diesem Offizier handelt es sich um Leutnant Peter Barnett, dem Neffen meines verstorbenen Mannes. Ich werde umgehend zwei Hausdiener losschicken, um ihn abholen zu lassen. Haben Sie vielen Dank für ihre Geistesgegenwart, mich zu verständigen!"

Kapitel 9

„Was soll das heißen, der Arzt ist krank?", fuhr Lady Panswick den Diener an. „Hast du ihm denn nicht gesagt, wie dringend wir ihn hier auf Lancroft Abbey benötigen? Dass ich persönlich es war, die nach ihm geschickt hat?"

„Ja, selbstverständlich habe ich das, Mylady, aber seine Frau meinte, da sei nichts zu machen. Mit so einem Ziegenpeter sei nicht zu spaßen!", erklärte der Lakai und fühlte sich selbst äußerst unwohl in seiner Haut, da mit seiner Dienstherrin ebenso wenig zu spaßen war.

Ihre Ladyschaft bedachte ihn mit einem ungehaltenen Blick, als wäre er höchstpersönlich an der Krankheit des Mediziners schuld, und gab ihm dann ein energisches Zeichen, dass er sich zurückziehen solle. Was er nur zu gern tat.

Daraufhin begann sie, wie es ihre Art war, wie ein Tiger im Käfig im Wohnzimmer auf und ab zu gehen.

Penelope hatte die Hände noch auf den Tasten des Spinetts liegen, so, als wäre sie bereit, mit dem abendlichen Spiel fortzufahren. Und doch hatte sie die Ohren gespitzt und wartete aufgeregt auf Mamas nächste Worte. Am Nachmittag hatten die beiden eine weitere unangenehme Unterredung gehabt, die für Penelope, wie meistens, äußerst unbefriedigend geendet hatte.

Es war am späten Nachmittag gewesen, als man den Verletzten ins Herrenhaus gebracht hatte. Ihre Ladyschaft hatte das beste Gästezimmer für ihn herrichten lassen. Penelope war soeben von ihrem Ausritt zurückgekehrt, als die Diener die Trage in den ersten Stock schafften, eifrig bemüht zu verhindern, dass der Verletzte seitlich zu Boden fiel. Dass er dabei ein paar Worte sprach und kurze Schreie des Schmerzes von sich gab, war ein deutliches Zeichen dafür, dass er das Bewusstsein wiedererlangt hatte. Lady Panswick persönlich hatte den ungewöhnlichen Transport mit Argusaugen überwacht und mit energischer Stimme Anweisungen erteilt. Natürlich hatte Penelope umgehend wissen wollen, wer der außergewöhnliche Besucher war, dem ihre Mutter da Unterkunft gewährte.

Diese jedoch hatte ihr befohlen zu warten und war im Gästezimmer verschwunden, um sicherzustellen, dass man den Neffen ihres verstorbenen Gatten wohlbehalten zu Bett brachte. Dann schickte sie einen der Diener aus, um den Arzt zu holen, und begab sich zu ihrer Tochter, die ungeduldig in der Halle gewartet hatte, Reithut und Gerte noch immer in der rechten Hand.

„Du erinnerst dich doch sicher an Peter Barnett", begann Ihre Ladyschaft, als sie die letzten Treppenstufen erreicht hatte. „Er hatte die Klugheit, sich nach Tunbridge Wells bringen zu lassen, damit ich mich um ihn kümmern kann."

„Peter Barnett?", wiederholte Penelope. „Cousin Peter? Den, den du so gern mochtest, dass du ihn immer als *deinen* Neffen bezeichnet hast? Oh, wie schön, ihn wiederzusehen! Was ist mit ihm passiert? Warum liegt er auf einer Bahre?"

„Er ist verletzt. Was genau ihm fehlt, wird der Arzt wohl in Kürze feststellen. So, und nun begib dich in dein Zimmer zum Umkleiden. Wir essen in einer Stunde."

Doch Penelope war viel zu aufgeregt, um sich diesem Wunsch zu fügen: „Darf ich ihn sehen, Mama? Denkst du, dass er schwer verletzt ist? Kann ich helfen, ihn zu versorgen?"

„Natürlich kannst du ihn sehen, Penelope, aber nicht jetzt", bestimmte ihre Mutter. „Der Bedauernswerte scheint in der Tat schwerer verletzt zu sein, als ich mir das wünschen würde. Mir kommt vor, er hat zudem hohes Fieber. Derzeit ist er sicherlich nicht der richtige Anblick für ein junges Mädchen."

„Aber, Mama", protestierte Penelope. „Peter ist doch mein Cousin. Wir haben als Kinder viel Zeit miteinander verbracht und ich habe ihn noch in so guter Erinnerung. Lass mich ihm helfen! Ich kenne mich mit Tieren aus, wie du sehr wohl weißt, Mama. Die Unterschiede zum Menschen sind nicht allzu groß. Darf ich mir seine Wunden ansehen? Mama, bitte!"

Sie hatte flehentlich zu ihrer Mutter hinaufgeblickt. Doch es gab keinen Blick, der diese hätte erweichen können.

„Mach dich nicht lächerlich, Penelope!", hatte daher auch schon der scharfe Kommentar gelautet, dem sie einen geringschätzigen Blick hinterherschickte. „Wir wollen doch auf dem Boden der Tatsachen bleiben! Es ist nie gut, wenn eine junge Frau die eigenen Fähigkeiten überschätzt. Der Arzt wird alles Notwendige veranlassen. Der braucht deine laienhafte Hilfe bestimmt nicht."

„Aber, Mama ...!", hatte ihre Tochter einen letzten Versuch gestartet.

Doch Lady Panswick hatte energisch den Kopf geschüttelt und ihr mit einer Geste Einhalt geboten: „Du darfst Peter besuchen, sobald er wieder halbwegs auf den Beinen ist, und nicht einen Tag früher. Jetzt will ich kein Wort mehr darüber hören! Geh auf dein Zimmer, Rosie wartet bestimmt schon auf dich."

Das war vor knapp drei Stunden gewesen. Und jetzt stand Lady Panswick mitten im Wohnzimmer und bedachte ihre Tochter mit einem prüfenden Blick aus zusammengekniffenen Augen. Diese spürte, wie die Aufregung wieder von ihr Besitz ergriff. Doch diesmal war es kein negatives Gefühl. Es war das gute Gefühl, kurz vor Erreichung eines wichtigen Ziels zu stehen. Sie kannte ihre Mutter viel zu gut, um nicht zu wissen, was in diesem Augenblick in ihr vorging. Mit einem seltenen Gefühl von Zufriedenheit im Herzen tat sie so, als würde sie all das nicht bemerken, und begann die ersten Takte von Mozarts *Kleiner Nachtmusik* anzustimmen.

Ihre Ladyschaft trat so schnell zu ihr hin und klappte den Deckel zu, dass sie gerade noch Zeit hatte, die Finger darunter hervorzuziehen.

„Gut, meinetwegen!“ Ihr Seufzer kam aus tiefster Seele. „Wenn es so sein soll, dann soll es eben so sein. Kümmere dich, in Gottes Namen, um deinen armen Cousin. Als derart naher Verwandter kommt er als passender Gemahl ohnehin nicht infrage. Immerhin gibt es ja die Barnett-Regel. Und bei einem deiner Brüder hätte ich ja auch nichts dagegen gehabt. Also widerspricht es wohl nicht allzu sehr den Konventionen, wenn du dich an seiner Pflege beteiligst. Nicht, dass ich es ausdrücklich betonen müsste, aber sorge stets dafür, dass die Schicklichkeit gewahrt bleibt!“

Penelope war aufgesprungen. „Danke! Ich danke dir vielmals, Mama!“

„Was, um Himmels …“

Lady Panswick kam nicht dazu, diesen Ausruf zu beenden, denn da hatte ihre Tochter sie schon so fest umarmt, ihr einen Kuss auf die Wange gedrückt und noch einmal „Danke, Mama, danke aus ganzem Herzen!“, ausgerufen.

Umarmungen waren in der Familie Barnett nicht üblich und so machte sich die Ältere auch schnell wieder los. Nicht aber, ohne ihre Tochter mit einem liebevollen Blick zu bedenken. Ihr Eifer, einem Verwandten helfen zu wollen, rührte sie. Und ihre anschließenden Worte: „Du glaubst gar nicht, wie ich mich freue, endlich wieder eine vernünftige Aufgabe zu bekommen, Mama. Die Zeit schleppt sich allzu zäh dahin, wenn man das Gefühl hat, zu nichts nütze zu sein!“, konnte sie aus vollem Herzen verstehen. Auch sie brauchte immer eine erfüllende Tätigkeit. Das war auch der Grund dafür, dass sie die Angelegenheiten von Lancroft Abbey nur zum Teil in die Hände des Verwalters gelegt hatte, obwohl dieser ein durchaus fähiger Mann war.

„Shipton hat Matthew und Steven ausgewählt, sich abwechselnd um Peter zu kümmern", sagte sie, bemüht, sich die Rührung nicht anmerken zu lassen. „Ich halte es nicht für gut, wenn er alleine ist. Auch in der Nacht nicht. Zumindest nicht in der Anfangszeit, solange es ihm noch so schlecht geht."

„Denkst du wirklich, er ist so schwer verletzt, Mama?"

Ihre Ladyschaft zuckte mit den Schultern. „Ich weiß nichts Genaues. Bei Drewes im Stall hat mir sein Zustand so gar nicht gefallen. Aber am besten machst du dir selbst ein Bild."

„Das mache ich sofort, noch einmal vielen Dank, Mama! Ich verspreche dir, mein Bestes zu geben."

Penelope wollte eiligen Schrittes an der Mutter vorbei zur Tür stürmen, als ein fester Griff am Oberarm sie zurückhielt: „Traust du dir das auch wirklich zu?"

Penelope nickte, ungeduldig darauf aus, endlich ins Krankenzimmer zu kommen.

„Nun gut, dann tu, was du kannst. So hat all das, was du von den Stallmeistern in Bezug auf die Tiere gelernt hast, wenigstens einen Sinn. Gib den beiden Burschen genaue Anweisungen, was sie zu tun haben. Hörst du?"

„Mach ich, Mama!" Penelope befreite sich aus dem Griff.

„Und, Penelope, wenn dich schockiert, was du siehst … ähem … was immer es ist … ähem … ja, also, wenn du einen Anblick nicht erträgst, oder dir etwas besonders ungewöhnlich erscheint, dann verlasse den Raum und gib deine Anweisungen von der Tür aus."

„Mache ich, Mama!", bestätigte Penelope noch ein weiteres Mal und fragte sich, was sie denn wohl bei ihrem Cousin schockieren sollte, was sie nicht schon bei Schafen und Pferden gesehen hatte.

„Na gut, mein Kind, dann ab mit dir nach oben."

Das ließ sich ihre Tochter nicht zwei Mal sagen und verließ das Wohnzimmer.

Lady Panswick blieb noch einige Minuten regungslos stehen. *Das sind wahrlich ungewöhnliche Zeiten, in denen wir leben,* ging es ihr durch den Kopf. Sie selbst hätte es nie gewagt, ihre Mutter zu küssen, wenn diese ihr nicht die Wange dazu dargeboten hatte. Außerdem kannte sie keine andere junge adelige Dame, die sich für Heilkunst interessierte. Und die mehr vom Leben wollte, als schön auszusehen, ein Instrument zu spielen, Sofakissen zu besticken und eines Tages eine gute Partie zu machen. Mr Northbrook wäre solch eine gute Partie gewesen. Sie seufzte abermals und dann erkannte sie zu ihrem eigenen Erstaunen, wie stolz es sie machte, dass diese junge Frau ausgerechnet ihre Tochter war. Noch dazu Penelope! Nicht Frederica, die Tüchtige. Die, die immer einen Ausweg fand, mochte die Lage noch so misslich sein. Nicht Vivian, die Rebellische, die mit ihrer Meinung nie hinter dem Berg hielt und sie mit ihrer offenen Ausdrucksweise und ihrer Furchtlosigkeit schon so manches Mal in Atem gehalten hatte. Nein, Penelope, die sie bisher mit kritischem Blick als still, verträumt und eher willensschwach eingestuft hatte. Deren Engagement für Tiere ihr eher lästig erschien als bewundernswert. Die griff jetzt beherzt zu, da ein Verwandter Hilfe brauchte. Vor sich selbst, allein im Wohnzimmer, scheute sich Lady Panswick nicht zuzugeben, dass sie ihre mittlere Tochter bisher wohl stets unterschätzt hatte.

Kapitel 10

Aufgrund von Mutters Schilderungen hatte Penelope erwartet, dass sie der Anblick ihres Cousins unter Umständen erschüttern könnte. Aber dass es so schlimm sein würde, damit hatte sie nicht gerechnet. Die beiden Hausdiener hatten den Verletzten entkleidet, gewaschen und in eines von Bertrams alten Nachthemden gesteckt. Seine Arme lagen wie leblos auf der Bettdecke, der linke Ärmel zeigte einen großen braunroten Fleck am Unterarm. Der Mann hatte die Augen geschlossen, anscheinend schlief er. Tiefblaue Ringe hatten sich unter den Augen ins Gesicht gegraben. Der notdürftig angebrachte Kopfverband war vollkommen verdreckt und mit eingetrockneten Blutflecken übersät. Darüber kam ein kahl rasierter Schädel mit Schrammen und ganz kurzen Haarstoppeln zum Vorschein. So kahl er am Kopf auch war, so wild und struppig wuchs ein rötlicher Bart in seinem von der Sonne verbrannten Gesicht.

Der Diener Matthew, der neben dem Patienten gewacht hatte, war bei ihrem Eintreten aufgesprungen, hatte aber außer einem erstaunten „Lady Penelope?“ noch nichts gesagt.

„Schläft er die ganze Zeit?“, wollte sie wissen. Sie sprach leise und bemühte sich um einen beruhigenden Tonfall. Dabei war sie sich nicht sicher, wen sie beruhigen wollte. Den aufgeregten jungen Diener? Den Verletzten? Sich selbst?

„Die meiste Zeit, Mylady“, bestätigte Matthew. „Manchmal stöhnt er auch. Und vor einer Stunde etwa, da konnte ich ihm etwas Tee einflößen. Ich fragte ihn auch, ob er Hunger habe, aber statt einer Antwort schlief er einfach wieder ein.“

„Gut, gut!“ Sie beugte sich über den Patienten. Auch wenn der halbe Kopf einbandagiert und die andere Hälfte vom Bart bedeckt war, kam er ihr sofort vertraut vor. Peter, ihr Cousin Peter! Was waren das doch für unbeschwerte Zeiten gewesen, als sie miteinander herumgetollt waren. Rund um die Schaukel getobt, sich gegenseitig den Ball versteckt hatten.

Da öffnete er die Lider und für einen kurzen Augenblick sahen sie einander tief in die Augen. Penelope wich erschrokken zurück. Sie hatte vergessen gehabt, wie tiefblau Peters Augen waren. Und doch stand es für sie außer Zweifel, dass sie in diese Augen schon einmal geschaut hatte.

„Lämmchen!“, murmelte er und es klang so, als würde alle Last der Welt von ihm abfallen. Und dann schlief er wieder ein. In diesem Augenblick hatte er Penelopes Herz ein weiteres Mal erobert und sie schwor sich, alles daran zu setzen, dass er wieder gesund wurde. Er hatte sie erkannt! Ihr Cousin hatte sie nach so vielen Jahren mit einem Blick erkannt! Dabei hatte er als Kind doch viel lieber mit Frederica gespielt und sie, Penelope, war sich oft wie das dritte Rad am Wagen vorgekommen.

„Kommt der Doktor bald, Mylady?“, unterbrach der Diener ihre Gedanken. „Sie haben ja selbst gehört, wie der Gentleman Sie genannt hat. Es ist eindeutig, dass der Mann fantasiert. Das liegt am Fieber, wenn Sie mich fragen. Ich habe die Stirn gefühlt, sie ist feucht und heiß. Man sollte ihn möglichst schnell zur Ader lassen. Und der linke Arm gehört ab.“

„Aber wieso denn das?“, fragte sie erschrocken.

„Steven und ich haben den Verband nur kurz zur Seite geschoben, weil wir nichts schlimmer machen wollten, bevor der Arzt kommt, Mylady. Aber ich schwöre Ihnen, das sieht nicht gut aus. Das ist alles voll von Eiter und gestocktem Blut und immer wieder beginnt die Wunde erneut zu … oh, ich bitte um Verzeihung, Mylady. Das sollte ich in Ihrer Anwesenheit nicht in dieser Deutlichkeit ausführen, aber …“

„Es ist schon gut, Matthew. Erzähle mir alles, was du weißt. Der Doktor ist erkrankt. Lady Panswick hat mich beauftragt, mich um meinen Cousin zu kümmern, solange der Arzt das Bett hüten muss. Ich kenne mich mit Verletzungen bei Tieren aus, wie du weißt."

Der Bursche blickte sie zuerst überrascht an, begann langsam zu nicken und berichtete dann, wie ihm geheißen, von all den Verletzungen, die er beim Waschen des Patienten entdeckt hatte. Penelope atmete innerlich auf, als sie erfuhr, dass ihr Cousin vom Nabel abwärts keinen Schaden erlitten hatten. Die Verletzungen beschränkten sich auf den Kopf, Blutergüsse auf der Brust und vor allem eine tiefe Wunde am linken Unterarm.

„Als Erstes müssen die schmutzigen Verbände weg!", bestimmte sie dann energisch. „Hol ein frisches Betttuch und reiß es in Streifen. Sag der Köchin, sie soll Kamillentee kochen, und bring ihn her. Und eine Schüssel mit heißem Wasser dazu." Sie überlegte. „Ach ja, und am besten auch ein scharfes Messer. Und dann noch Rum."

Jetzt war der Bursche ernsthaft überrascht. „Rum?"

Penelope nickte energisch. „Ja, Rum! Und zwar den starken."

„Was ist mit dem Aderlass?", ließ er nicht locker.

„Der muss wohl warten, bis der Arzt genesen ist", sagte sie. „Oder möchtest du ihn vornehmen?"

Matthew erbleichte, schüttelte den Kopf und beeilte sich, das Gewünschte zu holen. Als er gegangen war, ließ sich Penelope erst einmal auf den Lehnstuhl fallen, in dem der Diener zuvor gesessen hatte. Es war einfacher, vor einem Bediensteten die starke, gelassene Herrin zu spielen, die die Dinge im Griff hatte, als sich selbst davon zu überzeugen, wenn man allein war. Sie blickte zum Verletzten hinüber, der ruhig dalag und schlief. *Ich bin* für *dieses Menschenleben verantwortlich,* schoss es ihr durch den Kopf, *oder zumindest für dessen rasche Heilung. Lieber Gott, hilf mir, das Richtige zu tun*!

Sie kannte sich bei Tieren aus. Wusste sie denn, ob man einen Mann mit denselben Mitteln behandeln konnte? Hatte sie sich nicht doch zu viel zugetraut? Energisch straffte sie die Schultern und befahl sich, einen klaren Kopf zu behalten. Erst kürzlich hatte sie mit Lady Stonesdales Stallmeister eines der Mutterschafe verarztet, das an einem dicken Ast hängen geblieben war und sich tiefe Verletzungen zugezogen hatte. Mr Rolesford hatte von einer der Birken vor den Stallungen ein großes Stück der weißen Rinde abgenommen und die Köchin gebeten, diese mit Wasser so lange zu kochen, dass ein Extrakt entstanden war.

„Das ist ein altes Familienrezept", hatte er ihr erklärt, die wie immer alles, was er sagte, wissbegierig in sich aufgesogen hatte. „Das hat schon mein Großvater bei seinen Tieren angewendet. Ich vermische das Ganze noch mit einer Arnikaessenz, die ich bereits letzten Sommer hergestellt habe, zu einer Tinktur. Wir werden zuerst die abgestorbenen Fleischstellen abschaben und dann die Wunden bestreichen. Wir können dann auch noch Honig darüber schmieren. Das hilft zusätzlich."

Sie hatte sich damals ein Fläschchen von dieser Tinktur mitgenommen und eilte nun auf ihr Zimmer, um es zu holen. Als sie zurückkam, war der Diener eben dabei, ein weißes Betttuch in Streifen zu reißen.

„Alles andere dauert noch etwas, Mylady. Die Köchin hat auch eine Hühnerbrühe aufgesetzt. Ich hoffe, das ist Ihnen recht."

Mehr als eine Stunde später war alles vollbracht. Die Wunden auf dem Kopf hatten sich als nicht allzu tiefe Schrammen erwiesen, die bereits am Verheilen waren. Penelope reinigte sie mit warmem Kamillentee, vorsichtig bemüht, den Schorf, der sich gebildet hatte, nicht zu beschädigen. Mr Rolesford, der Stallmeister, war der Meinung, dass Schorf die Wundheilung beschleunigte. Sie beschloss, dass kein neuer Verband mehr notwendig war. Der Verletzte ließ alles ohne zu jammern über sich ergehen. Er stöhnte nur leise, als sie seinen Kopf vorsichtig hochhob, und hielt die ganze Zeit über die Augen geschlossen. Dennoch merkte sie, dass er wach war, denn er biss die Zähne zusammen. Ihr war sein Verhalten nur recht. Einem Mann so nahe zu sein, war für sie höchst ungewohnt und sie war froh, ihm dabei nicht in die Augen blicken zu müssen. Zum Glück war er ihr Cousin. Bei einem Fremden wären ihr diese Tätigkeiten noch viel, viel unangenehmer gewesen.

„Hilf mir, das Nachthemd wieder auszuziehen!", befahl sie dem Diener.

Der Protest kam umgehend: „Aber, Mylady, Sie können doch nicht ... ich meine, mit Verlaub, Mylady, Sie vergessen, dass ... Sie können doch nicht ..."

Es war nicht eindeutig, wer von beiden heftiger errötete, Penelope oder der Lakai. Sie wagte es nicht, ihm ins Gesicht zu sehen, und blickte zum Verletzten hinüber. Irrte sie sich, oder verzogen sich seine Lippen zu einem kleinen Lächeln? Allerdings nur kurz, denn dann entrang sich ihnen ein Aufstöhnen. Vielleicht hatte sie sich auch geirrt.

„Du vergisst, dass es sich bei diesem Gentleman um meinen Cousin handelt", wies Penelope den Diener zurecht. „Wir sind wie Bruder und Schwester aufgewachsen." Was nicht ganz der Wahrheit entsprach, aber das musste er ja nicht wissen. Allerdings hatte ihr auch Mama aufgetragen, die Schicklichkeit in jedem Fall zu wahren. „Zieh das Nachthemd nach oben, während ich mich umdrehe", sagte sie daher. „Und bedecke ... äh ... die Beine mit der Decke. Ich helfe dir dann, ihm das Nachthemd über den Kopf zu ziehen, und sehe mir die Wunden auf der Brust an."

Und so geschah es, dass Penelope kurze Zeit später, das erste Mal in ihrem Leben, einen nackten männlichen Oberkörper vor Augen hatte. Einen muskulösen, äußerst gut gebauten Oberkörper, der sie an die Abbildungen griechischer Statuen erinnerte, die die dicken Bände in der Bibliothek beinhalteten. Die Haut war gebräunt, doch mit zahlreichen Flecken übersät, die in allen Farben von Violett über Dunkelblau bis Hellgrün schillerten. Penelope hielt die Luft an. Was musste Peter alles Schreckliches erlebt haben! Sie überlegte, was Mr Rolesford bei Blutergüssen geraten hatte.

„Hol Apfelessig aus der Küche und noch ein weiteres Tuch", bestimmte sie schließlich. „Wir werden einen kühlenden Verband um die Brust anlegen. Sollte die Hühnersuppe bereits fertig sein, bringe eine große Schüssel davon mit. Ich werde versuchen, meinen Cousin damit zu füttern. Er muss zu Kräften kommen, um gesund zu werden."

Während der Bursche das Gewünschte holte, sank Penelope abermals auf den Lehnstuhl und ließ den Verletzten nicht aus den Augen. Wie es sich wohl anfühlte, seine Brust zu berühren? Sie beugte sich vor und strich mit dem Zeigefinger zart über den Rippenbogen. Es fühlte sich fest an und heiß.

„Ach, Cousin Peter", murmelte sie, „was ist dir bloß passiert? Hoffentlich sinkt das Fieber bald, sonst bin ich mit meiner Weisheit am Ende."

In diesem Augenblick schlug er die Augen wieder auf. Blaue Augen trafen auf blaue Augen. Penelope spürte, wie ihr Herz schneller zu schlagen begann.

„Cousin Peter", murmelte er. Es war kaum mehr als ein Flüstern. Schwach und auch, wie ihr schien, eine Spur überrascht.

Sie drückte beruhigend seine rechte Hand.

„Ich weiß", sagte sie. „Du bist mein Cousin Peter Barnett. Wir haben dich sofort erkannt. Keine Sorge, alles wird gut!"

„Alles wird gut", wiederholte er und schloss die Augen.

„Und nun, hol noch ein Rasiermesser!", befahl sie dem Burschen, als der Verband um die Brust angelegt worden war und sie den Kopf wieder auf das Kissen gebettet hatten. Niemand trug in diesen Tagen einen Vollbart. Der war absolut nicht *comme il faut*. Außerdem wollte sie sichergehen, dass sich keine Wunden unter dem rötlichen Gestrüpp befanden. Und natürlich war sie neugierig, wie Cousin Peter aussah, wenn er erst einmal rasiert war. Erinnerte er sie dann stärker an den kleinen Jungen, den sie gekannt hatte?

„Der Bart muss ab!", bestimmte sie energisch, weil sie es gar nicht erwarten konnte.

Blitzschnell umklammerte die Rechte des Patienten ihren Arm: „Der Bart bleibt!", flüsterte er und klang nun ebenfalls energisch. Dann fügte er ein leises, fast flehentliches „Bitte!" hinzu.

Sie war erschrocken darüber, dass er sie so unvermittelt angefasst hatte, aber erfreut, wie kräftig dieser Griff war.

„In Ordnung", stammelte sie. Mehr aus Überraschung als aus Überzeugung.

Der Diener stieß einen tiefen Seufzer aus: „Na, Gott sei Dank. Ich wüsste nicht, wie ich mit einem Rasiermesser umgehen sollte. Bei einem anderen, meine ich. Ich bin ein Lakai, Mylady, und tauge wahrlich nicht zum Kammerdiener."

Nachdem das geklärt war, stand nur mehr der linke Unterarm aus, das bei Weitem größte Problem, das Penelope zu bewältigen und das sie so weit hinausgeschoben hatte, wie es nur möglich war. Sie griff zur Schere und zerschnitt den schmutzigen Verband. Obwohl sie mit äußerster Vorsicht zu Werke ging, bemerkte sie, dass ihr Cousin die Zähne nun noch stärker zusammenbiss, um nicht loszubrüllen. Dennoch entfuhr ihm so mancher Schmerzensschrei, als sie die Teile des Verbands entfernte, die bereits in die Wunde hineingewachsen waren.

„Der Rum!", befahl Penelope, bemüht, sich nicht von den Schreien ablenken zu lassen. „Flöße ihm Rum ein, schnell!"

Der Hausdiener, der gegenüber an die Wand gelehnt stand – den Blick aus dem Fenster gerichtet, um kein Blut sehen zu müssen –, war unsicher. „Meinen Sie wirklich, dass das …"

„Sofort!", befahl sie.

Da nahm Matthew die Flasche vom Tisch, öffnete sie und begab sich mit zitternden Händen zum Bett. Dabei stellte er sich so ungeschickt an, dass die Flüssigkeit überschwappte und sich eine große Portion Alkohol über die Wunde ergoss. Der Verletzte schrie auf, Penelope schrie mit und auch der Diener stimmte vor Schreck in das Geschrei ein.

Das wiederum rief den Butler auf den Plan. Ohne viele Worte erkannte er die Situation, nahm dem Burschen die Flasche ab, um sie selbst an die Lippen des Verletzten zu halten, während er seinen Kopf abstützte. So konnte Penelope zuerst die Rumlache im Bett und rund um die Wunde abtupfen. Dann nahm sie allen Mut zusammen und entfernte mit dem scharfen Messer das abgestorbene Fleisch rund um das Einschussloch. Zum Glück handelte es sich um einen glatten Durchschuss, sodass die Kugel nicht mehr im Arm steckte. Als sie die Wunde mit heißem Wasser reinigte, hatte der Verletzte das Bewusstsein bereits verloren. Es war ganz still im Zimmer, als sie die Tinktur auftrug. Der Bursche wurde um Honig geschickt, die Wunde damit bestrichen und ein frischer Verband angelegt.

„Jetzt können wir nur noch beten, dass das alles hilft", sagte sie, als das Werk vollendet war und sie besorgt auf Peter nieder sah.

Der Verletzte schlief die nächsten drei Tage und Nächte. Nur unterbrochen von kurzen Pausen, in denen Penelope oder Matthew ihm heiße, dicke Hühnersuppe einflößten.

Kapitel 11

Lady Panswick hielt nichts von der Sitte, die es verheirateten oder verwitweten Damen erlaubte, ihr Frühstück im Bett einzunehmen. Sie aß lieber bei Tisch, hatte dabei Gesellschaft und besprach die Pläne für den Tag.

„Du hast Shipton in den letzten Tagen wahrlich beeindruckt“, sagte sie am Morgen des vierten Tages nach Auffinden ihres verletzten Neffen und es klang, als würde sie diese Tatsache beachtenswerter finden als Penelopes Fähigkeiten. „Er ist sich sicher, wenn jemand dem armen Knaben helfen kann, dann bist du das.“ Sie nahm einen Bissen vom Rührei. „Gießt du mir bitte noch eine Tasse Tee ein?“

Diesem Wunsch kam Penelope gern nach. Sie freute sich über das ungewohnte Lob aus Mamas Mund.

Der Butler war eingetreten und stand nun regungslos in der Tür, als würde er auf etwas warten.

„Ja? Was gibt es, Shipton?“, fragte Ihre Ladyschaft.

„Ich nehme an, dass es Sie interessiert, dass Ihr Neffe aufgewacht ist, Mylady. Es scheint ihm heute deutlich besser zu gehen als in den letzten Tagen. Man könnte fast sagen, er sitzt recht vergnügt in seinen Kissen.“

Penelope war schon bei den ersten Worten aufgesprungen. „Du gestattest, Mama?“, fragte sie mit vor Aufregung geröteten Wangen. „Ich möchte umgehend ins Krankenzimmer, um mich selbst von Peters Zustand zu überzeugen!“

„Setz dich hin und iss dein Frühstück fertig“, bestimmte ihre Mutter gelassen. „Jetzt, da dein Cousin offensichtlich endgültig dem Tod entronnen ist, halte ich übertriebene

Eile nicht mehr für notwendig. Ich danke Ihnen, Shipton. Wir werden in Kürze zu unserem Verletzten hinaufkommen."

Penelope schien es, als wäre bereits eine Ewigkeit vergangen. Ihre Mutter hatte sie lang und breit in die Einzelheiten der Ballvorbereitungen eingeweiht und sie von der Tatsache in Kenntnis gesetzt, dass ihre Freundin Edith, Lady Titchwell und deren Sohn ihr Kommen erfreulicherweise zugesagt hatten. Penelope hatte ihr nur mit halbem Ohr zugehört. Was interessierten sie fremde Gäste, wenn es ihrem Cousin endlich besser zu gehen schien? Die Aussicht, ihre liebe Schwester Frederica, ihren Schwager Lord Derryhill und seine reizende Mutter in Kürze wiederzusehen, war das Einzige, worüber sie sich reinen Herzens freute, wenn sie an das bevorstehende Ereignis dachte, das Mama *deinen großen Ball* nannte.

Lady Panswick betrat das Krankenzimmer als Erste.

„Willkommen auf Lancroft Abbey, mein lieber Neffe!", sagte sie, als sie sich dem Bett näherte. „Es freut mich sehr, dass du trotz deiner Verletzungen den Weg zu uns nach Lancroft Abbey geschafft hast. Und natürlich auch, dass es dir inzwischen schon wieder besser geht, wie ich sehe."

Es war offensichtlich, dass der Offizier am liebsten aufgesprungen wäre, um Ihre Ladyschaft im Stehen zu begrüßen. Doch schon der Versuch, sich gerade aufzurichten, scheiterte kläglich. Rasch sank er in die breiten Kissen zurück. Sein Gesicht war zwar immer noch blass, aber nicht mehr so bleich wie in den letzten Tagen. Die meisten Schrammen an der Stirn waren fast vollständig verheilt, die Haarstoppel einige Millimeter gewachsen.

„Es war äußerst freundlich von Ihnen, Mylady, mich hier aufzunehmen. Ich bin Ihnen zu tiefstem Dank verpflichtet!" Seine Stimme klang nun schon um einiges fester als in den letzten Tagen. Allerdings auch so rau, dass sich Penelope vornahm, die Köchin um einen Salbeitee zu bitten.

„Aber, aber, mein Lieber!", entrüstete sich Ihre Ladyschaft. „Wer wird denn so förmlich sein? Du bist doch der Neffe meines Mannes, Gott hab ihn selig. Du darfst mich Tante Louise nennen, so wie du es als Kind auch immer getan hast."

„Habe ich das? Als Kind?", vergewisserte er sich.

„Ja, natürlich, Peter. Ich erinnere mich noch so gut daran, wie du mit meinen Töchtern herumgetobt bist – so, als wäre es gestern gewesen! Ich habe dich vor einigen Tagen, als du in einem Stall gefunden wurdest, auf den ersten Blick wiedererkannt. Trotz dieses scheußlichen Bartes, den du dir da auf dem Kontinent hast wachsen lassen."

Penelope, die etwas versteckt seitlich hinter ihrer Mutter stand, fand Peters Frage ein wenig seltsam. Hatte er etwa Gedächtnislücken? Konnte er sich zwar an sie, nicht aber an ihre Mutter erinnern? Die war doch viel eindrucksvoller als sie.

Ein raues Auflachen zerstreute ihre Bedenken: „Natürlich erinnere ich mich an dich … äh, Tante Louise. Wie schön, dich wiederzusehen, nach so langer Zeit! Wie geht es Frederica? Ist sie auch hier?"

„Nein, nein", kam Lady Panswicks umgehender Widerspruch. „Die lebt mit ihrem Mann in London."

„Sieh an, Frederica ist also schon verheiratet?", sagte der Mann im Bett.

„Ja, natürlich", antwortete Ihre Ladyschaft so bestimmt, als hielte sie jede andere Möglichkeit für ausgeschlossen. „Du hast sie natürlich noch als junges Ding in Erinnerung, aber sie ist in der Zwischenzeit zu einer hübschen Frau herangewachsen. Vor zwei Jahren hat sie sich mit dem Earl of Derryhill vermählt."

Sie wartete kurz, ob ihr Gast sie dazu beglückwünschen wollte, einen der reichsten Männer des Landes zum Schwiegersohn bekommen zu haben, doch dieser nickte nur.

Anscheinend war er zu lange auf dem Kontinent gewesen, als dass er die Tragweite dieser Information entsprechend hätte würdigen können. Dabei konnte sich die Familie Barnett gar nicht genug dazu gratulieren, Derryhill nunmehr zur Familie zählen zu dürfen. Ohne ihn hätten sie Lancroft Abbey verkaufen müssen, ohne ihn … Aber nein, daran wollte sie lieber nicht mehr denken.

„Penelope und Bertram werden auch bald heiraten", setzte sie daher fort, um sich selbst wieder auf positive Gedanken zu bringen. „Mein ältester Sohn, der jetzige Viscount, wird um die Hand von Clarissa Harristowe anhalten, der Tochter des Herzogs of Stainmore! Du kannst dir vorstellen, wie glücklich uns das alle macht."

„Meinen Glückwunsch, liebe Tante!", sagte der Patient pflichtschuldig und versuchte ein Lächeln, das nicht so recht gelang.

Er hat stärkere Schmerzen, als er zugeben will, dachte Penelope und ihr Herz quoll vor Mitleid über. Wie tapfer er war! Machte höflich Konversation, obwohl ihm der Arm entsetzlich wehtat.

„Und Penelope? Wen wird sie ehelichen? Einen Herzog?"

Er blickte zu ihr hinüber. Das Lächeln war nun wieder völlig aus seinem Gesicht verschwunden.

„Du hast völlig recht, mein lieber Neffe", bestätigte Lady Panswick, „aufgrund ihrer makellosen Schönheit wäre Penelope natürlich eines Herzogs würdig. Doch leider gibt es derzeit keinen passenden Kandidaten. Sie wird sich daher mit dem Sohn einer meiner ältesten Freundinnen vermählen. Kennst du den Viscount of Titchwell, Peter? Er hat einen jüngeren Bruder namens Jasper. Der wird zwar als das schwarze Schaf der Familie bezeichnet, aber er wird glänzend zu Penelope passen."

Ihre Tochter hielt die Luft an. Wie kam Mama dazu, so etwas Ungeheuerliches zu behaupten? Sie wollte schon protestieren, doch Peters nächste Worte hielten sie zurück.

„Das kann ich mir denken!", lautete nämlich sein überraschender Kommentar. Irrte sie sich oder klang seine Stimme bitter?

„Wie bitte?" Offensichtlich vermeinte auch Ihre Ladyschaft, sich verhört zu haben.

Der Verletzte lachte auf und griff sich dann gleich darauf schmerzerfüllt an seinen linken Arm. „Penelope hatte immer schon eine Vorliebe für Schafe, nicht wahr?", sagte er. „Da erscheint es nur natürlich, dass sie sich in ein schwarzes Schaf verliebt hat."

Lady Panswick ließ ein lautes Lachen hören: „Wie gut du sie doch kennst, Peter! Ich habe vor wenigen Tagen fast die gleichen Worte verwendet."

„Wie lange seid ihr denn schon verlobt?" Er hatte sich nun direkt an Penelope gewandt und diese beeilte sich, die Aussage ihrer Mutter richtigzustellen.

„Wir kennen uns noch gar nicht. Er wird in den nächsten Tagen anreisen. Mama gibt einen großen Ball, um mich mit dem Meistbietenden zu verkuppeln!" Jetzt war es ihre Stimme, die bitter klang.

„Also, ich bitte dich", fuhr Ihre Ladyschaft auf. „Niemand will dich mit dem Meistbietenden verkuppeln. Was für eine vulgäre Ausdrucksweise! Aber für ein Mädchen, das bereits vier Anträge abgelehnt hat, wird die Auswahl immer schwieriger. Du musst wissen, mein lieber Neffe, deine Cousine ist sehr wählerisch. Allerdings hat sie mir in die Hand hinein versprochen, den nächsten Antrag anzunehmen. Sei es der von Jasper oder von irgendjemanden sonst."

„Hauptsache, ich bin möglichst schnell aus dem Haus!", jetzt klang Penelopes Stimme extrem bitter.

Der Verwundete sah fassungslos von einer Dame zur anderen.

„Schluss jetzt!", befahl Lady Panswick. „Wir wollen Peter nicht langweilen, jetzt da seine Lebensgeister endlich wieder erwachen. Matthew soll dir ein Bad bereiten. Penelope, sorge dafür, dass Peter noch ein paar von Bertrams Sachen gebracht werden. Ich denke, die beiden haben in etwa dieselbe Statur."

Sie wartete, bis ihre Tochter nickte, bevor sie sich wieder an ihren Neffen wandte: „Es muss natürlich noch nicht heute sein, aber es wäre ratsam, wenn du in den nächsten Tagen das Krankenzimmer einmal verlässt und mit deiner Cousine einen kleinen Spaziergang unternimmst. Man hat mir gesagt, dass deine Beine unverletzt geblieben sind. Die Sonne scheint. Draußen ist es warm und nicht zu windig. Die frische Luft wird dir guttun."

„Was für eine brillante Idee ..., Tante Louise", antwortete er folgsam.

„Und sobald du dich dazu in der Lage siehst, bist du herzlich willkommen, mit uns im Speiszimmer zu dinieren. Natürlich nur, solange wir keine Gäste haben. Dein Anblick würde sie doch allzu sehr erschrecken."

„Mama!", rief Penelope entrüstet.

„Lass nur", kam die beschwichtigende Stimme vom Bett her. „Deine Mutter hat recht, mit mir ist derzeit sicher kein Staat zu machen. Kann mir bitte jemand einen Spiegel bringen, damit ich mich selbst davon überzeugen kann, wie schlimm ich aussehe?"

„Aber selbstverständlich", sagte Mylady und zog energisch am Klingelstrang. „Man soll dir auch ein Rasierzeug bringen. Wenn erst einmal dieser unkleidsame Bart ab ist, dann siehst du sicher um einiges besser aus."

„Ich, ich ... bin noch zu zittrig, um mich zu rasieren", wandte ihr Gast ein. „Ich bitte um Verständnis, dass mir der Sinn nicht nach noch mehr entstellenden Narben steht."

„Aber du hast doch gar nichts an dir, was dich entstellen könnte!", protestierte Penelope ohne nachzudenken.

Er lächelte und warf ihr dann einen Blick unter fast geschlossenen Augenlidern zu. Sie errötete. So hatte er sie früher auch immer angesehen!

Erst am Abend, als sie vor dem Einschlafen dieses Gespräch Revue passieren ließ, kam ihr die Erkenntnis, dass sie sich geirrt haben musste. Zehnjährige warfen einander doch keine derart aufreizenden Blicke zu.

„Dann wird eben jemand anderes für die Rasur sorgen", bestimmte Ihre Ladyschaft.

Penelope war sofort bereit, den Verletzen zu verteidigen. Warum sollte er den Bart nicht behalten dürfen, wenn er das unbedingt wollte? Wie sich schnell herausstellte, brauchte er in diesem Fall ihre Hilfe nicht: „Ich muss meinen Bart behalten, Tante Louise. Es handelt sich um eine Wette mit … mit einem anderen Offizier. Es ist eine Frage der Ehre."

Da gab sich Lady Panswick ohne Widerrede geschlagen. Wenn es etwas gab, über das man nicht zu diskutieren brauchte, dann war das die Ehre eines Gentlemans.

„Ach, Matthew." Sie wandte sich an den Diener, der eben im Türrahmen erschienen war: „Bring einen Handspiegel und stellt die Kupferwanne mit warmem Wasser bereit. Leutnant Barnett möchte sich frisch machen."

Kapitel 12

Nachdem der Patient die kupferne Badewanne verlassen hatte und in einem frischen Nachthemd zu Bett gebracht worden war, war er so müde und erschöpft, dass er die Augen kaum mehr offenhalten konnte. Penelope wurde geholt, um die Wunde am Arm neu zu versorgen. Sie war mit dem Heilungsfortschritt höchst zufrieden. Anscheinend hielten sich auch die Schmerzen, die sie verursachte, wenn sie die Wunde mit ihrer Tinktur betupfte, in der Zwischenzeit in Grenzen, denn der Verletzte war eingeschlafen, bevor sie mit ihrer Arbeit fertig war. Sie wäre noch gern neben seinem Bett sitzen geblieben und hätte ihm beim Schlafen zugesehen. Peter sah schon viel frischer aus als noch vor ein paar Tagen und so friedlich. Doch Matthew kam, um den Platz im Lehnsessel einzunehmen. Der Butler hatte ihm, mit Zustimmung Ihrer Ladyschaft, erlaubt, einen Abenteuerroman aus der Bibliothek auszuleihen, und damit würde er sich den Nachmittag vertreiben, während seine Kollegen das Silber zu putzen hatten und ihn inständig beneideten.

Penelope blieb nichts anderes übrig, als das Krankenzimmer zu verlassen und ungeduldig darauf zu warten, dass man sie wieder holte, wenn der Patient aufgewacht war und nach ihr verlangte. Sie wusste, dass das lange dauern konnte. Mama hatte das Verbot, sich um die Tiere zu kümmern, noch immer nicht aufgehoben und im Haus gab es nichts, womit sie sich die Zeit vertreiben wollte. Also zog sie ihr Reitkleid an und ließ *Morning Glory* satteln. Vielleicht hatte sie Glück und würde bei ihrem Ausritt wieder auf Lady Stonesdale treffen. Sie hatte bisher noch keine Gelegenheit gehabt, ihrer Nachbarin alles über die Rückkehr des verloren geglaubten Cousins zu erzählen. Penelope hatte große Lust, mit jemandem über Peter zu sprechen.

Und sie hatte tatsächlich Glück! Ihre Nachbarin saß bereits auf dem Eichenbaumstumpf, als sie bei ihrem Lieblingsplatz ankam. Wie sie gehofft hatte, nahm sich Ihre Ladyschaft auch an diesem Tag Zeit für einen gemeinsamen Spaziergang. Arm in Arm promenierten sie an den duftenden, blasslila Fliederbüschen vorbei. Auch die Rhododendren am Wegesrand waren zu voller Blüte gereift. Ihre Ladyschaft konnte sich an der pink-violett-weißen Pracht nicht sattsehen und machte Penelope immer wieder auf besonders schöne Stellen aufmerksam. Schließlich blieb sie stehen, seufzte und erklärte mit weit ausholender Geste: „Dies alles hier werde ich schmerzlich vermissen, wenn ich einmal in Lincolnshire leben werde. So sehr ich mich darauf freue, meinen Bruder, den ich außerordentlich schätze, mehr um mich zu haben, so sehr hoffe ich, dass das noch nicht so bald der Fall sein wird."

Penelope, die ungeduldig darauf gewartet hatte, ihrer Freundin endlich alles über Peter erzählen zu können, hielt im Schreiten inne: „Sie wollen von hier wegziehen, Lady Stonesdale? Aber warum denn? Bitte tun Sie mir das nicht an, ich würde Sie ungeheuerlich vermissen!"

Sie wollte den Gedanken gar nicht zu Ende denken. Frederica war weg. Cousine Agatha war weg. Ihre Ladyschaft war ihre einzige Vertraute, die ihr noch geblieben war. Mit wem sollte sie denn sonst all das besprechen, was ihr auf dem Herzen lag? Ihre Pläne? Ihre Ängste? Ihre Träume? Mit Mama bestimmt nicht. So sehr sie sie auch liebte, so sehr fürchtete sie sich stets vor ihrem strengen Urteil.

„Das ist sehr lieb von dir, meine Kleine." Lady Stonesdale war zu ihr hingetreten, um sie kurz, aber sehr innig zu umarmen. Jetzt hatte Penelope noch einen Grund, warum sie ihre

Freundin vermissen würde. Es war so schön, auch einmal in den Arm genommen zu werden.

„Ich werde nicht jünger, weißt du? Mein Bruder, der Herzog, wird es auch nicht. Wir haben uns schon als Kinder geschworen, im Alter auf einander achtzugeben, sollten wir alleine sein. Nun, ich bin alleine und mein Bruder ist es auch. Seine Frau ist vor zwei Jahren gestorben. Sein ältester Sohn und Erbe verbringt die meiste Zeit in London und ist auch sonst wenig Hilfe. Der andere fährt zur See. Also werde ich wohl, über kurz oder lang, nach Lincolnshire hinausziehen. Ich kann ja nicht gut verlangen, dass sich seine Gnaden mit White Rose Hill, meinem bescheidenen Zuhause, zufriedengibt."

Sie lachte laut auf, während Penelope den Impuls verspürte, das Anwesen Ihrer Ladyschaft verteidigen zu müssen.

„Ich finde White Rose Hill wunderschön, Lady Stonesdale. So ein gemütlicher kleiner Backsteinbau. Die weißen Sprossenfenster erinnern mich an zu Hause und doch ist Lancroft Abbey viel ausladender und wuchtiger. Ihr Haus, Lady Stonesdale, ist alles andere als furchteinflößend, es ist wirklich ein Zuhause."

Ein seliges Lächeln glitt über die Züge Ihrer Ladyschaft. Die Worte freuten sie offensichtlich sehr.

„Nun, meine Kleine, es ist ja nicht aller Tage Abend, wie man so schön sagt. Noch bin ich ja hier. Aber nun bist du an der Reihe. Was gibt es denn in deinem Leben Neues? Ist irgendein weiterer Verehrer auf der Bildfläche erschienen?"

Das ließ sich Penelope natürlich nicht zwei Mal sagen, und so sprudelten die Geschehnisse der letzten Tage nur so aus ihr heraus. Wie sehr genoss sie es, ihre Erlebnisse und Gedanken mit jemandem zu teilen, der sich ernsthaft dafür interessierte. Lady Stonesdale fragte nach, wollte jede Einzelheit wissen und beglückwünschte die Jüngere zu ihrem Können, einem jungen Mann offensichtlich die Amputation erspart zu haben.

„Du bist sehr tüchtig, meine Kleine!", sagte sie und legte Penelope kurz die Hand auf die Schulter. „Du kannst sehr stolz auf dich sein."

Penelope war stolz auf sich. Das war in der Vergangenheit noch nicht so oft vorgekommen. Als tüchtig war bisher nur ihre ältere Schwester bezeichnet worden. Sie selbst galt eher als verträumt und als schön. Beides waren Eigenschaften, die einem von der Natur gegeben waren, auf die man sich nichts einbilden konnte. Es tat gut, einmal in Fredericas Fußstapfen zu treten.

„Ich nehme an, deine Mutter ist auch stolz auf dich", setzte Lady Panswick fort. „Was hält sie von deinem Cousin? Mag sie ihn?"

Penelope beeilte sich, zu nicken. „Sie mag ihn sogar sehr. Peter war oft bei uns, als er noch ein Kind war. Leider starb sein Vater, als er zehn war, und er musste mit seiner Mutter nach Yorkshire ziehen. Um Himmels willen, seine Mutter!"

Sie war stehen geblieben und blickte ihre Begleiterin mit erschrockenem Gesicht an.

Diese drehte sich ebenso erschrocken um. „Wo denn?", fragte sie irritiert.

Penelope musste kichern.

„Nein, nicht hier, Lady Stonesdale." Das Kichern hörte schlagartig wieder auf. „Mir war nur eben durch den Kopf gegangen, dass wir wohl seine Mutter verständigen müssen, dass sich ihr Sohn bei uns aufhält. Ich wollte, wir müssten es nicht tun, wenn ich ehrlich sein darf."

„Aber warum denn nicht?" Lady Stonesdale war so verwundert, dass sich die Federn auf ihrem Reithut vor lauter Kopfschütteln beinahe aus dem Band gelöst hätten. „Eine Mutter hat das Anrecht darauf, zu wissen, wo sich ihr Sohn aufhält. Wie dankbar wird sie dir sein, dass du dich so liebevoll um ihn gekümmert und ihm den Arm, wenn nicht gar das Leben gerettet hast."

„Ja, das mag sein", gab die Jüngere zu. „Ich selbst kann mich an Tante Mable kaum erinnern. Ich weiß nur, dass Mama und sie einander nicht ausstehen können. Uns stehen also keine angenehmen Tage bevor, wenn Peters Mutter beschließt, uns einen Besuch abzustatten." Sie hielt kurz die Luft an und griff sich an die Brust: „Hoffentlich kommt sie nicht zu unserem Ball! Mama würde schäumen." Sie schlug die Hände an die Wangen, die Augen vor Schreck weit aufgerissen: „Oh Gott! Oh Gott!", war alles was sie zu diesem Gedanken noch herausbrachte.

„Ach was, mach dir doch keine Sorgen um die beiden Ladys!", sagte ihre Begleiterin leichthin. „Ich bin sicher, sie werden die Anwesenheit der jeweils anderen überleben."

Sie haben leicht reden, ging es Penelope durch den Kopf, *Sie haben sich von der Gesellschaft vollkommen zurückgezogen. Sie müssen nie jemanden in Ihrer Nähe dulden, den Sie nicht leiden können.*

Sie waren bei der Bank angelangt, die der alte Stallmeister vor vielen, vielen Jahren neben den kleinen Teich hatte stellen lassen. Lady Stonesdale begutachtete die Sitzfläche, schlüpfte aus ihren Kalbslederhandschuhen und wedelte damit dürre Äste und Blätter auf den Boden. Dann nahm sie Platz und lud die Jüngere mit einer kleinen Geste ein, ihrem Beispiel zu folgen.

„Hier scheint die Sonne so schön und wärmt die Gemüter, hier wollen wir einige Zeit verweilen."

Penelope war danach, erneut zu kichern. Lady Stonesdale war wirklich eine ungewöhnliche Dame! Welche Lady setzte denn ihren Teint freiwillig der Sonne aus? Außer ihrer Mama vielleicht. Die war viel zu praktisch veranlagt, um sich einen Deut darum zu kümmern, ob ihre Gesichtshaut Farbe annahm oder nicht. Die fuhr bei jedem Wetter mit ihrem

Landaulett durch die Gegend und sah nach dem Rechten. Aber alle anderen Ladys scheuten jeden Sonnenstrahl, blieben bei sonnigem Wetter zu Hause oder hielten Schirmchen bereit. Eine Dame, die etwas auf sich hielt, zeigte vornehme Blässe. War ihr Teint auch nur leicht gebräunt, hielt man sie gern für ein *Landei.*

„Erzähl mir mehr von deinem Cousin", brachte Lady Stonesdale sie auf andere Gedanken. „Ist das der nächste Kandidat, mit dem dich deine Mutter verkuppeln möchte?"

Diese Idee war so komisch, dass Penelope laut auflachen musste.

„Mich verkuppeln? Mit Peter? Aber nein, Lady Stonesdale, jetzt geht Ihre Fantasie mit Ihnen durch. Oh, ich bitte vielmals um Verzeihung!" Sie schlug sich erschrocken die Rechte vor die Lippen, so als könne sie diesen frechen Ausruf wieder zurücknehmen.

Ihre Begleiterin schien ihr die Worte nicht krummzunehmen. „Aber warum denn nicht? Er ist offensichtlich aus gutem Haus und in etwa dein Alter. Er ist ledig, soweit wir wissen ..."

„Ja, aber er ist mein Cousin! Verstehen Sie denn nicht? Peter ist fast so etwas wie ein Bruder für mich. Ich heirate doch keinen Mann, der mich als Kind mit Fichtenzapfen beworfen und in den Matsch geschubst hat."

„Das heißt also, du kannst ihn nicht ausstehen", glaubte Ihre Ladyschaft offensichtlich daraus schließen zu müssen. Doch der lauernde Blick, den sie ihr bei diesen Worten zuwarf, zeigte deutlich, dass sie diese Schlussfolgerung selbst nicht ernst meinte.

„Ganz im Gegenteil!", bestätigte Penelope auch schon ihren Verdacht. „Ich liebe ihn. Wie man einem Menschen liebt, der einem, obwohl man ihn mehr als fünfzehn Jahre nicht gesehen hat, sofort wieder vertraut erscheint. Wie bei einem Bruder eben."

Ihre Ladyschaft zog ihre breite, mit einem Kohlestift nachgezogene, dunkle Augenbraue nach oben: „Wie einen Bruder? Soso!"

„Ja, wie einen Bruder", beharrte Penelope, ungehalten darüber, dass Ihre Ladyschaft ihr nicht glauben wollte. „Außerdem, warum sollte mich Mutter mit ihm verkuppeln wollen? Sein Vater war arm wie eine Kirchenmaus und hat weder ein Haus noch irgendetwas anderes Nennenswertes hinterlassen. Peter hat sicher nicht die ausreichenden Mittel, um eine Familie zu ernähren. Er hatte nicht einmal ein Portemonnaie oder einen einzigen Penny bei sich, als er bei uns eintraf."

„Das muss noch nichts heißen", begann Ihre Ladyschaft, die an den reichen ersten Schwiegersohn von Lady Panswick dachte. Doch Penelope hörte ihr nicht zu.

„Überdies gibt es da auch noch die Barnett-Regel!", trumpfte sie auf.

„Die Barnett-Regel? Was soll denn das nun wieder sein? Eure Familie steckt voller strenger Erbregeln, die irgendein Vorfahre erlassen hat. Ist das auch eine davon?"

Penelope lächelte. „Nein, dieses Mal geht es ausnahmsweise nicht ums Erben. Diesmal geht es ums Heiraten. Diese Geschichte hat uns Mädchen schon fasziniert, als wir noch Kinder waren. Unser Vorfahre, der spätere vierte Viscount of Panswick, der in der zweiten Hälfte des 17. Jahrhunderts lebte, wurde von seinem Vater gezwungen, seine Cousine zu ehelichen. Die junge Frau war von edlem Geblüt und nach dem Tod ihrer Eltern unversorgt. So konnte man zwei Fliegen mit einer Klappe erledigen. Leider war der junge Mann damit alles andere als glücklich. Anscheinend war er seiner Braut nicht im Geringsten zugetan."

„So etwas kommt häufig vor", bestätigte Lady Stonesdale nüchtern. „Mit ein Grund, warum ich, trotz aller Versuche meiner Verwandten, ledig geblieben bin. Wie ging die Geschichte weiter und was hat es mit der Regel auf sich?"

„Seine Gemahlin verstarb im Kindbett, als sie ihm den ersehnten Erben gebar", setzte Penelope fort. „Es ist nicht überliefert, worüber er sich mehr freute: über die Geburt des Knaben oder den Tod der ungeliebten Gemahlin."

Lady Stonesdale ließ ein bellendes Lachen hören und war weit davon entfernt, über diese offenen Worte schockiert zu sein.

„Da der Viscount in allerlei Scharmützel verwickelt war, kam er auf die Idee, die Barnett-Regel aufzustellen, um seinen kleinen Sohn zu schützen. Sollte ihm etwas zustoßen, so durfte der Vormund des Kindes nicht auf die Idee kommen, den jungen Mann in eine Ehe mit einer Verwandten zu zwingen. Cousine und Cousin sind als Ehepartner ebenso tabu, wie es Schwester und Bruder sind. Alle Barnetts haben sich seither daran gehalten."

„Eine seltsame Regel", bemerkte Ihre Ladyschaft kritisch. „Was passiert, wenn jemand sich verliebt und dagegen verstoßen will?"

Penelope zuckte mit den Schultern. „Das weiß ich auch nicht. Vielleicht dreht sich der vierte Viscount im Grab um."

„Regeln, die keine Sanktionen nach sich ziehen, sind meines Erachtens das Papier nicht wert, auf dem sie geschrieben stehen."

„Ich werde mich bestimmt daran halten", sagte Penelope ernst. „Das ist eine Frage der Ehre."

„Ja, dann", antwortete Mylady mit einem Hauch Ironie in der Stimme. Sie stand auf und klopfte sich ein paar Blätter vom Rock ihres Kleides. „Dann gibt es nichts mehr dazu zu sagen. Ich werde nun nach Hause reiten, meine Kleine, denn ich habe noch einiges zu erledigen. Und du – husch, husch, zurück zu deinem Cousin! Ich denke, in der Zwischenzeit ist er wieder aufgewacht und freut sich auf deine Gesellschaft."

Kapitel 13

An diesem Abend zog sich Lady Panswick bald nach dem Dinner in ihr Zimmer zurück. Die Vorbereitungen für den großen Ball benötigten all ihre geistigen und körperlichen Kräfte. Sie erstellte Gästelisten und verwarf sie wieder. Überlegte sich die verschiedensten zeitlichen Abläufe und war doch nicht damit zufrieden. Die Dienstboten wurden angewiesen, die Eingangshalle, den großen Speisesaal, natürlich den Ballsaal und auch die angrenzende Bibliothek auf Hochglanz zu bringen, in der Kartentische aufgestellt werden sollten. Zahlreiche Möbel mussten verrückt, Teppiche eingerollt und verstaut werden. Der Boden des Ballsaals war bereits mit Wachs eingelassen, die zahlreichen Spiegel an den Seitenwänden geputzt worden. Aufgrund Peters Anwesenheit standen ihr zwei Hausdiener weniger zur Verfügung als gewohnt: Einer saß immer am Krankenbett und der andere war ständig müde oder schlief. Die Stallknechte hatten mitgeholfen, alle zusätzlichen Sitzgelegenheiten aus anderen Räumen ins Freie zu schaffen und die Polster kräftig auszuklopfen. Die Hausmädchen hatten in allen Räumen jedes Staubkorn entfernt und auch das Silber glänzte bereits wieder so strahlend, wie es sein sollte. Vasen standen für die Sträuße bereit, die sie mit dem Gärtner besprochen hatte.

Shipton war nach Tunbridge Wells gefahren, um eine ausreichende Anzahl von Kerzen zu besorgen. Einen der jungen Diener mit dieser verantwortungsvollen Aufgabe zu betrauen, war ihr zu riskant erschienen. Nur der erfahrene

Butler mit seinem geschulten Blick ließ sich keine billige Talgkerze als ein teures Produkt aus Walrat andrehen. Das war wichtig, denn bei so einem festlichen Ereignis durften die Lichtquellen nicht rußen.

Die Köchin hatte ihr heute die Vorschläge für die Speisenfolge unterbreitet, Shipton war mit ihr die Weinliste durchgegangen. Sie hatten auch noch ausreichend Ratafia im Haus. Das war wichtig, denn viele Damen zogen diesen spanischen Kräuterlikör anderen Getränken vor. Woran man alles denken musste! Sie durfte auch nicht vergessen, am nächsten Tag die Gästezimmer zu inspizieren. Das beste würde sie natürlich Clarissa Harristowe zur Verfügung stellen. Der angrenzende Raum war für die Tante, die sie begleitete, reserviert. Fredericas Schwiegermutter, Lady Derryhill, bekam das Rosenzimmer, das ihre eigene Schwiegermutter so sehr geliebt hatte. Frederica und ihr Gemahl würden im Zimmer daneben logieren. Bertram konnte natürlich in seinem alten Kinderzimmer schlafen. Da Peter das größte Gästezimmer okkupierte, wurde es langsam eng. Ob man ihre Freundin Lady Titchwell und ihren Sohn in einem gemeinsamen Zimmer unterbringen konnte? Ach, und die beiden Gentlemen, die Frederica mitbringen wollte, ebenfalls? Sie könnten sich das Zimmer von Nicolas teilen, der in Eton bleiben musste … Über all diesen vielen Gedanken war sie eingeschlafen.

Penelope hingegen war putzmunter. Als sie nach dem Abendessen noch einmal zu ihrem Patienten sah, stellte sie mit erfreutem Erstaunen fest, dass dieser das Bett verlassen hatte und an einem kleinen Tisch saß, wo er soeben sein einsames Mahl beendete. Er trug einen von Bertrams seidenen Morgenmänteln. Wie er da so saß und ihr grinsend entgegenblickte, machte er einen gepflegten, fröhlichen Eindruck. Oder, korrigierte sie sich in Gedanken, er hätte einen gepflegten Eindruck gemacht, hätte der wallende Vollbart nicht die untere Hälfte seines Gesichts verunstaltet. Die blauen Ringe unter seinen Augen waren fast zur Gänze verschwunden und die Stoppeln auf seinem Kopf nun schon so lang, dass die Schrammen darunter kaum mehr erkennbar waren.

„Was für ein erfreulicher Anblick, lieber Cousin!", rief sie bereits von der Tür her und klatschte in die Hände. „Geht es dir wirklich schon so gut?" Sie eilte zum Tisch und ging neben Peter in die Hocke, um auf gleicher Augenhöhe zu sein. „Warum bist du nicht nach unten gekommen und hast uns beim Dinner Gesellschaft geleistet? Das wäre doch viel netter für dich gewesen als so ein Mahl ganz allein! Wie fühlst du dich, mein lieber Cousin?" Sie legte ihre Hand auf seinen Unterarm und sah ihn erwartungsvoll an.

Zuerst hatte sie das Gefühl, er wolle etwas Ernsthaftes antworten. Dann hatte sie kurz, aber nur ganz kurz, den Eindruck, seine Lippen würden die ihren berühren wollen.

Doch dann sagte er in demselben heiteren Tonfall, den sie schon von den letzten Tagen kannte: „Mir geht es gut, Cousine, danke der Nachfrage. Möchtest du dich nicht lieber drüben auf den Lehnstuhl setzen? Dort hast du es sicher bequemer."

Penelope erhob sich und folgte seinem Wunsch. Es wunderte sie selbst, dass sie einen kleinen Stich der Enttäuschung verspürte. Sie wäre viel lieber in seiner Nähe geblieben.

„Es ist noch nicht so, dass ich mich in der Lage fühle, Bäume auszureißen, wenn du das meinst", fuhr er fort. „Aber ich hätte wahrlich Lust, wieder einmal einen Spaziergang zu unternehmen." Er blickte auf den Spalt zwischen den zugezogenen Vorhängen. „Schade, dass es heute dafür schon zu dunkel dafür ist."

Penelope war sofort Feuer und Flamme. „Wir könnten einen Spaziergang durchs Haus unternehmen, wenn du möchtest", schlug sie vor. „Siehst du dich in der Lage, Treppen zu steigen? Ich könnte dir unser Speisezimmer zeigen und auch das Wohnzimmer! Wir könnten uns vor den großen Kamin setzen und miteinander plaudern. Was meinst du dazu? Wäre das nicht schön?"

Es klang so begeistert, dass Peter es wohl auch dann nicht übers Herz gebracht hätte, den Plan nicht gutzuheißen, wenn er sich das Treppensteigen noch nicht zugetraut hätte. So aber stimmte er mit Freuden zu, stand auf und reichte ihr seinen rechten Arm.

„Wirklich sehr beeindruckend!", sagte er nach einem kurzen Rundgang durch die unteren Räume. „Alles so groß und erhaben! So farbenprächtige Gobelins habe ich noch nie gesehen."

Ein Diener war eben dabei, ein dickes Buchenscheit im Kamin nachzulegen, als sie ihren Rundgang beendet hatten. Penelope bat ihn, einen der Lehnstühle näher zum wärmenden Feuer zu schieben. Dann drehte sie sich zu Peter um. „Kannst du dich an die Gobelins denn nicht erinnern? Sie hingen schon hier, als wir Kinder waren."

„Leider nein", sagte er und ließ sich dann auf den Lehnstuhl fallen, froh, nicht länger stehen zu müssen.

Penelope war sofort abgelenkt: „Oh, wie dumm! Jetzt hat dich unser kleiner Ausflug doch zu sehr erschöpft. Was darf ich dir bringen lassen? Ein Glas Portwein, lieber Cousin? Oder würdest du Rum vorziehen?"

Peter lachte auf. Penelope fand, dass das ein sehr vertrautes Lachen war.

„Nein, danke, ich denke, Rum habe ich in den ersten Tagen meines Hierseins mehr als genug getrunken. Das reicht für mein ganzes Leben. Aber über ein Glas Port würde ich mich tatsächlich freuen."

„So bring uns bitte die Karaffe mit dem Portwein und ein Glas Limonade", beauftragte sie den Hausdiener und schob sich dann selbst einen Lehnstuhl zurecht.

„Hast du es warm genug oder soll ich dir eine Decke bringen lassen?", wollte sie wissen.

Ihr Gegenüber lächelte und beteuerte, dass es ihm an nichts fehlte. Dann fiel sein Blick auf das geschlossene Spinett: „Weißt du, wie man es spielt?"

Und so verging die nächste Stunde auf das Erfreulichste damit, dass sich der junge Mann Musikstücke wünschte und Penelope ihm diese vorspielte. Die meisten seiner Lieblingsmelodien waren ihr zum Glück bekannt, sodass er sich zufrieden in seinem Sessel zurücklehnen und der Musik lauschen konnte. Er nippte an seinem Portwein, fand, dass er noch nie einen besseren auf der Zunge gehabt hatte, und war so glücklich und zufrieden, wie ein Mann nur sein konnte. Er war genau dort, wo er sein wollte. In den schrecklichen Tagen des Krieges hatte ihn nur ein Gedanke aufrechterhalten, eines Tages hier auf Lancroft Abbey zu erscheinen. Natürlich hatte er sich nicht ausgemalt, mit verletztem Arm, kahlem Schädel und einem fremden Morgenmantel im Wohnzimmer zu sitzen. Natürlich wäre er lieber auf einem stolzen Ross herangeritten, statt auf einer Bahre getragen zu werden. Aber die Hauptsache war, er war hier. Denn auf Lancroft Abbey hatte er etwas zu erledigen und er schwor sich im Stillen, und das nicht zum ersten Mal, dass er es diesmal nicht vergeigen würde. Auch wenn hier alles so ganz anders ablief, als er sich das in seinen Träumen vorgestellt hatte.

„Ja, was zur Hölle ...?", schreckte ihn eine erzürnte Männerstimme aus den Gedanken. Peter fuhr herum und sah einen Mann in Reitkleidung in der offenen Tür stehen. Die blonden Locken waren vom Wind zerzaust. Er trug einen modischen Reithut unter dem Arm.

Im ersten Impuls wollte er aufspringen, um dem Neuankömmling erhobenen Hauptes entgegenzugehen. Doch die Kraft verließ ihn bei schon beim Versuch und er sank aufstöhnend in den Lehnsessel zurück.

„Bertram!" Penelope hatte zu spielen aufgehört und war

mit einem Satz auf den Beinen, um ihren Bruder zu umarmen.

Auch das noch, dachte der Verletzte. *Der Viscount höchstpersönlich.* Und er selbst saß da in einer Kleidung, die nicht dazu angetan war, einem Fremden mit Stolz entgegenzutreten. Noch dazu, da der Morgenmantel wohl genau diesem Fremden gehörte.

„Penelope!" Die Stimme des Viscounts klang hocherfreut, als er seine Schwester an die Brust drückte. Es war offensichtlich keiner dieser eitlen Gecken, die jede Umarmung vermieden, weil sie Angst um ihr kunstvoll gelegtes Halstuch hatten. Das gefiel Peter und er schöpfte Zuversicht.

Bertram Barnett, der gegenwärtige Viscount of Panswick, hatte inzwischen seine Schwester wieder losgelassen. „Das war ein abenteuerlicher Ritt, das kannst du dir nicht vorstellen!", sagte er und es klang begeistert. „Querfeldein über Wiesen und durch Wälder. Ich bin später als beabsichtigt von London weggekommen, sonst hätte ich Lancroft Abbey noch bei Tageslicht erreicht. Würde ich diese Gegend nicht wie meine Westentasche kennen, ich sage dir, ich hätte mich wohl verirrt und die Nacht im Freien verbringen müssen."

Diese Schilderung war so lebhaft, der Stolz, es geschafft zu haben, so unüberhörbar, dass dem Verletzen schlagartig bewusst wurde, wie jung der Viscount noch sein musste. Er war jünger als Penelope, wie er wusste, daher wohl noch keine zwanzig Jahre alt. Somit ganze fünf Jahre jünger als er selbst. Seine Zuversicht wuchs noch weiter.

„Doch nun sag, liebe Schwester, wer ist denn unser Gast, der da in den Genuss kam, dein Konzert anzuhören? Warum ist Mama nicht bei euch, oder Agatha oder irgendeine andere Anstandsdame? Und warum, in drei Teufels Namen, trägt er einen meiner liebsten Morgenmäntel?"

Seine Lordschaft hatte sich in Rage geredet und sah nun gar nicht mehr so freundlich und jungenhaft aus. Die Zuversicht des Verletzten sank wieder.

„Gestatten, dass ich mich vorstelle, Eure Lordschaft ..." Er versuchte sich mit der Rechten aus dem Lehnsessel zu drücken, was mehr schlecht als recht gelang.

Penelope konnten die strengen Worte ihres Bruders nicht erschüttern: „Erkennst du ihn denn nicht mehr, Bertram? Schäm dich! Mama und ich wussten sofort, wer das ist. Das ist doch unser Cousin Peter, der Sohn von Papas Bruder. Ich bitte dich, behalte Platz, Peter, Bertram kann auch zu dir herüberkommen. Der Weg über die steile Treppe hat dich zu sehr angestrengt. Es ist besser, du schonst dich."

„Cousin Peter?" Mit schnellen Schritten war Bertram beim Verletzten, um ihm die Hand zu schütteln. „Entschuldige bitte meine harschen Worte. Ich konnte ja nicht ahnen, dass du unser Verwandter bist. Für einen kurzen Augenblick habe ich befürchtet, meine Schwester hätte sich verehelicht und vergessen, mich zur Hochzeit einzuladen!" Nun klang sein Lachen wieder fröhlich und jungenhaft. „Ihr habt so vertraut ausgesehen. Aber jetzt weiß ich, dass ich mich nicht darüber zu wundern brauche. Du bist also unser Cousin. Willkommen auf Lancroft Abbey, mein Lieber!"

Er ließ sich auf einen der anderen Lehnsessel fallen, nicht ohne vorher am Klingelstrang gezogen zu haben.

„Ich danke dir sehr ..., Bertram!", antwortete der Verletzte, überwältigt davon, wie liebevoll er in dieser Familie willkommen geheißen wurde. Es war in seinem Leben noch nie vorgekommen, dass das geschah. Er bemerkte, dass ihn der Hausherr eingehend musterte, und war froh, dass man im flackernden Schein des Kamins nicht alle Einzelheiten ausmachen konnte.

„Erkennst du jetzt, dass es sich um Peter handelt?", fragte Penelope hoffnungsfroh.

Bertram schüttelte den Kopf: „Ehrlich gesagt, nein." Er wandte sich an seinen Gast: „Das bedeutet allerdings nichts, denn ich war noch sehr klein, als du das letzte Mal bei uns warst. Aber man hat mir viel von dir erzählt. Die Mädchen waren ganz traurig, als du mit Tante Mable nach ... wohin seid ihr gezogen?"

Der Verletzte sah ihn mit großen Augen an und Penelope rief: „Richtig, deine Mutter! Gib mir bitte ihre Adresse in Yorkshire. Ich werde ihr morgen früh sofort schreiben. Sie muss wissen, dass es dir gut geht und dass du auf Lancroft Abbey bist."

„Das ist eine sehr liebe Idee von dir, vielen Dank, Penelope", sagte der Verletzte. „Doch das ist leider nicht nötig, denn meine ... meine Mama ist bereits vor einigen Jahren gestorben, weißt du?"

„Oh, das tut mir leid", rief Penelope, der es wirklich leidtat, dass Peter nach dem Vater nun auch seine Mutter schon so bald verloren hatte. Auch wenn das nicht hieß, dass sie nicht insgeheim auch froh darüber war, nicht mit ihrer Anwesenheit auf Lancroft Abbey und den damit verbundenen Zankereien mit ihrer eigenen Mutter rechnen zu müssen.

„Ich habe gar keine Verwandten mehr. Außer einer Tante, die Schwester meiner Mutter, aber mit der stehe ich derzeit nicht auf gutem Fuß. Du erinnerst dich sicher an sie, Penelope, nicht wahr?"

Während diese in ihrer Erinnerung kramte, ob sie je etwas von einer Schwester von Tante Mable gehört hatte, meldete sich der Viscount zu Wort: „Keine Verwandten würde ich nicht sagen. Du hast ja uns, wie ich soeben erfahren habe. Ah, William, nicht wahr?"

Die letzten Worte waren an den Diener gerichtet, der im Türrahmen aufgetaucht war und nun erfreut nickte, weil er von seinem Herrn erkannt worden war, obwohl dieser so selten auf seinem Landsitz weilte.

„Ob ich wohl noch etwas zu essen bekommen könnte? Du brauchst die Köchin nicht extra dafür zu wecken. Bring mir einfach Speck oder Käse, was immer du findest, und etwas Brot dazu. Ach ja, und ein Glas Portwein wäre auch nicht zu verachten."

„Sehr wohl, Eure Lordschaft!", sagte der Diener und zog sich mit dem Gedanken zurück, dass er keine Ahnung hatte, wie er ohne Hilfe der Köchin das Gewünschte beschaffen sollte. Vielleicht hatte er ja Glück und eine der beiden Küchenmägde war noch dabei, die Töpfe zu schrubben, und konnte ihm helfen.

So war es dann auch, und kurze Zeit später standen die gewünschten Köstlichkeiten vor Seiner Lordschaft, der beherzt zugriff.

Es wurde ein langer Abend. Alle drei genossen die freundschaftliche Atmosphäre. Peter erzählte von seinen Abenteuern in Spanien und bemühte sich dabei, das Schreckliche auszusparen, um Penelope nicht zu erschrecken und das Spannende nicht zu sehr herauszustreichen, um dem jungen Viscount nicht das Gefühl zu geben, etwas auf dem Kontinent zu versäumen. Bertram hatte lange interessiert zugehört und freute sich dann darüber, von der Dame seines Herzens schwärmen zu können. Clarissa Harristowe war so unglaublich hübsch, entzückend wie ein Engel. Sie war so zart wie eine Elfe. So schutzbedürftig. Eine folgsame Tochter, die die beste Erziehung genossen hatte. Und wenn sie sang, dann klang es, als würde eine Schar Nachtigallen ihr Lied erklingen lassen. Sie war modebewusst, ohne eitel zu sein. Standesbewusst, ohne andere vor den Kopf zu stoßen. Mit einem Wort, sie war der Traum eines Mannes. Würdig, Gattin eines Königs zu werden. Doch er, Bertram Barnett, einfacher Viscount aus Kent, schien der Glückliche zu sein, der diesen Traum vor den Altar würde führen dürfen.

Penelope gratulierte ihrem Bruder von ganzem Herzen und doch beschlich sie ein ungutes Gefühl. War diese junge Lady nicht zu gut, um wahr zu sein? Oder war sie bloß eifersüchtig, weil Clarissa der Grund dafür war, dass sie ihre Heimat so dringend verlassen musste? Energisch befahl sie sich, sich für Bertram zu freuen.

Kapitel 14

Am nächsten Morgen fand sich die Familie zu einem gemeinsamen Frühstück im Speisezimmer ein. Die Köchin hatte längst von der Anwesenheit des jungen Hausherrn erfahren und ihm ein ordentliches Kotelett in der Pfanne gebraten. Lady Panswick war so glücklich, ihren ältesten Sohn wieder einmal bei sich zu haben, dass sie ihm das nicht nur mehrmals gesagt, sondern sogar mit einer raschen Umarmung unter Beweis gestellt hatte. Es blieb offen, wen diese Bezeugung mütterlicher Zuneigung mehr erschreckte, ihren Sohn oder sie selbst. Hätte Penelope einen Hang zur Eifersucht gehabt, so wäre ihr diese ungewöhnlich freudige Begrüßung wohl sauer aufgestoßen. So jedoch freute sie sich nur darüber, dass Bertram da und ihre Mutter glücklich war.

Kaum hatten alle drei ihre Teller gut gefüllt, da begann Lady Panswick ihren Sohn mit Fragen zu löchern. Wie Lady Clarissa Harristowe denn so wäre, wo sie sich kennengelernt hätten und wie er die Chancen für das Zustandekommen dieser höchst erfreulichen Verbindung einschätzen würde. Penelope hörte amüsiert zu, wie ihr Bruder von einem Abend in den vornehmen Almack's Assembly Rooms berichtete.

Bertram hatte diesen Ball eigentlich gar nicht besuchen wollen. Er fand diese Art von Vergnügungen öde, wie er freimütig zugab, denn dort bot man nichts Anständiges zu trinken und alle naselang wurde einem von einer eifrigen Anstandsdame ein heiratsfähiges, junges Mädchen vor die Füße geschoben.

Penelope musste kichern. Nur zu gut erinnerte sie sich an ihr eigenes Debüt. Natürlich hatte Lady Derryhill Eintrittskarten für Frederica und sie besorgen können. Für ein adeliges Mädchen, das sich vorteilhaft verheiraten wollte, war es unumgänglich, zu den Bällen bei Almack's, die jeden Mittwochabend stattfanden, eingelassen zu werden. Wie gut erinnerte sie sich noch an den großen Saal mit den vergoldeten Säulen und an die kritischen Blicke der gestrengen Patronessen. Dabei war der Abend damals so gar nicht nach ihren Wünschen verlaufen. Henry Markfield hatte es nämlich nicht geschafft gehabt, eine Eintrittskarte zu ergattern, und so hatte sie sich immer wieder vergeblich nach ihm umgesehen. Wie sehr hatte sie damals sein charmantes Lächeln vermisst, das sie auch jetzt so liebte.

Einen Augenblick! Was hatte sie da soeben gedacht? Wieso sollte sie denn jetzt Markfields Lächeln lieben? Sie hatte ihn doch seit zwei Jahren nicht gesehen! Verwirrt versuchte Penelope, ihre Gedanken zu ordnen. Das Lächeln, das sie vor Augen hatte, gehörte Peter Barnett. Warum bloß hatte ihr Cousin dasselbe Lächeln wie Henry Markfield? Hieß das etwa …?

„So ein Glück, nicht wahr, Penelope? Penelope? Du denkst doch jetzt nicht etwa an deine Schafe, oder?", hörte sie die strenge mütterliche Stimme.

„Nein, natürlich nicht. Entschuldige bitte, Mama!" Sie beeilte sich, sich wieder auf Bertrams Bericht zu konzentrieren.

Zu ihrem Glück war ihr Bruder ein guter Erzähler. Und so erfuhren sie, dass an jenem Abend eigentlich eine Kartenrunde in seinem Club geplant gewesen war. Als diese ausfiel, beschloss er dann doch, den Ball mit seiner Anwesenheit zu beehren. Bevor er dazu kam, diesen näher zu schildern, musste er unbedingt noch etwas anderes loswerden: „Derryhill ist ein wahrhaft großartiger Bursche, das muss ich sagen. Ich kann mich glücklich schätzen, ihn als Schwager zu haben.

Nicht nur, dass er Lancroft Abbey vor dem Ruin gerettet hat, wofür wir ihm alle nicht genug danken können, er hat mir auch eine Mitgliedschaft im Duffy Club verschafft."

Er wandte sich an seine Schwester: „Der befindet sich in Limmers Hotel an der Ecke George Street und Conduit Street, wenn du dich erinnern kannst, Penelope. Das ist das Beste, was mir passieren konnte. Ich habe dort schon so viele interessante Bekanntschaften gemacht." Und dann auch an seine Mutter gewandt: „Wisst ihr, was im Club die neueste Modeerscheinung ist? Die Herren rauchen Pfeife! Meint ihr, mir würde so ein Ding auch gut zu Gesicht stehen?" Er nahm seine Gabel und steckte sie sich wie eine Pfeife in den Mund, um den beiden Ladys die Entscheidung zu erleichtern.

Während Penelope lachen musste, ermahnte ihn seine Mutter, nicht kindisch zu sein und endlich zum eigentlichen Kern seiner Erzählung zu kommen.

„Als ich den Ballsaal betrat, war es schon fast elf Uhr und beinahe hätten sie mich nicht mehr eingelassen. Stellt euch nur vor, sie hätten mich abgewiesen, dann wäre ich dieser zauberhaften Gestalt vielleicht nie begegnet!" Seinen Gesichtszügen war deutlich zu entnehmen, wie schrecklich das gewesen wäre. „Ich habe sie sofort gesehen, denn sie überstrahlte alle Anwesenden mit ihrem Liebreiz. Zum Glück wurde ich ihr umgehend vorgestellt und konnte mir so noch den letzten Platz auf ihrer Quadrillekarte sichern."

„Ich nehme an, sie wusste den Tanz voller Anmut auszuführen", kam Ihre Ladyschaft einer weiteren enthusiastischen Schilderung zuvor. „Wie ging es nach dem Ball weiter? Wo hast du sie wiedergesehen?"

„Ich war so klug, mich auch ihrer Tante Isobel vorzustellen, die Lady Clarissa als Chaperon begleitet hat. Ihre Mutter scheint etwas kränklich zu sein und will sich nicht mit Abendveranstaltungen belasten. Die Herzogin lernte ich dann drei Tage später bei einem Picknick im Regent Park kennen und sie war so gütig, mich zu einer Soiree einzuladen.

An dem Abend wurde ich bei Tisch leider am anderen Ende platziert, sodass ich Clarissa nur von der Ferne bewundern konnte. Dafür hat sie mir dann am Ball der Wellbrooks gestattet, sie gleich zwei Mal aufs Parkett zu führen. Zwei Mal an einem Abend, ihr wisst, was das bedeutet! Mama, ich kann dir gar nicht genug danken, dass du so freundlich warst, sie hierher einzuladen!"

„Am besten, du bedankst dich auch noch bei Frederica und ihrer Schwiegermutter!", erwiderte Lady Panswick. „Ich bin mir sicher, dass es erst die angekündigte Anwesenheit zweier Countessen war, die die Herzogstochter dazu bewog, das Haus einer verwitweten Viscountess zu beehren."

Natürlich folgte diesen Worten umgehender Protest: „Du schätzt Miss Harristowe völlig falsch ein, Mama. Clarissa hat keinen solchen Standesdünkel. Sie ist nicht so eitel … oh, hört ihr das? Mir scheint, die ersten Gäste sind gekommen! Wenn man von der Sonne spricht …"

Mit raschen Schritten war er beim Fenster, schob den Vorhangspalt mit Daumen und Zeigefinger ein klein wenig auseinander und blickte gespannt auf den Vorplatz hinaus.

„Zwei Kutschen sind gekommen", schilderte er das Geschehen vor dem Haus. „Leider kann ich das Wappen am Schlag nicht erkennen. Auf dem Fahrzeug der Dienerschaft türmt sich das Gepäck. Da hat anscheinend jemand vor, sich sehr häufig umzukleiden."

„Dann wissen wir ja, was wir von der Aussage, sie sei nicht eitel, halten können", kommentierte Ihre Ladyschaft trocken.

„Jetzt wird der Wagenschlag geöffnet. Ich denke, wir sollten uns schleunigst nach unten begeben, um die Gäste zu begrüßen, Mama, meinst du nicht auch?"

Lady Panswick tupfte sich selenruhig den Mund ab: „Lass uns zuerst feststellen, wer gekommen ist", sagte sie unbeeindruckt. „Kannst du schon jemanden erkennen?"

„Shipton hilft einer Lady aus dem Wagen. Oh, schade, das ist nicht Clarissa. Die Dame ist … klein und dunkelhaarig und in etwa so alt wie du, Mama. Ich habe sie noch nie gesehen. Kennt sie eine von euch?"

Jetzt war auch Penelope mit einem schnellen Satz beim Fenster. Das, was sie dort sah, schien ihr beinahe den Atem zu rauben. Nach der unbekannten Frau hatte nämlich ein Mann die Kutsche verlassen. Es war der schönste Mann, den sie je in ihrem Leben gesehen hatte. Er war groß gewachsen und schlank, die dunklen, fast schwarzen Haare zu einer modischen Windstoßfrisur gebürstet, die weißen Hemdkragen so hoch, wie es nur die vornehmsten Dandys der Hauptstadt trugen.

„Bei meiner Seele, er hat das Halstuch im Throne d'Amour-Stil geknüpft!", stellte Bertram mit kundigem Auge und voll jugendlicher Begeisterung fest. „Das habe ich schon so oft verzweifelt versucht und bin immer wieder gescheitert. Er muss mir unbedingt verraten, wie er das anstellt!"

In diesem Augenblick sah der junge Mann nach oben und blickte Penelope direkt ins Gesicht. Seine Lippen verzogen sich zu einem kleinen Lächeln, bevor er sich kaum merklich verbeugte. Penelope spürte, wie sie zutiefst errötete, und wich erschrocken vom Fenster zurück. In der Zwischenzeit war Lady Panswick neben sie getreten.

„Mama! Weißt du, wer dieser Adonis und seine kleine, dicke Begleitung sind?", wollte Bertram wissen. „Sind das erwartete Gäste oder haben sich die beiden bloß in der Adresse geirrt?"

„Unsinn!", fuhr Ihre Ladyschaft auf. Sie warf einen raschen Blick auf Penelopes faszinierten Gesichtsausdruck und nickte zufrieden. „Die beiden sind in unserem Haus goldrichtig. Es handelt sich um meine alte Freundin Lady Titchwell und um Jasper Sterling, ihren jüngsten Sohn. Und nun kommt, wir wollen uns hinunterbegeben, um unsere Gäste willkommen zu heißen."

Kapitel 15

Penelope war hin- und hergerissen. Sollte sie zuerst ins Krankenzimmer eilen, um ihren ungeheuerlichen Verdacht zu überprüfen? Oder gebot es die Höflichkeit, bei der Begrüßung der Neuankömmlinge anwesend zu sein? Was sollte sie tun, wenn sich ihr Verdacht bestätigte? Wenn dieser, dieser, dieser … unmögliche Mensch ihre Gutmütigkeit ein zweites Mal ausgenutzt hätte? Konnte sie zulassen, dass man ihn auf die Straße setzte, so schwach, wie er noch war? Mit nichts als einer notdürftig gereinigten, zerschlissenen Uniform am Leib und ohne jegliche Barmittel? Gut, sie hatte etwas gespart und könnte ihm daher einen kleinen Betrag leihen. Das war natürlich nicht viel. Gerade so viel, dass er sich …

„Penelope, wirst du wohl lächeln?", zischte ihr ihre Mutter von der Seite her zu. „Wie sollen sich unsere Gäste willkommen fühlen, wenn du ein Gesicht machst wie drei Tage Regenwetter?"

Ihre Tochter blickte sich erschrocken um. Sie standen bereits am Ende der Eingangshalle, bereit, durch das offene Tor auf den sonnigen Vorplatz hinauszutreten. Sie war so in Gedanken vertieft gewesen, dass sie alles um sich herum vergessen hatte. Energisch riss sie sich zusammen und setzte das Lächeln auf, von dem sie wusste, dass es alle bezaubernd finden würden. Jetzt galt es erst einmal, ihre Pflichten als Tochter eines adeligen Haushalts zu erfüllen. Und den schönsten Mann des Königreichs zu begrüßen. Um alles andere würde sie sich später kümmern. Es war eine ganze

Stunde später, wie sich schließlich herausstellte, denn sie war nicht die einzige anwesende Person, die bezaubernd war.

Penelope bemerkte erstaunt, dass sie in den letzten Tagen gleich zwei Mal an die alten Griechen denken musste. Als Mädchen hatten Frederica und sie die Zeichnungen in Papas Büchern stundenlang bewundert. Wie elegant die Damen in den fließenden Gewändern mit der mäanderförmigen Stickerei waren! Wie schön die Jünglinge mit ihren schwarzen Locken und den ebenmäßigen Gesichtszügen. Auch der Anblick der muskulösen Brust ihres Patienten hatte sie vor wenigen Tagen an eine der handkolorierten Zeichnungen erinnert. Damals hatte sie gedacht, ihren Cousin vor sich zu haben und es war ihr schon da verwegen erschienen, dessen Brust zu berühren. Wenn sie jetzt daran dachte, dass der Körper jemandem ganz anderen gehören konnte, jemandem, mit dem sie nicht im Geringsten verwandt war, oh Gott, oh Gott! Kein Wunder, dass sie bei diesem Gedanken errötete.

Der junge Mann, der sich soeben formvollendet über ihren Handrücken beugte, sah ebenfalls aus, als wäre er einem von Papas Büchern entstiegen. Seine Gesichtszüge waren makellos. Ein zarter Hauch von Moschus und Zitrone wehte zu ihr hinauf. Sie, die den Geruch von Schafen gewöhnt war und in letzter Zeit auch den von Birkensud und Arnika, meinte, noch nie etwas so Betörendes gerochen zu haben. Mr Sterling blickte im Hochkommen zu ihr hinauf und lächelte. Sie errötete noch um einiges mehr und lächelte zurück.

Lady Panswick sah das Strahlen in den Augen ihrer Tochter und nickte zufrieden. War es denn möglich, dass sie in Jasper Sterling endlich den zukünftigen Gemahl gefunden hatte? Was für ein ungewöhnlich attraktives Paar die beiden abgaben. Wie schön würden erst ihre gemeinsamen Kinder sein? Jetzt war sie es, die sich strikt zur Ordnung rief. So weit vorauszudenken, also wirklich!

„Wie war die Anreise, liebe Freundin?", beeilte sie sich, zur Gegenwart zurückzukehren, und setzte dann fort, bevor ihr Gast die Möglichkeit zu einer Antwort hatte: „Sicher möchtet ihr euch zuerst frisch machen."

Ich muss unbedingt herausfinden, warum der Mann als schwarzes Schaf der Familie gilt, dachte sie im Stillen.

„Die Haushälterin wird euch euer Zimmer zeigen", sagte sie laut und bereute es nun doch, für die beiden nur einen gemeinsamen Raum vorgesehen zu haben. Diese Lösung erschien ihr plötzlich zu wenig großzügig zu sein, ihrem Schwiegersohn in spe gegenüber. Aber hatte sie eine andere Wahl gehabt? Selbst ein so großes Anwesen wie Lancroft Abbey stieß bei einem Ansturm so vieler Gäste an seine Grenzen.

„Euer Raum wird euch gefallen", setzte sie daher schnell hinzu. „Er bietet einen besonders reizenden Ausblick über die blühenden Gärten. Nach dem Lunch werden wir uns eine schöne Tasse Tee gönnen und in alten Zeiten schwelgen, meine liebe Edith. Und in der Zwischenzeit kann Penelope deinem Sohn den Park zeigen. Fühlt euch bitte wie zu Hause."

Penelope brannte darauf, die Pause, während sich die Gäste zurückzogen, dazu zu nutzen, das Krankenzimmer aufzusuchen. Sie wollte endlich den Patienten mit ihrem Verdacht konfrontieren, dass er nicht der war, der er zu sein vorgab. Sie wollte ihn zur Rede stellen. War es denn möglich, dass sie sich so hatte täuschen lassen? Dass sie den Mann, der zwei Jahre lang durch ihre Tagträume geisterte, nicht erkannt hatte, als er plötzlich wahrhaftig vor ihr lag?

„Ich komme mit dir", hörte sie Bertrams Stimme neben sich. „Ich habe derzeit ohnehin nichts Besseres zu tun."

Seine Schwester zuckte zusammen. Nein, das passte ihr so gar nicht in den Plan. Sie musste den Patienten unbedingt unter vier Augen sprechen. Vor Bertram hätte sie die

Maskerade aufrechterhalten müssen. Zumindest so lange, bis sie entschieden hatte, was als Nächstes zu tun war.

„Peter wird sich sicher freuen, wenn du ihn später besuchst", sagte sie daher schnell, bemüht, sich ihre Aufregung nicht anmerken zu lassen. „Zuerst muss ich die Wunde versorgen, weißt du? Sein linker Unterarm ist schwer verletzt und bietet wahrlich keinen schönen Anblick. Die Wunde eitert fürchterlich und stinkt. Ich muss mich besonders gut konzentrieren und fürchte, dass mich deine Anwesenheit im Krankenzimmer ablenken würde."

Sie hoffte, dass die schaurige Beschreibung der Verletzung ihrem Bruder den Spaß daran, mitzukommen, verleiden würde. Und so war es dann auch.

„Na gut, dann mach das ruhig allein", hörte sie ihn sagen und konnte aufatmen. „Ich kann unseren Cousin ja dann besuchen, wenn alles frisch verbunden ist und du mit dem Schönling im Park promenierst. Mama scheint von ihm angetan zu sein. Ich denke, dieser Sterling ist ein passabler Kerl, und dir scheint er auch zu gefallen. Ich habe dich jedenfalls noch nie so strahlen gesehen." Er grinste frech, als er fortfuhr: „Du bist errötet wie ein Schulmädchen, als er sich über deine Hand gebeugt hat."

Penelope boxte ihn schwesterlich in die Seite. „Hör sofort auf, mich zu necken, du dummer Junge!", rief sie aus. Es sollte empört klingen, doch sie musste lachen, als er sich um eine schuldbewusste Miene bemühte, die ihm nicht so recht gelang.

Dann wurde sie wieder ernst. „Dir kann es doch nur recht sein, wenn mir ein Mann gefällt, lieber Bruder. Mutter setzt mich gehörig unter Druck. Ich musste ihr sogar versprechen, den nächsten Heiratsantrag anzunehmen, von wem auch immer er kommen möge."

Die Bitterkeit in ihrer Stimme machte ihn hellhörig.

„Aber warum denn nur? So alt bist du doch auch wieder nicht."

Sein freimütiges Mundwerk schaffte es schon wieder, sie zum Lachen zu bringen. Doch auch diesmal war es nur für kurz: „Mama meint, wir ledigen Schwestern müssten schleunigst aus dem Haus, damit du und deine Braut hier sorgenfrei einziehen könnt."

Als sie seine fassungslose Miene sah, taten ihr die offenen Worte sofort wieder leid. Sie hätte sich auch diplomatischer ausdrücken können!

Bertram ergriff ihre beiden Oberarme und schaute ihr ernst ins Gesicht. „Was auch immer Mama zu dir gesagt hat, Lämmchen, vergiss es wieder. Du bist meine Schwester und ich habe dich lieb. In meinem Haus wirst du immer willkommen sein. Du kannst hier so lange bleiben, wie es dir beliebt. Ich bin sicher, Clarissa und du, ihr werdet rasch Freundinnen werden. Ja, sie wird sich sogar sehr über deine Gesellschaft freuen. Ich verstehe nicht, warum Mutter dich diesem Jasper Sterling anpreist wie eine Frucht knapp vor dem Verfaulen. Einen Spaziergang im Park vorzuschlagen! Noch dazu zu zweit! Also, das ist doch eine gar plumpe Art, seine Pläne zu offenbaren. Auf mich kannst du zählen, Lämmchen! Das verspreche ich dir."

Er zog seine Schwester in die Arme und klopfte ihr dann brüderlich auf den Rücken. In Penelope kämpften die unterschiedlichsten Gefühle. Natürlich war es schön, dass er ihr auf Lancroft Abbey auch in Zukunft eine Heimat bot. Hier allerdings mehr oder weniger als Gesellschafterin seiner künftigen Gattin zu leben, trübten die verlockenden Zukunftsaussichten doch sehr stark. Und mit einer faulen Frucht verglichen zu werden, trug auch nicht dazu bei, ihre Zuversicht zu heben. Andererseits war es lieb, dass er sich um sie kümmern wollte. Immerhin war er zwei Jahre jünger als sie und es war sicher nicht einfach, in so jungen Jahren in die Rolle des Familienoberhaupts hineinzuwachsen. *Das macht er schon sehr gut*, wie sie anerkennend feststellte. Und, er hatte sie *Lämmchen* genannt, den Kosenamen, den sonst nur Frederica verwendete. Bertram hatte das bisher nie getan und darum freute es sie besonders.

Sie wusste noch genau, wann der Kosename entstanden war. Nämlich an ihrem dreizehnten Geburtstag, als sie mit ihren Geschwistern eine Scharade spielte. Ihr war die Rolle eines kleinen Schafes zugefallen, das alle *Lämmchen* nannten. Dieser Kosename war ihr geblieben. Penelope machte sich abrupt von ihrem Bruder frei. An ihrem dreizehnten Geburtstag! Peter war das letzte Mal hier gewesen, als sie acht war. Das hieß, er konnte diesen Kosenamen gar nicht gekannt haben! Und doch hatte der Verletzte sie damit angesprochen. Am ersten Abend, den er auf Lancroft Abbey verbrachte. Das war der Augenblick, an dem ihr der Verdacht zur Gewissheit wurde.

„Es tut mir leid, Bertram, aber ich muss jetzt wirklich zu … zu … zu unserem Verletzten hinauf. Ich habe dort etwas Dringendes zu erledigen." Sie machte kehrt und eilte in Richtung Treppe davon. Dort drehte sie sich noch einmal um: „Danke für deine Worte, lieber Bruder! Sie bedeuten mir sehr viel!"

Sie lief noch einmal zu ihm zurück, um ihn kurz an ihre Brust zu drücken: „Es ist schön zu wissen, dass ich mich in meinem Leben zumindest auf *einen* Mann verlassen kann. Außer auf Derryhill, natürlich. Aber das ist etwas anderes."

Ehe Bertram sich versah, stürmte sie schon mit geschürzten Röcken die Treppe in das Obergeschoss hinauf. Er konnte ihr nur fassungslos nachschauen und sich fragen, was er von den Stimmungsschwankungen seiner Schwester halten sollte. So kannte er sie gar nicht.

Kapitel 16

„Nun sag, Peter, mein teurer Cousin, wie steht denn heute dein wertes Befinden?"

Penelopes Stimme klang zuckersüß, und wohl nur ein geübter Beobachter hätte erkannt, dass die Emotionen, die in ihr wüteten, alles andere als süß waren. Der Verletzte hatte es sich auf dem Lehnstuhl neben dem Fenster gemütlich gemacht, auf dem in den ersten Nächten die Diener abwechselnd Nachtwache gehalten hatten. Er trug wieder Bertrams seidenen, blau-grau-gestreiften Morgenmantel und hatte eine Decke über seine Beine gelegt. Der linke Arm hing in der Schlinge, die sie für ihn angefertigt hatte. Vor ihm auf dem Tisch stand eine Tasse Tee. Er hielt die Zeitung in der Rechten, die er hatte sinken lassen, als sie das Zimmer betreten hatte. Alles in allem ein idyllisches Bild. Sie war selbst erstaunt, wie sehr dieses Bild die Wut und Enttäuschung, die sie ohnehin schon verspürte, in noch lichtere Höhen schnellen ließ. Wenn sie ihn jetzt so ansah, dann hatte sie keinen Zweifel mehr darüber, wer er in Wirklichkeit war.

Sie hatte sich bei ihrem Debüt vor zwei Jahren unsterblich in diesen Mann verliebt. Dieser Liebe war er nicht wert gewesen und hatte sie eiskalt hintergangen. Er wollte, dass Lord Derryhill ihm ein Offizierspatent kaufte und sie war ihm Mittel zum Zweck gewesen. Kein Wunder, dass er ihr sofort vertraut vorgekommen war, als man ihn schwer verletzt nach Lancroft Abbey brachte. Jetzt, da sie ihn so sitzen sah und seinen prüfenden Blick auf sich spürte, diesen ganz bestimmten Blick aus blauen Augen, den nur er hatte, da konnte sie sich gar nicht genug über sich selbst wundern. Warum hatte sie ihn nicht sofort erkannt? Das war doch ohne Zweifel Henry! Henry Bernard Markfield. Wie hatte sie in den letzten Tagen nur so blind sein können? Manchmal erkennt man wohl etwas nicht, nur weil man nicht damit rechnet, es zu sehen.

Natürlich, die Stoppel auf dem Kopf ließen seine dichte, blonde Haarpracht nur erahnen. Natürlich, der unkleidsame, leicht rötliche Bart entstellte das gut aussehende Gesicht und verdeckte die wichtige Partie um den Mund.

Er hat genau gewusst, warum er darauf bestanden hat, das Gestrüpp im Gesicht stehen zu lassen, ging es ihr durch den Kopf. Er wusste, dass sein Lächeln ihn verraten würde. Von wegen eine Angelegenheit der Ehre! Eine Angelegenheit der Unehre war das wohl viel mehr. Ein Mittel zum Zweck, um ihre Gutmütigkeit ein weiteres Mal auszunutzen.

Er blickte ihr immer noch mit prüfendem Blick entgegen. Irgendetwas in ihrer betont freundlichen Stimme schien ihn stutzig gemacht zu haben.

„Du weißt also Bescheid", sagte er schließlich schlicht, faltete die Zeitung ordentlich zusammen, legte sie auf den Tisch und ergänzte dann mit völlig ruhiger Stimme: „Das wurde aber auch Zeit."

Penelope hatte mit allem gerechnet. Dass er sie zerknirscht um Verzeihung bitten würde. Dass er sie anflehen würde, den anderen nichts über seine wahre Identität zu erzählen. Dass er mit Versprechungen versuchen würde, sie wieder gnädig zu stimmen. Womit sie nicht gerechnet hatte, war, dass seine erste Reaktion ein Vorwurf sein würde. Das nahm ihr den Wind aus den Segeln.

Sie stand da, sah ihn mit großen Augen an und schluckte. Doch Penelope war nicht mehr das naive, brave Mädchen, das er in London kennengelernt hatte. Sie war erwachsen geworden. Darum dauerte diese Hilflosigkeit auch nur kurz. Dann war der Wind bereit, umso heftiger zu blasen. Sie richtete sich in voller Größe vor ihm auf und stemmte die Hände in die Seiten.

„Henry Bernard Markfield!", herrschte sie ihn an. „Wie kommst du dazu, mir Vorwürfe zu machen? Du mir? Du, der du dich in mein Zuhause eingeschlichen hast, als der Zufall dir die Tür öffnete? Du, der du dich als unser Cousin ausgegeben hast? Du, der du Mutters Großzügigkeit schamlos ausnützt? Du, der du mich schon einmal so sträflich hintergangen hast? Wenn ich daran denke, welche Sorgen wir uns in den letzten Tagen um dich gemacht haben! All die schlaflosen Nächte, all die … ach, mach dich nur wieder über mich lustig. Das ist wohl das, was du am allerbesten kannst!"

Sein Gesicht war ernst, seine blauen Augen zeigten Betroffenheit. Es hatte nicht den Anschein, als wollte er sich über sie lustig machen. „Penelope, hör mir bitte zu. Ich verstehe, dass du ungehalten bist. Ich …"

„Nein, oh nein!", fuhr sie auf. „Ich will keine deiner weiteren Lügen hören! Keine einzige, verstehst du mich? Ich bin nicht mehr das dumme Mädchen, dass du in London um den Finger wickeln und für deine schändlichen Pläne missbrauchen konntest. Ich bin erwachsen geworden, Henry Markfield. Du kannst es dir auf deine Fahnen schreiben, dass du mir meine Unbeschwertheit genommen hast!"

Er versuchte es ein weiteres Mal: „Penelope, das wollte ich nicht …"

Doch sie war nicht bereit, ihn anzuhören.

„Denkst du denn, ich habe vergessen, dass du mir damals nur deshalb den Hof gemacht hast, um an Derryhills Geld zu kommen? Denkst du wirklich, das könnte ich je vergessen? Henry Markfield, denkst du das?"

„Nein, natürlich nicht! Doch das ist nicht die ganze Wahrheit. Penelope, bitte hör an, was ich dir zu sagen habe. Bitte!"

Ein flehentlicher Blick aus tiefblauen Augen traf sie, doch an diesem Tag war sie nicht bereit, diesem Flehen nachzugeben.

„Es gibt nichts, was ich mehr verabscheuen würde, als mir noch eine weitere deiner Lügengeschichten anzuhören. Glaub mir, ich hätte gute Lust, dich mit Schimpf und Schande fortzujagen."

„Penelope, ich ..."

Ihre strikte Geste ließ ihn schweigen. „Keine Sorge. Ich würde es nie übers Herz bringen, einer Kreatur, die Hilfe bedarf, diese Hilfe zu verweigern. Und du bist so eine Kreatur. Du hattest Glück, dass dich der Zufall in unsere Gegend verschlagen hat. Du hattest das Geschick, Mama davon zu überzeugen, dass du ihr Neffe bist. Sie hat dir unsere Hilfe zugesagt. Also kannst du so lange bleiben, bis es dir besser geht und du Pläne schmieden konntest, bei wem du als Nächstes dein Glück versuchen willst."

Sie hörte selbst, wie verbittert diese Worte klangen, doch sie war nicht bereit, ihm gegenüber noch einmal Schwäche zu zeigen.

„Versprich mir eines", forderte sie ihn auf. „Lass die anderen weiterhin im Glauben, du seist Peter Barnett. Ich möchte Mama keinen Kummer bereiten. Sie muss sich um die Gäste kümmern und um den großen Ball, den sie ausrichtet. Versprichst du mir das?"

Er hob die Hand zum Schwur. „Ich verspreche!", sagte er feierlich.

„Es wird sich herausstellen, wie viel dieses Versprechen wert ist", unterbrach sie ihn, als er weitersprechen wollte. „Und nun adieu, Mr Markfield. Die beiden Hausdiener werden deine Betreuung übernehmen. Meiner Hilfe bedarfst du nicht mehr, und daher siehst du mich nie mehr wieder!"

Mit diesen Worten machte sie auf dem Absatz kehrt und stürmte aus dem Zimmer. Laut krachend fiel die Tür hinter ihr ins Schloss. Die Tränen brannten hinter ihren Augenlidern, doch sie hielt sie zurück, bis sie in ihrem Zimmer war und sich auf ihr Bett werfen konnte.

Kapitel 17

Lady Panswicks Kammerfrau war eben dabei, der Frisur ihrer Herrin vor dem Lunch noch den letzten Schliff zu geben, als Penelope in das Schlafzimmer gestürzt kam, um mitzuteilen, dass sie sich keinesfalls auch nur eine Minute länger um das Wohlergehen des Patienten kümmern könne. Obwohl sich ihre Mutter bei diesen hastig vorgebrachten Worten nicht umdrehte, hatte Penelope im Spiegel deutlich gesehen, dass beide Augenbrauen nach oben geschnellt waren. Es war, wie sie befürchtet hatte: Ihre Ladyschaft war alles andere als erfreut und keinesfalls geneigt, sich diesem Wunsch ohne Widerrede zu beugen.

„Nimm Platz und störe Madson nicht weiter bei ihrer Arbeit. Ich werde mich um dein Anliegen kümmern, sobald wir hier fertig sind."

Also hieß es für Penelope, sich in Geduld zu üben. Sie setzte sich auf die vorderste Kante eines unbequemen Holzstuhls und versuchte sich dadurch abzulenken, dass sie die Rosen im Muster der Vorhänge zählte. Die alte Kammerfrau schien alle Zeit der Welt zu haben und Mama auch.

Dann endlich war es so weit. Die Dienerin zog sich mit einem kleinen Knicks zurück und Lady Panswick wandte sich, noch auf ihrem Stuhl sitzend, zu ihrer Tochter um.

„Was ist bloß mit dir los, Penelope? Einfach so hereinzuplatzen und mich mit einem Schwall von Worten zu erschrecken! So kenne ich dich ja gar nicht. Du bist doch sonst nicht so ungestüm. Was wolltest du mir über Peter sagen? Fass dich kurz, wenn es schon sein muss, dass wir jetzt darüber sprechen. Wir dürfen unsere Gäste nicht warten lassen."

Das Selbstbewusstsein, das Penelope in Gegenwart des Verletzten an den Tag gelegt hatte, verschwand unter Mutters strengem Blick. Sie atmete zwei Mal tief durch, bevor sie antwortete: „Ich wollte dich lediglich davon in Kenntnis setzen, dass ich mich außerstande sehe ..., Peter noch weiter zu betreuen, Mama. Das war alles. Matthew und Steven werden sich in Zukunft allein um ihn kümmern."

„Du siehst dich außerstande, soso. Als dein Cousin hier ankam, da hast du mich *angefleht,* dich um ihn kümmern zu dürfen. Wie kommt dieser plötzliche Sinneswandel?"

Lady Panswick war aufgestanden und strich nun den Rock ihres dunkelblauen Tageskleides glatt, bevor sie Penelope erwartungsvoll anblickte. Natürlich hatte die mit der Frage gerechnet und bis zu diesem Augenblick gehofft, es würde ihr eine Antwort einfallen, die nachvollziehbar klang, ohne Mr Markfield der Gefahr auszusetzen, des Hauses verwiesen zu werden. Wie sich jetzt, sehr zu ihrem Leidwesen, herausstellte, war diese Hoffnung unbegründet gewesen.

„Woher wusstest du eigentlich, dass es sich bei dem verletzten Soldaten um Cousin Peter handelte, Mama?", fragte sie statt einer Antwort. „Hat er sich so bei dir vorgestellt?"

„Bei mir vorgestellt?", wiederholte Ihre Ladyschaft und überlegte. „Ich weiß das gar nicht mehr so genau. Hat er es mir gesagt oder Bauer Drewes? Aber was spielt denn das für eine Rolle? Man sieht ihm doch auf den ersten Blick an, dass er ein Barnett ist. Was hat das damit zu tun, dass du ihm deine Hilfe verwehren möchtest?"

„Er ist mir völlig fremd, das ist alles. Ich habe das Gefühl, er ist gar nicht mein Cousin", startete Penelope einen neuen Versuch und war nicht wirklich verwundert, dass dieser nicht erfolgreich war.

„Nicht dein Cousin? Und wer ist der junge Mann deiner Meinung nach dann?", wollte Ihre Ladyschaft wissen und stellte damit genau die Frage, die Penelope nicht beantworten wollte. Da kam ihre eine andere Idee.

„Wir haben doch jetzt wichtigere Gäste, um die ich mich voll und ganz kümmern muss", sagte sie und atmete auf, froh, diese elegante Erklärung gefunden zu haben. Leider aber war ihre Mutter alles andere als überzeugt.

„Aha, daher weht also der Wind", sagte sie und ein Hauch Enttäuschung schwang bei diesen Worten mit. „Der schöne Jasper Sterling! Kaum kommt ein hübscher Mann in dein Blickfeld, schon vergisst du deine Pflichten! Ich hätte dich nicht für so oberflächlich gehalten."

Dann bemerkte sie wohl selbst die Ungerechtigkeit in diesem Vorwurf, war sie es doch gewesen, die Mr Sterling eingeladen hatte. Sie wollte doch, dass aus den beiden ein Paar wurde. Also sollte sie froh sein, dass sich ihre Tochter für den jungen Mann interessierte.

„Natürlich ist das Pflegen eines Verwundeten mühsam", sagte sie daher, schon wieder in versöhnlicherem Tonfall. „Natürlich braucht es Kraft und Energie. Du hattest meine Bewunderung dafür, dass du es geschafft hast, den Arm zu retten, Penelope. Ja, ich denke sogar in der Zwischenzeit, dass die Erkrankung des Arztes ein Segen für Peter war, denn nur dadurch blieb ihm eine Amputation erspart. Doch nun erwarte ich von dir, dass du durchhältst. Man kann nicht alles hinwerfen, nur weil einem eine angenehmere Beschäftigung geboten wird."

„Aber, Mama", startete Penelope einen neuerlichen Versuch, „das ist doch gar nicht der Grund. Peter ist, wie gesagt, für mich ein fremder Mann und …"

„… umso wichtiger ist es, dass ihr euch besser kennenlernt. Schließlich ist er dein Cousin. Also verlieren wir kein Wort mehr darüber. Du wirst genügend Zeit mit Mr Sterling verbringen können, das verspreche ich dir. Selbstverständlich brauchst du dich nicht stundenlang im Krankenzimmer aufhalten. Es reicht, wenn du zwei Mal am Tag nach dem

Rechten siehst. Ich könnte es nicht mit meinem Gewissen vereinbaren, wenn wir Peter nicht die beste Pflege angedeihen lassen."

Penelopes nächster Versuch, ihre Mutter zu überzeugen, klang selbst in ihren eigenen Ohren verzweifelt. Und, siehe da, Lady Panswick ließ sich erweichen. Allerdings auf eine ganz andere Art, als sie das erwartet hatte.

„Nun gut, wenn es dir gar so schwerfällt, weiter für deinen Cousin da zu sein, dann möchte ich dir auch entgegenkommen. Wenn du mir versprichst, zwei Mal am Tag nach unserem Patienten zu sehen und deine Pflichten gegenüber unseren anderen Gästen auf das Beste zu erfüllen, dann darfst du dich auch wieder um deine geliebten Tiere kümmern. Na, wie klingt das in deinen Ohren?"

Das Strahlen, das diese überraschende Erlaubnis auf Penelopes Gesichtszüge zauberte, war ihr Antwort genug.

„Und nun komm. Ich möchte, dass wir uns vor unseren Gästen im Speisezimmer einfinden."

Kapitel 18

Am Nachmittag war es dann doch eine Gruppe von vier Personen, die das warme Frühsommerwetter dazu nutzte, die Parkanlagen zu erkunden. Nur Bertram war nicht mit von der Partie. Er hatte sich erboten, dem Patienten währenddessen die Zeit zu vertreiben.

Ein bekiester Weg führte vom Vorplatz weg zuerst über eine weitläufige Wiese, bevor er sich teilte. Rechts ging es zum Rosengarten, der von Penelopes Großmutter in den Fünfzigerjahren des 18. Jahrhunderts angelegt worden und auch heute noch der Stolz der gegenwärtigen Lady Panswick war. Natürlich wurde dieser als Erstes besucht. Die Hausherrin ging so forschen Schrittes voran, dass die kleine Lady Titchwell Mühe hatte, ihr zu folgen. Die beiden jungen Leute schlenderten nebeneinander hinterdrein und Penelope fand es sehr angenehm, von Jasper Sterling unterhalten zu werden. Es hatte damit begonnen, dass er ihr von einer Aufführung erzählte, die er kürzlich im Covent Garden Theater besucht hatte. Er tat dies mit großer Hingabe, konnte einige Textstellen auswendig aufsagen und brachte sie zum Lachen, weil er die Rollen mit verstellter Stimme äußerst gekonnt wiedergab. Daraufhin wollte er wissen, ob sie die Hauptstadt bereits einmal besucht hatte, da er sich nicht erinnern konnte, sie dort jemals gesehen zu haben.

„Wann war es denn, dass Sie Ihr Debüt gaben und den Knicks vor Ihrer königlichen Hoheit absolvierten?"

Sie antwortete, dass dies vor zwei Jahren der Fall gewesen

war, worauf er wissend nickte: „Damit ist das Rätsel gelöst. Vor zwei Jahren befand ich mich auf meiner Grand Tour auf dem Kontinent, die mich durch viele verschiedene Länder bis nach Griechenland brachte. Denn glauben Sie mir, verehrte Lady Penelope, an Ihr Gesicht und Ihre grazile Erscheinung würde ich mich erinnern. Ich fühle, dass mich Ihre Schönheit zu einem Gedicht inspiriert. Noch heute Abend werde ich zum Federkiel greifen, um die ersten Verse zu Papier zu bringen."

„Sie schreiben Gedichte?", fragte sie interessiert. Sie hatte noch nie einen Poeten kennengelernt. Die Männer hier im Landkreis interessierten sich eher für profanere Dinge, wie Pferderennen, Boxen und die Fasanenjagd.

„Mit Leidenschaft!", bestätigte er und ballte, um ebendiese unter Beweis zu stellen, beide Fäuste vor der Brust. „Wollen Sie das Gedicht hören, zu dem ich während der Reise hierher inspiriert wurde?"

Penelope nickte. Ein bildhübscher Mann, der feinsinnig genug war, Gedichte zu schreiben! Konnte es eine schönere Kombination geben? Henry Markfield würde es wohl nie einfallen, Verse zu Papier zu bringen. Allein der Gedanke war so absurd, dass sie lächeln musste. Jasper Sterling lächelte zurück. Penelopes Herz machte einen kleinen Hüpfer. Er hatte aber auch ein attraktives Lächeln. Weiße Zähne, einen wohlgeformten Mund.

„Reise", sagte der wohlgeformte Mund nun. Nein, er sagte es nicht, er trug es vor:

„Wenn der Kutsche starke Räder
bringen mich nun Tag für Tag
Stück um Stück der Liebsten näher
mein Herze zu frohlocken mag."

Penelope fürchtete kurz, ihr Herz würde nicht nur frohlocken, es würde glatt stehen bleiben. Hatte er sie tatsächlich *seine Liebste* genannt? Wie konnte das sein? Er hatte sie doch noch nicht einmal gekannt, als er sich auf dem Weg hierher befand. Was hatte Mama denn im Brief an ihre Freundin geschrieben, das ihn bereits solch innige Gefühle für sie entwickeln ließ? Sie spürte, wie sie errötete, und wagte es gar nicht, ihm ins Gesicht zu sehen.

Die beiden Mütter waren in diesem Augenblick stehen geblieben und hatten sich zu den beiden jungen Leuten umgedreht. Lady Panswick erkannte das Erröten ihrer Tochter und sie sah den seligen Gesichtsausdruck des jungen Mannes, der in den Himmel blickte. Sie beglückwünschte sich im Stillen noch einmal zur Glanzidee, Edith und ihren Sohn nach Lancroft Abbey eingeladen zu haben. Da schien sich tatsächlich, viel schneller als erhofft, etwas außerordentlich Vielversprechendes anzubahnen.

„Was hältst du von der Idee, wenn wir beide uns auf der Bank dort drüben niederlassen und den Anblick der Rhododendronhecke bewundern?", sagte sie daher zu ihrer Freundin. „Die Blüten sind ganz besonders üppig in diesem Jahr. Sieh nur das satte Rosa!"

Bevor Lady Titchwell noch antworten konnte, hatte sich ihre energische Gastgeberin schon bei ihr untergehakt und sie zielsicher in Richtung Bank gezogen.

„Lasst euch von uns nicht aufhalten, meine Lieben!", rief sie über die Schulter zurück. „Die liebe Edith und ich machen nur eine kleine Rast. Wir folgen euch in Kürze nach."

Wäre Penelope nicht ohnehin schon errötet gewesen, jetzt hätte sie einen weiteren Grund dazu gehabt. Bertram hatte recht! Mutter war tatsächlich dabei, sie ganz unverblümt mit Jasper Sterling zu verkuppeln. Doch zu ihrem eigenen Erstaunen hatte sie nichts mehr dagegen einzuwenden. Vielleicht war Mr Sterling ja endlich der Gentleman, auf den sie die letzten Jahre gewartet hatte? In jedem Fall würde Henry Markfield seinen Ohren nicht trauen, wenn sie ihm in wenigen Tagen über das freudige Ereignis einer Verlobung berichten konnte. Allein schon dieser Gedanke ließ ihr Herz höherschlagen.

„Oh, Sie lächeln schon wieder, wie schön", hörte sie die angenehm melodiöse Männerstimme neben sich. „Ich fürchtete schon, Ihnen mit meinen Zeilen zu nahe getreten zu sein. Wie bezaubernd Ihr Lächeln ist, Lady Penelope. Was für ein Liebreiz. Wie soll da ein Dichter nicht dazu verlockt werden, immer wieder neue Verse zu schmieden? Auch wenn er befürchten muss, dass seine Kunst der Schönheit, die sein Auge wahrnimmt, niemals gerecht werden kann."

Natürlich war Penelope geschmeichelt. Wer hörte nicht gern solche Worte aus dem Mund eines Mannes, der einem gefiel? Und doch war sie zu sehr gewöhnt, dass ihre Schönheit gepriesen wurde, als dass sie sich lange in diesem Glanz gesonnt hätte.

„Lieben Sie London sehr?", wechselte sie daher das Thema. Mit angehaltenem Atem wartete sie auf seine Antwort. Was sollte sie tun, wenn diese „Ja!" lauten würde? Würde sie ihm zuliebe die Vorliebe fürs Landleben aufgeben und den Großteil des Jahres in dem großen, stinkenden, furchterregenden Moloch zubringen wollen? Während er schwieg, hoffte sie inständig auf ein „Nein!".

„Wie sieht es denn mit Ihnen aus?", stellte er stattdessen eine Gegenfrage. „Sind Sie begeistert von unserer Hauptstadt und all ihren vielen Möglichkeiten? So wie die meisten Ihrer Geschlechtsgenossinnen es sind?"

Penelope beeilte sich, ihm zu versichern, dass dies ganz und gar nicht der Fall war. Sie erzählte ihm, dass sie das einfache Leben auf dem Lande liebte und sich vorzugsweise dort aufhielt, wo sie von Tieren umgeben war.

Er lachte befreit auf. „Ich freue mich außerordentlich, das zu hören. Man sieht es mir vielleicht nicht an, aber auch ich bin ein Freund des Landlebens. Auch ich liebe Tiere. Und ich liebe die Stille. Sie inspiriert mich zu immer neuen Werken."

Penelope war sehr glücklich, das zu hören.

„Sie und Ihre geschätzte Frau Mama müssen uns unbedingt demnächst besuchen", setzte er fort und seine Augen strahlten vor Begeisterung. „Caburn Hall, der Sitz meiner Familie, wird Ihnen gefallen. Die Parkanlagen sind zwar lange nicht so weitläufig wie diese hier, aber die Vegetation ist ebenfalls prächtig. Waren Sie schon einmal in Sussex, Lady Penelope?"

Sie verneinte und versicherte ihm, dass es sie sehr freuen würde, Caburn Hall kennenzulernen. Dies nahm er zum Anlass, ihr mehr über seine Familie zu erzählen. Sein ältester Bruder Aldwin, der Viscount of Titchwell, schien ein rechtschaffener, ernsthafter Mann zu sein, oder auch ein *verflixt langweiliger Schwätzer,* wie es sein Bruder augenzwinkernd ausdrückte. Er war mit einer Grafentochter verheiratetet, die ihm bisher drei Töchter geschenkt hatte.

„Darum ist mein zweiter Bruder Henry derzeit sein Erbe. Er ist Offizier des Königs und fährt zur See. Sollte er dort mit Mann und Maus untergehen, dann wäre ich der Nächste in der Erbfolge. Doch glauben Sie mir, ich wünsche ihm ein langes Leben."

Er erzählte noch mehr über diesen Bruder, den er anscheinend besonders gut leiden konnte, doch Penelope hörte nur mehr mit halbem Ohr zu. Der Name Henry hatte sie abgelenkt. Sie wusste, dass sie einem anderen Henry an diesem Tag noch einmal begegnen würde. Einem Henry, dem sie an den Kopf geworfen hatte, ihn nie wiedersehen zu wollen.

Sie waren nun beim großen Teich angelangt. Penelope zwang sich, ihre ganze Aufmerksamkeit auf die Gegenwart zu richten. Die Anwesenheit ihres attraktiven Begleiters machte ihr dies nicht allzu schwer.

„Was für ein wunderschönes Fleckchen Erde!", rief er begeistert. „Das erinnert mich an ein Gedicht, das ich vor Jahren einmal geschrieben habe. Wir waren damals zu Gast bei den Willowbys auf Rampstade Palace. Kennen Sie George Willowby?"

Penelope bedauerte.

„Das Anwesen würde Ihnen gefallen, da bin ich mir sicher! Wer weiß, vielleicht haben wir einmal Gelegenheit, es uns gemeinsam anzusehen."

Sein lächelndes Gesicht war nun dem ihrem ganz nahe. Ein tiefer Blick aus braunen Augen versenkte sich in ihren blauen. Sie spürte seinen Atem auf ihrer Haut. Roch den feinen Duft von Moschus und Zitrone. Da legte er seine Arme um ihre Schultern und zog sie sanft zu sich heran.

Oh Gott, gleich wird er mich küssen!, dachte Penelope und ihr Herz hüpfte vor Aufregung. Gleich würde sie fühlen, wie sich männliche Lippen auf den ihren anfühlten. Sie hatte so große Lust, diese Erfahrung zu machen! Einen Mann ganz nahe zu spüren. Mama würde nichts dagegen haben. Sie wollte doch, dass sie den nächsten Heiratsantrag annahm. Einen Augenblick! Heiratsantrag? Sie kannte Mr Sterling doch noch gar nicht richtig. Auch wenn er ungewöhnlich attraktiv war, auch wenn vieles, was er sagte, ihr gefiel, sie war noch nicht bereit für einen so großen Schritt. Und darum geschah es, dass sie sich wegduckte, just in dem Augenblick, als Mr Sterlings Lippen die ihren berühren wollten. Er war so überrascht, dass er sie augenblicklich losließ.

„Ei der Daus ..." war alles, was er herausbrachte. Sein Atem ging verdächtig schnell.

Der Blick auf die Steine unter ihren Füßen brachte Penelope auf die rettende Idee, wie sie die peinliche Stille, die in diesem Augenblick herrschte, überbrücken konnte.

„Können Sie Steine übers Wasser springen lassen, Mr Sterling?", fragte sie und war stolz auf sich, weil ihre Stimme nicht zitterte. „Man braucht dafür besonders flache Exemplare. Wie zum Beispiel diesen hier. Sehen Sie nur!"

Sie hob einen der Steine auf, trat zum Rand des Teiches, ging in die Knie und ließ ihn mit großem Schwung so ins Wasser fallen, dass es von der Seitenkante durchschnitten wurde und der Stein zwei Mal aus dem Wasser hüpfte, bevor er endgültig darin versank. Sie erhob sich und sah Beifall heischend zu ihm hinüber. Er machte ihr die Freude, beeindruckt zu sein.

„Mit jeder Minute, die ich in ihrer Gesellschaft verweile, erstaunen Sie mich mehr, Lady Penelope!", sagte er. „Ich erkenne an, dass sie die Meisterin im Steinewerfen sind, und möchte es selbst gar nicht versuchen. Ich denke, da könnte ich mich nur blamieren, und danach steht mir wahrlich nicht der Sinn. Ach übrigens, haben Sie den Reiter gesehen, der sich von dort vorne in schnellem Galopp nähert? Denken Sie, das hat etwas zu bedeuten?"

Penelopes Blick folgte seiner ausgestreckten Hand. Direkt neben seiner blütenweißen Manschette kam tatsächlich ein Pferd in ihr Blickfeld, das sich in rasantem Tempo näherte. Sie bemühte sich zu erkennen, wer der Reiter war, doch es dauerte einige Zeit, bis sie ihn als einen von Lady Stonesdales Pferdeknechten identifizierte. Nun war er nah genug, dass sie auch seine Stimme hörte. „Lady Penelope!", rief er aus Leibeskräften. „Kommen Sie schnell. Ihre Ladyschaft hatte einen Unfall. Wir brauchen Ihre Hilfe."

Schon war er neben ihr und sprang aus dem Sattel. „Entschuldigen Sie die Störung, Lady Penelope, aber Lady Stonesdale ist vom Pferd gestürzt. Mr Rolesford bittet Sie zu kommen. Er sagt, Ihr Besuch dulde keinen Aufschub."

Penelope war außer sich vor Aufregung. Ihre liebe Freundin war verletzt? Mr Rolesford, ihr großer Lehrmeister, brauchte ihre Hilfe? Da gab es kein Zögern. Sie nahm dem Stallburschen die Zügel ab und schwang sich mit sicherem Tritt in den Herrensattel.

„Wären Sie wohl so liebenswürdig und würden Mama Bescheid geben, Mr Sterling? Es handelt sich um einen Notfall, wie Sie gehört haben. Ich hoffe, dass ich bis zum Abendessen zurück bin."

Sie lächelte ihm kurz zu, hob die Hand zum Gruß und wendete das Pferd. Fassungslos schaute er ihrer Staubwolke hinterher.

Kapitel 19

Lady Stonesdales Butler empfing sie bereits an der kleinen Treppe, die zum dunkelblauen Haustor hinaufführte. Penelope liebte White Rose Hill. Der kleine Backsteinbau sah wie eine Miniaturausgabe von Lancroft Abbey aus. Natürlich fehlten ihm die vier wuchtigen Ecktürme. Sie liebte die farbenprächtigen Hortensienhecken neben der Treppe, das Efeu, das sich an der Mauer emporrankte, und natürlich die üppigen weißen Rosen, die dem Landsitz seinem Namen gaben. Alles sah so romantisch aus, nach einem gemütlichen Daheim. Doch heute schenkte sie all dem, woran sie sich sonst nie sattsehen konnte, keine Aufmerksamkeit.

„Guten Tag, Holborn. Was ist geschehen?" Sie schwang sich aus dem Sattel und übergab die Zügel einem der Reitknechte, die herbeigeeilt waren, als sie das Klappern der Hufe gehört hatten.

„Dem Himmel sei Dank, dass Sie so schnell gekommen sind, Lady Penelope. Stellen Sie sich vor, Ihre Ladyschaft ist vom Pferd gestürzt! Wie mir Mr Rolesford berichtete, haben die beiden heute ein ihnen noch nicht so geläufiges Terrain erkundet. Unsere Herrin hat den Sprung über eine Hecke gewagt und dabei übersehen, dass sich diese über eine alte Steinmauer rankte. Das Pferd ist wohl gestrauchelt und mit dem Vorderhuf an einem der Steine hängen geblieben. Ihre Ladyschaft wurde in hohem Bogen abgeworfen und landete unsanft auf einem Rübenacker. Ich bringe Sie sofort in ihr Schlafzimmer, wenn Sie gestatten."

„Und das Pferd? Thunderbird? Wie geht es dem Pferd?"

Der Butler hob bedauernd die Schultern. „Mr Rolesford ist bei ihm und versucht sein Bestes. Aber es sieht nicht gut aus."

Es war ihm anzumerken, wie schwer ihm diese Worte fielen und wie rasch er sich umdrehte, um ins Haus zurückzugehen, bevor Penelope die Tränen in seinen Augenwinkeln hätte sehen können. Sie straffte die Schultern und folgte ihm in die Halle. Jetzt hieß es kühlen Kopf zu bewahren und zu erkunden, wie sie am besten helfen konnte. Weinen und verzweifelt sein konnte sie immer noch, wenn sie am Abend alleine war.

Hätte Lady Panswick diese Szene miterlebt, so hätte sie den nächsten Grund gehabt, auf ihre Zweitälteste stolz zu sein. Doch sie war nicht hier und daher war das Gefühl, mit dem sie an Penelope dachte, alles andere als bewundernd, als Jason Sterling allein zur Bank zurückkehrte, auf der sie bisher seine Mutter mit Mühe zurückgehalten hatte.

Penelope hatte Schlimmes erwartet. Im Geiste hatte sie ihre Freundin in dem Zustand gesehen, in dem Mr Markfield auf Lancroft Abbey eingetroffen war. Sie rechnete mit blutigen Wunden am Kopf sowie tiefen Schürfwunden und fürchtete sich davor, dass sich Ihre Ladyschaft schreiend vor Schmerzen im Bett winden könnte. Doch als sie nun in der offenen Tür stand und Lady Stonesdale begrüßte, da schien deren Zustand zum Glück nicht ganz so besorgniserregend zu sein. Sie saß mehr, als dass sie lag, den Kopf auf dicke, weiße Kissen gelehnt. Nun gut, sie hatte einige Schrammen davongetragen. Doch diese waren lange nicht so schlimm wie der Zustand der Frisur. Die dicken, roten Locken standen ungebändigt in alle Richtungen ab.

„Wie schön, dich zu sehen, meine Kleine. Sieh nur, was mir altem Esel passiert ist. Über eine fremde Hecke springen zu wollen, das ist doch das Dümmste, was man machen kann. Sie können uns allein lassen, liebe Mitchel, danke", sagte sie an Ihre Kammerfrau gewandt, die sich bemühte, einen farbenfrohen Schal mit Pfauenmotiv um die Schultern ihrer Herrin zu drapieren. „Bringen Sie Lady Penelope etwas Zitronenlimonade. Sie wird durstig sein nach dem eiligen Ritt."

„Soll ich nicht doch den Arzt ...", begann die Dienerin, während sie langsam in Richtung Tür davonging, doch Ihre Ladyschaft ließ sie nicht aussprechen: „Nein, wie ich schon sagte. Ich will den Quacksalber nicht in meinem Haus. Lady Penelope wird wissen, was zu tun ist. Und falls sie Fragen hat, kann sie sich immer noch an den guten Rolesford wenden. Was für einen alten Gaul recht ist, ist für ein altes, dummes Frauenzimmer wie mich billig. Wir werden läuten, wenn wir etwas benötigen."

„Wie Sie meinen, Mylady!", antwortete die Kammerfrau und ließ keinen Zweifel dran, dass sie dies für die nächste dumme Aktion Ihrer Herrin hielt.

„Haben Sie Schmerzen?" Penelope ergriff mitfühlend die Hand der Verletzten und nahm auf einem kleinen gestreiften Fauteuil neben ihrem Bett Platz. Das Vertrauen, das Lady Stonesdale in sie setzte, ehrte sie und sie nahm sich vor, alles daran zu setzen, um es sich auch zu verdienen.

„Ja, natürlich, meine Liebe! So ein Sturz in den Rübenacker ist keine lustige Sache, das kann ich dir versichern. Bei meinem Aufprall fürchtete ich schon, jeder einzelne meiner Knochen würde bersten. Aber zum Glück scheine ich alles halbwegs heil überstanden zu haben. Aua! Was mir, au weh, was mir Sorgen macht, ist Thunderbird. Ich könnte mir nie verzeihen, wenn er ernsthaften Schaden erlitten hätte."

„Thunderbird ist bei Mr Rolesford in den allerbesten Händen", versuchte Penelope sie zu beruhigen. „Und nun zeigen Sie mir, was Ihnen weh tut, damit ich mir ein Bild machen kann."

Ihre Ladyschaft seufzte tief und schlug dann die Bettdecke zur Seite. Penelope musste sich zusammennehmen, um nicht laut aufzuschreien. Sie hatte noch nie ein nacktes fremdes Bein gesehen. Es sah so anders aus als ihr eigenes. Bleich und mit braunen Flecken übersät. An der Wade traten deutlich dicke, blaue Linien nach außen. Auch die Füße waren seltsam geformt, ja, fast schon *ver*formt. Und dann erst diese unappetitlichen, gelben Fußnägel, in denen sich Rillen gebildet hatten …

„Wo genau tut es Ihnen weh?", fragte sie tapfer.

Ihre Ladyschaft zeigte auf den linken Oberschenkel, auf dem sich ein großer blauer Fleck zu bilden begann. Außerdem schien das Bein an dieser Stelle seltsam dick zu sein.

„Darf ich auch das andere Bein sehen, Lady Stonesdale? Ich möchte die beiden gern vergleichen."

Sie wartete, bis die Hausherrin eher widerwillig ihre Zustimmung gab, und nahm dann beide Beine genau in Augenschein.

„Darf ich das linke Bein abtasten? Ich verspreche, ganz vorsichtig zu sein, um Ihnen nicht noch mehr Schmerzen zu bereiten. Aber ich muss sichergehen, dass wirklich nichts gebrochen ist. Sonst brauchen Sie eine Schiene und wir müssen Mr Rolesford um die entsprechenden Holzlatten bitten."

Sie dachte an den Sturz ihrer Cousine vor zwei Jahren, knapp bevor sie zu ihrem Debüt nach London aufgebrochen war. Damals hatte sie dem Arzt genau über die Schulter gesehen, als er Agathas Beinbruch versorgt hatte, und hoffte nun inständig, dass sie sich noch an alle Einzelheiten erinnerte.

Wie sich nach Penelopes eingehender Untersuchung herausstellte, schien das Bein nicht gebrochen zu sein.

„Ich würde mich wohler fühlen, wenn wir doch noch den Arzt hinzuziehen würden", sagte sie schließlich. „Mit derart gravierenden Verletzungen ist nicht zu spaßen. Sicher ist er in der Zwischenzeit wieder genesen. Bitte erlauben Sie mir, zu veranlassen, dass nach ihm geschickt wird!"

Doch davon wollte Lady Stonesdale nichts wissen. Sie forderte Penelope auf, die Maßnahmen zu treffen, die sie für richtig hielt.

In diesem Augenblick kam Mitchel mit der Limonade zurück, und Penelope bat sie, ein Stück des Eisblocks zu bringen, mit dem die Köchin die Speisen kühlte.

Dieses wurde dann in Tücher eingeschlagen und der Verletzten ans Bein gebunden.

„Es ist ratsam, wenn Sie die nächsten Tage im Bett bleiben und das Bein nicht belasten, Lady Stonesdale. Ihre Kammerfrau kann den Umschlag erneuern, wenn das Eis geschmolzen ist. Wenn es Ihnen zu kalt und unangenehm ist, dann können Sie natürlich auch eine Pause einlegen, aber ich empfehle doch, das Bein möglichst oft zu kühlen. Das hilft gegen die Schwellung und lindert den Schmerz. Was die Schrammen im Gesicht und an den Armen anbelangt, so werde ich vor dem Nachhauseweg bei Mr Rolesford vorbeigehen und ihn bitten, etwas von seiner Arnikatinktur heraufzuschicken."

„Das ist sehr freundlich von dir, ich danke dir vielmals!", sagte Ihre Ladyschaft und tätschelte Penelopes Hand.

„So gerne ich noch bleiben würde", sagte diese und erhob sich schweren Herzens, „ich muss Sie doch wieder verlassen. Wir haben Gäste im Haus, wie Sie wissen, und Mama wird ungehalten sein, wenn ich zu lange wegbleibe."

„Ach ja, richtig! Das hätte ich durch meinen dummen Sturz beinahe vergessen! Ich nehme an, es sind die Freundin deiner Mutter und ihr Sohn, die bereits eingetroffen sind. Wie ist denn dein erster Eindruck von den beiden?"

Penelope setzte sich wieder. Mama würde ohnehin verärgert sein, da kam es auf die eine oder andere Minute mehr auch nicht an. Und es war einfach zu schön, Lady Stonesdale in alle Begebenheiten einzuweihen.

„Lady Titchwell scheint eine sehr freundliche Dame zu

sein", begann sie, wohlwissend, dass ihr Gegenüber an etwas ganz anderem interessiert war. „Sie spricht nicht sehr viel und hält sich bescheiden im Hintergrund, aber ich denke, Mama genießt ihre Gesellschaft."

„Und ihr Sohn, dieser Mr Sterling? Ist er so gut aussehend, wie man allgemein sagt?", kam auch schon die nächste zu erwartende Frage. Penelope war immer wieder erstaunt, wie gut Lady Stonesdale informiert war. Sie lebte zwar ein zurückgezogenes Leben, doch schien sie in London Informantinnen zu haben, die sie über alles auf dem Laufenden hielten, was sich in der noblen Gesellschaft zutrug. Darum war sie auch nicht erstaunt, als Ihre Ladyschaft noch hinzufügte: „Man sagt, er sei das schwarze Schaf der Familie. Hast du schon herausgefunden, was es damit auf sich hat?"

Penelope schüttelte so energisch den Kopf, dass Ihre Ladyschaft erstaunt die Augenbrauen hob.

„Die vornehme Gesellschaft kann so gnadenlos sein!", rief sie aus. „Man bekommt ein Etikett angeheftet, ob man es verdient oder nicht!"

Ach ja, dachte Lady Stonesdale, *da war doch etwas mit einem Landei, als das die Kleine bei ihrem Debut abgestempelt wurde.*

„Ich weiß auch nicht, was es an einem schwarzen Schaf zu beanstanden gäbe. Sollte jedoch ein schwarzes Schaf etwas Schlechtes sein", setzte Penelope fort, „dann ist Mr Sterling alles andere als ein schwarzes Schaf! Er ist ein feinfühliger, gebildeter Mann. Er sieht aus wie ein griechischer Gott. Und er schreibt Gedichte."

Lady Stonesdale hatte sich Penelopes begeisterte Schilderung mit zunehmendem Erstaunen angehört. So hatte sie ihre junge Freundin noch nie erlebt. So energisch – und man könnte fast sagen: enthusiastisch. Sie war selbst keine Frau, die lange um den heißen Brei herumredete, darum kam sie auch jetzt ohne Umschweife auf den Punkt: „Er ist also der Richtige, ja? Der, mit dem du dein weiteres Leben verbringen willst?"

Penelope zuckte mit den Schultern: „Ich kenne ihn doch erst einen Tag", sagte sie. „Wie soll ich wissen, ob ich eine dauerhafte Zuneigung für ihn empfinde? Seine Gesellschaft ist mir angenehm und er sieht umwerfend aus, das ist alles, was ich weiß. Und er riecht gut", fügte sie noch hinzu. Dass sie sich beinahe geküsst hätten, ließ sie lieber weg. Sie hatte keine Ahnung, wie Ihre Ladyschaft auf so offene Worte reagieren würde, und hatte keine Lust auf eine Standpauke. Zu ihrem Erstaunen wechselte Ihre Ladyschaft das Thema: „Und deinem verletzten Cousin – wie hieß er doch gleich? –, geht es ihm schon besser?"

Penelope erschrak. Henry Markfield! Sie hatte Henry Markfield komplett vergessen! Dabei hatte sie Mama versprochen, jeden Tag mindestens zwei Mal im Krankenzimmer nach dem Rechten zu sehen! Wenn sie sich jetzt verabschiedete, dann kam sie gerade noch rechtzeitig, um sich für das Dinner umzukleiden. Wann sollte sie dann noch zu Markfield? Mitten in der Nacht?

„Es tut mir leid, aber ich muss mich jetzt wirklich dringend verabschieden. Alles Gute, Lady Stonesdale, und bitte nicht vergessen, den Umschlag vor dem Schlafen noch einmal erneuern zu lassen. Und bitte die kommenden Tage im Bett bleiben. Auf Wiedersehen, Lady Stonesdale! Ich werde in den nächsten Tagen wieder bei Ihnen vorbeischauen, wenn es Ihnen recht ist. Hoffentlich wird es Ihnen bis dahin nicht allzu langweilig, so ganz allein im Schlafgemach."

„Keine Sorge, meine Kleine", beruhigte sie Ihre Ladyschaft, die sich keinen Reim darauf machen konnte, warum Penelope so offensichtlich der Frage nach dem Cousin ausgewichen war. „Mr Rolesford wird mich am Abend besuchen und wir werden Karten spielen. Oder auch Schach, je nachdem, worauf ich zu späterer Stunde Lust habe. Wir werden sehen ..."

Penelope, die sich bereits zum Gehen gewandt hatte, drehte sich noch einmal um. „Mr Rolesford?", vergewisserte sie sich, weil sie dachte, sich verhört zu haben. „Er wird heraufkommen, zu Ihnen, ins Schlafgemach?“

Ihre Ladyschaft war über ihre unverstellte mädchenhafte Fassungslosigkeit sichtlich amüsiert. „Ich hoffe, ich habe dich nicht allzu sehr schockiert, meine Kleine. Und das ist auch nichts, was du deiner Mutter gegenüber erwähnen solltest. Aber weißt du, was das Schöne daran ist, eine reiche, alleinstehende Lady zu sein?“

Penelope wartete gespannt, was nun folgen würde.

„Man kann sich seine Freunde aussuchen. Und man kann sie treffen, wann und wo immer man will. Wenn du das auch möchtest, musst du nur noch einmal über mein Angebot nachdenken.“

Mr Rolesford sorgte dafür, dass ein Stallbursche Penelope mit dem Einspänner nach Hause kutschierte. Zuerst brachte er sie aber noch zu Thunderbird. Lady Stonesdales Liebling lahmte stark auf dem rechten Vorderbein.

„Sehen Sie nur, Lady Penelope, er belastet den Huf nicht vollständig. Das deutet, wie ich fürchte, darauf hin, dass er sich einen Knochen gebrochen hat. Außerdem ist es bedenklich, wie stark der Fesselkopf angeschwollen ist.“

Die Fleischwunde war nicht groß, schien aber recht tief zu sein und blutete stark. Das Pferd wieherte, hatte extrem große, schwarze Pupillen und litt ohne Zweifel Höllenqualen.

„Ich fürchte, dass er sich in der Nacht die Wunde noch weiter aufreißen wird und sich die Entzündung verschlimmert“, führte Mr Rolesford weiter aus, „ich habe mich dennoch entschlossen, den Verband erst dann anzulegen …“

Mit gemischten Gefühlen hing Penelope an seinen Lippen. So leid ihr Thunderbird auch tat, sie konnte sich kaum auf das Gespräch konzentrieren. Sie war zu stark von den Gedanken in ihrem Inneren abgelenkt. Mr Rolesford war also ein Freund seiner Herrin. *Ein* Freund? *Der* Freund? Eine Überlegung, die sie kaum vor sich selbst zulassen wollte.

Streng rief sie sich zur Ordnung. Warum sollte Lady Stonesdale nicht selbst entscheiden dürfen, wen sie mochte und welche Rolle sie ihm in ihrem Leben zu spielen zugestand? Wäre Lady Stonesdale ein Lord Stonesdale, keine Menschenseele würde sich das Maul darüber zerreißen. Und dennoch sah sie den Stallmeister mit den auffallend dichten, weißen Haaren jetzt mit ganz anderen Augen.

„Ja bitte, Lady Penelope?", fragte er irritiert, als sie ihn prüfend von der Seite ansah. *Anstarrte* traf es wohl besser, wie sie zugeben musste. Sie flüchtete sich zuerst in die Ausrede, in Gedanken gewesen zu sein und dann mit dem Wagen von Lady Stonesdales Grund und Boden. An diesem einzigen Tag hatte sie mehr erlebt, als ihr Verstand verkraften konnte. Und der Tag war noch nicht zu Ende.

Kapitel 20

Das Abendessen verlief, wider Penelopes Erwartungen, in angenehmer, ja, sie war sogar geneigt zu sagen, heiterer Atmosphäre. Bertram saß, wie es sich für einen Hausherrn gehörte, am Vorsitz der Tafel. Anfangs unterhielt er sich mit Lady Titchwell zu seiner Rechten, wobei die Unterhaltung eher einseitig verlief. Er sprach und Ihre Ladyschaft lächelte freundlich, nickte und gab kleine, erschrockene Schreie von sich, wenn es ihr passend erschien, um sich dann gleich darauf die Hand vor den Mund zu schlagen. Lady Panswick hatte sich, entgegen aller Konventionen, neben ihre Freundin gesetzt.

„So bin ich der lieben Edith näher", hatte sie als Erklärung angegeben und diese so süß angelächelt, dass Penelope sofort wusste, dass ihre Mama etwas anderes im Schilde führte. Gleich darauf wusste sie auch, was das war, denn sie fand sich, Mama gegenüber, als Tischdame von Jasper Sterling wieder. Nachdem dieser Ihre Ladyschaft zur exzellenten Taubenpastete beglückwünscht hatte, was sie mit so großem Wohlwollen zur Kenntnis nahm, als habe sie diese höchstselbst fabriziert, wandte er sich an Penelope und fragte sie ebenso höflich, worüber sie sich gern mit ihm unterhalten wollte. Diese erkundigte sich nach Caburn Hall und seinen Bewohnern. Für den Fall, dass Jason Sterling ihr künftiger Ehemann war, dachte sie bei sich, während sie ihn freundlich anlächelte, konnte sie gar nicht früh genug damit anfangen, sich mit seinem Heim vertraut zu machen. Sie hoffte nur, dass das nicht allzu neugierig klang.

„Würden Sie sich als Familienmensch bezeichnen, Lady Penelope?“, wollte er wissen.

Als sie freien Herzens bejahte und ihm erzählte, wie sehr sie ihre Mutter und die vier Geschwister liebte, da atmete er sichtlich auf.

„Wie schön, dass Sie das sagen!“ Nun lächelte auch er sie an. „Denn auch ich liebe meine Familie von ganzem Herzen. Wenn ich nur an meine drei Nichten denke! So aufgeweckte junge Mädchen. Erst kürzlich …“ Und dann unterhielt er sie mit kleinen Anekdoten über Elizabeth, Prudence und Mary-Ann, die wahrhaft vorwitzige kleine Ladys zu sein schienen. Als sie wissen wollte, ob die drei auch Haustiere haben durften, folgten amüsante Episoden über zwei kleine Kätzchen, die Penelope zum Lachen brachten.

Lady Panswick sah es und beglückwünschte sich zum wiederholten Male zur Idee, den jungen Mann eingeladen zu haben. Warum war ihr das nicht schon viel früher eingefallen? Sie hätten sich so manche Unannehmlichkeit erspart.

„Ich habe auch ein Gedicht über die Kätzchen geschrieben, wollen Sie es hören?“, vernahm sie in diesem Augenblick. Der Mann schrieb Gedichte? Das war allerdings nicht das Steckenpferd, das sie sich für ihren künftigen Schwiegersohn gewünscht hätte. Ein Mann, der vor ihren Augen bestehen wollte, musste sportlich sein, zupacken können. Aber dann erinnerte sie sich daran, dass ihr seliger Gatte schließlich auch eher ein Schöngeist als ein Sportsmann gewesen war und dass zu einem verträumten Wesen wie Penelope ein Dichter vielleicht gar nicht so schlecht passen würde.

„Kleines Kätzchen, graues Fell,
eilt von Raum zu Räume,
dreht sich, putzt sich, oh wie schnell,
klettert gern auf Bäume“,

hörte sie ihn deklamieren. Nur mit Mühe konnte sie ihr eigentlich geringschätziges Zucken der Mundwinkel in ein wohlwollendes Lächeln verwandeln. Wenn er meinte, dann sollte er eben dichten. Das würde zumindest keinen Schaden anrichten. Und Penelope schien es zu gefallen. Sie hing förmlich an seinen Lippen. Es waren aber auch besonders wohlgeformte Lippen, wie ihm Ihre Ladyschaft zugestehen musste.

In der Zwischenzeit hatte Bertram das Gefühl, seiner Pflicht als Hausherr Genüge getan zu haben und das einseitige Gespräch mit Lady Titchwell beenden zu dürfen. Sie waren nur zu fünft bei Tisch, also mehr oder minder en famille und außerdem, wie er sich selbst mit einem warmen Gefühl in der Brust in Erinnerung rief: Er war der Hausherr. Also konnte er es sich wohl erlauben, sich über die strengen Konventionen hinwegzusetzen, die bei Tisch nur Gespräche mit den Sitznachbarn erlaubten.

„Ich hatte heute eine sehr interessante Unterhaltung mit Cousin Peter", begann er daher so laut, dass alle anderen Gespräche schlagartig verstummten und Penelope nie erfahren würde, was mit dem *grauen Kätzchen, hell und weich* noch alles geschehen sollte.

„Das ist wirklich ein patenter Mann. Ich bewundere ihn für seinen Einsatz im Krieg. Wie tapfer er für unser Vaterland gekämpft hat! Was für ein Pech, dass er jetzt an den Folgen leiden muss. Natürlich habe ich ihm angeboten, so lange auf Lancroft Abbey zu bleiben, wie es ihm beliebt."

Die beiden Gäste sahen etwas irritiert von Bertram zu Lady Panswick, die sich nun verpflichtet sah, die beiden in das Schicksal des Mannes, den sie für Peter Barnett hielt, einzuweihen.

„Unserer liebe Penelope", schloss sie diese Ausführungen, „ist es gelungen, meinem Neffen die Amputation eines Armes zu ersparen."

„Oh, mein Gott!", rief Lady Titchwell schrill, um sich dann gleich darauf wieder die Finger vor den Mund zu legen. „Wie kannst du das bloß meinen, teure Louise?"

Also erzählte Lady Panswick von Penelopes Fähigkeiten

und sie rühmte sie so sehr, dass die Wangen ihrer Tochter vor Freude und auch ein wenig vor Scham erröteten. Sie war es gewöhnt, wegen ihrer Schönheit im Mittelpunkt zu stehen, aber nicht wegen ihrer Leistungen.

Jasper Sterling warf ihr einen anerkennenden Blick zu: „Ich bewundere Sie sehr, Lady Penelope. Sie stecken wahrlich voller Überraschungen."

Penelope konnte gar nicht anders als glücklich zurückzulächeln.

„Ihr Neffe wohnt also derzeit hier im Haus, Lady Panswick? Wann werden wir denn die Freude haben, ihn kennenzulernen?"

„Oh, ich denke, das wird nicht mehr allzu lange auf sich warten lassen", antwortete Bertram. „Er macht täglich Fortschritte."

Penelope schnappte vor Schreck nach Luft. Das fehlte noch, dass der falsche Peter Barnett auch den Gästen vorgestellt wurde!

„Nein, nein, Bertram, das täuscht", widersprach sie daher schnell. „Unser Cousin ist noch viel zu schwach, um an gemeinsamen Mahlzeiten teilnehmen zu können. Außerdem möchte er, dass die Wunden im Gesicht verheilt sind, bevor er sich in Gesellschaft zeigt."

„Tatsächlich?", fragte Bertram und wunderte sich.

„Ich werde vor Eifersucht kein Auge zu tun können heute Nacht", meldete sich da Mr Sterling zu Wort. „Ein Kriegsheld unter unserem Dach. Sicher ist er ein schneidiger junger Mann. Noch dazu aus demselben Verwandtenkreis. Keine Wunder, dass er die Aufmerksamkeit der Tochter des Hauses auf sich zieht!"

Nun beeilte sich die Hausherrin, ihren schönen Gast von diesen Sorgen zu befreien: „Aber mein lieber Mr Sterling, ihre Bedenken entbehren jeder Grundlage, glauben Sie mir. Penelope kennt Peter, seit sie Kinder waren. Es war *mein* Wunsch, dass sie sich um seine Verletzungen kümmert. Sie tut dies ausschließlich aus töchterlichem Pflichtgefühl. Sie hat mir erst heute gesagt, ihr Cousin sei ihr völlig fremd."

„Tatsächlich?", fragte Bertram noch einmal und seine Verwunderung wuchs. Da hatte er aber am Vorabend, als er die beiden vor dem Kamin überraschte, einen ganz anderen Eindruck gewonnen.

„Mama hat völlig recht", bestätigte Penelope und sah dann mit erwartungsvollem Lächeln zu ihrem Tischherrn hinüber: „Lassen Sie uns nicht länger über Peter sprechen. Worüber handelt denn Ihr allerneuestes Gedicht?"

Nach dem Essen zogen sich die Damen ins Wohnzimmer zurück, um die jungen Herren ihrem Portwein zu überlassen. Wie sich rasch herausstellte, hatten sich die beiden nichts zu sagen. Bertram interessierte sich nicht für Gedichte. Jason Sterling konnte weder der Jagd noch dem Fischen etwas abgewinnen. Also beschloss man, sich nach wenigen Minuten zu den Damen zu gesellen.

Im Wohnzimmer entdeckte Mr Sterling das Spinett und dann gab es für ihn kein Halten mehr. Penelope, die sich eigentlich zu Henry Markfield hatte schleichen wollen, um Mutters Auftrag zu erfüllen, wurde nun von ebendieser zurückgehalten. So verbrachte sie den Abend höchst vergnüglich beim Spielen der verschiedensten Melodien, während Jasper neben ihr Aufstellung genommen hatte und mit seiner Baritonstimme die Texte sang. Manchmal stimmte auch Bertram mit ein und Lady Titchwell tippte mit ihren Schuhspitzen im Takt. Lady Panswick beobachtete die vier und hätte nicht stolzer und glücklicher sein können. Der fünfte Heiratsantrag war nur mehr eine Frage von Tagen.

Kapitel 21

Obwohl es ungewöhnlich spät geworden war, erwachte Penelope am nächsten Tag früh am Morgen. Rosie hatte wohl verabsäumt, die Vorhänge ordentlich zuzuziehen, und so kitzelten sie die ersten Sonnenstrahlen auf der Nase. Penelope war keine verwöhnte junge Lady, die gern lange in den Federn blieb. Es gab immer so viel für sie zu tun. Sie konnte gar nicht früh genug aufstehen, um alles zu bewerkstelligen, was sie sich vorgenommen hatte. Das war schon an ganz normalen Alltagen so. Jetzt galt das ganz besonders, da sie Gäste hatte, die Schafe besuchen wollte und sich auch noch um zwei Verletzte kümmern musste. Also schwang sie ihre Beine über die Bettkante und reckte und streckte sich ausgiebig. Sie fühlte sich großartig, ja so richtig beschwingt. Anscheinend hatten der Abend an der Seite von Jasper Sterling und das gemeinsame Singen ihre Unbeschwertheit zurückgebracht. Sie war so fröhlich wie schon lange nicht mehr.

Unten in der Eingangshalle schlug die große Standuhr sieben Mal. Das Frühstück wurde um halb neun serviert. Wenn sie sich beeilte, dann konnte sie vorher noch bei Mr Markfield vorbeischauen. Mama hatte sicher ein straffes Programm für den Tagesablauf. Wer wusste also, wann sie wieder Zeit dafür finden würde?

Sie brauchte keine Kammerzofe, um in ihr himmelblaues Tageskleid zu schlüpfen, denn die kleinen Knöpfchen waren vorne angebracht. Schnell noch ein paar Bürstenstriche durch die blonden Locken und sie war fertig. Rosie konnte die Haare später immer noch aufstecken. Sie schlüpfte in die kleinen Samtschühchen und schon konnte sie sich auf den Weg machen.

Das Krankenzimmer lag im selben Gebäudeflügel, ja sogar im selben Stockwerk, nur fünf Türen weiter. Sie huschte den Flur hinunter, eifrig bemüht, nicht zu fest aufzutreten, um niemanden zu wecken, und pochte dann sacht an Mr Markfields Zimmertür. *Wie ungehörig, in das Schlafgemach eines fremden Mannes einzudringen,* ging es ihr durch den Kopf. Mama würde aus allen Wolken fallen, wenn sie über die wahren Ausmaße ihres Befehls Bescheid wüsste. Darum durfte sie auch nie erfahren, wer ihr vermeintlicher Neffe Peter in Wirklichkeit war. Ihr selbst kam der junge Mann gar nicht fremd vor. Er schien ihr vertraut wie kein zweiter. Ihre Brüder mit eingeschlossen.

Sein „Herein!“ war kaum zu vernehmen. Vorsichtig öffnete sie die Tür und steckte zuerst nur den Kopf ins Zimmer. Als sie bemerkte, dass er wach war und ordentlich zugedeckt, trat sie in den Raum ein.

„Guten Morgen, mein Patient. Wie fühlst du dich heute?“

In diesem Augenblick hatte sie völlig vergessen, dass sie sich am Vortag im Bösen getrennt hatten. In ihren Ohren klangen die beschwingten Melodien, die Sonne schien und Markfield sah so liebenswert aus, wie er sich schlaftrunken die Augen rieb und ganz offensichtlich nicht glauben konnte, dass sie wirklich gekommen war.

„Penelope?“, fragte er, und seine Stimme klang ebenso verschlafen wie erfreut. „Was machst du denn hier? Noch dazu um diese Uhrzeit?“

Er beeilte sich, in eine sitzende Position zu kommen. Mit der Rechten fuhr er sich über die Haarstoppel, als könnte er sich damit eine angemessene Frisur zaubern. „Ach, ist das schön, dich zu sehen. Ich fürchtete schon, du könntest deine Drohung wahr machen und mich nie wiedersehen wollen.

Komm, setz dich zu mir. Gib mir deine Hand, damit ich weiß, dass ich nicht träume."

Sie setzte sich zwar, kam aber seinem zweiten Wunsch nicht nach.

„Glaub ja nicht, dass ich dir nicht noch immer grolle, Henry Markfield. Wenn man mein Vertrauen gleich zwei Mal missbraucht, dann braucht es schon mehr als eine freudige Begrüßung, um mich wieder gewogen zu stimmen. Ich bin nur da, um nach deiner Wunde zu sehen. Und auch das nur, weil Mama darauf bestanden hat."

„Du hast ihr also nicht die Wahrheit gesagt?"

Penelope schüttelte den Kopf: „Nein. Zum Unterschied zu ... manch anderen ... stehe ich zu meinen Versprechen. So, nun zeig mir deinen Arm."

Gehorsam schob er den weiten Ärmel des Nachthemds nach oben und Penelope begann, den Verband zu entfernen.

„Stillhalten!", forderte sie streng, als ihn der Schmerz zusammenzucken ließ. Dann begann sie, die verletzte Stelle mit der Arnikatinktur abzutupfen. „Die Wunde ist schon viel, viel besser als am Anfang. Da hast du wirklich großes Glück gehabt."

„Das habe ich einzig und allein dir zu verdanken, Penelope. Glaube nicht, dass ich das nicht weiß."

Sie griff zu einem neuen Leinenstreifen, der am Tisch neben dem Bett bereitlag, und begann den Arm frisch zu verbinden.

„Es war wirklich ein glücklicher Zufall, der dich ausgerechnet in diesen Teil des Landes verschlagen hat", sagte sie währenddessen. „Du hättest in deinem Zustand auch ganz woanders landen können. Weißt du noch, wer dich zu Bauer Drewes gebracht hat?"

„Bauer Drewes? Ist das der Bauer, in dessen Stall man mich gefunden hat?" Als sie nickte, schwieg er einige Zeit lang. Penelope erkannte aus seinen angestrengten Gesichtszügen, dass er sich das Hirn zermarterte.

„Ich habe keine Ahnung", sagte er schließlich. „Ich habe die meiste Zeit geschlafen und erinnere mich nur schemenhaft an die wachen Minuten dazwischen. Allerdings weiß ich eines ganz genau: Es war keinesfalls Zufall, dass ich in diese Gegend gekommen bin. Ich habe mir den Krieg so anders vorgestellt, weißt du, Penelope?" Er seufzte und schwieg wieder.

„Ah, Lady Penelope, Sie sind schon da?" Matthew hatte die Zimmertür mit dem Ellbogen geöffnet und trat nun mit einem beladenen Tablett in den Raum. „Ich habe Leutnant Barnett das Frühstück gebracht. Soll ich Ihnen eine Tasse bringen, damit sie den Tee teilen können? Die Kanne ist groß genug."

Penelope wusste, dass sie eigentlich gehen sollte. Die Wunde war versorgt, es gab keinen Grund, zu bleiben.

„Ja, sehr gern!", hörte sie sich sagen.

Der Diener stellte dem Patienten das Tablett auf den Schoß, schob ihm die Tasse zurecht, schenkte ein und beeilte sich dann, das Gewünschte zu holen.

„Schön, dass du noch etwas bei mir bleibst", sagte Markfield und lächelte. „Darf ich dir etwas anbieten? Speck vielleicht oder etwas Ei?"

Penelope schüttelte den Kopf. „Ich muss später mit den Gästen frühstücken, danke."

„Ach ja, die ersten Gäste sind gestern eingetroffen. Erzähl mir von ihnen."

„Du hast gesagt, es sei kein Zufall gewesen, dass es dich zu uns verschlagen hat", nahm Penelope stattdessen den ursprünglichen Faden wieder auf.

„Nein, war es auch nicht." Markfield sah sie ernst an. „Weißt du, wer mich in all den grauenhaften Tagen am Schlachtfeld aufrecht gehalten hat? Mir half, meinen Mut nicht zu verlieren? Du."

Sie lachte bitter auf. „Erzähl mir keine Märchen, Henry Markfield. Ich bin und war dir doch immer völlig gleichgültig. Ich weiß, dass du dich nur um mich bemüht hast, um an ein Offizierspatent zu kommen, schon vergessen? Also komme mir jetzt nicht mit so einer rührseligen Geschichte. Ein zweites Mal falle ich auf deine Lügen nicht herein."

„Ich weiß, dass ich einen Riesenfehler gemacht habe, Penelope. Und es gibt nichts, was ich mehr bedaure. Doch du bist mit jedem Mann besser dran als mit mir. Ich konnte dir damals nichts bieten und ich kann es immer noch nicht."

Darauf erwiderte sie nichts, sondern starrte aus dem Fenster, ohne draußen wirklich etwas wahrzunehmen.

„Ich habe meinem Vater auf dem Totenbett schwören müssen, zur Armee zu gehen. Er fürchtete, dass aus mir ein charmanter Tunichtgut werden könnte, der auf Kosten anderer lebt, die Abende an Spieltischen zubringt und sich weigert, Verantwortung zu übernehmen."

„Oh, wie gut dich dein Vater doch kannte", sagte sie voll Sarkasmus.

Er riss die Augen auf, offensichtlich erstaunt, sie so reden zu hören. *Soll er ruhig merken, dass ich nicht mehr die liebe, kleine Naive vom Land bin, die er vor zwei Jahren kennengelernt hatte*, dachte Penelope. Doch er war weit davon entfernt, ihr recht zu geben.

„Mein Vater hegte diese Befürchtungen allein deshalb, weil er selbst so ein Tunichtgut war und damit meine Mama zuerst in Verzweiflung und dann in einen frühen Tod getrieben hat. Wäre Tante Leonore nicht gewesen – Lady Daglingworth, du kennst sie ja, die mein Schulgeld für Harrow bezahlt hat –, ich weiß nicht, wie ich meine Jugend überstanden hätte."

Eine Welle von Mitgefühl erfasste die junge Frau. Wenn sie sich den kleinen, blonden Jungen vorstellte, ganz allein in einer beängstigenden Welt! Sie biss sich auf die Lippen, um nichts zu sagen. Er sollte nicht denken, dass er sie noch einmal um den Finger wickeln konnte. Wer wusste denn, ob diese Geschichte überhaupt wahr war?

„Als junger Mann glaubt man, so ein Krieg, das sei ein Abenteuer. Man zieht hinaus, um gemeinsam mit anderen tatkräftigen Burschen seinem König zu dienen. Um mit Mut, Tapferkeit und Kampfgeist den Feind zu besiegen. Aber so ist es nicht, Penelope, so ist es nicht. Wenn du deinen besten Freund neben dir fallen siehst, wenn dein Diener, mit dem du alle Widrigkeiten gemeinsam überstanden hast, zerfetzt neben dir im Matsch liegt, dann weißt du, dass das kein Abenteuer ist, sondern der blanke Wahnsinn. Und schließlich hat es mich selbst ebenfalls erwischt. Zum Glück nur am Arm und ein wenig am Kopf." Er schwieg und hing seinen Gedanken nach. „Ich erfuhr, dass es ein Schiff nach Hastings gab, und setzte alle Hebel in Bewegung, um meinen Abschied nehmen zu können und an Bord dieses Schoners zu kommen", setzte er schließlich fort. „Das war nicht allzu schwer, denn als Verletzter war ich am Schlachtfeld ohnehin zu nichts nütze."

Er schwieg wieder. Und sie schwieg auch. Was hätte sie auf diese Worte auch erwidern sollen? Sie hatte währenddessen auf Lancroft Abbey gelebt und sich um die Schafe gekümmert. Und es war ihr gar nicht bewusst gewesen, welch großes Glück sie hatte.

„In all der Zeit hatte ich ein Blatt Papier mit deinem Namen und deiner Adresse immer bei mir", setzte er fort. „Er war mein Talisman, der mich beschützt hat."

„So, da wäre nun die Tasse", hörte Penelope den Diener sagen. Sie erschrak, denn sie hatte ihn nicht kommen gehört. Ein Blatt Papier mit ihrem Namen war sein Talisman gewesen? Hieß das etwa, dass er sich doch mehr aus ihr gemacht hatte, als sie angenommen hatte? Hieß das etwa …?

„Wo ist denn dieses Blatt Papier jetzt?", wollte sie wissen und nahm wie in Trance die gefüllte Teetasse entgegen. „Darf ich es sehen?"

Er zuckte bedauernd mit den Schultern. „Ich weiß es nicht, es ist mir abhandengekommen. Gemeinsam mit meinem Portemonnaie, in dem all meine Ersparnisse waren."

„All deine Ersparnisse?", wiederholte sie. Wollte er ihr tatsächlich weismachen, er hätte Ersparnisse gehabt? Woher hätte er denn welche haben sollen? Da stimmte doch schon wieder etwas nicht. Was versprach er sich nur davon, dass er sie immer wieder belog?

Sie stellte die Tasse so energisch ab, dass das feine Porzellan klirrte und die heiße Flüssigkeit über den Tassenrand auf die Untertasse schwappte. Dann stand sie auf, überlegte kurz, was sie am besten sagen sollte, und da ihr nichts einfiel, sagte sie nichts, sondern verließ grußlos das Zimmer. Sie bemerkte, dass ihr vier Augen fassungslos nachstarrten. Aber das konnte sie auch nicht ändern.

Kapitel 22

Die nächsten drei Tage vergingen sehr harmonisch. Da Jason Sterling bis zur Mittagsstunde auf seinem Zimmer zu bleiben beliebte, was für Dandys, die etwas auf sich hielten, nichts Ungewöhnliches war, hatte sich Bertram angewöhnt, Penelope am Vormittag zu dem Mann zu begleiten, den er für seinen Cousin Peter hielt. Seine Schwester hatte nichts dagegen einzuwenden. Da sie nun zu dritt waren, war jede Anspannung von ihr abgefallen. Bertram und Markfield hatten sich auf Anhieb verstanden und nun überboten sie sich darin, amüsante Geschichten aus ihrem bisherigen Leben zum Besten zu geben. Da Penelope die meiste Zeit auf Lancoft Abbey oder mit Lady Stonesdales Schafen verbracht hatte, hatte sie nicht viel zur Unterhaltung beizutragen. Das machte ihr jedoch nichts aus. Sie genoss es, den beiden zuzuhören, mit ihnen zu lachen, und stellte zu ihrem Erstaunen fest, dass man auch mit Männern eine angenehme Zeit verbringen konnte und nicht nur mit Frauen oder Tieren.

Am dritten Tag unternahmen sie den ersten gemeinsamen Spaziergang. Der Leutnant war immer noch schwach auf den Beinen, aber mit Penelope und Bertram an der Seite fühlte er genügend Sicherheit, um einmal rund um den Kräutergarten zu gehen, und war dann so stolz, als hätte er den gesamten Erdball umrundet.

Die beiden älteren Ladys trafen in der Zwischenzeit die letzten Vorbereitungen für den großen Ball. Da einige Absagen gekommen waren, weil manche der Nachbarn noch in London weilten, mussten Einladungskarten für all jene geschrieben werden, die man eigentlich nicht vorhatte, einzuladen. Aber es war wichtig, dass am Abend ausreichend Gäste anwesend sein würden, damit sich diese am nächsten Tag darüber mokieren konnten, es sei unangenehm voll gewesen. Nur dann, und das wusste auch eine Lady Panswick, die die Hauptstadt mied, konnte man mit Fug und Recht behaupten, der Ball sei ein voller Erfolg gewesen.

Die Nachmittage verbrachte der Patient dann wieder allein, denn da standen für die anderen diverse Unternehmungen auf dem Programm. So fuhr man eines Nachmittags nach Tunbridge Wells, um den Gästen die berühmte Kurpromenade mit den schönen Kolonnaden zu zeigen. Jasper Sterling zeigte sich begeistert und gab zu, außerhalb Londons nichts derart Exquisites erwartet zu haben. Während Lady Panswick ihre Freundin zur Chalybeate Spring, der eisenhaltigen Quelle, brachte, die bei allerlei Leiden heilende Wirkung haben sollte, promenierten die anderen drei über die viereckigen Tonpflaster, die man *Pantiles* nannte und die dem Platz seinen Namen gaben.

Penelope war stolz, mit ihrem Wissen brillieren zu können: „Das Badehaus hier hinter der Quelle wurde vor noch nicht einmal zehn Jahren gebaut. Die Frau des Bürgermeisters ließ dort hochmoderne Dampf- und Duschbäder errichten, die sich großer Beliebtheit erfreuen. Und dort drüben", sie wies auf die andere Seite des Platzes, „sehen wir das neue Theater. Wissen Sie, was das Besondere an diesem Theater ist, Mr Sterling?"

Es wunderte sie nicht, dass er den Kopf schüttelte.

„Die Grenze zwischen Kent und Sussex verläuft genau zwischen dem Zuschauerraum und der Bühne." Sie musste selbst lachen, weil sie das so ungewöhnlich fand. Die anderen stimmten in dieses Lachen ein.

„Was du alles weißt!", sagte Bertram anerkennend und Penelope freute sich.

Für die nächsten Nachmittage waren eigentlich ein Ausflug nach Benenden zur Kirche St. George und ein Picknick geplant gewesen, doch zum Leidwesen aller beschloss der Wettergott, dem warmen Frühsommer ein Ende zu setzen und Regen zu schicken. Also saßen sie im Wohnzimmer versammelt. Die Damen hatten ihre Stickereien in den Händen und sogar Penelope machte ein paar Stiche auf eines der Zierkissen, die sich ihre Mutter für den Grünen Salon wünschte. Aber, um der Wahrheit die Ehre zu geben, sie tat eher so, als würde sie sticken. Penelope hasste nämlich Handarbeiten. Und wäre da nicht Jasper Sterling gewesen, der ihnen aus dem Buch *Childe Harrold's Pilgrimage* von einem gewissen Lord Byron vorlas, das erst kürzlich erschienen war und angeblich in London für Furore sorgte, sie hätte sich längst zu den Schafen hinausbegeben. Es ging bei der Geschichte um die Erlebnisse einer elfjährigen Herzogstochter, die Portugal und Länder am Mittelmeer bereiste. Allein Mr Sterlings Stimme zu lauschen, brachte ihr Herz dazu, höherzuschlagen. Er las so gekonnt, dass all das, was er vortrug, bildhaft vor ihrem geistigen Auge entstand.

Am späten Nachmittag, während sich die älteren Ladys ausruhten und sich Bertram und Jasper Sterling in seltener Eintracht am Schachbrett niederließen, fuhr Penelope in der geschlossenen Kutsche zu Lady Stonesdale, um sich nach deren Befinden zu erkundigen.

Der Fleck am Oberschenkel hatte sich in der Zwischenzeit zu einem dunkelblau-grün schillernden Bereich entwickelt, der Ihrer Ladyschaft immer noch Schmerzen bereitete. Doch noch viel, viel schlimmer erschütterte sie die Tatsache, dass es für ihr geliebtes Pferd Thunderbird keine Rettung gegeben und Mr Rolesford keinen anderen Ausweg gesehen hatte, als es mit einem Gnadenschuss zu erlösen. Obwohl die Tränen sie immer wieder überwältigten, ging es Lady Stonesdale immerhin schon so gut, dass sie das Schlafzimmer verlassen konnte, um von zwei starken Dienern gestützt das Wohnzimmer zu erreichen. Rolesford saß ihr schweigend gegenüber, als Penelope eintrat. Ab und zu seufzte auch er. Die beiden waren offensichtlich dabei, in Trübsinn zu versinken, und die junge Lady setzte alles daran, um sie wieder aufzuheitern. Was ihr mehr schlecht als recht gelang.

Vor den Abendessen sah sie noch schnell bei Henry Markfield vorbei, um die Wunde zu versorgen und ihm zu erzählen, was sie untertags alles erlebt hatte. Beim Nachhausekommen hatte sie entdeckt, dass ein weißes Blatt Papier unter ihrer Zimmertür durchgeschoben worden war, und erkannt, dass ihr Mr Sterling ein Gedicht gewidmet hatte. Aus einer spontanen Idee heraus nahm sie es mit, um es Henry vorzulesen. Sie hatte damit gerechnet, dass es ihn aufheitern würde. Doch sie hatte nicht gewusst, wie sehr. Das erste Mal in all den Tagen seines Hierseins hörte sie ihn schallend lachen.

„Oh du Glühwürmchen des Glücks!", wiederholte er die letzte Zeile und konnte die Worte kaum aussprechen, ohne in erneutes Lachen auszubrechen.

„Was ist denn daran so witzig?", fragte sie, bemüht, sich nicht von seiner Heiterkeit anstecken zu lassen. „Das ist doch höchst romantisch!"

„Er vergleicht dich mit einem fliegenden, braunen Ungeziefer! Oh, ja, das finde ich auch romantisch!", rief er aus. „Als was wird er dich morgen bezeichnen? Als Fliege? Hummel? Eine Kellerassel?"

Jetzt konnte sie sich das Lachen auch nicht länger verkneifen.

„Henry Markfield, du bist unmöglich!", rief sie aus.

Er grinste sie an. „Ich dachte, das wüsstest du längst."

Obwohl sie so viel zu tun hatte, waren diese Tage Anfang Juni für Penelope rundherum gelungen, amüsant und gemütlich. Wäre es nach ihr gegangen, so hätte es immer so weitergehen können. Doch es ging nicht nach ihr. Am Vormittag des darauffolgenden Tages hatte sich der Regen verabschiedet und einem trüben, aber trockenen Morgen Platz gemacht. Die Familie und Lady Titchwell hatten sich um den Frühstückstisch versammelt, als gleich drei Kutschen auf dem Vorplatz von Lancroft Abbey hielten. Alle waren in einem glänzenden Weinrot lackiert und trugen das herrschaftliche Wappen des Herzogs von Stainmore am Wagenschlag. Während das erste Fahrzeug sehr modern und bestens gefedert zu sein schien, waren die beiden anderen eher einfach und schlicht. Dafür türmten sich Berge von Koffern und Hutschachteln auf ihren Dächern. Das konnte nur eines bedeuten: Lady Clarissa Harristowe und ihre Gefolge waren angekommen.

Kapitel 23

Wie auf Kommando sprangen Lady Panswick und ihr Sohn vom Tisch auf, obwohl sie das Frühstück noch gar nicht beendet hatten.

„Du entschuldigst uns, Edith, wir müssen unserem hohen Gast entgegeneilen."

Lady Panswick wartete nicht ab, bis ihre Freundin genickt hatte, sondern wandte sich an ihre Tochter: „Du kommst natürlich mit uns, Penelope. Richte um Himmels willen dein Haarband. Das ist ja ganz verrutscht! Und streich deinen Rock glatt."

Es war, wie Penelope wusste, ein Zeichen höchster Anspannung, wenn Mama plötzlich gesteigerten Wert auf das Äußere legte. Auch ihre eigene Aufregung wuchs.

Bertram war schon vorausgestürmt und sie kamen gerade rechtzeitig auf den Vorplatz, als der Butler den Wagenschlag öffnete. Als Erstes kletterte eine große, dürre Dame, ganz in braun gekleidet, aus der Kutsche. Sie musste sich tief ducken, damit die lange Feder auf ihrem Hut nicht beschädigt wurde. Etwas verloren stand sie am Vorplatz und sah regungslos den Gastgebern entgegen.

„Wie, denkst du, kann ich aus dem Wagen steigen, wenn du mir im Weg stehst?", hörte Penelope, die der Kutsche am nächsten stand, eine Stimme aus dem Wageninneren.

Aus der Dame in Braun quoll sofort ein Schwall von Entschuldigungen, während sie zwei Schritte zu Seite ging. „Es tut mir so leid, meine Liebe, ich war wohl unachtsam. Aber sieh nur, dieses beeindruckende Gebäude. Hast du schon jemals so imposante Ecktürme gesehen?" Ihr Blick streifte von Mama und Bertram bis zu ihr. „Und dann sind da ja auch noch unsere lieben Gastgeber. Was für eine Schönheit uns da erwartet, du wirst begeistert sein."

Während sich Penelope fragte, wer mit der Bezeichnung *Schönheit* gemeint war – sie, das Gebäude oder die gesamte Szenerie? –, schenkten die beiden anderen der Dame keinerlei Beachtung. Denn in diesem Augenblick war ein rosa-weiß gestreiftes Kleid zu sehen und eine berüschte Hand wurde auffordernd ins Freie gehalten. Sofort war Bertram zur Stelle, um Miss Harristowe aus dem Wagen zu helfen. Und da standen sie dann, einen kurzen Augenblick, Hand in Hand einander gegenüber.

Was für ein schönes Paar!, dachte Lady Panswick hingerissen. *Was für ein außergewöhnlich schönes Paar!* Während ihr Sohn ein großer, sportlicher Mann war, der seine brünetten Locken zu einer modischen Windstoßfrisur gebürstet hatte, war seine Angebetete ungewöhnlich klein, Ihre Ladyschaft schätzte sie auf höchstens fünf Fuß. Sie war, von einer ungewöhnlich spitzen Nase abgesehen, mit ebenmäßigen Gesichtszüge gesegnet und hatte ihre dunklen Locken à L'Aphrodite aufgesteckt. Ein paar Löckchen ringelten sich seitlich der Ohren. Wie es von einer Herzogstochter zu erwarten war, war sie in edlen Stoffen nach der neuesten Mode gekleidet. Den zu ihrer rosa-weißen Kreation passenden Strohhut mit Bändern in denselben Farben hatte sie abgenommen und hielt ihn nun in ihrer linken Hand.

„Miss Harristowe, willkommen auf Lancroft Abbey! Es macht mich, nein, ich wage zu sagen, es macht *uns alle* hier", Bertram vollführte eine weit ausholende Geste, „sehr glücklich, Sie als unseren Gast willkommen zu heißen."

Clarissa Harristowe versank in einen anmutigen Knicks und schenkte ihm dabei einen so aufreizenden Blick, dass Penelope sich nicht wunderte, dass ihr Bruder zutiefst errötete.

„Mama", setzte Bertram fort, der die Hand höchst ungern losgelassen hatte, und wandte sich nun an seine Mutter: „Darf ich dir die bezaubernde Lady Clarissa Harristowe vorstellen, die Tochter des Duke of Stainmore?"

Während Clarissa nun vor Ihrer Ladyschaft knickste, war diese offensichtlich sehr angetan von ihrem guten Benehmen. „Herzlich willkommen, meine Liebe!", sagte sie mit viel mehr Wärme, als sie sonst Unbekannten entgegenbrachte. „Ich hoffe, Sie fühlen sich bei uns wie zu Hause."

Jetzt machte Clarissa ihr die Freude, lieblich zu erröten: „Das wird mir bestimmt nicht schwerfallen. Sie sind zu gütig, Lady Panswick."

In der Zwischenzeit hatte Bertram auch Clarissas Anstandsdame begrüßt und stellte sie nun seiner Mutter vor. „Mama, das ist Mrs Crandon, Clarissas Tante, die so freundlich ist, sie zu begleiten."

Mrs Crandon beeilte sich, Ihrer Ladyschaft entgegenzugehen. Sie bedankte sich mit vielen Worten für die Gastfreundschaft, die ihrem Schützling entgegengebracht wurde, und wäre dabei beinahe über einen unebenen Pflasterstein gestolpert, hätte Bertram sie nicht geistesgegenwärtig festgehalten.

Clarissa hatte in der Zwischenzeit Penelope entdeckt, die etwas abseits gewartet hatte, bis Bertram sie miteinander bekannt machte.

„Und du musst eine der vielen Schwestern sein", sagte sie und überraschte Penelope damit, dass sie nicht knickste, sondern ihre Arme um sie legte. „Ich bin sicher, wir werden uns prächtig verstehen! Ich habe mir immer so sehr eine Schwester gewünscht!", sagte sie laut und mit einer Freundlichkeit, die Penelope reichlich übertrieben vorkam. Zu Recht, wie sich gleich darauf herausstellte. „Du bist ja blond, du Arme!", flüsterte ihr Miss Harristowe nämlich in diesem Augenblick ins Ohr. „Na ja, es muss auch Leute geben, die nicht der herrschenden Mode entsprechen."

Während Penelope sie fassungslos anstarrte und sich frage, ob sie sich nicht doch verhört hatte, hatte sich Clarissa schon wieder abgewandt. „Was für ein prächtiger Bau, Lady Panswick. Ich kann es kaum erwarten, mehr davon zu sehen."

Die Zeit nach dem Mittagessen nutzten die beiden neuen Gäste dazu, sich frisch zu machen, und Penelope entfloh in Richtung White Rose Hill. Sie traf Lady Stonesdale in dem Raum an, den diese gern ihren *Goldenen Salon* nannte. Er war nach der neuesten Mode in chinesischem Stil eingerichtet. Wie Penelope zu ihrer Freude feststellte, war die Hausherrin schon wieder in der Lage, ihr ein paar Schritte entgegenzugehen. Dennoch wirkte sie unsicher, ja, verletzlicher als vor dem Sturz. Nicht mehr so unbekümmert und dadurch um einige Jahre gealtert.

„Wie schön, dass du mich besuchst, meine Kleine", sagte Lady Stonesdale, während sie die Jüngere herzlich umarmte. „Ich wagte gar nicht, mit dir zu rechnen. Wie ich hörte, ist euer hoher Besuch bereits eingetroffen. Nun sag, was ist dein erster Eindruck von der Herzogstochter? Hat dein Bruder Bertram eine gute Wahl getroffen?"

Penelope fühlte sich zwischen der Loyalität ihrem Bruder gegenüber und ihren wahren Gefühlen hin- und hergerissen. Dann platzte es aber einfach aus ihr heraus: „Ach, Lady Stonesdale, was soll ich sagen? Es ist wohl noch zu früh für ein endgültiges Urteil. Doch wenn ich offen sprechen darf, ich finde sie einfach grauenhaft!"

Ihre Freundin klatschte in die Hände: „Jetzt wird es interessant. Holborn, bringen Sie uns Tee. Und etwas vom köstlichen Früchtekuchen dazu, wenn noch einer vorrätig ist."

Als sich der Diener mit einer Verbeugung zurückgezogen hatte, nahm sie Platz und klopfte einladend neben sich auf das Sofa. „Setz dich zu mir, Penelope! Und erzähl mir alles! Jede noch so kleine Kleinigkeit." Ihr Gesicht strahlte vor Vorfreude.

Das ließ sich Penelope nicht zweimal sagen. Und so erzählte sie, wie überaus freundlich Clarissa zu ihrer Mutter und selbstverständlich auch zu Bertram war. Dass sie aber dafür ständig ihre Anstandsdame zurechtwies, die wiederum mit dem Mundwerk, das nicht stillstehen wollte, allen auf die Nerven ging. Am schlimmsten aber war die offensichtliche Feindseligkeit, die sie ihr gegenüber an den Tag legte und die sie wie ein Blitz aus heiterem Himmel getroffen hatte. Penelope wiederholte die unfreundlichen Worte bei der Begrüßung und schilderte das Mittagessen, bei dem ihr die Herzogstochter zwei Mal ins Wort gefallen war.

„Was mich besonders verwirrt, ist die Tatsache, wie überaus liebreizend und mädchenhaft sie sich gibt, wenn Mama oder Bertram in der Nähe sind. Anfangs dachte ich, ich würde mir ihre Antipathie mir gegenüber nur einbilden. Aber Sie hätten die versteckten Blicke sehen sollen, die sie mir zuwarf! Wie böse und schadenfroh! Alles in allem, Lady Stonesdale", beendete sie ihren Bericht, „hat Mutter recht gehabt. Wenn diese Clarissa erst einmal auf Lancroft Abbey das Zepter schwingt und sich Mama auf den Witwensitz zurückgezogen hat, dann darf ich nicht mehr auf Lancroft Abbey wohnen. Und dann will ich es auch nicht mehr!"

Ihre Ladyschaft schüttelte nachdenklich den Kopf. Als sie etwas antworten wollte, wurde der Tee serviert und Penelope griff beherzt zu einem großen Stück Kuchen. Beim Mittagessen hatte sie kaum einen Bissen hinunterbekommen und jetzt, da sie sich alles von der Seele geredet hatte, verspürte sie einen Riesenhunger.

„Ich möchte dennoch nicht, dass du dich verkuppeln lässt, meine Kleine", hörte sie ihre Gastgeberin sagen, als sich der Diener zurückgezogen hatte. „Du kennst mein Angebot. Meinst du nicht, es wäre an der Zeit, eine Entscheidung zu treffen? Bleibe unverheiratet, Penelope. Führe ein selbstbestimmtes Leben, so wie ich es seit mehr als dreißig Jahren tue. Glaub mir, meine Kleine, das macht Spaß und ich bin glücklich!"

Ja, weil Sie mit Mr Rolesford in Wirklichkeit doch einen Mann an Ihrer Seite haben, dachte Penelope. Sie wollte sich das Entsetzen ihrer Familie gar nicht vorstellen, wenn sie eine solch heimliche Liaison beginnen würde. Dazu käme ständig die Angst, entdeckt zu werden. Ein Leben außerhalb der Gesellschaft und doch stets unter deren gestrengen Augen. Ein Leben, in dem alles, was sie tat, von anderen als falsch bezeichnet wurde. Nein, das war das Letzte, was sie sich wünschte. Wie aber sollte sie das ihrer Gastgeberin begreiflich machen, ohne sie vor den Kopf zu stoßen?

Ihre Ladyschaft nippte an ihrem Tee und sah sie über den Tassenrand erwartungsvoll an.

„Es wäre das Schönste, das ich mir vorstellen könnte, für immer auf Wild Rose Hill leben zu dürfen", sagte Penelope schließlich und meinte es ernst, „doch würde ich es nie wagen, ein Leben zu führen, wie Sie es tun. Ich wünsche mir einen Mann an meiner Seite."

Das Bild des Mannes mit blonden Haarstoppeln, das in diesem Augenblick wie von selbst durch ihre Gedanken schwebte, wurde schnell aus dem Kopf verbannt und von ihrem Verstand durch das Antlitz eines griechischen Gottes ersetzt.

„Wenn das so ist, brauchen wir kein Wort mehr darüber zu verlieren!", sagte Ihre Ladyschaft und goss frischen Tee in die Tassen. Dann rührten beide mit kleinen silbernen Löffeln so lange um, bis sich die großen Zuckerwürfel aufgelöst hatten, und schwiegen. Jede hing ihren Gedanken nach.

„Nun, dann lass uns darüber sprechen, wie du dir den Mann an deiner Seite vorstellst, meine Kleine", begann die Hausherrin schließlich. „Gibt es denn wirklich keinen jungen Mann im weiten Umkreis, der dein Herz auch nur ein klein wenig gewinnen konnte?"

„Oh doch", hörte sie Penelope zu ihrer Überraschung

sagen, „ich denke, Jasper Sterling könnte der richtige Gemahl für mich sein."

Jetzt war Lady Stonesdale mehr als erstaunt. „Der Dichter? Nach all dem, was du mir von ihm erzählt hast, hatte ich nicht den Eindruck gewonnen, dass ihr beide besonders gut zusammenpasst. Was ist es, das dich plötzlich an ihm begeistert? Ist es seine Schönheit?"

Jetzt musste Penelope lachen. „So oberflächlich bin ich bestimmt nicht! Nein, mir gefällt seine Zuvorkommenheit mir gegenüber. Er ist so feinfühlig. So anders als die Männer, die ich in London oder hier im Umkreis kennengelernt habe. Die sind doch in Wahrheit nur an Wettrennen, Schnupftabak und Hahnenkämpfen interessiert und waren nur galant zu mir, um sich mit meinem Aussehen zu schmücken. Jasper ist so anders als diese Dandys. Er gibt mir das Gefühl, etwas Besonderes zu sein."

Ihre Ladyschaft gab zu, dass das erfreulich klang.

„Wir haben so viel gemeinsam", setzte Penelope fort, von dieser Zustimmung beflügelt. „Wir lieben beide unsere Familien. Wir haben ein großes Herz für Tiere. Und Jasper kann London ebenso wenig leiden wie ich."

„Wirklich?" Jetzt war Ihre Ladyschaft überrascht. „Dafür, dass er unsere Hauptstadt nicht leiden kann, hält er sich aber häufig dort auf, meinst du nicht?"

Penelope erwog den Gedanken. „Da haben Sie vermutlich recht. Ich bin sicher, es sind Pflichten, die ihn immer wieder zwingen, nach London zu fahren. Habe ich Ihnen schon erzählt, dass Mr Sterling Mama und mich nach Caburn Hall eingeladen hat? Denken Sie, er hat vor, mich seinem Bruder, dem Viscount vorzustellen?"

Darauf hatte Ihre Ladyschaft keine Antwort, fand die Einladung aber in jedem Fall erfreulich. „Wie geht es denn deinem verletzten Cousin?", fragte sie schließlich unvermittelt. „Kann der Arme das Bett schon wieder verlassen?"

„Ach, so arm ist er gar nicht!", erwiderte Penelope, die

kein Mitleid mehr für den Mann aufbringen wollte, der sie fortwährend belog, und lieber weiter über Mr Sterling geschwärmt hätte.

Lady Stonesdales rechte Augenbraue schnellte in die Höhe, ein deutliches Zeichen dafür, wie überrascht sie war.

Also atmete Penelope tief durch und erzählte dann, um einen fröhlichen Plauderton bemüht, über die Fortschritte, die *Cousin Peter* gemacht hatte, und dass sie gemeinsam mit Bertram kleinere Spaziergänge hinter dem Haus unternommen hatten. Sie endete mit den Worten: „Damit ist jetzt wohl Schluss." Es klang bitter. „Bertram hat nur mehr Augen für seine Angebetete. Also muss ... *Peter* wohl in seinem Zimmer bleiben, es sei denn, er geht mit Hilfe eines Dieners ein paar Schritte spazieren."

„Mit einem Diener?" Es war offensichtlich, dass Ihre Ladyschaft Penelopes Worte nun gar nicht mehr nachvollziehen konnte. „Warum lasst ihr den armen Mann denn nicht an euren Unternehmungen teilhaben?"

Penelope spürte, wie ihre Wangen zu glühen begannen. Sie hasste es, ihrer Freundin nicht die Wahrheit enthüllen zu können, und merkte, dass sie sich immer mehr in einem Gewirr von Ausreden und Halbwahrheiten verstrickte.

„Nun, er hat noch immer eine Anzahl von Schrammen im Gesicht", versuchte sie eine Erklärung, die plausibel klang. „Er trägt einen Vollbart, den er sich abzurasieren weigert, und die Haare auf seinem Kopf sind zu kurz für eine annehmbare Frisur. Bertram ... also wir wollen nicht, dass sich Miss Harristowe bei seinem Anblick erschreckt." Sie hörte selbst, wie wenig überzeugend diese Begründung klang.

Darum überraschte es sie nicht, dass Ihre Ladyschaft ausrief: „Und das nennst du, nicht oberflächlich zu sein? Ich muss leider sagen, meine teure Penelope, dass ich nicht erwartet hätte, solche Worte aus deinem Mund zu vernehmen. Der Mann hat sein Leben aufs Spiel gesetzt. Für unser Land, für unseren König! Und da sperrt ihr ihn in seinem

Krankenzimmer ein? Nur, damit ein verwöhntes Gör, das aufgrund seiner hohen Geburt in ihrem Leben noch nichts leisten musste, nicht von Schrammen im Gesicht erschreckt wird? Das kann ich nicht glauben, Penelope. So bist du nicht. Deine Mutter ist doch eine vernünftige, zupackende, praktisch veranlagte Lady. Was hält sie von dieser Geschichte?"

„Mutter hat nur Augen für die ach so wohlgeborene Braut!", sagte Penelope und war froh, wenigstens in diesem Punkt bei der Wahrheit bleiben zu können. Leider gab sich Ihre Ladyschaft damit nicht zufrieden.

„Das beantwortet meine Frage nicht", sagte sie streng.

Unter ihrem prüfenden Blick fiel Penelopes mühsam aufgerichtetes Lügenkonstrukt in sich zusammen und das Mädchen erzählte Ihrer Ladyschaft alles. Wer Mr Markfield war, dass sie ihn schon aus London kannte. Dass er ihr Herz im Sturm erobert hatte, um es dann gegen Lord Derryhills Geld einzutauschen. Und dass ihn nun der bloße Zufall nach Lancroft Abbey gebracht hatte und er diesen Zufall dazu ausnutzte, sie abermals für seine Zwecke einzuspannen.

Lady Stonesdale hatte sich diese leidenschaftliche Rede ohne zu unterbrechen angehört.

„Warum muss es denn ein Zufall sein, dass er nach Lancroft Abbey gekommen ist?", wollte sie schließlich wissen, ohne auf das andere einzugehen.

„Wohin wendet man sich denn im Allgemeinen, wenn man Hilfe braucht? Doch wohl an seine Familie und seine Verwandten. Mr Markfield ..." – sie war froh, ihn ihrer Freundin gegenüber nicht mehr Cousin Peter nennen zu müssen – „hat eine Tante in London, die ihn liebt und ihm jeden Wunsch erfüllt. Hätte er eine bewusste Entscheidung getroffen, hätte er wohl sie aufgesucht, nicht wahr?"

„Das ist möglich, aber ...", wollte Lady Stonesdale einwenden, aber Penelope fiel noch etwas ein. „Wenn es stimmt, was er mir in London erzählt hat, dann ist er der Cousin des Viscount of Badwell. Auch an ihn hätte er sich wenden können, und sicher hätte man ihm dort die beste ärztliche Versorgung angedeihen lassen. Nein, nein, glauben Sie mir, Lady Stonesdale, als Markfield im Hafen ankam, da haben sich Leute seiner angenommen, die ihn in seinem schlechten Zustand nicht alleine lassen wollten. Sie haben ihn zu Bauer Drewes gebracht. Es ist alles ein bloßer Zufall. Und wie Markfield eben so ist, hat er Mama die Lüge aufgetischt, ihr Neffe zu sein. Lügen und andere Menschen für sich auszunutzen, das sind die großen Talente dieses Mannes."

Kapitel 24

Die Wirtsleute in der Poststation von Hidenborough waren außer sich vor Aufregung. Am Vortag war ein berittener Diener des Earl of Derryhill eingetroffen, der das Kommen seines Herrn mit Begleitung zur Mittagszeit des nächsten Tages angekündigt hatte. Natürlich hatte man umgehend alle anderen Gäste aus dem besten Extrazimmer vertrieben und alles fein säuberlich für die hohen Besucher hergerichtet. Die Köchin war froh, dass bereits ein Braten in der Röhre vor sich hin schmurgelte, und schickte die Küchenmagd los, um frische Kräuter zu holen. Als der Earl, Frederica und seine Mutter schließlich eintrafen, da standen die Bediensteten Spalier und der Wirt höchstpersönlich führte sie mit vielen Verbeugungen ins Haus. Es war eine besondere Ehre, dass die hohen Gäste ihre weite Fahrt von London bis Lancroft Abbey in seiner Poststation unterbrachen und die Zeit während des Pferdewechsels dazu nutzten, sich frisch zu machen und einen kleinen Imbiss zu sich zu nehmen. Wenig später hielt noch eine weitere Kutsche an, der zwei ebenfalls hochwohlgeborene Gentlemen entstiegen, die umgehend zur kleinen Gruppe ins Extrazimmer geführt wurden, genau so, wie seine Lordschaft dies angeordnet hatte.

Der eine war Mr Edward Angram, ein großgewachsener, eher stämmiger Mann Mitte dreißig, der durch Kammstriche mehr oder weniger gekonnt versucht hatte, mithilfe seiner dichten, brünetten Locken an der Seite die bereits kahl gewordenen Stellen am Oberkopf zu verdecken. Solange er einen Hut trug, konnte man ihn mit Fug und Recht als stattlich und durchaus gut aussehend bezeichnen. Sobald er jedoch den Hut abnehmen musste, wie es beim Betreten des Extrazimmers selbstverständlich war, wurde der Makel umso deutlicher sichtbar. Er trug einen schlichten braunen Reitrock, was, wie die anderen wussten, nicht etwa knapper Finanzen geschuldet war, sondern seiner Abneigung gegen jede Art von Dekoration, Schmuck und all dem, was er abschätzig *Firlefanz* nannte. Das wunderte niemanden. Mr Angram hatte die letzten Jahre als Offizier auf dem Kontinent gekämpft, und dort wäre solch ein Firlefanz tatsächlich störend gewesen. Vor drei Monaten hatte er dem Schlachtfeld den Rücken gekehrt, um das Erbe seines Vaters anzutreten, der vor einem guten Jahr verstorben war. Dieser war zwar nur der dritte Sohn eines Viscounts gewesen und daher hatte Angram nach dessen Tod keinen Titel geerbt, doch das konnte er, wie er nicht müde wurde zu betonen, leicht verschmerzen. Denn er bekam ein Anwesen in Essex, das ihm besonders am Herzen lag, und ausreichend finanzielle Mittel, um in eine sorgenfreie Zukunft zu blicken. Derryhill kannte Angram aus gemeinsamen Tagen in Eton. Auch wenn sie dort nicht wirklich innige Freunde geworden waren, so schätzten sie einander und konnten, hätte man sie gefragt, über den jeweils anderen nur Gutes berichten. Der Earl war von heitererem Gemüt, für manch guten Scherz zu haben und gewohnt, seine Pläne zielstrebig umzusetzen. Pläne umzusetzen war auch Mr Angrams Anliegen. Aber er tat dies mit weit weniger diplomatischem Geschick, dafür mit Fleiß und vor allem dem nötigen Ernst.

Als Frederica ihrem Gemahl eines Abends vor dem Zubettgehen anvertraut hatte, seine Mama und sie gedachten Penelope mit Angram zu verkuppeln, da hatte er kurz nachgedacht und dann keine Einwände dagegen vorbringen können. Genau wie seine Schwägerin hasste Angram das Stadtleben und war in den letzten Wochen nur in der Hauptstadt gewesen, um nach Ablauf des Trauerjahres gewisse Dinge mit dem Rechtsanwalt und der Bank zu regeln. Die beiden Ladys hatten ihn auf einer Soiree kennengelernt und waren sofort von ihm angetan gewesen. Angram war ein guter Erzähler, wusste sich auszudrücken, und obwohl er gebildet war, war es nicht langweilig, sich mit ihm zu unterhalten. Was das allerwichtigste war und die Damen am meisten dafür einnahm, ihn als passenden Gatten für Penelope auszuwählen, war jedoch die Tatsache, dass er auf seinem Landgut Schafe züchtete und als schneidiger Reiter bekannt war.

„Penelope wurde von diesem hübschen Tunichtgut namens Markfield hinters Licht geführt", hatte Frederica ihre Gedanken mit ihrem Gatten geteilt. „Ich denke, sie hat genug von diesen charmanten jungen Kerlen, die nur an ihren eigenen Vorteil denken."

Derryhill hatte daraufhin seine Gattin in die Arme gezogen. „Solange *du* nicht genug von deinem höchst charmanten Kerl hast, meine Liebe, ist alles gut", sagte er grinsend und küsste sie so zärtlich auf die Nasenspitze, dass sie ihm sofort auch ihre Lippen entgegenhielt.

„Aber das ist doch ganz etwas anderes", protestierte sie dann, als sie sich nach dem innigen Kuss aus seinen Armen befreite. „Du bist charmant *und* verlässlich! Du würdest mein Vertrauen nie missbrauchen. Du gaukelst mir nicht vor, Gefühle für mich zu hegen, du liebst mich wirklich!"

Was hätte er da anders tun können, als sie abermals in die Arme zu ziehen? Derryhill liebte Frederica aus ganzem Herzen und er wusste, dass sie diese Liebe erwiderte. Er war ein glücklicher Mann. Und er mochte Penelope. Wenn er etwas dazu beitragen konnte, dass auch sie glücklich wurde, dann würde er das mit Freuden tun.

„Ich kenne meine Schwester", hatte Frederica weitergesprochen. „Ich bin mir sicher, dass sie sich nach der schlimmen Erfahrung in London nach etwas Solidem, nach etwas Ernsthaftem sehnt. Nach einem bodenständigen Mann, der das Landleben ebenso liebt wie sie. Und der ihr gestattet, sich um seine Tiere zu kümmern. Penelope ohne Tiere, das wäre eine unvorstellbare Kombination."

Sie hatten dann noch die halbe Nacht Pläne geschmiedet und gleich am nächsten Tag war der Earl of Derryhill losgezogen, um diese in die Tat umzusetzen. Und er hatte Glück gehabt. Als er am späten Nachmittag in seinem Club erschien, sah er Mr Angram am Rundbogenfenster stehen. Er war in das Gespräch mit einem Gentleman vertieft, den Derryhill bisher nur vom Sehen kannte. Also hatte er sich eine der Zeitungen geschnappt, die auf den Tischen auslagen, und sich so in einem der schweren Ledersessel positioniert, dass er die beiden stets im Auge behalten konnte. Als der Fremde zur Tür ging, um einen Neuankömmling zu begrüßen, hatte der Earl seine Chance genutzt, Mr Angram in ein Gespräch zu verwickeln und schließlich einzuladen, ihn und seine Gattin zum Ball auf Lancroft Abbey zu begleiten. Leider war Mr Angram von dieser Idee nicht so begeistert, wie Derryhill angenommen hatte. Natürlich bedankte er sich angemessen und beteuerte, dass er die große Ehre sehr wohl zu schätzen wusste, doch man feiere drei Tage später den vierzigsten Geburtstag seines Cousins und er habe natürlich die Verpflichtung, bei dem Fest des Familienoberhauptes teilzunehmen. Das allein wäre noch kein Problem gewesen, denn mit etwas gutem Willen konnte man sagen, Tunbridge Wells läge auf dem Weg zu seiner Heimat. Doch dummerweise habe er vor wenigen Augenblicken Mr Balmore, einen entfernten Verwandten, gebeten, ihn nach Essex zu begleiten.

Der Earl of Derryhill verwünschte sich dafür, dass er das Gespräch der beiden nicht rechtzeitig unterbrochen hatte, und sah angesichts der Tatsachen keinen anderen Weg, das Problem zu lösen, als Mr Balmore ebenfalls nach Lancroft Abbey einzuladen. Er konnte nur hoffen, dass ihm seine Schwiegermutter den zusätzlichen Gast verzeihen würde. Aber immerhin hieß es ja, einen geeigneten Mann für ihre zweitälteste Tochter zu finden, und falls Penelope, entgegen Fredericas

Erwartungen, keinen Gefallen an Mr Angram finden sollte, dann wäre vielleicht Mr Balmore die passende Wahl. Der junge Mann, den er auf Mitte oder Ende zwanzig schätzte, war zwar relativ klein gewachsen, er sah jedoch nicht schlecht aus, kleidete sich modisch und war, wie ihm eingefallen war, als er den Namen gehört hatte, der derzeitige Erbe des Earl of Dalford. Das konnte sich allerdings noch jederzeit ändern, denn Dalford war in etwa in seinem Alter. Die Wahrscheinlichkeit, dass er eines Tages heiraten und einen Sohn zeugen würde, war also noch relativ hoch.

Balmore hatte mit großer Freude zugesagt und sich tausendfach bedankt. Die Vereinbarung wurde mit Handschlag besiegelt und die Poststation von Hildenborough als Treffpunkt vereinbart. Und hier nahm die Verstimmung ihren Lauf.

„Also wirklich, Anthony, welcher Teufel hat dich geritten, ausgerechnet diesen Mann zu einem solch wichtigen Ball einzuladen?", war das Erste, was die ältere Lady Derryhill fragte, als sie wieder in der Kutsche saßen und der Schlag geschlossen worden war.

„Das ist wirklich ein höchst unangenehmer Mensch", stimmte ihr ihre Schwiegertochter unumwunden zu. „Und wie plump! Denkt er denn, er könne uns mit seinen offenkundigen Schmeicheleien für sich gewinnen?"

„Zwei so hinreißende Ladys in einem Raum! Ihre Schönheit sind der Glanz und Schmuck, der diese einfache Poststation in einen Palast verwandelt!", wiederholte Lady Derryhill Mr Balmores Worte und ahmte dabei seinen Tonfall derart gekonnt nach, dass Frederica kichern musste. Das wiederum brachte auch ihre Schwiegermutter zum Lachen und Derryhill stimmte befreit in dieses Lachen ein. Genau das liebte er an Frederica und auch an seiner Mutter: Sie hielten zwar mit ihrem Unmut nicht hinter dem Berg, fanden aber immer schnell wieder etwas, worüber sie sich amüsieren konnten.

Da gab es kein Gekeife und Gezänke, wie er es von der Mutter seines hoffnungsvollen Erben und anderen Damen der Gesellschaft kannte.

„Ein Kenner wie ich sieht ohne jeden Zweifel", setzte nun Frederica fort, Mr Balmores Worte zu wiederholen, „dass es sich bei den beiden bezaubernden Damen nur um Mutter und Tochter handeln kann!" Die letzten Worte hatte sie fast nicht mehr aussprechen können, da sie so sehr lachen musste, dass sie kaum mehr Luft zum Atmen bekam.

„Ich gestehe, dieser Mann ist wahrlich nicht der Klügste", gab Derryhill unumwunden zu. „Aber es war so, wie ich schon erzählt habe. Wir wollten Mr Angram als unseren Gast nach Lancroft Abbey mitnehmen und wir bekamen ihn nur, indem wir auch diesen Balmore einluden."

„Nun gut", meinte Lady Derryhill schon wieder besänftigt. „Wer weiß, vielleicht trägt dein Schachzug ja noch andere Früchte. Penelope ist nicht so naiv, auf Balmores Schmeicheleien hereinzufallen. Wenn er sie also zu umgarnen versucht oder ihr mit seiner Dummheit auf die Nerven fällt, dann wird sie von Angrams trockener, unverfälschter Art umso begeisterter sein."

Kapitel 25

Die Sonne schien so verlockend, dass Penelope auch an diesem Morgen nichts mehr im Bett hielt. Ein berittener Bote hatte am Vortag das Kommen des Earl of Derryhill, seiner Mutter und Fredericas für den späten Nachmittag angekündigt. Penelope freute sich auf Anthony, wie sie ihren Schwager und Vermögensverwalter ja jetzt nennen durfte, und sie freute sich auf die liebe Lady Derryhill, deren Eleganz und offenes Wesen sie faszinierte, aber immer auch ein wenig einschüchterte. Am meisten freute sie sich allerdings darauf, Frederica endlich wieder in die Arme schließen zu können. Ihre große Schwester war nur zwei Jahre älter, sie hatten sich bereits als kleine Mädchen geliebt und Freud und Leid miteinander geteilt.

Ein einfaches Tageskleid, das sie selbst hätte zuknöpfen können, war in Gegenwart von Gästen natürlich nicht angemessen. Also ging Penelope zum Klingelstrang hinüber, um nach ihrer Zofe zu läuten. Sie hatte es an diesem Morgen besonders eilig. Als Erstes wollte sie zu Markfield hinüber, um die Wunde zu versorgen. Außerdem freute sie sich darauf, ihm von der Ankunft ihrer Schwester zu erzählen. Er kannte Frederica von ihrer gemeinsamen Zeit in London. Vor dem Mittagessen wollte sie dann unbedingt noch kurz zu Lady Stonesdale fahren, sich nach ihrem Befinden erkundigen und nach ihren Schafen sehen. Penelope lächelte. Sie hatte wirklich ein glückliches Leben. Ein glückliches, erfülltes Leben. Der einzige Wermutstropfen war Clarissa Harristowe. Das Lächeln verschwand aus ihrem Gesicht.

Wie sehr hätte sie sich für Bertram eine andere Gemahlin gewünscht! Aber, sagte sie sich und straffte energisch die Schultern, es ging nicht darum, was sie sich gewünscht hätte. Es ging einzig und allein darum, dass ihr Bruder glücklich war. Und er war glücklich, das erkannte sie, trotz aller Vorbehalte seiner Angebeteten gegenüber. Bertram strahlte mit der Sonne um die Wette und konnte sich an der hübschen kleinen Herzogstochter gar nichts sattsehen. Zu ihm war sie aber auch überaus reizend!

Penelope, die eben die Vorhänge hatte aufziehen wollen, hielt überrascht inne, als ihr ein erfreulicher Gedanke in den Sinn kam. Die Boshaftigkeiten von Miss Harristowe konnte ihr in Zukunft nichts mehr anhaben! Sie würde Lancroft Abbey verlassen, um Jasper Sterling zum Stammsitz seiner Familie in Sussex zu folgen. Der junge Mann war beim Dinner wieder sehr aufmerksam zu ihr gewesen. Er hatte ihr von seinen Hunden erzählt und von seinem Pferd, auf dessen Rücken er stundenlange Ausritte unternahm.

„Wenn Sie uns besuchen kommen, Lady Penelope“, hatte er gesagt und kurz die Hand auf die ihre gelegt, „dann werde ich Ihnen eines unserer besten Pferde aussuchen, damit Sie mich bei meinen Ausflügen begleiten können. Lieben Sie eher rassige Tiere, die eine flotte Gangart anzuschlagen vermögen? Oder bevorzugen Sie eine sanfte Stute, um gemütlich die Umgebung zu erkunden?“

„Das habe ich mir fast gedacht“, hatte er geantwortet, als sie ihm gestanden hatte, eine sehr schneidige Reiterin zu sein. Dabei hatte er sie so bewundernd angelächelt, dass ihr jetzt noch ganz warm ums Herz wurde. „Sie lieben Tiere sehr, nicht wahr?“, wollte er dann wissen.

Das hatte sie nur freien Herzens bejahen können und ihm auch von Kitty, ihrem Kätzchen erzählt, das sie von ihrer Zeit in London mitgebracht hatte. Leider hatte es sich zu einem Streuner entwickelt, der nur selten nach Hause kam, um sich streicheln zu lassen.

Daraufhin hatte ihr Mr Sterling unter dem Siegel der Verschwiegenheit verraten, dass auch er Katzen liebte, und immer, wenn es keiner sah, eines der Kätzchen seiner Nichten auf den Schoß nahm, um mit ihm zu spielen. „Das dürfen Sie aber, um Himmels willen, niemandem verraten, bitte versprechen Sie mir das, Lady Penelope. Mein Bruder findet das Streicheln von Katzen nämlich unmännlich und würde mich damit tagelang aufziehen."

Sie hatten sich verschwörerisch zugelächelt und Penelopes Herz hatte einen kleinen Luftsprung gemacht. Sollte er mich fragen, ob ich ihn heiraten werde, ich würde *Ja* sagen, hatte sie sich in diesem Augenblick geschworen. Sie hatte über den Tisch zu ihrer Mutter hinüberschaut und sich gefragt, ob diese den Blickwechsel wohl bemerkt und sich gefreut hatte. Doch Lady Panswick war viel zu sehr mit Miss Harristowe beschäftigt gewesen, um sich um die Belange ihrer Tochter zu kümmern.

Wo Rosie wohl blieb? Die kam doch sonst nach dem ersten Läuten sofort angerannt. Penelope zog noch einmal am Klingelstrang und sah dann zur Tür, als könne sie damit das Kommen ihrer Zofe beschleunigen. Da entdeckte sie einen blütenweißen Briefumschlag, der auf dem Boden lag. Hatte ihr Mr Sterling etwa wieder eine heimliche Nachricht geschickt? Mit einem Satz war sie beim Kuvert und hob es auf. *Für Lady Penelope,* stand da zu lesen. Ihr Herz schlug schneller, als sie seine regelmäßig geschwungene Handschrift erkannte. Welch romantische Geste! Mit hastigen Bewegungen öffnete sie den Umschlag und zog eine weiße Karte heraus. Aufgeregt begann sie zu lesen:

Haar vom Sonnenstrahl geküsst
Dir auf Deine Schultern regnet.
Dazu Augen wie Smaragd.
Liebreiz, wie von Gott gesegnet.

An Deiner Seite, Maid, oh holde,
wird jeder Tag zu purem Golde.
Ach, könnte doch mein Herze klein
stets an Eurer Seite sein.

Ihr sehr ergebener
Jasper B. Sterling

Penelope sank auf ihr Bett zurück und las die Zeilen noch einmal. Sie spürte, wie die Aufregung mit jedem Wort, das sie las, immer weiter stieg. Ihr Herz klopfte bis zum Hals. Sie konnte den Text noch so oft lesen, er blieb, was er war: ein in ein Gedicht verwandelter Liebesbrief. Jasper Sterling hatte ihr seine Liebe gestanden. Und er tat es in der Form, in der er sich am besten auszudrücken vermochte. Er tat es in Form eines Gedichts. Sie musste sich anziehen, sofort! Sie musste alle ihre Pflichten erledigt haben, bevor sie sich gemeinsam zum Mittagessen niederlassen würden. Dazu musste sie sich heute ganz besonders hübsch machen. Ob er wohl die Zeit nach dem Essen, wenn sich die beiden Mütter zu einer Mußestunde in das jeweilige Schlafzimmer zurückgezogen hatten, nutzen würde, um ihr seine Liebe auch persönlich zu gestehen? Würde sie heute ihren fünften Heiratsantrag bekommen? Den Heiratsantrag, von dem sie ihrer Mutter versprochen hatte, ihn anzunehmen? Eine Pflicht, die sie nun mit Freuden erfüllen würde?

Sie schrak aus ihren hoffnungsvollen Gedanken auf, als Rosie das Zimmer betrat. Und sie erschrak noch mehr, als sie in das Gesicht des Mädchens blickte. Es war ganz offensichtlich, dass sie geweint hatte. Die Augen waren geschwollen und rot, auch die Wangen waren gerötet. So hatte sie ihre langjährige Zofe noch nie gesehen.

„Was, um Himmels willen, ist denn geschehen?“ Penelope war mit einem Satz bei ihr, ergriff beide Hände und zog sie neben sich aufs Bett. Die weiße Karte mit der schön geschwungenen Handschrift segelte durchs Zimmer. Das Mädchen schniefte laut auf und schon begannen neue Tränen über ihre Wangen zu rinnen.

„Es geht um Lizzy, die Kammerzofe von Lady Clarissa", erklärte sie, mühsam um eine verständliche Sprache bemüht. „Sie ist so gemein zu mir. Gestern hat sie mir Tee über mein frisch gewaschenes Kleid geschüttet ..."

„Aber, Rosie", versuchte Penelope das Mädchen zu beruhigen, „so ein Missgeschick kann doch jedem passieren. Das ist doch ..."

Rosie war viel zu aufgeregt, um auf die Höflichkeitsformen zu achten, die sie ihrer jungen Herrin gegenüber an den Tag zu legen hatte. Sie waren gleich alt und in all den Jahren, in denen Rosie schon auf Lancroft Abbey diente, fast so etwas wie Freundinnen geworden.

„Wenn es denn nur ein Missgeschick gewesen wäre", fiel sie Penelope ins Wort. „Nein, das unmögliche Ding tat es aus purer Absicht. Sie ist unglaublich freundlich zur Haushälterin und macht sich Liebkind bei unserem Butler, aber zu mir ist sie böse und gemein!"

Warum kommt mir das nur so bekannt vor?, dachte ihre junge Herrin bitter.

„Heute Morgen hat sie mir die Schürze versteckt und ich musste mir eine von Daisy leihen. Darum bin ich auch zu spät gekommen, entschuldigen Sie bitte, Lady Penelope."

„Aber das macht doch nichts", erwiderte diese und fühlte sich in dem Augenblick ihrer Zofe näher, als diese ahnte.

„Aber nun lass uns rasch die versäumte Zeit wieder aufholen. Richtest du mir bitte das blaugestreifte Tageskleid mit den Puffärmeln und den kleinen Perlmuttknöpfen zurecht? Ich brauche feste Stiefelchen dazu, da ich gleich nach dem Frühstück auszufahren gedenke."

Sie ging quer durch den Raum, hob die weiße Karte auf, drückte sie kurz ans Herz und steckte sie dann in ihr Retikül.

Kapitel 26

Henry Bernard Markfield saß fertig zum Ausgehen angekleidet in seinem Zimmer, als Penelope eintrat. Ein dunkelblauer Rock hing unübersehbar auf einem Kleiderbügel an der Schranktür.

„Was hast du vor?", fragte Penelope anstelle einer Begrüßung. „Beabsichtigst du etwa, uns zu verlassen?"

Es wunderte sie selbst, wie sehr sie dieser Gedanke verletzte. *Er verletzt mich nur deshalb,* korrigierte sie sich streng, *weil er offensichtlich vorhat, sich klammheimlich wegzuschleichen.* Dabei war sie es doch, der es zugestanden hätte, zu entscheiden, wann er zu gehen hatte. Sie hatte ihn doch gepflegt. Sie war es doch schließlich, die er verletzt hatte. War er etwa dabei, sie wieder zu verletzen?

„Einen schönen guten Morgen, Penelope", begrüßte er sie anstelle einer Antwort. Und obwohl sie seinen Bart nicht mochte, konnte sie sein Lächeln dennoch erahnen. Er hatte ein ausgesprochen sympathisches, anziehendes Lächeln, das wusste sie noch aus den gemeinsamen Tagen in London. Wie hätte sie das auch je vergessen können?

„Ich habe den Rock noch nicht angezogen, damit du nach meiner Wunde sehen kannst. Doch dann habe ich, das erste Mal seit meiner Ankunft, vor, mich ordentlich zu kleiden, wie es sich für einen Ehrenmann geziemt!"

Dieser Satz war ihr nur ein schlichtes „Ha!" wert.

Eine Reaktion, die ihn sichtlich irritierte. „Wie bitte?"

„In meinen Augen bist du vielleicht ein Edelmann, Henry Markfield, aber du bist sicher kein Ehrenmann."

Er sah ihr offen ins Gesicht und schwieg.

„Willst du dich denn gar nicht verteidigen?“, bohrte sie nach, als das Schweigen unerträglich geworden war.

„Wie könnte ich?“, fragte er und war dabei so ernst, wie sie ihn noch nie erlebt hatte. „Ich war nicht fair zu dir, Penelope, und es gibt nichts, was ich zu meiner Verteidigung sagen könnte. Außer, dass ich mir wünschte, ich wäre nicht so selbstsüchtig gewesen. Inständig wünsche. Das ist alles, was ich sagen kann. Ich hoffe, du kannst mir eines Tages verzeihen.“

Sie sah in seine Augen, diese wunderschönen, blauen Augen. Sie sagte kein Wort, aber sie merkte in diesem Augenblick, wie sich ihr lang gehegter Groll in Nichts auflöste. Sie merkte, dass sie ihm verziehen hatte. Doch noch war sie nicht in der richtigen Stimmung, ihn aus seinem schlechten Gewissen zu entlassen.

„Kannst du bitte deinen Ärmel hochschieben, damit ich mir deine Wunde ansehen kann?“, fragte sie stattdessen und es klang kühl.

Er seufzte und tat, wie ihm geheißen.

„Ich würde dich heute gern begleiten, wenn du gestattest“, sagte er, während sie die Tinktur auftrug. Dass er dabei das Gesicht nicht mehr verzerrte, zeigte ihr, dass die Zeit der Schmerzen vorbei war.

„Ich war nun so lange in diesem Zimmer eingeschlossen, ich würde gern die Gegend erkunden. Und zwar nicht nur den kleinen Bereich hinter dem Haus mit dem Kräutergarten. Ich fände es schön, zu sehen, wo du lebst. Sehen, wie die Felder und Wälder aussehen, die du tagtäglich durchstreifst. Wo sich deine geliebten Schafe befinden und wie du mit ihnen umgehst. Meinst du, du könntest meine Anwesenheit einige Stunden ertragen?“

Penelope, die nicht zugeben wollte, dass sie nur zu gerne bereit war, ihm alles zeigen, was sie so sehr liebte, versteckte sich hinter der besorgten Frage, ob er sich denn eine Ausfahrt und weite Spaziergänge zutraute.

Nun kam sein unbekümmerter Schalk wieder zum Vorschein: „Mit dir an meiner Seite stelle ich mich jeder Gefahr!", sagte er grinsend und schob den Ärmel wieder nach unten. Sie half ihm, den Manschettenknopf zu schließen. Ihr Blick fiel auf seine feingliedrigen Hände, die sie so gut kannte. Wie lange es nun schon her war, dass sie diese verarztet hatte, damals in London, als Kitty ihn mit ihren Krallen ganz ordentlich gekratzt hatte. Wie viel war doch seither geschehen! Da trafen sich ihre Blicke.

Er ist mir so vertraut, dachte sie. *Er ist mir viel zu vertraut.*

Laut sagte sie: „Es war wirklich nett von Bertram, dich mit Kleidung zu versorgen. Du kannst von Glück reden, dass du dieselbe Größe hast wie er. Und dass du ihn getroffen hast, bevor Miss Harristowe hier aufkreuzte."

„Geht es Bertram gut?", wollte er wissen. „Ich habe ihn seit Tagen nicht mehr gesehen."

Penelope lachte bitter auf: „Oh, keine Sorge, ihm fehlt es an nichts. Außer vielleicht an Verstand. Denn er hängt an den Lippen dieser ... dieses Mädchens, als würde sie die Offenbarung verkünden."

Erschrocken legte sie sich die Hand an den Mund. Solch scharfe Worte sollte eine junge, unverheiratete Frau nicht einmal denken, geschweige denn laut aussprechen.

Markfield war offensichtlich nicht schockiert. Im Gegenteil, er lachte so begeistert auf, dass sie gar nicht anders konnte, als mitzulachen.

„Bravo, Penelope! Dachte ich mir doch, dass hinter der verträumten, wunderhübschen Fassade ein hellwaches kleines Teufelchen schlummert!", sagte er und es klang so selbstzufrieden, dass sie Lust hatte, ihm zu widersprechen. Obwohl sie seine Worte wie Balsam für ihre Seele empfand. Endlich war da jemand, der hinter die schöne Fassade zu blicken verstand.

„Ich bin kein Teufelchen, ich bin eine holde Maid!", widersprach sie, weil ihr so schnell nichts Besseres einfiel als die Zeile in Mr Sterlings Gedicht.

„Eine holde Maid?" Er war sichtlich verwirrt von diesem Einwand. „Natürlich bist du das. Doch du bist viel mehr als das und das ist das Anziehende an dir. Das ist das, was dich von all den anderen jungen Damen, die ich bisher kennengelernt habe, so wohltuend unterscheidet."

Sie machte ihm die Freude zu erröten, gab jedoch keinen Kommentar zu diesen höchst schmeichelhaften Worten ab, sonders sagte: „Wenn du mich tatsächlich begleiten möchtest, dann lass mich dir in den Rock helfen. Wir müssen uns beeilen, denn ich möchte dir gern White Rose Hill zeigen und meine Schafe vorstellen." Sie hielt kurz inne. „Ich nenne sie gern meine Schafe, obwohl sie mir natürlich nicht gehören. Sie gehören meiner lieben Freundin Lady Stonesdale. Wenn wir Glück haben, begegnen wir ihr auf dem Weg."

Das wäre wirklich ein glücklicher Zufall, dachte sie. *Ich würde ihr Henry nur zu gern vorstellen, damit sie besser versteht, warum ich mich damals in London Hals über Kopf in ihn verlieben konnte. Damals dachte ich noch, er sei der Mann fürs Leben. Da wusste ich noch nichts davon, wie unzuverlässig er ist. Heute bin ich klüger. Ich weiß, dass man neben Gefühlen auch die Vernunft walten lassen muss. Und nur einen Mann in Betracht ziehen kann, mit dem man die wichtigsten Interessen teilt. Und der einen zum Mittelpunkt seiner Welt machen wird.* Das schöne Gesicht von Jasper Sterling schob sich in ihre Gedanken und darum beeilte sie sich fortzusetzen: „Zu Mittag muss ich unbedingt zurück sein, ich darf keinesfalls zu spät zum Lunch kommen." *Und zu Mr Sterlings Heiratsantrag, den er mir wohl heute Nachmittag machen wird,* fügte sie in Gedanken dazu. Ihr Herz begann wieder wie rasend zu klopfen und in die Vorfreude mischte sich auch ein banges Gefühl von … von … Verlust?

Markfield war aufgestanden und hatte Bertrams Rock vom Bügel genommen.

„Ich fürchte tatsächlich, dass ich noch zu ungeschickt bin, das Ankleiden alleine zu bewältigen", gestand er. „Sollen wir nicht doch nach Matthew klingeln, damit er mir zur Hand gehen kann?"

In solchen Augenblicken war Penelope doch die Tochter ihrer Mutter. Praktisch veranlagt mit einer ausgeprägten Abneigung, unnötig Zeit zu verschwenden.

„Ach was, Matthew", sagte sie daher mit einer wegwerfenden Handbewegung und streckte dann die Hand aus, um nach dem Kleidungsstück zu greifen. „Es gibt nichts, was wir beide nicht auch alleine schaffen können."

Zu ihrer Überraschung ließ er den Rock nicht los, sondern sah sie einige Momente mit einem undurchdringlichen Blick an. Dann schlich sich ein weiches Lächeln in seine Augen, bevor er langsam den Kopf zu schütteln begann. „Ich hätte nicht gedacht, dass ich meinen Bart eines Tages verfluchen würde. Ich dachte, er gäbe mir Schutz und er würde mich davor retten, dass deine Mutter auf die Idee kommen könnte, keinerlei Ähnlichkeit mit ihrem Neffen oder dessen Vater zu erkennen. Aber glaube mir, in diesem Augenblick wünsche ich mir, ich hätte ihn längst abrasiert!"

Sie konnte ihm nicht folgen und sie verstand auch nicht, warum er sie so liebevoll angelächelt hatte. Aus heiterem Himmel.

„Dein Bart?", wiederholte sie daher, bemüht, das warme Gefühl zu ignorieren, das sich in ihrer Brust ausbreitete. „Was hat denn dein Bart damit zu tun, dass du mir deinen Rock nicht geben willst, Henry Markfield?"

Wortlos reichte er ihr das Kleidungsstück hinüber. Sie half ihm mit geschickten Griffen, es anzuziehen, und strich dann die Falten an seinen Schultern glatt, bemüht, dabei nicht den linken Arm und damit seine frisch verheilte Wunde zu berühren.

„Ach, zum Teufel mit dem Bart!", rief er plötzlich aus und drehte sich zu ihr um. Zuerst sagte er nichts mehr, schließlich berührte er mit der Rechten sanft ihre Schulter und fragte leise: „Gestattest du, dass ich dich küsse, Penelope Barnett?"

Sie musste sich zu ihrer Schande eingestehen, dass sie nicht überrascht war. Und des Weiteren musste sie sich eingestehen, dass sie sich nichts sehnlicher wünschte. Und sie musste sich … *Ach, gar nichts muss ich,* dachte sie dann und ließ sich von ihm in die Arme ziehen. Er küsste sie so zärtlich, dass ihr die Beine nachzugeben drohten. Doch zum Glück hielt seine Rechte sie fest umschlungen und gab ihr Halt. Und er roch so gut. So frisch und männlich. Er kam ganz ohne Parfum aus einem der ersten Londoner Läden aus. Sie spürte seine Zunge an ihren Lippen und war überrascht, wie gern sie ihr Einlass gewährte. Sie hörte ein leises Aufstöhnen und hätte vergehen können vor Glückseligkeit. Es war, als würde sie nach Hause kommen. Es war, als wäre die unbeschwerte Penelope zurück, die glücklich in den Armen des Mannes lag, den sie liebte. Als nun auch sie aufstöhnte, ließ er sie abrupt los.

„Oh Gott!", war alles, was er herausbrachte.

„War … war … war das jetzt ein Heiratsantrag, Henry Markfield?", fragte sie schüchtern und hoffnungsvoll zugleich. Sie sah zu ihm hinüber. Er hatte sich auf dem Bettrand niedergelassen, so als würde ihn das Stehen plötzlich viel zu sehr anstrengen. Die Ellenbogen waren auf den Knien aufgestützt, die Hände fuhren sich in hektischen Bewegungen über die Haarstoppel auf dem Kopf.

Wenn er mir jetzt einen Antrag macht, dann ist er es, den ich heiraten werde!, ging es ihr durch den Kopf. Und sie würde mit Freuden Ja sagen. Immer und ewig mit Henry verbunden zu sein war das, was sie sich schon bei ihrem Debüt in London gewünscht hatte. Was sie sich in den zwei Jahren, die sie getrennt waren, nicht hatte eingestehen wollen und hinter Gram und Enttäuschung verbarg. Und es gab jetzt nichts, was sie lieber getan hätte.

„Wie könnte ich je um deine Hand anhalten, Penelope?", fragte er und es klang bitter. Jedes Lächeln war aus seinem Gesicht verschwunden. „Ich bin nichts und ich besitze keinen Shilling. Meine Ersparnisse hat man mir auf dem Weg hierher gestohlen. Aber auch die hätten nicht ausgereicht, um dir ein halbwegs standesgemäßes Leben zu ermöglichen. Nein, viel weniger als das. Ich kann dir gar kein Leben bieten."

Es war, als hätte er einen Krug eiskaltes Wasser über ihrem Kopf ausgeleert. Wieder einmal. Doch nun war sie nicht mehr bereit, das unwidersprochen hinzunehmen. Sie hatte gelernt, für ihre Belange einzustehen.

„Das kannst du doch nicht machen, Henry Markfield!", sagte sie daher und hoffte, es würde streng klingen und nicht flehentlich. Sie machte einen Schritt auf ihn zu. „Du kannst mich doch nicht zuerst so … so … innig küssen und mich dann wieder wegstoßen. Wenn du denkst, ich lasse es zu, dass du mir ein zweites Mal das Herz brichst, dann hast du dich getäuscht!"

Sie hatte gehofft, dass er aufspringen und sie abermals in seine Arme ziehen würde. Dass er versichern würde, dass alles gut werde und sie sich keine Sorgen zu machen brauche. Doch er seufzte nur und vergrub sein Gesicht in den Händen.

Sie blieb wie angewurzelt stehen und starrte ihn an.

Ich gehe nicht, bevor ich eine Erklärung bekommen habe, die mich zufriedenstellt, dachte sie trotzig. *Warum küsst er mich denn, wenn er mich nicht liebt?,* fragte eine innere Stimme. *Bitte liebe mich, Henry Markfield!,* eine andere. *Bitte, bitte, liebe mich!*

Ihre Bitte wurde zwar erhört, doch waren seine nächsten Worte nicht im Geringsten so, wie sie sich das gewünscht hätte.

„Wie sollte ich die Frau verletzen wollen, die ich aus ganzem Herzen liebe?", fragte er so leise, dass sie dachte, sie hätte sich verhört oder ihr dummes Herz spiele ihr einen Streich. „Ich habe dich vom ersten Tag an geliebt, als ich dich sah", setzte er fort. „Damals, als mich dein Kätzchen kratzte und du mich verbunden hast, erinnerst du dich?" Er sah zu ihr hoch und lächelte so liebevoll, dass sie gar nicht anders konnte, als zu ihm zu eilen.

Sie ließ sich zu seinen Füßen nieder und ergriff seine Hand. „Wie könnte ich das je vergessen?", antwortete sie.

Sein Lächeln vertiefte sich. „Es ist nun schon das zweite Mal, dass mich deine Pflege gesund macht", sagte er. „Du bist eine bewundernswerte Frau, Penelope Barnett. Nicht nur schön, sondern auch klug, tüchtig und unglaublich liebenswert." Er beugte sich zu ihr hinunter und drückte ihr einen kleinen Kuss auf die Stirn. War es da ein Wunder, dass wieder Hoffnung in ihr aufkeimte?

„Wären meine finanziellen Umstände anders, ich würde keinen Augenblick zögern, um deine Hand anzuhalten. Das schwöre ich dir, so wahr mir Gott helfe!" Er legte die Hand auf sein Herz und blickte ernst zu ihr hinunter. Warum nur musste er ihre Hoffnungen gleich wieder zunichtemachen? Das wollte, nein, das konnte sie nicht zulassen.

„Aber das macht doch nichts!", rief sie aus. „Ich erhalte bei der Eheschließung eine recht ansehnliche Mitgift. Derryhill hat den Betrag erst kürzlich erhöht. Oh …"

Und da lachte Markfield auch schon auf, doch es klang alles andere als fröhlich.

„Derryhill! Du glaubst doch nicht etwa, dass der Earl seinen Segen zu dieser Verbindung geben würde? Hast du vergessen, was er damals in London zu mir gesagt hat? Hast du vergessen, dass er mir angedroht hat, mich wegen Entführung vor den Friedensrichter zu bringen, sollte ich mich noch einmal in deine Nähe wagen?"

„Nein, das habe ich natürlich nicht vergessen", sagte sie. Leise und traurig darüber, dass das, was sie als Lösung ihrer Probleme angesehen hatte, wie eine Seifenblase zerplatzt war. Doch dann fiel ihr noch etwas ein: „Ich bin jetzt großjährig, Henry. Ich kann heiraten, wen ich will! Weder meine Mama noch Anthony können das verhindern."

Er seufzte und strich ihr zart über die Wange, als sie voller Hoffnung zu ihm aufsah. „Das mag nach den Buchstaben des Gesetzes stimmen, meine Süße. Aber was wäre ich für ein Mann, wenn ich dich in so eine Ehe drängen würde? Du sollst nicht ohne den Segen deiner Mutter vor den Traualtar treten müssen."

Tränen traten in Penelopes Augenwinkel. Sie wusste, dass er recht hatte. Und es machte ihn noch liebenswerter, dass er so dachte.

„Außerdem", gestand sie sich nun selbst ein, „wird mir Derryhill wohl die Auszahlung der Mitgift verwehren, wenn Mama meiner Gattenwahl nicht zustimmt. Sie wird dir nie verzeihen, dass du sie angelogen und in den Glauben versetzt hast, du seist ihr Neffe Peter."

Er war aufgestanden und bot ihr nun seine rechte Hand, um sie hochzuziehen. „Ich habe deine Mutter nie angelogen, Penelope", sagte er ernst. Und doch konnte sie ihm das nicht glauben.

„Wie hätte sie denn sonst auf die Idee kommen sollen, dass du Peter Barnett sein könntest? Wieso hätte Bauer Drewes sonst überhaupt mit ihr über dich sprechen sollen?"

Er zuckte mit den Schultern und sagte, dass ihm das selbst ein Rätsel war. Penelope glaubte ihm nicht. Nach all dem, was zwischen ihnen schon geschehen war, fiel es ihr immer noch schwer, ihm zu vertrauen. Konnte man einen Mann, dem man nicht vertraute, überhaupt heiraten wollen? Nein, da war Jasper Sterling die bessere Wahl. Sie liebte ihn zwar nicht, aber er war offen und ehrlich und sie hatte in keiner Sekunde Grund, an seinen Worten zu zweifeln. Und Liebe konnte ja noch wachsen.

Kapitel 27

Penelope und Henry Markfield verbrachten einen höchst amüsanten Vormittag miteinander. Jetzt, da sie entschieden hatte, ihn nicht mehr als möglichen Heiratskandidaten zu sehen, fiel die Befangenheit, die sie nach seinem Kuss gespürt hatte, von ihr ab und sie behandelte ihn mit derselben Selbstverständlichkeit, mit der sie einen wirklichen Cousin behandelt hätte. Zumindest redete sie sich das ein. Noch war nicht Abend. Noch war sie nicht allein im dunklen Zimmer. Noch raubten ihr die Tränen einer hoffnungslosen Liebe nicht den Schlaf.

Da sich Henry für einen Ausritt noch nicht stark genug fühlte, hatte sie ihren Wagen anspannen lassen. Sie war es so gewöhnt, diesen selbst zu lenken, dass sie gar nicht auf die Idee gekommen war, einen Burschen als Kutscher mitzunehmen. Sie waren schon draußen, auf dem schmalen Weg durch die Felder, als ihr der Gedanke kam, Henry könnte es ungewöhnlich finden, von einem weiblichen Wesen kutschiert zu werden. Vielleicht fand er ihr Verhalten gar undamenhaft?

„Aber nein, glaub mir, ich genieße es!", zerstreute er ihre Bedenken. „Bei den ersten Metern habe ich natürlich vor Furcht gezittert, aber jetzt …" Er lachte laut auf, als er ihr entsetztes Gesicht sah. Sie stieß ihn mit vorgespielter Entrüstung in die Seite und stimmte dann befreit in sein Lachen ein.

„Du führst die Zügel ganz offensichtlich mit geübter Hand", stellte er fest. „Fährst du oft junge Gentlemen durch die Lande?" *Klang da etwa Eifersucht in seinen Worten mit,* dachte sie überrascht? Sie beschloss ihn zu necken.

„Oh, natürlich, nahezu täglich", sagte sie daher. Sie zwinkerte ihm allerdings dabei zu und dann stupste er sie in die Seite.

Penelope fuhr nicht den direkten Weg zu White Rose Hill, sondern zeigte ihm zuerst ihren Lieblingsplatz oben auf dem Hügel. Sie blieben auf dem Wagen sitzen und genossen den Ausblick. Es war ein wunderschöner, warmer Frühsommertag. Kaum eine Wolke bedeckte den Himmel, der ihnen hier an dieser Stelle weit, ja geradezu endlos weit erschien. Ein paar Vögel zogen ihre Kreise. Von den Blumen auf der Wiese drang das Summen der Bienen zu ihnen empor.

„Hier könnte ich bleiben", sagte er schlicht.

Sie ließ die Zügel los und legte ihre Linke auf seine rechte Hand. Dann schwiegen sie in stillem Einverständnis.

Die Turmuhr von St. George in Benenden schlug laut und vernehmlich zehn Mal und holte Penelope zu ihrem Tagesplan zurück.

„Wir müssen weiter, wenn ich dir noch alles auf White Rose Hill zeigen soll. Wenn ich nicht um halb eins am Mittagstisch sitze, dann wird Mama ärgerlich. Und zuvor muss ich mich auch noch umziehen. Mit diesem einfachen Kleidchen und den mit Lehm beschmutzten Schuhen brauche ich mich im Esszimmer nicht blicken zu lassen."

„Du kannst dich in jedem Kleid überall blicken lassen, Penelope Barnett", sagte er. „Aber wenn du meinst, dass wir es eilig haben, dann los! Zeig mir, welches Tempo dieses Pferd anzuschlagen vermag!"

Das ließ sie sich nicht zwei Mal sagen. Sie wendete den Wagen gekonnt mit einer engen Kurve und steuerte das Pferd in munterem Trab ihrem Ziel entgegen.

Als sie sich White Rose Hill näherten, konnte sich Penelope, wie so oft, an seinem Anblick kaum sattsehen. Der kleine Backsteinbau sah an diesem Frühsommertag besonders einladend aus. Unzählige weiße Rosen rankten sich an der

Hausmauer empor und gaben einen wundervollen Kontrast zu den blauen Hortensien ab, die in üppigen Büschen vor dem Haus blühten. Auf der kleinen, weiß gestrichenen Bank lag niemand anderes als Kitty, ihre eigene Katze, und räkelte sich in der Sonne. Was für ein friedlicher Anblick!

Penelope hielt den Wagen an und wartete nicht ab, dass jemand kam, um ihr hinunter zu helfen. Mit einem Satz sprang sie auf den bekiesten Vorplatz, Markfield beeilte sich, es ihr gleichzutun. Schnell bemerkte er, dass ihm das nicht so leichtfiel, wie er es gewöhnt war. Er musste sich mit der Rechten festhalten, um nicht zu stürzen.

Schön langsam!, ermahnte er sich selbst und knirschte innerlich mit den Zähnen. Es ging ihm zwar von Tag zu Tag besser, aber er musste sich wohl noch gedulden, bis er wieder ganz der Alte war. Geduld war noch nie Henry Markfields große Stärke gewesen.

Penelope war inzwischen bei der Katze angelangt, hatte sie hochgehoben und sich auf der Bank niedergelassen. „Da bist du ja, du kleiner Streuner!", sagte sie mit liebevollem Tadel. „Mir scheint, du kommst gar nicht mehr nach Hause."

Markfield nahm neben ihr Platz.

„Einen wunderschönen Morgen, liebe Kitty!", sagte er, an die Katze gewandt. „Ich darf wohl nicht annehmen, dass du mich wiedererkennst?"

Doch da hatte er ganz offensichtlich die Rechnung ohne den Wirt gemacht. Die Katze befreite sich mit einer schnellen Drehung aus Penelopes Armen und hüpfte mit einem Satz dem jungen Mann auf den Schoß, wo sie sich schnurrend niederließ und die Augen schloss.

Penelope konnte sich nicht genug darüber wundern. Kitty war doch sonst so scheu und ließ sich von kaum jemandem streicheln. Henry Markfield schien eine Ausnahme zu sein.

„Seltsam, dass noch niemand gekommen ist, um uns nach unserem Begehr zu fragen", stellte sie fest, ohne einen Kommentar zur Katze abzugeben.

„Wenn du meine ehrliche Antwort dazu hören willst“, sagte er, während er Kitty hinter den Ohren kraulte, was sie sich nur zu gern gefallen ließ, „dann sage ich dir, dass mir das sehr recht ist. Hältst du es wirklich für eine gute Idee, wenn ich mich deiner Freundin Lady Stonesdale als Cousin Peter Barnett vorstelle? Das wäre eine weitere Lüge, die wieder weitere Lügen nach sich ziehen würde.“

„Seit wann hast du denn Skrupel, anderen Leuten Lügen aufzutischen?“, fragte sie, ohne nachzudenken. Es hätte scherzhaft klingen sollen, obwohl in der Bemerkung nach ihrem Dafürhalten mehr als nur ein Körnchen Wahrheit steckte. Sie sah ihm offen ins Gesicht. Der Blick, den sie in seinen Augen wahrnahm, ließ sie ihre Worte umgehend bereuen.

Sie kam nicht mehr dazu, ihm zu offenbaren, dass Lady Stonesdale die Wahrheit bereits wusste, da in diesem Augenblick der Hufschlag zweier Pferde zu hören war, die sich in zügigem Tempo näherten. Sie hörte auch die Räder eines Wagens und stand auf, um den Neuankömmlingen entgegenzugehen.

Schon kam der Wagen in Sichtweite. Mr Rolesford saß an den Zügeln, seine dichte, weiße Haarpracht wehte im Wind. Soweit Penelope es aus der Entfernung sehen konnte, war sein Gesicht ernst. Hinter ihm im offenen Wagen saß Lady Stonesdale. Ihre Miene war ebenso erst wie die ihres Dieners und Freundes. Sie war heute ungewöhnlich einfach gekleidet, ganz in einem schlichten Braun. Nur das Rot ihrer Lippenfarbe ließ ihre sonstige Farbenpracht erahnen. Beide Hände umklammerten den Ebenholzstock.

Während Markfield die Katze zu Boden gleiten ließ, aufstand und bangen Herzens wartete, bis der Wagen näherkam, hatte sich Penelope in die Mitte des bekiesten Vorplatzes gestellt und hob nun die Hand, um ihrer Freundin freudig zuzuwinken. Die roten Lippen verzogen sich zwar zu einem kleinen Lächeln, doch das Zurückwinken, dessen Penelope sich sicher gewesen war, blieb aus.

Schon stand der Wagen neben ihr. Rolesford sprang vom Kutschbock, grüßte wie immer mit einem schweigenden Nicken und beeilte sich dann, seiner Herrin aus dem Wagen zu helfen. Sie musste sich auf der einen Seite auf seinen Arm und auf der anderen Seite auf den Stock stützen, um den Vorplatz sicher zu erreichen. Penelope versank in einen Knicks.

„Es ist nett, dass du mir einen Besuch abstattest, aber heute kommt er mir leider ungelegen, meine Kleine", sagte Ihre Ladyschaft und gab Penelope ein Zeichen, sich zu erheben. „Wir haben viel zu erledigen, Rolesford und ich. Soeben haben wir eine undichte Stelle im Zaun der Schafsweide entdeckt. Rolesford hat sie notdürftig abgesichert. Zu mehr bleibt uns im Augenblick nicht die Zeit. Zumal uns auch zwei unserer Burschen fehlen, die mit Nachrichten unterwegs sind." Sie wandte sich an Markfield, der darauf wartete, ihrer Ladyschaft vorgestellt zu werden. Lady Stonesdale richtete das Wort von sich aus an den Besucher: „Sie sind also Badwells Cousin?", fragte sie.

Markfield ließ sich seine Überraschung nicht anmerken und verbeugte sich angemessen. „Lord Badwells Cousin zweiten Grades, um genau zu sein, Mylady", sagte er im Hochkommen.

„Lady Stonesdale", beeilte sich Penelope ihrer Pflicht nachzukommen, „darf ich Ihnen Henry Bernard Markfield vorstellen?"

„Markfield, soso", sagte Ihre Ladyschaft und es klang alles andere als herzlich. Sie musterte den jungen Mann einige Sekunden lang so kritisch, dass Penelope kaum zu atmen wagte. Das Urteil ihrer Freundin war ihr wichtig. Sie wollte unbedingt, dass diese einen guten Eindruck von Henry gewann, hatte aber keinen Einfall, wie sie dazu beitragen könnte. Markfield unterdessen schien die kritische Musterung nicht zu bemerken, sondern blickte lächelnd von ihr zu Lady Stonesdale und wieder zurück.

„Sie sind also keiner der Kandidaten, mit denen unsere Kleine verkuppelt werden soll“, sagte Ihre Ladyschaft schließlich. Obwohl Penelope deren freie Art sich auszudrücken kannte, spürte sie doch, wie ihr die Röte in die Wangen schoss und sie vor Schreck scharf die Luft einzog.

Markfield wurde schlagartig ernst: „Nein, Mylady.“

„Kein Geld, wie?“, hakte Ihre Ladyschaft nach.

Nun grinste er doch wieder: „Nicht das Geringste, Mylady, nein.“

„Aber Badwell hat doch Vermögen. Er ist nicht mehr der Jüngste und wird nicht mehr allzu lange leben. Besteht denn keine Aussicht, dass sie da etwas erben?“

„Lady Stonesdale!“, rief Penelope erschrocken und hob gleich darauf die Hand zum Mund. Henry war die freie Sprache nicht gewöhnt. Was, wenn sie ihn schockierte?

In diesem Augenblick bat Mr Rolesford um ihre Aufmerksamkeit, als er sie kurz bat, mit ihm in den Stall zu kommen, da er ihr ein neugeborenes Fohlen zeigen wollte. Penelope war sofort abgelenkt.

„Ich bin gleich zurück!“, versprach sie und folgte dem Stallmeister. Und so hörte sie nicht, was Henry auf die Frage Ihrer Ladyschaft zu sagen hatte.

„Und wieder muss ich zu meinem Bedauern antworten: Nicht die geringste Chance, Mylady“, lautete seine Antwort. „Mein Cousin hat zwei Söhne, der älteste ist in etwa in meinem Alter und kämpft auf dem Kontinent, wie ich es getan habe. Dazu kommen noch drei Cousins ersten Grades, die wiederum bereits einige Söhne in die Welt gesetzt haben. Ich nehme an, in der Zwischenzeit stehe ich auf Platz zehn der Erbfolge. Ich denke nicht, dass ich mir da große Hoffnungen machen sollte. Was meinen Sie, Mylady?“

„Er könnte Ihnen helfen, sich eine Existenz aufzubauen“, sagte sie anstelle einer Antwort, die er ohnehin nicht erwartete.

Markfield zog eine Augenbraue hoch: „Das könnte er“,

erwog er den Gedanken. „Gewiss. Doch das wird er nicht tun. Mein Vater und er haben sich überworfen, da war ich kaum sechs Jahre alt. Seither sprechen unsere beiden Familien kein Wort mehr miteinander. Das halte ich zwar für höchst bedauerlich, aber meine Versuche, Kontakt zu meinen Verwandten aufzunehmen, sind bisher allesamt gescheitert."

Lady Stonesdales Interesse an dem jungen Mann schien ebenso schnell verflogen zu sein, wie es gekommen war. Sie begab sich zur Stalltür und wollte von Penelope wissen, wie die Ballvorbereitungen voranschritten. Diese wandte sich nur höchst ungern vom kleinen Fohlen ab und folgte Ihrer Ladyschaft wieder ins Freie. Man unterhielt sich dann noch einige Minuten über das bevorstehende Ereignis. Lady Stonesdale, die selbstverständlich eine Einladungskarte erhalten hatte, war sich noch nicht sicher, ob sie aufgrund ihrer Verletzung würde erscheinen können.

Anfangs hatte sich Penelope gewundert, dass sie von Lady Stonesdale, die für ihre Gastfreundschaft bekannt war, nicht ins Haus gebeten wurde, doch bald erfuhr sie den Grund dafür. Ihre Ladyschaft erwartete einen Gast. Denn gerade als Penelope erzählen wollte, dass für den Nachmittag die Ankunft von Frederica und ihren Begleitern erwartet wurde, wurden zwei Rappen sichtbar, die eine einfache, geschlossene Kutsche zogen.

Lady Stonesdale blickte auf: „Pünktlich auf die Minute!", sagte sie zufrieden. „Es tut mir leid, aber ich muss mich verabschieden, der Notar ist angekommen. Mach es gut, meine Kleine, wir sehen uns wohl erst nach deinem Ball wieder. Ich freue mich auf deinen ausführlichen Bericht. Und vergiss mein Angebot nicht! Mr Markfield …"

Während Penelope in einen Knicks versank, nickte Ihre Ladyschaft dem jungen Mann zu, der sich elegant verbeugte. Mr Rolesford reichte ihr den Arm und begleitete sie ins Haus.

Kapitel 28

Das war knapp! Penelopes Herz schlug ihr bis zum Hals, als sich die Hintertür zum Küchentrakt hinter ihr und Markfield schloss.

Sie hatten sich während der Fahrt lebhaft über die Schafe auf Lady Stonesdales Weide unterhalten, die sie auf dem Rückweg besucht hatten. Markfield hatte sie gebeten, ihm diese Tiere zu zeigen.

„Wenn sie dir so wichtig sind, Penelope, dann möchte ich sie gerne kennenlernen!", hatte er gesagt. „Denkst du, wir haben noch genügend Zeit, um der Weide einen kurzen Besuch abzustatten?"

Wenn er nicht schon längst mein Herz besäße, dann hätte er es spätestens mit diesem Satz erobert, hatte Penelope gedacht und gespürt, wie die Freude ihre Wangen erröten ließ. Natürlich hatte sie sich sofort wieder zur Ordnung gerufen. Ihre Liebe sollte allein für den jungen Mann reserviert sein, dem sie in Kürze die Hand zum Bund reichen würde: Mr Jasper Sterling.

Zu ihrem Leidwesen hatten sie wirklich nur wenige Minuten Zeit gehabt, sich bei den Schafen aufzuhalten. Zuerst hatten sie kurz den Weidezaun begutachtet, den Mr Rolesford notdürftig geflickt hatte, und Penelope hoffte, dass die beiden Stallburschen bald zurückkommen würden, um sich mit der nötigen Gründlichkeit um den Schaden zu kümmern. Dann hatte sie Markfield ihre beiden Lieblingsschafe vorgestellt. Das besonders kleine schwarze Schaf hatte von ihr den Namen *Darky* bekommen. Eigentlich sollte es ja *Dark Night* heißen, weil es so schwarz wie die Nacht war, aber dann war ihr dieser Name doch zu streng für so ein kleines Tier erschienen.

„Dieses Schaf sieht ja besonders bemerkenswert aus!", hatte Markfield begeistert ausgerufen und mit seiner Rechten auf *Halfy* gezeigt, das mit seinem weißen Haupt und dem schwarzen Körper halb weiß und halb schwarz war. Er hatte ein besonders saftiges Büschel Gras abgerissen und *Halfy* hingehalten, das sofort angetrabt gekommen war, um es genüsslich aus seiner Hand zu mümmeln. Der Gentleman und das Schaf hatten einen so harmonischen Eindruck geboten, dass Penelope ein weiteres Mal warm ums Herz geworden war. In diesem Augenblick schlug die Kirchturmuhr von Benenden zur vollen Stunde, zwölf Mal.

Also hatte sie erschrocken zur Eile gemahnt und darum waren sie genau in dem Augenblick vor Lancroft Abbey vorgefahren, als auch Bertram, Clarissa und Jasper Sterling in Richtung Haus unterwegs waren. Wahrscheinlich waren auch sie erpicht darauf, sich nicht zum Lunch zu verspäten. Die drei hatten wohl einen gemeinsamen Spaziergang unternommen und kamen nun fröhlich plaudernd aus dem Park auf den Vorplatz hinaus. Penelope lenkte ihren Wagen in so schnellem Tempo am Haus vorbei, dass sie die Hoffnung hegte, die Spaziergänger hätten vielleicht nicht gesehen, dass sie nicht alleine am Kutschbock saß. Aus den Augenwinkeln entdeckte sie dabei auch noch Lady Titchwell und Clarissas ewig plappernde Tante, die die drei offensichtlich als Anstandsdamen begleitet hatten. Es ging schließlich nicht an, dass eine unverheiratete Herzogstochter alleine mit fremden Männern einen Park durchstreifte. Allerdings ging es ebenso wenig an, dass die unverheiratete Schwester eines Viscounts mit einem fremden Mann allein eine Kutschfahrt unternahm.

Sie warfen die Tür hinter sich zu und Penelope stützte sich mit beiden Händen an der gegenüberliegenden Wand ab. Ihr

Herz raste, sie bemühte sich, wieder zu Atem zu kommen. Da hörte sie hinter sich ein leises Lachen und fuhr herum. Markfield hatte sich an die Tür gelehnt und strahlte über das ganze Gesicht. Für einen kurzen Moment verspürte Penelope den Impuls, ihn anzufahren, was an dieser prekären Situation wohl so erheiternd war, doch dann war sein Lachen zu ansteckend und sie musste darin einstimmen. Es war ja auch zu komisch. Sie benahmen sich wie Schulkinder, die vor der Gouvernante Reißaus genommen hatten und sich nun im Küchentrakt versteckten. Mit geröteten Wangen schaute sie zu ihm empor, blaue Augen versanken in blauen Augen. Dieses Mal fragte er sie nicht um Erlaubnis. Er beugte sich einfach nach vorn und küsste sie auf die Lippen. Als er merkte, dass sie nicht scheu zurückwich, sondern ihm sogar noch einen klitzekleinen Schritt entgegenkam, nahm er sie in die Arme.

In diesem Augenblick wünschte sich Penelope, sich nie wieder aus diesen Armen befreien zu müssen. Sein Mund war nun schon etwas vertraut. Die Lippen, das Kitzeln des Bartes, sein anziehender Duft. Er roch so nach … nach … nach Henry Markfield eben. Sie gab sich diesem Kuss hin, wollte, dass er niemals aufhörte. Und wenn er je aufhören sollte, dann würde sie „Ich liebe dich, Henry!“ in die Welt hinausschreien. So laut, dass es alle hörten.

Doch als der Kuss schließlich endete und Markfield sie ziemlich abrupt losließ, da blieb sie still. Der Ausdruck in seinen Augen sagte ihr, dass es keinen Grund zum Jubeln gab. So traurig blickte nur jemand, der Abschied nahm.

„Ich wünsche dir alles Glück der Welt“, sagte er und ergriff ihre beiden Hände und küsste sie. „Du hast es wahrlich verdient.“

„Kannst du wirklich nicht Teil dieser Welt sein?“, fragte sie leise. Hoffnungsvoll. Wohl wissend, dass es keine Hoffnung gab. Wovon wollten sie leben? Zwei Menschen, die nicht einmal über ausreichend Mittel verfügt hätten, wenn sie bei Verwandten Unterschlupf gefunden hätten. Doch es gab keinen Unterschlupf für sie. Lord Badwell wollte von Henry nichts wissen und auf Lancroft Abbey würde in Kürze Clarissa mit harter Hand regieren. So sehr es sie schmerzte, so wenig verwunderte es sie, dass Markfield den Kopf schüttelte.

„Ich werde stets dein Freund sein, Penelope Barnett, und dich immer in liebendem Gedenken halten. Wenn du also einen Freund brauchen solltest, dann bin ich für dich da. Doch nun heiratete diesen Mr Sterling. Er scheint dich wirklich gern zu haben."

Penelope seufzte.

„Und zumindest brauchst du dir keine Gedanken über eure Unterhaltung zu machen. Sicher hat er für jede Tageszeit das passende Gedicht!"

Markfield war offensichtlich schon wieder in der Lage, zu feixen, und sie boxte ihn dafür in die Rippen. Jetzt mussten sie beide lachen und das nahm der Situation viel an ihrer Schärfe.

„Im Ernst", sagte er schließlich, „du wirst Sterling heiraten und ihn mit einer Schar wunderhübscher Kinder beglücken. Ihr lebt in Sussex auf einem prachtvollen Landsitz mit vielen, vielen Schafen. Und du wirst glücklich sein. Und den Nichtsnutz vergessen, der dir nichts hätte bieten können und der daher an die Spieltische der Londoner Gesellschaft zurückkehren wird, um dort Abend für Abend zu bangen, dass das Geld für eine bescheidene Unterkunft und ein karges Mahl ausreicht."

„Ach, Henry, das klingt furchtbar! Ich wünschte, es gäbe einen Weg, wie ich dir helfen könnte."

Wieder nahm er ihre Hände und küsste sie. „Du hast mir schon so viel geholfen, Penelope! Viel mehr, als ich dir je vergelten kann. Mach dir um mich keine Sorgen. Ich bin so ein Leben gewöhnt. Bevor ich in den Krieg gezogen bin, habe ich jahrelang auf diese Art mein Dasein finanziert."

„Du bleibst doch noch ein paar Tage auf Lancroft Abbey, nicht wahr?", fragte sie mit bangem Herzen. Seine Worte hatten so endgültig geklungen.

„Wenn ich darf, sehr gerne", hörte sie ihn sagen und atmete befreit auf. „Mein linker Arm macht mir doch noch sehr zu schaffen. Und ich bin noch etwas schwach. Ich würde gerne noch zuwarten, bis die Wunde besser verheilt ist."

„Du kannst so lange bleiben, wie du willst!", beeilte sie sich ihm zu versichern. „Frederica und Derryhill werde ich sagen, dass es Peter schlecht geht. Sie werden davon Abstand nehmen, dich aufsuchen zu wollen. Mir ist wichtig, dass du in Ruhe genesen kannst."

„Ich danke dir", sagte er. „Und mir ist es wiederum wichtig, dass du glücklich wirst! Versprichst du mir, dass du alles daransetzen wirst, glücklich zu sein?"

In diesem Augenblick hätte sie ihm alles versprochen.

„Ja, das verspreche ich dir!", gelobte sie feierlich.

Sie hoffte, er würde sie noch einmal, ein allerletztes Mal in die Arme ziehen. Henry Markfield machte auch Anstalten, es zu tun, doch zu Penelopes unendlicher Enttäuschung kam in diesem Augenblick Matthew um die Ecke. „Ach, hier stecken Sie, Leutnant Barnett!", rief er aus. „Ich habe schon gefürchtet, Sie seien verschwunden. Möchten Sie, dass ich Sie über die Hintertreppe auf Ihr Zimmer begleite?"

„Das wäre nett, Matthew, danke."

„Ach ja, und Lady Penelope, der Butler hat bereits vor Minuten den Gong geschlagen. Rosie wartet in Ihrem Zimmer auf Sie."

Henry Markfield verbeugte sich vor ihr. „Ich danke Ihnen für die Ausfahrt, Lady Penelope!", sagte er höflich.

Sie knickste und sagte, es sei ihr eine Freude gewesen.

Dann folgte Markfield Matthew durch eine Seitentür.

Penelope sah ihm nach. *Ein Kuss nur,* dachte sie sehnsüchtig. *Nur noch ein Kuss!* Das wäre so schön gewesen. Doch die Gelegenheit war vorüber.

Kapitel 29

„Mir scheint, unsere entzückende Penelope hat einen heimlichen Verehrer!", hielt es Lady Clarissa Harristowe für angebracht, dem Lunch die nötige Würze zu verleihen. „Nun erzähle uns doch, liebe Freundin, wer war denn der Mann, an dessen Seite du diese ... diese ... nein, Kutsche kann man das Ding beim besten Willen nicht nennen ... diesen Wagen gelenkt hast? Du hattest es ja besonders eilig, an uns vorbeizukommen. Wolltest du etwa, dass wir dich nicht bei etwas Unehrenhaftem ertappen?"

Lady Panswick legte die Rechte, die eben die Gabel zum Mund hatte führen wollen, ab und blickte erwartungsvoll zu ihrer Tochter hinüber. Clarissas Tante hielt für einen kurzen Augenblick erschrocken den Mund. Nur Jasper Sterling aß unbeeindruckt weiter.

Au weh, sie hat Henry und mich also tatsächlich gesehen, ging es Penelope durch den Kopf. Aufgeregt begann sie sich das Hirn zu zermartern, was sie jetzt am besten antworten sollte. Bisher hatte sie Clarissa gegenüber die Anwesenheit des vermeintlichen Cousins nicht erwähnt und Jasper Sterling gesagt, Peter sei zu schwach, um das Zimmer zu verlassen. Wie sollte sie jetzt die Ausfahrt an seiner Seite erklären?

„Das war doch bloß einer der Stallburschen", hörte sie Bertram sagen, der selenruhig zu einer weiteren Portion Gemüse griff, die ihm der Diener auf dem silbernen Tablett bereithielt. „Es besteht nicht der geringste Grund zur Sorge." Er wandte sich an seine Schwester. „Warst du bei Lady Stonesdale? Geht es ihr nach dem Sturz schon wieder besser?"

Penelope konnte sich nicht erinnern, ihrem Bruder je so dankbar gewesen zu sein. Er hatte wohl gesehen, dass es sich bei ihrem Begleiter um den Mann gehandelt hatte, den er für seinen Cousin Peter hielt. Wie überaus klug von ihm.

Lady Panswick nahm ihr Besteck wieder auf und begann in Ruhe weiterzuessen, ohne einen Kommentar abzugeben. Penelope war sich sicher, dass auch sie genau wusste, von wem die Rede gewesen war. Mutter war es gewesen, die sie überredet, ja geradezu gezwungen hatte, sich um Peter zu kümmern, darum konnte sie nun nichts dagegen einwenden, wenn sie ihn auf eine Ausfahrt mitnahm.

Die Tatsache, dass sich Penelope ohne Anstandsdame täglich im Zimmer eines unverheirateten Mannes aufhielt, würde Anlass für Gerüchte, ja sogar für einen Skandal sorgen. Zwischen den dreien herrschte daher die unausgesprochene Einigkeit, über die Anwesenheit des Verletzten kein Wort zu verlieren.

„Also, ich finde das schon sehr ungewöhnlich, wenn Sie mir die Bemerkung gestatten, ohne dass ich meine Grenzen überschreiten möchte", meldete sich nun die Tante der Herzogstochter zu Wort, „denn wir sind sehr eingenommen von Ihrer Gastfreundschaft, Lady Panswick. Das sind wir doch, Clarissa, nicht wahr? Da stimmst du mir gewiss zu."

„Tante Isobel, iss deinen Fisch", lautete der trockene Kommentar ihrer Nichte. Dann blickte sie zu Bertram hinüber und zwinkerte ihm verschwörerisch zu. Penelope, erschrokken über diese plumpe Abfuhr, fing diesen Blick auf. Sie sah, wie Bertram zu strahlen begann.

Ach Bruderherz, dachte sie, *gar so klug bist du nun wohl doch nicht.* Sie konnte nur inständig hoffen, dass all ihre Bedenken unrichtig waren und Bertram mit Clarissa glücklich wurde. Doch deren Anstandsdame tat ihr leid.

Dies allerdings nur kurz, wie sich gleich herausstellen sollte. Denn die ließ sich von den harschen Worten ihrer Nichte nicht entmutigen. „Eine junge Dame von Stand und gutem Haus und niemand hier an diesem Tisch hegt auch nur den geringsten Zweifel daran, dass es sich hierorts um ein gutes, nein, was sage ich, um ein erstklassiges Haus handelt, nicht wahr?" Sie blickte in die Runde, als würde sie ernsthaft eine Antwort erwarten.

„Würde es Ihnen etwas ausmachen, auf den Punkt zu kommen, wenn es denn schon sein muss?", forderte die Gastgeberin, die mit Menschen, die ihre Geduld strapazierten, sehr gern kurzen Prozess machte. Clarissa kicherte.

„Aber, selbstverständlich, Lady Panswick. Auf den Punkt. Ja also, ich finde, eine junge Lady sollte nicht kutschieren, während ein Bursche, der eigentlich für diese Tätigkeit zuständig wäre, faul danebensitzt und der Untätigkeit frönt. Das ist das, was ich sagen wollte, weiter nichts. Und es ist auch nur meine bescheidene Meinung, die natürlich keine allgemeine Gültigkeit besitzen muss."

„Sehr schön. Gut, dass wir dies nun wissen", antwortete Lady Panswick und faszinierte Penelope wieder einmal. Niemand konnte eine Abfuhr so gnadenlos in eine Zustimmung verpacken wie ihre Mutter.

„Heute Nachmittag werden meine Tochter Frederica und ihr Gemahl, der Earl of Derryhill, sowie dessen Mutter erwartet", wechselte die Gastgeberin das Thema. „Sie werden von zwei Londoner Gentlemen begleitet. Also wird das Dinner in einer größeren Runde stattfinden als bisher. Ich bin sicher, das wird ein besonders anregender Abend werden."

„Zwei Londoner Gentlemen?", wiederholte Jasper Sterling und es klang alarmiert.

Lady Panswick lächelte zufrieden.

„Ja, sicherlich. Für die unverheirateten und …", sie legte all ihre Betonung auf das nächste Wort „… unverlobten jungen Damen kann es auf unserem großen Ball, der übermorgen stattfinden wird, gar nicht genug passende Tanzpartner geben. Finden Sie nicht auch?"

„Ich würde heute Nachmittag gern mit Ihnen sprechen,

Lady Panswick, wenn es Ihre kostbare Zeit erlaubt. Unter vier Augen", bat Mr Sterling anstelle einer Antwort.

Das Lächeln im Gesicht der Gastgeberin vertiefte sich.

Seine Mutter blickte vom Teller auf, runzelte kurz die Stirn, sagte jedoch kein Wort.

Mutter ist offensichtlich höchst zufrieden mit sich, dachte Penelope, bevor ihr bewusst wurde, dass dieses Gespräch nur eines bedeuten konnte: Jasper Sterling würde, nach alter Väter Sitte, zuerst bei ihrer Mutter um ihre Hand anhalten, bevor er ihr den Antrag machte. Da sah sie Clarissas entgeistertes Gesicht. Kurz konnte sie sich keinen Reim darauf machen, aber dann ging ihr ein Licht auf. Die junge Lady hatte offensichtlich verstanden, was Mr Sterling mit ihrer Gastgeberin zu besprechen hatte. Natürlich war sie alles andere als erfreut darüber, dass Penelope vor ihr vor den Traualtar treten würde. Das hätte nämlich zur Folge, dass ihre eigene Hochzeit mit Bertram noch ein gutes Jahr warten musste. Zwei Hochzeiten in einem Jahr? Das würde der zweiten Braut doch viel von der Aufmerksamkeit stehlen, auf die gerade eine junge, verwöhnte Lady wie Clarissa Harristowe gesteigerten Wert legte. Penelope konnte sich ein Gefühl der Schadenfreude nicht verkneifen. Sie sah lächelnd zu Jasper Sterling hinüber. Dieser lächelte zurück. Penelope atmete befreit auf. *Ja, wir werden eine gute Ehe führen,* dachte sie und schob das unrasierte Gesicht mit den strahlend blauen Augen zur Seite, das sich wieder einmal höchst unpassend in ihre Gedanken gedrängt hatte.

Dann fing sie Bertrams zweifelnden Gesichtsausdruck auf. *Willst du das wirklich?,* schien er sie zu fragen. Sie beeilte sich, ihm zuzulächeln und dabei kaum merklich zu nicken.

Kapitel 30

Am Nachmittag galt es sich die Zeit zu vertreiben, bis die erwarteten Gäste eintrafen. Mr Sterling war schon vor geraumer Zeit mit Lady Panswick in deren Büro verschwunden. Penelope war so aufgeregt, dass sie am liebsten hinter der Tür gelauscht hätte. Wenn Frederica doch schon hier wäre! Die hätte keine Skrupel gehabt, ihr Ohr an die Wand zu drücken oder eine andere Möglichkeit zu finden, das Gespräch zu verfolgen. Sie jedoch konnte nichts anderes tun, als abzuwarten.

Bertram war vom Verwalter um ein Gespräch gebeten worden. Die beiden Anstandsdamen hatten sich, wie jeden Tag, nach dem Mittagessen auf ihre Zimmer zurückgezogen und am liebsten hätte sich Penelope auch auf ihr Schlafzimmer begeben, um dann von dort zu Henry Markfield weiterzuhuschen, doch dieser Idee schob Clarissa einen Riegel vor.

„Aber meine liebe, liebe Penelope!", flötete sie und hatte sich, kaum dass diese es sich versah, bei ihr untergehakt. „Schlafen können wir auch noch, wenn wir alt und grau sind. Ich möchte spazieren gehen und habe keine Lust, dies allein zu tun. Komm, zeig mir irgendetwas Schönes." Sie zog Penelope in die Eingangshalle hinaus.

„Stimmt es wirklich, dass du dich für Ziegen interessierst?"

„Ich interessiere mich für Schafe", antwortete Penelope, die sich ins Unvermeidlich fügte. „Wir haben keine Ziegen hier auf Lancroft Abbey. Und auch Lady Stonesdale, unsere liebe Nachbarin, hat ausschließlich Schafe auf ihrer Weide."

„Ziegen, Schafe, das macht doch keinen Unterschied! Es

sind doch alles nur stinkende, schmutzige Wesen, die man zwar essen kann, aber die eine wirkliche Lady nicht einmal erwähnen würde. Komm, lass uns über etwas Wichtigeres sprechen."

Sie hatten die große Haustür erreicht und Clarissa griff zu ihrem lachsfarbenen Sonnenschirmchen, das sie daneben an die Wand gelehnt hatte.

„Was hältst du von dem Gerücht, dass die Taillennaht unserer Kleider in Kürze wieder weiter nach unten rutschen soll?", erkundigte sie sich. „In London spricht man von nichts anderem mehr. Aber da frage ich wohl die Falsche. Wie sollst du denn das wissen? Du lebst ja weit ab vom Schuss."

Sie blieb vor der geschlossenen Tür stehen. Penelope, die sich nicht erklären konnte, aus welchem Grund, stellte sich schweigend daneben. Sie hatte nicht die geringste Lust, sich über Taillennähte zu unterhalten. Und fand Schafe bei Weitem wichtiger.

„Na, was ist? Warum stehen wir hier herum?", herrschte Clarissa sie von der Seite an. „Willst du mir nicht endlich die Tür öffnen? Wir wollen doch durch euren Park, oder sagen wir besser, euren etwas zu groß geratenen Garten, promenieren. Du wirst doch von einer Herzogstochter nicht erwarten, dass sie selbst die Türklinke in die Hand nimmt. So einfältig kannst nicht einmal du sein."

Armer Bertram war alles, was Penelope in diesem Augenblick einfiel. Sie suchte fieberhaft nach einer Antwort, doch es kam ihr nichts in den Sinn, was sie zufriedenstellte. Also führte sie den Befehl ohne Kommentar aus.

Die beiden jungen Damen gingen die ersten Schritte schweigend nebeneinander her. Clarissa hatte den bestickten Schirm aufgespannt, um ihren porzellanweißen Teint nicht der Gefahr auszusetzen, Farbe anzunehmen. Penelope warf ihr einen kurzen, kritischen Blick zu. Selbst sie musste zugeben, dass Clarissa ausgesprochen apart war. Ihr Tageskleid aus feinem, geblümten Musselin harmonierte perfekt mit dem Band, das in ihre dunklen Locken geflochten war und wiederum genau dieselbe Farbe hatte wie der Sonnenschirm.

„Hör sofort auf, mich zu mustern!", kam da auch schon der ungehaltene Kommentar aus dem kleinen, etwas schmalen Mund. „Selbst du müsstest wissen, dass sich das nicht gehört!"

„Warum bist du bloß so ekelhaft zu mir?" Ohne Nachdenken war dieser Satz aus Penelopes Mund entwischt. Sie selbst war darüber ebenso fassungslos wie ihre Begleiterin.

„Ich bin nie ekelhaft", stellte diese auch schon richtig und trug ihre Nase noch ein wenig höher. „Ich behandle dich so, wie es mir beliebt. Denkst du, es macht mir Spaß, wenn alle Welt dein Aussehen preist? Wenn alle sagen, du seist eine der Schönsten des Königreichs? Da war ich glücklich festzustellen, dass du in Wirklichkeit nichts als ein einfaches Landmädchen ohne Esprit bist. Ohne jeglichen Esprit, um genau zu sein."

Beinahe hätte Penelope laut aufgelacht. *Sie ist neidisch!*, schoss es ihr durch den Kopf. *Die Herzogstochter ist neidisch! Auf mich!* Penelope spürte, wie ihr eine Last von den Schultern genommen wurde. Mit Neid konnte sie viel besser leben als mit einer Feindseligkeit, die sie sich nicht erklären konnte.

Penelope entschied sich, ihrer Begleiterin den kleinen weißen Pavillon zu zeigen, den Papa nach dem Vorbild eines griechischen Tempels hatte errichten lassen. Er lag inmitten des sogenannten *Gelben Gartens,* dessen Blüten alle gelb waren, in voller Pracht standen und einen betörenden Duft verströmten. Die Herzogstochter ließ sich dazu herab, ab und zu ein „Nun ja, ganz hübsch!", manchmal sogar ein „Fast so schön wie bei uns!" von sich zu geben, und so verlief der Spaziergang nicht ganz so unerfreulich, wie Penelope befürchtet hatte. Sie hatten gerade den Weg zurück zum Vorplatz betreten, als das Geklapper vieler Hufe zu vernehmen war und das Knarren von Kutschenrädern ankündigte, dass die erwarteten Besucher dabei waren, ihr Ziel zu erreichen.

„Wie schön!", rief Penelope aus. „Sie sind gut angekommen! Beeilen wir uns, Clarissa, ich möchte dir Frederica, meine und Bertrams große Schwester, vorstellen. Ach, wie sehr ich mich freue!"

Aus einem Impuls heraus ergriff sie die Hand der anderen, um sie mit sich zu ziehen, doch diese wehrte sich empört.

„Ich sehe keine Veranlassung, fremden Menschen entgegenzueilen, als wäre ich eine gewöhnliche Schankdirne. Wir gehen angemessenen Schrittes, wie es sich für zwei Ladys unserer Gesellschaftsschicht geziemt." Um diese Worte zu untermauern, schlich sie besonders langsam weiter. Als einziges Zugeständnis an ihre Neugier hatte sie ihren Sonnenschirm zugeklappt, um besser sehen zu können.

„Aber sieh doch nur, die Kutschen stehen bereits am Vorplatz! Die blaue ist der Wagen der Derryhills, das sieht man auch am Wappen. Wem die dunkelgrüne Kutsche gehört, weiß ich nicht. Wahrscheinlich einem der Gentlemen, die sie begleiten. Und da fährt auch noch der Wagen der Dienerschaft vor. Nun komm schon, Clarissa, ich möchte meine Schwester in die Arme schließen. Und ich muss auch die beiden Herren in unserem Haus willkommen heißen!"

Als sich die andere nicht vom Fleck rührte, raffte Penelope den Rock ihres hellblauen Kleides und lief los. Jetzt, da sie die eleganten Kutschen sah, war sie besonders froh darüber, dass sie ihre neueste Errungenschaft angezogen hatte, bei deren Farbe die Schneiderin begeistert ausgerufen hatte, sie würde perfekt mit ihren strahlenden Augen harmonieren. Mama war der bevorstehende Ball unglaublich wichtig, sie wollte sicher, dass ihre Tochter bei den Londoner Gentlemen von Anfang an den besten Eindruck machte.

Penelope hatte schon fast den Vorplatz erreicht, als sie sah, wie Derryhill zuerst seiner Mutter und dann Frederica aus dem Wagen half. *Nun kann mich nichts mehr zurückhalten!* So dachte sie zumindest. Denn da legte sich der Griff eines lachsrosa Schirmchens unvermittelt um ihren linken Knöchel. Mit einem lauten, wenig damenhaften Aufschrei stürzte sie der Länge nach zu Boden. Und man konnte noch von Glück reden, dass sie nicht auf den bekiesten Gehweg fiel, sondern in die Wiese daneben.

Frederica hatte sich erschrocken umgedreht, als sie den Schrei gehört hatte, und stürzte nun herbei, um zu sehen, was ihrer Schwester passiert war.

„Lämmchen, um Himmels willen, was ist denn geschehen?“, fragte sie, als sie sie erreicht hatte. „Bist du gestolpert? Geht es dir gut?“

Penelope lag wie benommen im Gras. So viele Gedanken schossen ihr durch den Kopf und keiner davon war freundlich. Sie spürte den erdigen Boden unter ihrem Gesicht und hob den Kopf. Dann setzte sie sich auf und blickte an sich hinunter, immer noch unfähig zu sprechen. Vorsichtig betastete sie ihren Knöchel. Er tat weh, schien aber heil geblieben zu sein. Dann fuhr ihre Rechte instinktiv über eine der Wangen. Die Fingerkuppen färbten sich braun. *Du lieber Himmel,* dachte sie, *ich sehe sicherlich fürchterlich aus*! In die Wut auf die falsche Schlange, die sie zu Fall gebracht hatte, mischte sich das Gefühl von unendlicher Scham. Sicher waren auch die beiden Gentlemen längst aus der Kutsche gestiegen. Was würden die bloß von ihr denken?

„Ich weiß auch nicht, wie dieses schlimme, schlimme Missgeschick passieren konnte!“, hörte sie Clarissas Stimme neben sich. „Oh, Penelope, du armes, armes Mäuschen!“

Sie wandte sich an Frederica: „Sie müssen Lady Derryhill sein! Ihr Bruder Bertram hat schon so viel von Ihnen erzählt und ich bin ganz aufgeregt, dass ich nun endlich vor Ihnen stehen darf! Nachdem unsere liebe Penelope nicht in der Lage ist, diese Pflicht zu erfüllen, möchte ich mich gern selbst vorstellen. Mein Name ist Clarissa Harristowe.“ Sie versank in einen so tiefen Knicks, der auch eine Königin erfreut hätte.

In der Zwischenzeit hatte sich Penelope stöhnend erhoben und beeilte sich nun, Erdklumpen und Gräser von ihrem hellblauen Kleid zu entfernen. Frederica beachtete sie nicht, sie war damit beschäftigt, mit Clarissa einige Höflichkeiten auszutauschen. Nun kamen auch die drei Herren näher. Das war alles zu viel für Penelope. „Wenn ihr mich entschuldigen würdet …", brachte sie mühsam hervor und lief dann, so schnell sie ihre Beine tragen konnten, zum Haustor hinüber. Dort stieß sie auf Lady Derryhill, Fredericas Schwiegermutter. Am liebsten hätte sie in deren Armen Trost gesucht, doch sie wusste, dass sie nicht riskieren durfte, neben ihrem eigenen Kleid auch noch das Ihrer Ladyschaft zu beschmutzen.

Sie deutete einen Knicks an und sagte dann, bemüht, nicht in Tränen auszubrechen: „Sie verzeihen, wenn ich Sie erst später ausführlich begrüße, Lady Derryhill. Ich muss … Sie sehen ja … bitte verzeihen Sie mir!"

Die Ältere legte ihr beruhigend die Hand auf den Oberarm: „Geh ruhig, meine Liebe. Doch bedenke bitte eines: Es ist nichts geschehen, was nicht eine geschickte Zofe und ein Krug warmes Wasser wiedergutmachen könnten." Sie lächelte ihr aufmunternd zu und Penelope lächelte unter Tränen zurück. Ach, wenn nur alle Frauen so wären wie Lady Derryhill.

Penelope eilte weiter ins Haus und wäre in der Vorhalle um ein Haar mit ihrer Mutter zusammengestoßen. Diese war die Treppe heruntergeeilt, um die Gäste zu begrüßen. Als sie Penelope sah, verharrte sie im Schritt.

„Um Gottes willen, wie siehst du denn aus? Hast du dich etwa an einem so wichtigen Tag bei den Schafen herumgetrieben? Du bist von oben bis unten schmutzig! Geh und richte dich so zurecht, dass du deinem Bruder und diesem Haus keine Schande machst!"

Es war nur zu deutlich, dass ihre Mutter ernsthaft erbost war.

„Nein, ich war nicht bei den Schafen, ich ...", versuchte Penelope eine Erklärung, doch ihre Mutter winkte ab.

„Ich habe weder Zeit noch Lust, mir deine Entschuldigungen anzuhören. Du bist schmutzig, deine Haare stehen wild von deinem Kopf ab. Ich hätte dich für klüger gehalten."

„Clarissa hat mich zu Fall gebracht!" Penelope wollte, dass die wahre Schuldige bestraft wurde und nicht sie. Doch ihre Mutter machte ihr brüsk einen Strich durch die Rechnung.

„Verschone mich mit deinen Ausreden, Penelope, das ist deiner nicht würdig. Du bist eifersüchtig auf die Auserwählte deines Bruders, merkst du das nicht? Das mag verständlich sein, da Bertram dir sehr nahesteht. Doch es zeigt auch, wie wenig erwachsen du bist. Und nun hinauf mit dir in dein Zimmer. Wir wollen beten, dass Rosie es schafft, dich in kurzer Zeit wieder halbwegs respektabel herzurichten. Das wird keine einfache Aufgabe sein!"

Mit diesen Worten schob sie ihre Tochter zur Treppe.

„Ach, noch etwas. Ich wollte es dir eigentlich nicht sagen, aber ich denke, du hättest mich wohl ohnehin danach gefragt. Das Gespräch mit Mr Sterling ist nicht ganz so verlaufen, wie ich es mir gewünscht hätte. Er scheint zwar tatsächlich von dir eingenommen zu sein, konnte sich jedoch noch nicht zu einem Antrag durchringen. Daher werden beim Dinner die beiden Neuankömmlinge deine Tischherren sein. Sei um Himmels willen nicht bockig, Penelope, sondern zeige dich von deiner besten Seite. Ich werde Sterling euch gegenüber platzieren. Es sollte mich sehr wundern, wenn nicht drohende Rivalen um deine Gunst seiner Entschlussfreudigkeit auf die Sprünge helfen sollten."

Nach diesen energischen Worten, höchst zufrieden mit ihrem taktischen Geschick, trat sie ins Freie hinaus, um den Neuankömmlingen mit einem strahlenden Lächeln entgegenzueilen. Penelope blieb fassungslos und mit der Erkenntnis zurück: Es waren nicht alle Frauen wie Lady Derryhill.

Kapitel 31

Lady Panswick hatte die Tafel mit all den Erbstücken schmücken lassen, die Vitrinen und Schränke hergaben. Prunkvolle Tischaufsätze, die mit Obst und bunten Sommerblumen bestückt waren, zierten die Mitte des blütenweißen Tischtuchs und verdeckten dadurch den Blick auf die Gäste, die einem gegenübersaßen. Allein Penelopes Platz bot eine Ausnahme. Da hatte Ihre Ladyschaft wohlweislich dafür gesorgt, dass die Tischmitte ausgespart geblieben war und Mr Sterling, der ihr gegenübersaß, sie voll in seinem Blickfeld hatte. Zahllose Kerzen in Leuchtern aus feinem Silber tauchten die Tafel in warmes Licht. Die Kristallgläser fingen den Kerzenschein auf und spiegelten ihn in Tausenden Facetten wider. Die Damen trugen ihre vornehmsten Abendkleider aus Seide und Brüsseler Spitze. Die Herren glänzten mit eng sitzenden, dunklen Jacketts über weißen Hemdkragen, deren Höhe ihnen kaum die Möglichkeit gab, den Kopf zu drehen. Sie hatten die Halstücher so kunstvoll drapiert, dass es fast den Anschein hatte, es gäbe einen geheimen Wettkampf unter den Anwesenden, wer die Kunst des Halstuchknüpfens am besten beherrschte. Nadeln mit in Gold gefassten Edelsteinen zierten diese Kunstwerke. Und selbstverständlich hatten die Inhaber eines Titels ihre Siegelringe angelegt.

Auch im Untergeschoss der Diener hatte dieser Abend schon seit Tagen für Aufregung gesorgt. Die schweren Silbersachen, die sonst nie Verwendung fanden, mussten geputzt werden. Die festlichen Livreen der Diener waren in perfekten Zustand zu bringen und die Wangen der Köchin glühten vor

Begeisterung. Lady Panswick bevorzugte im Alltag einfache, ländliche Gerichte, die für sie schon lange keine Herausforderung mehr darstellten. Doch an diesem Abend konnte sie glänzen. Obwohl Ihre Herrin verständnisvoll gesagt hatte, es wäre nahezu unmöglich, verwöhnte Londoner Dandys und eine Herzogstochter zu beeindrucken, so war doch ihr Ehrgeiz geweckt. Und so konnten sich die illustren Gäste über Rebhühner mit frühen Wildkräutern freuen, die sie sicher noch nie so gut gegessen hatten.

Auch Penelope hatte sich mit ihrer Garderobe große Mühe gegeben. Auf Anraten ihrer Schwester trug sie das eisblaue Kleid, das Lady Derryhills französische Schneiderin bei ihrem Debüt in London angefertigt hatte. Mit der Perlenstickerei am Ausschnitt und an den Ärmeln sah sie hinreißend aus. Zur Abrundung dieses Bildes hatte ihr Frederica geholfen, ein Band in der gleichen Farbe um die hochgesteckten blonden Locken zu binden.

„Meinst du, dieses Erscheinungsbild lässt die Herren vergessen, dass sie mich vor wenigen Stunden im Schlamm haben liegen sehen?", fragte sie etwas unsicher.

Als gute Schwester zerstreute Frederica ihre Bedenken sofort: „Glaub mir, sie werden so entzückt sein, wenn sie dich sehen, dass sie an nichts anderes mehr denken können."

Darauf umarmten sich die beiden Schwestern und küssten sich auf die Wange. Es war einfach so schön, endlich wieder zusammen zu sein! Und wie viel sie sich zu erzählen hatten! Frederica hatte Zahlreiches erlebt und konnte alles so lebhaft schildern. So vergingen die Stunden bis zum Abendessen wie im Flug und Penelope fand keine Gelegenheit mehr, bei Henry Markfield vorbeizuschauen. Dabei hätte sie ihm so gern von Clarissas Gemeinheit erzählt, wohl wissend, dass er ihr Glauben schenken würde. Ganz im Gegensatz zu ihrer Schwester.

„Also, Penelope, das kann ich einfach nicht glauben!"

Frederica schüttelte den Kopf. „Ich habe Clarissa doch kennengelernt. Sie ist so freundlich und gibt mir das Gefühl, als wären wir bereits die Schwestern, die wir nach Bertrams Vermählung sein werden. Auch Mama scheint sehr von ihr eingenommen zu sein und, das will etwas heißen. Und der liebe Bertram sowieso. Warum also sollte sie bei dir eine Ausnahme machen?"

Penelope zuckte zuerst ratlos mit den Schultern, bis ihr die Worte ihrer Mutter einfielen: „Sie will mich aus dem Haus haben. Damit keine unverheiratete Schwester das junge Glück stört!", sagte sie dann und es klang selbst in ihren Ohren ungewohnt bitter.

Es gab ihr einen kleinen Stich, aber es wunderte sie nicht wirklich, dass Frederica lachend den Kopf in den Nacken warf. „Also wirklich, Lämmchen, ist das nicht doch ein wenig zu melodramatisch? Mir scheint, die Anwesenheit eines Poeten bringt dich auf dumme Gedanken!" Sie hatte ihr zuerst kameradschaftlich in die Seite geboxt, bevor sie ihr den Arm reichte, um sich an ihrer Seite zum Dinner zu begeben.

Penelope hatte hin und her überlegt, ob sie Frederica in die Tatsache einweihen sollte, dass Henrys Markfield auf Lancroft Abbey weilte. Freddy konnte sie immer vertrauen. Das wusste sie. Doch sie wusste nicht, wie es denn in Ehen üblich war. Erzählten Eheleute einander alles? Derryhill hatte Markfield verboten, in Penelopes Nähe zu kommen, daher durfte er von seiner Anwesenheit keinesfalls erfahren. Also schwieg sie lieber und bewunderte Fredericas Kreation aus grünem Taft. Als verheiratete Frau war deren Schmuck natürlich deutlich opulenter als ihr eigener. Derryhill war nicht nur von hohem Adel, sondern auch von beträchtlichem Vermögen, und so zierten nun funkelnde Smaragde Hals und Ohren seiner Gattin.

An diesem Abend war der Ehrenplatz an der Seite des Hausherrn nicht Miss Harristowe, sondern Lady Derryhill vorbehalten. Zu Beginn des Dinners hatte Penelope beobachtet, wie Clarissa Bertram mit so sehnsüchtigen Blicken bedachte, dass es diesem sichtlich schwerfiel, sich auf seine Tischdame zu konzentrieren. Als ihn Lady Derryhill jedoch bald in eine amüsante Unterhaltung verstrickte, verzog die verwöhnte Herzogstochter unwillig den Mund und verhehlte nicht, sich zu langweilen.

Heute Abend geht es zur Abwechslung einmal nicht nach deinem Willen, dachte Penelope, die diese Tatsache genoss. Sie freute sich darauf, Henry auch davon zu erzählen. Es tat so gut, dass er im Haus war! Es war so schön, dass sie jemanden hatte, mit dem sie ihre Erlebnisse und Gedanken teilen konnte.

Schnell konzentrierte sie sich wieder auf ihre Unterhaltung mit ihrem eigenen Tischherrn, Mr Angram. Und als sie eine weitere halbe Stunde wieder zu Clarissa hinübersah, da sah sie sie, sehr zu ihrem Missfallen, mit Mr Sterling flirten. Penelopes gute Laune verflüchtigte sich schlagartig. Mr Sterling war *ihr* Verehrer! Wie kam die überhebliche, dumme Pute dazu, ihn ihr abspenstig machen zu wollen? Das war wieder so typisch für Clarissa! Die hatte doch überhaupt kein Interesse an ihm. Warum sollte sie sich mit dem Bruder eines Titelträgers begnügen, wenn doch ein Viscount längst an ihrem Angelhaken hing? Wollte sie Bertram dafür bestrafen, dass er seinen Gastgeberpflichten nachkam? Oder waren ihre Pfeile wieder einmal gegen seine gerichtet?

Da bemerkte Penelope, dass Jasper Sterling ihr über den Tisch hinweg zuzwinkerte und ihre Laune stieg wieder rapide an. Mutter hatte es vorausgesehen! *Anscheinend sind* Männer wie Hunde, ging es ihr durch den Kopf. Man musste ihnen nur den Knochen, den sie nicht mehr beachteten, ein Stück wegrücken, und schon stürzten sie sich wieder darauf. Am liebsten hätte sie bei dieser Erkenntnis laut aufgelacht. Sie war Mr Sterlings Knochen und er zog sie der Herzogstochter vor! Was Henry wohl dazu sagen wird?

Sie blickte nun auch strahlend zu Mr Sterling hinüber, der offen zurücklächelte. Penelopes Herz machte einen kleinen Luftsprung vor Freude. Vielleicht auch deshalb, weil sie aus dem Augenwinkel wahrnahm, dass Clarissa, alles andere als amüsiert, wieder einmal unwillig das Gesicht verzog. Wie sich jedoch schnell herausstellte, war die Herzogstochter viel zu selbstbewusst und gewitzt, um sich lange zu langweilen. Sie beugte sich kurzerhand nach vorne und schob das Tischgesteck so zur Seite, dass sich Penelope und Mr Sperling nicht mehr zulächeln konnten. Sie hingegen hatte freien Blick auf Mr Balmore, der ihr gegenübersaß.

„Was haben Sie bei Ihrem Aufenthalt in London besonders genossen?", hörte Penelope die angenehm dunkle Stimme zu ihrer Linken. Oh Gott, sie hatte Mr Angram in den letzten Minuten sträflich vernachlässigt! Dabei hatte ihr Frederica ausdrücklich aufgetragen, nett zu ihm zu sein. Mr Angram war ein Kriegsheld, der sich nach langer Abwesenheit bemühte, wieder in England Fuß zu fassen. Freddy meinte, sie könnte ihm dabei helfen. Natürlich half Penelope gern, das wusste ihre Schwester genau, und daher erahnte sie auch Freddys Hintergedanken. Anscheinend hatte es auch ihre Schwester eilig, sie unter die Haube zu bringen.

Penelope beeilte sich, sich wieder ihrem Tischherrn zuzuwenden und ihn freundlich anzulächeln. „Lieben Sie denn unsere Hauptstadt, Mr Angram?", fragte sie anstelle einer Antwort. *Ich benehme mich schon wie Mr Sterling,* schoss es ihr durch den Kopf. Der hatte auch die Angewohnheit, jede Frage mit einer Gegenfrage zu beantworten. Wahrscheinlich, um auszuloten, was der andere am liebsten hören wollte. Dieser Gedanke war kaum zu Ende gedacht, da erschrak sie auch schon darüber. Wie kam sie nur auf einmal dazu, den jungen Mann mit so kritischen Augen zu betrachten? Er war ein kluger, feinfühliger Gentleman. Sollte sie ihn da nicht in Gedanken dafür loben, dass es ihm offensichtlich wichtig war, andere nicht vor den Kopf zu stoßen? Das war ehrenhaft und nichts, wofür sie die Berechtigung hatte, ihn zu schelten.

„... was nicht so ganz meinem Naturell entspricht, wenn ich der Wahrheit die Ehre geben darf", hörte sie da Mr Angram sagen. „Wie sieht es denn diesbezüglich bei Ihnen aus?"

Wie sieht es diesbezüglich bei mir aus? Penelope spürte, wie ihre Wangen erröteten. Sie hatte den Ausführungen ihres Tischherrn wieder nicht zugehört. Ihn zu bitten, seine Worte zu wiederholen, kam ihr doch sehr unhöflich vor. Also hoffte sie, mit der Antwort in etwa seine Frage zu treffen und gestand, dass sie dem Leben in der Großstadt nicht viel abgewinnen könne. Dass sie das stille Landleben den vornehmen Bällen und rauschenden Festen vorzog.

Das wiederum fand er, wenn auch ungewöhnlich für eine junge Lady, doch sehr erfreulich und sie unterhielten sich, während die nächsten Gänge serviert wurden, über die unzähligen Vorzüge des Landlebens und stellten fest, dass sie beide schnelle Ausritte liebten. Angram hatte einige amüsante Geschichten parat, die sie zum Lachen brachten, und sie hörte seiner angenehm tiefen Stimme gerne zu. Sie hätte die Unterhaltung noch viel mehr genossen, hätte sich in ihren Gedanken nicht ständig Lady Stonesdales Stimme zu Wort gemeldet. „Lass dich nicht verkuppeln!", hörte sie sie sagen.

Mr Angram war inzwischen bei einem anderen Thema angelangt: „Wenn Sie eine so schneidige Reiterin sind, liebe Lady Penelope, dann müssen Ihre verehrte Mutter und Sie mich im Herbst unbedingt auf meinen Landsitz besuchen. Falls Sie es für unschicklich halten, in einem Junggesellenhaushalt zu Gast zu sein, so darf ich Ihre Bedenken zerstreuen. Ich werde meine Tante bitten, als Gastgeberin zu fungieren. Wir veranstalten in der letzten Oktoberwoche die traditionelle Angram-Treibjagd ..."

Er schilderte voll Begeisterung alle Einzelheiten dieses großen Ereignisses, das für ihn den Höhepunkt eines jeden

Jahres darstellte. Penelope wandte ihm ihr Gesicht zu und nickte mechanisch zu seinen Worten, doch für sie hatte seine Stimme jeden melodischen oder gar warmen Klang verloren. Lady Stonesdale hatte gesiegt. Treibjagd? Also wirklich! Mit diesem Mann würde sie sich mit Sicherheit nicht verkuppeln lassen! Wie kam Frederica dazu, es überhaupt zu versuchen? Wahrscheinlich wusste sie nichts von Mr Angrams Vorliebe, arme Tiere zu Tode zu hetzen.

Zu ihrem Glück brachte Mr Angram die Unterhaltung schließlich auf Zeus, seine Bracke, die für diese Art der Jagd ausgebildet worden war, und Penelope konnte die Gelegenheit nutzen, um das Thema auf Hunde im Allgemeinen zu bringen. Sie waren sich schnell einig, dass ein treuer Hund ein besserer Freund als jeder Mensch sein konnte, und Penelope bedauerte insgeheim, wie schon oft zuvor, die Entscheidung ihrer Mutter, keinen Hund im Haus zu dulden. Man einigte sich auch darauf, welche Rassen am geeignetsten waren, um Herden von Schafen und Kühen im Zaun zu halten, und spätestens als Mr Angram erwähnte, dass er King Charles Spaniel nicht ausstehen konnte, weil er sie für überzüchtet und schlecht zu erziehen hielt, hatte er wieder etwas von ihrer Sympathie zurückgewonnen. Dass ein Hund dieser Rasse der Anfang dafür gewesen war, ihr das Debüt in der Hauptstadt zu verleiden, wollte sie ihm dennoch nicht gestehen.

Kapitel 32

Lady Panswick blickte zufrieden in die Runde und erhob sich dann zum Zeichen dafür, dass das Dinner beendet war. Sofort folgten alle Anwesenden ihrem Beispiel. Die Herren verneigten sich formvollendet und warteten, bis die Damen das Speisezimmer verlassen hatten. Dann wurde von flinken Händen das Geschirr beseitigt und eine Vielzahl an Gläsern aufgedeckt. Shipton, der Butler, schob Bertram den Wagen mit den feinsten Portweinen in Reichweite. Dieser genoss seine neue Rolle sichtlich. Er war zwar der bei Weitem Jüngste im Raum, doch er war der Gastgeber. Und er wusste diese Aufgabe mit Bravour zu meistern, um seinen Ahnen auf Lancroft Abbey keine Schande zu bereiten.

Die Herren hatten es sich in der Zwischenzeit im Speisezimmer gemütlich gemacht. Shipton klappte das verzierte Holzkästchen auf und reichte es im Kreis herum. Manch einer griff dankend zu den angebotenen Zigarren. Bertram war versucht, es ihnen gleichzutun, ließ es dann aber doch lieber bleiben. Sein letzter Versuch zu rauchen hatte in einem minutenlangen Hustenanfall gemündet. Es stand ihm nicht der Sinn danach, sich an diesem Abend bis auf die Knochen zu blamieren und von den Älteren dafür sarkastische Bemerkungen einstecken zu müssen. Mr Angram griff zu seiner emaillierten Schnupftabakdose, öffnete sie gekonnt mit dem linken Daumennagel und nahm eine Prise.

Wie Bertram zählte auch Lord Derryhill zu den Herren, die die Zigarre ausschlugen. Und wie dieser hatte auch er allen Grund, zufrieden zu sein. Frederica hatte mit der Auswahl eines möglichen Gatten für Penelope anscheinend aus dem Stand ins Schwarze getroffen. Seine Schwägerin hatte sich den ganzen Abend sehr angeregt mit Angram unterhalten. Er hatte sie sogar einmal lachen und ihn einmal schmunzeln gesehen. Wenn das kein höchst erfreulicher Beginn der Bekanntschaft war! Was für ein kluger Schachzug seiner Schwiegermutter, die beiden bei Tisch nebeneinander zu platzieren. Dabei schien sie doch eher diesen Mr Sterling zu favorisieren. Also, für seinen Geschmack war der Mann zu konturlos und langweilig. Und von Gedichten allein ließ sich auf die Dauer auch keine ordentliche Konversation aufrechterhalten. Derryhill lehnte sich auf seinem Stuhl zurück, schlug ein Bein über das andere und beobachtete die beiden Herren ihm gegenüber. Der unsägliche Balmore hatte Sterling in eine Unterhaltung über Londoner Theater verwickelt. Anscheinend hatten es ihm nicht nur das Aussehen, sondern auch das freizügige Wesen zweier junger, besonders hübscher Schauspielerinnen angetan.

„Diese Rundungen, ich schwöre Ihnen, mein Freund, solche Rundungen haben Sie noch nie zu Gesicht bekommen!" Er legte die Zigarre auf einen der Dessertteller, die Shipton bereitgestellt hatte für den Fall, dass einer der Gäste zum mit kandierten Veilchen verzierten Konfekt greifen wollte, das eines der Küchenmädchen in stundenlanger Arbeit mit viel Liebe hergestellt hatte. Balmore würdigte die kleinen Kunstwerke keines Blickes, sondern begann die hochgelobten Rundungen mit seinen Händen in der Luft nachzuzeichnen.

Dabei röteten sich die Wangen und die Augen schienen vor Begierde aus den Höhlen zu treten.

So ein widerlicher Zeitgenosse, fuhr es Derryhill durch den Kopf, der nicht die geringste Lust verspürte, sich die lüsterne Visage auch nur einen Augenblick länger anzusehen. Sollte Penelope je auf die Idee verfallen, ein Auge auf diesen Mann zu werfen, er würde das lauteste aller Vetos einlegen.

Balmore war als Ehegatte ganz und gar ungeeignet – und mochte er sich noch so gute Chancen ausrechnen, dereinst einmal die Earlskrone zu erben.

Derryhills Blick fixierte nun Jasper Sterling, der Balmores üppigen und farbenprächtigen Ausführungen mehr oder weniger schweigend zuhörte. Er musste Sterling zugutehalten, dass er Balmore mit keinem Wort ermunterte, ihm all diese Details aufzutischen. Er hinderte ihn jedoch auch nicht daran.

„Ich habe ein Gedicht über das Gesicht von Miss Charlotte Rosefield verfasst, deren Liebreiz mich in Shakespeares Sommernachtstraum begeisterte", hörte er ihn da sagen. „Wollen Sie es hören?"

Sterling begann in der Brusttasche seines Fracks nach etwas zu suchen, bevor er ausrief: „Ach, zu dumm, ich vergaß! Ich trage ja Abendkleidung. Ich muss Sie auf morgen vertrösten, lieber Freund."

„Sind Sie verrückt geworden?", fragte der liebe Freund da auch schon unverblümt und Derryhill konnte sich nur mit Mühe zurückhalten, um nicht laut aufzulachen. Balmore war offensichtlich kein Freund der Lyrik. „Was soll mich denn ein Gedicht interessieren? Ich muss schon sehr bitten! Ich will die süßen Früchtchen auf dem Teller, nicht auf Papier, wenn Sie wissen, was ich meine."

Sterling schüttelte den Kopf: „Ich fürchte, ich kann Ihnen nicht folgen", sagte er da auch schon. „Klären Sie mich auf!"

Balmore ließ ein lautes, quiekendes Lachen hören. „Sie bitten mich, Sie aufzuklären?" Er klopfte dem fassungslosen Sterling auf den Oberschenkel. „Sie haben es ja faustdick hinter den Ohren!"

Derryhill schüttelte den Kopf und gesellte er sich zu Bertram und Mr Angram, die in der Zwischenzeit auf der kleinen Sitzecke neben dem Kamin Platz genommen hatten, jeder ein Glas Portwein in der Hand. Er kam gerade zur rechten Zeit, als Angram über Penelope sprach.

„Ihre Schwester ist eine bemerkenswerte junge Lady, Panswick. Nicht nur von atemberaubender äußerer Schönheit, sondern auch mit einer schönen Seele ausgestattet, wie mir scheint."

Bertram hatte am Nachmittag ein längeres Gespräch mit seiner ältesten Schwester gehabt und wusste Bescheid, was man von ihm erwartete. Nämlich Penelope in den höchsten Tönen zu loben. Angram schien ein tüchtiger Mann zu sein, der mit beiden Beinen im Leben stand. Er gefiel ihm besser als dieser Dichterling, den Mama für sie ausgesucht hatte. Wenn es nach ihm ging, dann war Angram als potenzieller Heiratskandidat bei Weitem vorzuziehen. Bertram war allerdings realistisch genug, um zu wissen, dass es bei der Partnerwahl für seine Schwestern nicht nach ihm ging. Das machten die starken Frauen unter sich aus. Familienoberhaupt hin oder her.

Fredericas Wunsch gemäß begann er Penelopes Vorzüge herauszustreichen. Sprach von ihrer Liebe zu Pferden, Katzen und Schafen. Und davon, wie oft sie durch ihr großes Wissen in der Heilkunst ein verletztes Tier vor dem sicheren Tod gerettet hatte.

Derryhill hörte ihm mit einem warmen Gefühl im Herzen zu. Es war schön mitzuerleben, mit welcher Inbrunst der junge Bruder den Plan der ältesten Schwester in die Tat umsetzte. Er selbst war ein Einzelkind. Da seine Mutter kaum sechzehn Jahre älter war als er und sie beide eine innige Zuneigung verband, hatte er weder einen Bruder noch eine Schwester je vermisst. Und doch gefiel es ihm, mit welch großer Liebe sich die Barnett-Geschwister begegneten. Er war sich sicher, dass sie alles füreinander tun würden.

„Bist du nicht auch der Meinung, dass Penelope eine bemerkenswerte junge Lady ist, die ihresgleichen sucht, Derryhill?", zog ihn sein Schwager mit vor Begeisterung glühenden Wangen ins Gespräch.

„Absolut!", war das Einzige, was er darauf antwortete.

Er wollte nicht auch noch in die Lobeshymnen einstimmen. Angram könnte sonst glatt annehmen, man preise Penelope wie sauren Wein an. Da erschien es ihm vernünftiger, sich zurückzuhalten.

Bertram hingegen war nun nicht mehr zu bremsen: „Und es sind nicht nur Tiere, die Penelope gesund machen kann. Peter, mein Cousin, ist hierfür der beste Beweis. Man hat ihn schwer verletzt aufgefunden. Er diente wie Sie auf dem Kontinent, müssen Sie wissen, und hat es gerade noch bis vor unsere Schwelle geschafft. Die Verletzungen an seinem linken Arm schienen so gravierend zu sein, dass an eine Amputation gedacht werden musste. Doch Penelope gelang es, den Arm zu retten. Ist das nicht großartig?"

Ach ja richtig, dachte Derryhill, *der Cousin!* Lady Panswick hatte ihn über dessen Anwesenheit informiert. Anscheinend ging es ihm gesundheitlich so schlecht, dass Besuche nicht ratsam erschienen. Sonst hätte er natürlich der Höflichkeit genüge getan und sich mit ihm bekannt gemacht. Auch wenn er nicht gerade mit großer Begeisterung der Tatsache ins Auge sah, dass hier ein weiteres Familienmitglied zu sein schien, dem er über kurz oder lang finanziell würde unter die Arme greifen müssen. Er hatte Zeit. Das Kennenlernen musste ja nicht bei diesem Aufenthalt auf Lancroft Abbey stattfinden. Der Cousin würde so schnell nicht wieder das Weite suchen, da war er sich mit seiner Schwiegermutter einig.

Also wandte Derryhill seine Aufmerksamkeit wieder den beiden zu, gespannt, was Angram zu Bertrams Ausführungen sagen würde. Hoffentlich hatte der junge Gastgeber mit dieser enthusiastischen Schilderung von Penelopes Fähigkeiten nicht dazu beigetragen, ihre Chancen auf einen Heiratsantrag zu verringern. Eine junge Lady hatte hübsch zu sein und tugendhaft. Tüchtigkeit war nicht die Eigenschaft, die sich die meisten Gentlemen des Hochadels für ihre Auserwählten wünschten.

Doch Angram schien damit kein Problem zu haben. Im

Gegenteil, er hatte ganz offensichtlich großes Interesse an dem, was Bertram soeben erzählt hatte. Doch galt dieses Interesse, wie Derryhill umgehend feststellen musste, ganz offensichtlich nicht seiner Schwägerin.

„Peter?", wiederholte er. „Peter Barnett ist Ihr Cousin? Leutnant Peter Barnett ist hier? Hier in diesem Haus?"

Bertram wusste offensichtlich nicht, worauf diese Frage hinauslief, aber er nickte begeistert.

Dann herrschte Stille bei den dreien. Mr Balmores schmutziges Lachen war das Einzige, was man hörte.

„Derryhill, auf ein Wort!" Angram hatte sich vorgebeugt und bemühte sich nun, diese Worte dem Earl ins Ohr zu flüstern, ohne dass die anderen davon Wind bekamen.

Dieser konnte sich naturgemäß keinen Reim darauf machen. Doch Angram war ein ernster, seriöser Gentleman. Wenn er ihm etwas zu sagen hatte, dann war es sicher wert, ihm die gewünschte Aufmerksamkeit zu schenken. Also klatschte er in die Hände, um sich Gehör zu verschaffen: „Meine Herren, ich denke, Sie können es sicher kaum mehr erwarten, sich den Ladys wieder anzuschließen. Darum schlage ich vor, dass Sie dies nun tun. Und informieren Sie die Damen bitte, dass wir in Kürze folgen werden."

Das ließen sich die anderen nicht zwei Mal sagen. Sie erhoben sich und Mr Balmore dämpfte seine Zigarre auf dem Dessertteller aus. Derryhill entging natürlich nicht, dass Bertram als Erster die weiße Flügeltür erreicht hatte. Ganz offensichtlich konnte er es nicht erwarten, endlich wieder an die Seite seiner Angebeteten zu kommen. Er konnte ihn gut verstehen. Clarissa Harristowe schien nicht nur eine sehr hübsche, sondern auch freundliche und amüsante junge Dame zu sein. Und dennoch zögerte er keine Sekunde, Lord Panswick zurückzuhalten. Mr Angrams Information betraf allem Anschein nach Bertrams Cousin. Daher war sie für seinen Schwager mindestens ebenso interessant wie für ihn selbst. Oder, wenn er ehrlich zu sich war, um einiges interessanter. Denn ihm war der fremde Vetter nicht das geringste Anliegen.

„Bertram, du bleibst bitte!", beeilte er sich daher zu sagen.

Sein Schwager drehte sich auf dem Absatz um. Seine Miene glich der eines enttäuschten Schuljungen. Derryhill musste sich sehr beherrschen, um nicht laut aufzulachen.

Kapitel 33

„Karo ist Trumpf!“, erklärte Lady Panswick energisch. Es war an ihr gewesen, die Karten für diese Runde auszuteilen, und sie legte nun die letzte offen auf den Tisch, um ihre Aussage zu untermauern.

Penelope sah auf das Blatt in ihren Händen und hätte dreifachen Grund zu einem tiefen Seufzen gehabt. Zum einen fand sie die Partie Whist, die sie mit Clarissas Tante Isobel als Partnerin gegen ihre Mutter und Lady Derryhill führte, unglaublich langweilig. Zum zweiten befand sich außer der Neun kein einziges Karo in ihrer Hand und zum dritten war es nun wohl endgültig zu spät, um an diesem Abend noch bei Henry vorbeizusehen.

Als sie nach dem Dinner das Wohnzimmer erreicht hatten, da hätte sie sich am liebsten davongeschlichen. Doch natürlich war daran nicht zu denken. Mama schlug den anderen Ladys eine Partie Whist vor. Diese Idee wurde von der einen mit einem freudigen Nicken und von der anderen mit plappernder Begeisterung begrüßt. Da sich weder Lady Titchwell noch Clarissa etwas aus Karten machten, blieb Penelope die Auswahl, sich mit der Herzogstochter zu unterhalten, Lady Titchwell beim Sticken zuzusehen oder bei den älteren Damen am Spieltisch Platz zu nehmen. Mit schlechtem Gewissen hatte sie zu Frederica hinübergesehen, die sich mit Clarissa unterhalten musste. Wie sich im Laufe des weiteren Abends herausstellte, war das schlechte Gewissen nicht notwendig gewesen. Sie selbst langweilte sich zwar, doch ihre Schwester schien das Gespräch zu genießen. Man hörte sie immer wieder amüsiert auflachen. Anscheinend hatte Clarissa beschlossen, die junge Countess für sich zu gewinnen. Penelope knirschte mit den Zähnen. Das war doch wirklich zu arg! Bertram und sogar Mama hatte sie schon erfolgreich umgarnt. *Wenn es ihr jetzt auch noch gelingt, einen Keil zwischen meine Schwester und mich zu treiben,* dachte sie und ballte in Gedanken die Fäuste, *dann schleife ich sie eigenhändig an den Haaren aus dem Haus.*

Dieser Gedanke heiterte sie ein wenig auf. Und doch konnte sie es kaum erwarten, bis sich die Herren endlich wieder zu ihnen gesellten und sie vom Spieltisch erlöst werden würde.

Wie gerufen ging in diesem Augenblick die Tür auf und Mr Sterling trat ein. Ihm auf den Fersen folgte Mr Balmore, mit dem sie bisher kaum mehr als zwei Worte gewechselt hatte. Vielleicht sollte sie die Gelegenheit nutzen und das nun nachholen? Sie war sicher, dass sich Derryhill etwas dabei gedacht hatte, als er ihn zum Ball einlud. Wo blieben Bertram und die beiden anderen?

Die Kartenrunde war eben zu Ende. Durch ihre Unkonzentriertheit war ihr am Schluss noch ein dummer Fehler unterlaufen und Mama und Lady Derryhill gingen als Siegerinnen hervor.

Penelope beschloss, diese Chance beim Schopf zu ergreifen.

„Du erlaubst, dass ich mich zu den anderen begebe, Mama?“, fragte sie und erhob sich. Sofort war Jasper Sterling an ihrer Seite und half ihr, den Sessel nach hinten zu schieben.

Lady Panswick hatte offensichtlich noch keine Lust, das Kartenspiel zu beenden. Sie spielte gern und hatte viel zu selten die Gelegenheit dazu. Bevor sie jedoch noch protestieren konnte, ergriff Clarissas Tante das Wort: „Ja, gehen Sie, meine Teure, gehen Sie! Mit Ihnen ist ohnehin kein Staat zu machen.

Ich habe selten eine Partnerin gehabt, die so schlecht gespielt hat wie Sie. Ich hoffe, dass Sie mir die Freiheit meiner Worte verzeihen. Ich bin eine durch und durch ehrliche Haut und Sie spielen grässlich, meine Liebe. Absolut grässlich. Also gehen Sie!" Sie machte eine Handbewegung, als würde sie Penelope wie ein Huhn verscheuchen wollen. „Wir versuchen es mit diesem jungen Mann!" Ihr ausgestreckter rechter Zeigefinger wies auf Sterling. „Wer immer Sie sind, nehmen Sie Platz. Schlechter spielen als die kleine Barnett können Sie nicht. Ich bin mit dem Austeilen der Karten dran. Auf zur neuen Runde!"

Sterling warf Penelope einen entschuldigenden Blick zu. *Mir bleibt nichts anderes übrig, als diesem Befehl zu folgen,* schien dieser Blick zu sagen. Also nickte sie und ging zu Frederica hinüber. Sie war sich sicher, dass sich Derryhill, hätte Clarissas Tante ihn so unverblümt zu einer Kartenpartie vergattert, sehr wohl zu helfen gewusst hätte. Und Henry Markfield erst recht.

„Penelope, spielst du uns etwas auf dem Spinett vor?", hörte sie ihre Schwester fragen.

Auch das noch! Sie hatte nicht die geringste Lust mitzuerleben, wie die verwöhnte Herzogstochter die Nase rümpfte. Doch diese schien weit davon entfernt zu sein, das tun zu wollen.

„Was für eine fabelhafte Idee, liebe Frederica!", rief sie aus und klatschte begeistert in die Hände. „Und ich begleite sie mit meinem Gesang. Man sagt, ich habe eine leidlich gute Stimme." Sie strahlte zuerst die junge Lady Derryhill und dann den zweiten männlichen Gast an. „Was ist mit Ihnen, Mr Balmore? Haben Sie Lust, mit mir gemeinsam zu singen?"

Mr Balmore verneigte sich, legte die Rechte an sein Herz und beteuerte, er habe große Lust, mit Lady Harristowe etwas gemeinsam zu machen. Was immer sie sich wünschte.

Während Frederica, der die Zweideutigkeit dieser Worte durchaus bewusst war, konsterniert eine Augenbraue hob, erklärte die Herzogstochter begeistert, nun sei alles abgemacht. Sie hängte sich bei Balmore ein und ging mit ihm zum Spinett hinüber, an dem Penelope bereits Platz genommen hatte. Clarissa und ihr Begleiter beugten sich einmütig über das Liederbuch, das sie ihnen reichte. Unter Gekicher und neckischem Gezänk einigten sich die beiden auf das erste Lied und Penelope griff in die Tasten. Am Anfang war sie etwas unsicher und verspielte sich zwei Mal. Doch als die beiden munter weitersangen, gewann auch sie an Sicherheit und so verging die nächste Stunde mit fröhlicher Musik. Und wohlwollendem Applaus der anderen Anwesenden.

Kapitel 34

„Also, Angram, heraus mit der Sprache. Was haben Sie uns über Leutnant Barnett mitzuteilen, das die beiden nicht hören durften?“ Lord Derryhill kam zum Punkt, kaum hatte sich die Tür hinter Sterling und Balmore geschlossen.

Bertram nahm auf der Armlehne des Sessels Angram gegenüber Platz. „Ja, was ist mit Cousin Peter?“, fragte er und es klang alarmiert.

Angram hatte offensichtlich nicht vor, sich drängen zu lassen. Er starrte auf die geschlossenen Vorhänge, als könne er durch sie ins Freie blicken und dort die richtigen Worte finden. Schließlich, als Derryhill sich schon ungeduldig fragte, ob er Angram daran erinnern sollte, dass er noch immer auf eine Antwort wartete, klopfte er mit beiden Händen auf seine Oberschenkel und sagte frei heraus: „Ihr Verwandter Peter Barnett ist tot. Und, falls das wider Erwarten nicht der Fall sein sollte, dann gehört er vor das königliche Kriegsgericht, wofür ich in dem Fall eigenhändig sorgen würde.“

Diese für Angrams Verhältnisse ungewöhnlich leidenschaftlich vorgebrachte Aussage kam für Derryhill so unvermutet, dass er beim besten Willen nicht wusste, was er darauf erwidern sollte. Er überließ es seinem aufgeregten Schwager, nach den näheren Details zu fragen, und schenkte erst einmal eine Runde Whisky ein. Er hätte sich nicht davon abhalten lassen sollen, dem ominösen Verwandten einen Besuch im Krankenzimmer zu machen, dachte er selbstkritisch. Dann könnte er sich jetzt vielleicht manches eher erklären. Er nahm einen kräftigen Schluck. Das einzige, was er wusste, war, dass Barnett offensichtlich nicht tot war.

Das bestätigte auch Bertrams nächste Aussage. „Ich habe meinen Cousin erst vor wenigen Tagen hier auf Lancroft Abbey gesehen. Er war zwar am Kopf und am linken Arm verletzt, aber ohne Zweifel am Leben. Warum bloß gingen Sie davon aus, er wäre es nicht?“

Angram verzog das Gesicht und fügte sich dann ins Unvermeidliche: „Ich merke, ich muss Ihnen die ganze unerfreuliche Wahrheit enthüllen. Bitte glauben Sie mir, dass ich es nicht täte, wenn es sich vermeiden ließe. Und sehen Sie mich nur als das an, was ich bin – als Überbringer einer schlechten Nachricht. Nicht als deren Verursacher.“

„Was immer Sie wollen“, rief Bertram ungeduldig. Die Spannung war für ihn kaum mehr zu ertragen. „Doch nun erzählen Sie schon!“

Und das tat sein Gast dann auch. Ohne weitere Umschweife und ohne Rücksicht auf die Gefühle der Anwesenden.

„Es war im Mai vor zwei Jahren, am Sechzehnten, das weiß ich noch wie heute. Ich diente unter General Beresford auf der spanischen Halbinsel. Ihr Vetter, Peter Barnett, war in meinem Regiment. Wir mochten uns nicht besonders gut leiden, doch das zählt in Kriegszeiten nicht. Ich hielt ihn, bis zu diesem Tag, für einen schneidigen Offizier. Ungestüm, aber schneidig. Und loyal zu König und Vaterland.“ Er schnaufte unwillig auf und nahm einen Schluck von seinem Whisky.

„Wir lagen bei La Albuera mit dem Ziel, die Brücke über den Fluss, der denselben Namen trägt wie die Stadt, zu verteidigen. Die französischen Schweine unter Godinot mussten unbedingt am Durchkommen gehindert werden. Barnett wollte sich diesem Befehl nicht fügen. Er wurde nicht müde, immer und immer zu wiederholen, dass er es für sinnvoller hielt, wenn wir uns dem zweiten Regiment anschließen würden, anstatt an dieser Stelle sinnlos herumzustehen, wie er es nannte. Nicht, dass ich dieser Idee nicht auch etwas hätte abgewinnen können, denn damit hätten wir die Front verstärkt. Doch der Befehl lautete, die Brücke zu verteidigen, und daran hatten wir uns zu halten. Da traf Barnett eine eigenmächtige Entscheidung. Er ließ verbreiten, dass er einen Befehl des Generals erhalten habe, abzuziehen. Sie können sich die Verwirrung vorstellen, die daraufhin ausbrach! Die Franzosen nutzten diese sofort aus und es gelang ihnen, die Stadt einzunehmen. Was für eine Katastrophe! Durch Barnetts Eigenmächtigkeit mussten mehr als hundert Mann ihr Leben lassen!"

„Das ist ja schrecklich!", rief Bertram fassungslos.

Angram nickte bitter. „Es war mehr als schrecklich, glauben Sie mir. Der General ordnete auf der Stelle Barnetts standrechtliche Erschießung an. Doch wie es den Anschein hat, konnte ihr Cousin entkommen und hat sich in Ihr Haus geflüchtet."

„Das ist ja eine unvorstellbare, also ..." Bertram fehlten die Worte. Nicht, dass er alle Einzelheiten verstanden hätte. Aber allein schon die Tatsache, dass sie auf Lancroft Abbey ganz offensichtlich einem Kriegsverbrecher Unterschlupf gewährt hatten, machte ihm Angst. Würde ihn der Friedensrichter dafür verantwortlich machen? Um Himmels willen, musste er selbst jetzt auch vor ein Militärgericht? Dabei war Peter doch so ein umgänglicher, fröhlicher Kerl. Er hatte so gar nichts von einem Kriegsverbrecher an sich.

„Ich muss den Mann sehen. Auf der Stelle. Darauf bestehe ich", hörte er Angram sagen und nickte unweigerlich.

Derryhill fand weder an der Geschichte noch an dem befehlenden Tonfall Gefallen.

„Sie sind hier nicht auf dem Schlachtfeld und wir sind nicht Ihre Soldaten, Angram", erwiderte er mit so viel Gelassenheit, wie er angesichts der unglaublichen Informationen aufbringen konnte. „Doch wenn Sie Panswick darum bitten, wird er sicher nichts dagegen haben, wenn wir den Mann jetzt aufsuchen. Was meinst du, Bertram?"

Er wandte sich seinem Schwager erwartungsvoll zu, so als hätte dieser wirklich eine Wahl. Bertrams Nicken verstärkte sich. „Aber selbstverständlich!", sagte er beflissen und stand sofort auf. „Wenn Sie mir bitte folgen wollen. Ich zeige Ihnen den Weg."

Henry Bernard Markfield hatte sich in den Lehnstuhl neben dem Bett gesetzt und auf Penelope gewartet. Er war vollständig bekleidet und trug wieder das dunkle Jackett, das ihm der Herr des Hauses freundlicherweise zur Verfügung gestellt hatte. Bei seinem Halstuch hatte er schweren Herzens eine einfache Variante wählen müssen. Der linke Arm war noch nicht so beweglich, dass er sie zum Binden hätte verwenden können, und Matthew, der Hausdiener, war auch keine große Hilfe gewesen. Wenn es schon keine gemeinsame Zukunft für sie beide geben konnte, dann wollte er, dass Penelope ihn als eleganten, gesunden Mann in Erinnerung hatte und nicht als armen Patienten im alten Nachtgewand. Aus diesem Grund hatte er auch Matthew am Nachmittag gebeten, ihm dabei zu helfen, den Bart abzurasieren. Welchen Schutz hätte ihm dieser jetzt noch gewähren sollen? Penelope hatte dafür gesorgt, dass er keinen Besuch mehr bekam. Da konnte er sich ihr glatt rasiert und, wie er hoffte, gut aussehend präsentieren.

Markfield hatte nachgedacht. Es hatte keinen Sinn, länger auf Lancroft Abbey zu bleiben, um sich vor der rauen Wirklichkeit zu verstecken. Sein linker Arm war in der Zwischenzeit wieder so weit hergestellt, dass er ihn gefahrlos in der Schlinge tragen konnte, und die Schrammen am Kopf so weit verheilt, dass man ihn auf seiner Reise nicht anstarren würde. Er würde Penelope ein letztes Mal um etwas bitten. Man hatte ihm seine ganze Barschaft gestohlen, doch er brauchte Geld, um sich einen Platz in der Postkutsche nach London zu sichern. Eigentlich hatte er nicht vorgehabt, seine Tante, Lady Daglingworth, je wieder aufzusuchen. Sie hatte damals die Idee gehabt, die schließlich zum Zerwürfnis mit Penelope geführt hatte. Doch nun war sie der einzige Mensch, der ihm geblieben war. Tante Leonore hatte ihn noch nie im Stich gelassen und würde es auch jetzt nicht tun. So hoffte er zumindest. Und an dieser Hoffnung hielt er sich krampfhaft fest. So fest, wie man sich nur dann an eine Hoffnung klammern konnte, wenn man keine Alternative hatte. Er brauchte eine Unterkunft, er brauchte standesgemäße Kleidung. Nur so konnte er es schaffen, wieder Zugang zu den besten Häusern der Gesellschaft zu bekommen, wo unachtsame Trunkenbolde leichtes Spiel für seine Fingerfertigkeit am Kartentisch waren.

Henry Markfield seufzte auf. Das war so gar nicht die Zukunft, die er sich gewünscht hatte. Das war eine Rückkehr in eine Vergangenheit, die er durch seine Teilnahme am Krieg ein für alle Mal hinter sich gelassen zu haben glaubte. Aber, so versuchte er sich selbst zu trösten, es war immer noch besser als die lausige Existenz eines Mitgiftjägers.

Er hatte Matthew gebeten, alle verfügbaren Kerzen anzuzünden, und versuchte sich auf den Roman zu konzentrieren, den ihm Panswick freundlicherweise vorbeigebracht hatte. Allein, spätestens nach jeweils einer halben Seite schweiften seine Gedanken wieder ab. Wo Penelope bloß blieb? Sie hatte doch versprochen, heute noch bei ihm vorbeizukommen. Ach, es gab so viele Gründe, die sie dazu nötigen könnten, dieses Versprechen zu brechen.

Da, waren das Schritte? Markfield setzte sich kerzengerade in seinem Lehnstuhl auf und ließ das Buch sinken. Wie von selbst huschte ein Lächeln über sein Gesicht. Endlich! Penelope hatte ihn also doch nicht vergessen. Da hörte er etwas, was ihn so irritierte, dass das Lächeln schlagartig von seinen Lippen verschwand. Das waren nicht Schritte einer Person. Das waren mehrere Menschen, die sich da offensichtlich energischen Fußes seiner Zimmertür näherten. Und da wurde diese auch schon aufgerissen und ein ihm völlig fremder Gentleman stand im Türrahmen und brüllte: „Peter Barnett, ich verhafte Sie im Namen des Königs!“

Kapitel 35

Henry Markfield konnte nichts anderes tun als den Fremden anstarren. Was sollte er auch antworten? Ich bin gar nicht Peter Barnett? Nein, das wollte er nicht so einfach zugeben.

Der junge Lord Panswick betrat nun den Raum, nachdem er den wichtigtuerischen Fremden ziemlich brüsk zur Seite geschoben hatte. Mit großen Schritten durchmaß er das Zimmer und stellte sich neben seinen Lehnstuhl. So als wollte er damit anzeigen: Sie können ja versuchen, meinen Cousin zu verhaften, aber ich werde mich Ihnen tapfer entgegenstellen! Markfield fand das so rührend, dass ihm fast die Tränen in die Augen geschossen wären. Bertram war seiner Schwester so unglaublich ähnlich! Diese würde sich ebenfalls mit aller Kraft für ihn einsetzen. Er spürte, wie ihm das schlechte Gewissen die Kehle zuzuschnüren drohte. Er hatte ganz offensichtlich Penelope wieder einmal in eine schlimme Situation gebracht. Und dann sah er noch jemanden und spürte, wie ihm die Farbe aus dem Gesicht wich. Er sah den Mann, der ihm geschworen hatte, er würde ihm alle Knochen brechen, sollte er es je wieder wagen, in die Nähe von Penelope Barnett zu kommen. Im Türrahmen stand niemand anderes als der Earl of Derryhill.

Keiner der drei Männer sprach ein Wort. Derryhill fixierte ihn, als könnte er seinen Augen nicht trauen. Der Fremde starrte ihn an, als würde er einem Phantom gegenüberstehen. Und Bertram hatte trotzig das Kinn vorgestreckt, bereit, sich für seinen vermeintlichen Cousin zu duellieren. Henry blickte von einem zum anderen und wusste, dass auch er am besten beraten war, wenn er den Mund hielt.

Schließlich war es der Fremde, der die eisige Stille brach, in dem er zu wissen forderte: „Wer, in drei Teufels Namen, sind Sie?"

„Aber das wissen Sie doch ...", begann der Hausherr, aber sein Schwager hieß ihn mit einer Handbewegung zu schweigen.

„Ich darf die beiden Herren bekannt machen?", erkundigte er sich stattdessen in einem Tonfall, als würden sie sich in einem Tanzsaal gegenüberstehen. Er trat in die Mitte des Raumes und setzte mit einer formvollendeten Geste fort: „Mr Angram, darf ich Ihnen den Cousin meiner Frau vorstellen? – Mr Peter Barnett. Lieber Peter, das ist Mr Angram, ein Bekannter, ja, wenn ich so sagen darf, ein *Freund* aus London."

Er bemerkte, dass der Mann im Lehnstuhl Anstalten machte, sich zu erheben, und war nun nahe genug an ihn herangetreten, um ihn mit der Hand auf der Schulter energisch in den Sitz zurückzudrücken. „Bitte behalte Platz, mein Lieber. Du bist noch zu schwach. Ich bin sicher, Mr Angram wird das verstehen. Nicht wahr, Mr Angram?"

Dieser murmelte etwas Unverständliches, was man mit gutem Willen als Zustimmung auslegen konnte.

Markfield konnte sich keinen Reim auf das seltsame Verhalten seiner Lordschaft machen. Er musste ihn doch erkannt haben! Wenn er noch den Bart getragen hätte, wäre dies vielleicht anders gewesen. Aber so gab es keinen Zweifel, dass Derryhill wusste, wer er in Wirklichkeit war. Warum sagte er das nicht? Warum stellte er ihn nicht bloß? Warum nur spielte er die Scharade mit? Nun gut, er hatte sicher seine Gründe und ebenso sicher würde es nicht lange dauern, bis er diese erfuhr und die Wut des Earls ungebremst über ihn hereinbrach. Jetzt hieß es zuerst einmal seine Rolle gekonnt weiterzuspielen.

Also beeilte sich Markfield, sich sitzend zu verbeugen, so gut das eben möglich war und mit höflichem Lächeln zu verkünden: „Es freut mich sehr, Ihre Bekanntschaft zu machen, Mr Angram!"

Weil ihm, wie so oft, auch in derart heiklen Situationen der Schalk nicht verließ, setzte er hinzu: „Freunde meiner Verwandten sind auch meine Freunde. Wenn ich auch noch nicht ganz verstehe, wie es kommt, dass ich zu nächtlicher Stunde in meinem Krankenzimmer auf so brüske Art überfallen werde."

Er wandte sich dem Earl zu und ergänzte, allen Mut zusammennehmend, in gewollt fröhlichem Tonfall: „Allerdings bin ich mir sicher, dass es für all das eine schlüssige Erklärung gibt, nicht wahr, Cousin … Anthony?"

Bertram blickte überrascht von einem zum anderen: „Ihr kennt euch?", fragte er. „Ich dachte, du hättest bisher noch nicht die Zeit gefunden, Peter auf Lancroft Abbey zu begrüßen, Derryhill?"

„Aber, mein lieber Bertram, wo denkst du hin?", war es nun der Earl, der sich um einen fröhlichen Tonfall bemühte. „Sag den beiden Herren, wie lange wir uns schon kennen, mein lieber … Peter."

„Mehr als zwei Jahre", antwortete der liebe Peter wie aus der Pistole geschossen. „Damals als Frederica und Penelope ihr Debüt in der Hauptstadt gaben und ihr euch kennengelernt habt. Da war es doch selbstverständlich, dass ich stets anwesend war." Und augenzwinkernd an Angram gewandt: „Ich musste doch überprüfen, ob der Kerl einen passenden Kandidaten für meine liebe Cousine darstellte."

Bertram zog scharf die Luft ein. Wovon sprach denn sein Cousin da, um Himmels willen? Derryhill war nicht nur ein geeigneter Kandidat, er war der allerbeste. Ein Earl, reich wie Krösus – und er hatte Lancroft Abbey und damit auch ihn, den Erben, vor dem sicheren Ruin gerettet. Und er liebte Frederica.

Derryhill lachte auf und schlug dem vermeintlichen Peter in einer scheinbar kameradschaftlichen Geste so fest auf die Schulter, dass dieser kurz aufschrie, obwohl er zum Glück die rechte Schulter erwischt hatte. „Der gute Peter! Immer für einen Scherz zu haben. Kein Wunder, dass er für die Barnett-Geschwister wie ein Bruder ist. Nicht wahr, Bertram?"

Also, dachte Bertram, *ich mag ihn zwar gut leiden, aber wie ein Bruder ist Peter sicher nicht für mich. Ich kenne ihn doch auch erst seit Kurzem.* Er wollte schon der Wahrheit Ausdruck verleihen, da fing er Derryhills strengen Blick auf.

„Wie ein Bruder!", bestätigte er daher folgsam.

„Da sehen Sie!", sagte der Earl sichtlich zufrieden. „Und Sie sehen auch, dass es sich ganz offensichtlich um einen anderen Peter Barnett handelt als um den, den Sie in Spanien kennengelernt haben. Barnett ist ein durchaus geläufiger Name ..."

Angram beachtete ihn nicht. „Unter wem haben Sie gedient, Mr Barnett?", begehrte er zu wissen.

„Dritte Division, direkt dem Earl of Wellington unterstellt", kam es wie aus der Pistole geschossen. Wäre Markfield gestanden, er hätte wohl salutiert. „Wir verbrachten den Winter in Portugal und zogen im Frühling nach Nordspanien, wo mich bei einem Scharmützel diese Verletzungen ereilten!" Er zeigte mit der Rechten auf seinen Kopf und den linken Arm. „Sie waren auch Offizier, Mr Angram? Wo waren Sie im Einsatz?"

Der dachte gar nicht daran zu antworten. „Sie waren im Mai 1811 also nicht in La Albuera?", vergewisserte er sich stattdessen.

Es fiel Markfield nicht schwer, das zu verneinen: „Im Mai 1811 war ich in London, wie ich schon sagte, Mr Angram, und hatte ein Auge auf meine Cousine Frederica und den Gentleman dort drüben."

Angram schlug die Hacken zusammen und verneigte sich leicht: „Dann stehe ich nicht an, mich für den Überfall in Ihrem Krankenzimmer zu entschuldigen, Mr Barnett! Hier lag ganz offensichtlich eine Verwechslung vor. Ich wünsche Ihnen noch gute Genesung und bin sicher, Sie sind hier in den besten Händen."

Er verbeugte sich abermals und wandte sich dann an Derryhill: „Nun würde ich mich gerne zurückziehen. Es war ein langer Tag. Wenn Sie mich bitte bei den Damen entschuldigen wollen."

Auch der Earl deutete eine Verbeugung an: „Aber selbstverständlich, mein lieber Angram. Der Hausherr wird Ihnen den Weg zu Ihrem Zimmer zeigen. Lancroft Abbey ist so weitläufig, da verirrt man sich gern. Bertram, wärest du bitte so freundlich?"

Der junge Lord Panswick hatte nichts dagegen, das Krankenzimmer zu verlassen, und nickte. Sein Nicken wurde von einem Lächeln begleitet, als sein Schwager hinzufügte: „Du schließt dich dann am besten ohne weitere Verzögerung den Damen an, mein Lieber. Ich bin sicher, sie können es kaum erwarten, dass du ihnen Gesellschaft leistest. Ich selbst komme in wenigen Minuten nach."

Bertram und Angram verließen den Raum. Markfield war mit Derryhill und dem bangen Gefühl allein, dass jetzt wohl seine sämtlichen Knochen in Gefahr waren.

Kapitel 36

Der Earl of Derryhill vergewisserte sich, dass die Zimmertür ordnungsgemäß verschlossen war, sodass nichts von dem, was er nun sagen würde, nach außen dringen konnte. Dabei überlegte er fieberhaft, was er überhaupt sagen sollte. Der Mann hinter seinem Rücken hatte für König und Vaterland im Krieg gekämpft. Er verdiente seinen Respekt. Außerdem hatte er sich trotz seiner offensichtlich schlimmen Erlebnisse eine unbeschwerte Leichtigkeit bewahrt, um die er ihn beneidete. Er erinnerte ihn ein wenig an sich selbst. So war er auch einmal gewesen, vor sieben, acht Jahren, bevor er nach Vaters Tod die Position und damit auch die Verpflichtungen eines Earls übernommen hatte.

„Lord Derryhill, ich muss mich bei Ihnen bedanken!", hörte er Markfield sagen, fuhr herum und blickte in ein etwas schief geratenes Grinsen. „Sie haben mir …"

Weiter kam Markfield nicht, denn da brach es aus Derryhill heraus. Das Grinsen hatte den Ausschlag gegeben.

„Wagen Sie es ja nicht, mir zu danken, Markfield! Glauben Sie denn, ich habe gelogen, um Ihnen den Kopf zu retten? Ich tat es einzig und allein der Ehre der Familie Barnett zuliebe." Jetzt redete er sich richtig in Rage: „Was denken Sie denn, was geschehen würde, wenn sich das Gerücht verbreitet, die unverheiratete Lady Penelope Barnett habe sich tage-, nein wochenlang im Schlafzimmer eines jungen Mannes aufgehalten, mit dem sie keine verwandtschaftliche Beziehung verbindet? Sie habe dabei diesen Mann im Nachthemd gesehen und, mehr noch, ihn angefasst und seine

Wunden versorgt. Und das alles, ohne dass eine Anstandsdame auch nur in der Nähe gewesen ist! Ihr Ruf, der Ruf der gesamten Familie stünde auf dem Spiel. Kein Mann von Ehre würde Penelope Barnett eines zweiten Blickes für würdig erachten."

Er schnaufte unwillig auf und schwieg. Markfield hielt es offenbar für klug, dieses Schweigen nicht zu brechen. Was hätte er auch sagen sollen? Er wusste zu genau, dass der Earl recht hatte. So war es schließlich Derryhill, der fortfuhr: „Sie haben sie schon einmal in eine derart fatale Lage gebracht, Markfield. Ich bin fassungslos, dass Sie es wieder getan haben. Stehen Sie auf!"

Der andere folgte dem Befehl. Widerstandslos.

„Gehen Sie im Zimmer auf und ab! Hierher bis zur Tür." Er zeigte mit dem Finger auf die gewünschte Stelle. „Dann zurück zum Fenster. Das ganze zwei Mal."

Der andere tat, wie ihm geheißen.

„Mit dem Gehen haben Sie also kein Problem. Sehr gut. Denn Sie werden nun dieses Haus verlassen. Auf der Stelle! Ich weiß nicht, wie es Ihnen über diese lange Zeit seit unserem Zusammentreffen in London gelungen ist, Kontakt zu meiner Schwägerin zu halten." Er sagte absichtlich *meine Schwägerin* und nicht *Penelope,* um Markfield zu zeigen, dass er sich mit ihm, dem Earl, persönlich angelegt hatte. „Ich weiß nicht, wie es euch beiden gelungen ist, Lady Panswick weiszumachen, Sie seien ihr verschollener Neffe. Was ich aber weiß, ist … wagen Sie es nicht, mich zu unterbrechen!"

Mit einer abwehrenden Handbewegung unterband er jeden Erklärungsversuch. „Was ich aber weiß, ist, dass ich mich nicht noch einmal von Ihnen erpressen lasse. Wenn Sie also auf eine Mitgift aus sind, dann …"

„Ich weiß selbst nur zu gut, dass ich nicht in der Lage bin, um Penelopes Hand anzuhalten, Eure Lordschaft!", ließ er nun doch zu, dass Markfield antwortete. „Daher brauchen Sie sich keine Sorgen wegen der Mitgift zu machen."

Derryhill war kurz versucht, ihn anzuschnauzen, dass er gefälligst *Lady Penelope* zu sagen hatte, wenn er über die Schwester seiner Frau sprach, dann kam ihm das aber doch zu kleinlich vor. Da fiel ihm eine ganz andere Frage ein: „Was ist zwischen Penelope und Ihnen vorgefallen, Markfield? Sie haben doch nicht etwa…"

Was auch immer er glaubte, mutmaßen zu müssen, Henry Markfield war schneller: „Was halten Sie von mir, Lord Derryhill?"

Seine Lordschaft verzog das Gesicht: „Was ich von Ihnen halte, möchte ich in einem ehrbaren Haus wie diesem nicht laut aussprechen", sagte er und es klang zynisch.

Dennoch wagte der Jüngere einen neuerlichen Vorstoß: „Es ist nichts geschehen, wofür wir uns schämen müssten, Eure Lordschaft!", sagte er und setzte fort, als kein Einspruch dagegen vorgebracht wurde: „Es ist auch nicht so, dass Penelope und ich unter einer Decke stecken!" Er errötete bis unter die Haarwurzeln und beeilte sich zu präzisieren: „Bildlich gesprochen, natürlich. Sie hat meine Wunden versorgt, das ist alles. Sie hat meinen Arm gerettet, Lord Derryhill! Das ist es, was hier zählt."

Der Earl schwieg und überlegte, ob er laut aussprechen sollte, was ihm auf dem Herzen lag. Wenn dieser Mann wirklich Gefühle für seine Schwägerin hegte, dann würde er nach der folgenden Information wissen, dass er sie in Ruhe lassen musste. Ein für alle Mal.

„Sie hat in den letzten beiden Jahren vier Heiratsanträge ausgeschlagen", begann er. „Wissen Sie, warum?"

Markfield sah ihn erwartungsvoll an.

„Wegen Ihnen!", fuhr Derryhill fort.

Er sah seinem Gegenüber in die Augen, der fassungslos die Hand zu seinem Herzen hob: „Wegen mir? Wie kommen Sie auf den Gedanken, dass ich …"

Der ließ ihn nicht ausreden: „Ja, wegen Ihnen. Weil Sie ihr seit zwei Jahren durch den Kopf spuken. Weil sie wohl, trotz allem, was geschah, die Hoffnung nie aufgegeben hat, es könnte eine gemeinsame Zukunft für Sie beide geben."

Markfield ließ sich in den Lehnsessel zurückfallen. „Glauben Sie mir", sagte er ernst, „ich würde Penelope auf der Stelle heiraten, wenn ich die finanziellen Mittel hätte, ihr ein standesgemäßes Leben zu bieten. Doch die habe ich nicht. Und nein, ich denke nicht daran, mich als Mitgiftjäger zu versuchen. All das habe ich Penelope auch gesagt."

„Sehr gut." Derryhill nickte und wunderte sich selbst, dass er Mitleid mit dem Mann verspürte. Wider besseres Wissen mochte er Henry Markfield. Doch das waren Gefühle, von denen er sich keinesfalls leiten lassen wollte. „Jetzt ist es wichtig, dass Sie ein für alle Mal aus Penelopes Leben verschwinden. Damit ihr Herz wieder frei ist und sie es an einen anderen verschenken kann. Haben wir uns verstanden? Sie haben Angram kennengelernt, Markfield. Er ist drauf und dran, um ihre Hand anzuhalten."

„Angram?", fuhr Markfield auf. „Ich dachte, der Dichter ..."

„Der Dichter!" Sterling war Derryhill nicht mehr als eine wegwerfende Handbewegung wert. „Wer spricht hier vom Dichter? Es geht um Mr Angram, der Penelope all das zu bieten hat, was Sie ihr nie geben können. Machen Sie diese Chance nicht wieder zunichte. Sie wird sich mit ihm verloben. Lassen Sie es nicht zu, dass das eine Verlobung wider Willen wird. Gehen Sie, Markfield! Noch heute Nacht! Versprechen Sie es mir: Spätestens im Morgengrauen haben Sie Lancroft Abbey verlassen!"

„Und wenn ich mich weigere, Eure Lordschaft, was dann?", lautete die trotzige Frage eines jungen Mannes, der nicht bereit war, sich herumkommandieren zu lassen. Im Krieg, ja. Aber nicht hier in seiner Heimat.

„Dann schicke ich gleich morgen in der Früh nach dem Friedensrichter und erzähle ihm, dass Sie nun bereits zum zweiten Mal dabei sind, mich zu erpressen. Was denken

Sie wohl, was der sittenstrenge Gentleman dann mit Ihnen machen wird?"

Noch einmal kam Protest: „Aber, ich ..."

„Das ist ein Befehl!" Aus Derryhills Miene war zu erkennen, wie ernst es ihm war. Er würdigte den anderen keines weiteren Wortes und ging zur Tür. Die Klinke in der Hand, wandte er sich noch einmal um: „Und wagen Sie es ja nicht, Penelope eine Nachricht zukommen zu lassen. Kein Abschiedsbrief, keine Information, die ein Diener überbringen könnte. Merken Sie sich meine Worte: Erwische ich einen Diener dabei, dass er Penelope eine Nachricht von Ihnen überbringt, dann sorge ich dafür, dass er auf der Stelle entlassen wird. Ohne Zeugnis." Er hob abwehrend die Hand, als Markfield zu einem weiteren Protest ansetzen wollte. „Sie verschwinden aus Lady Penelopes Leben. Haben wir uns verstanden? Und Sie überlassen alles Weitere mir!"

Nach diesem letzten Befehl verließ er den Raum. Auf dem Flur blieb er stehen, um tief durchzuatmen und zu warten, bis sich sein Pulsschlag wieder beruhigt hatte. Dann begab er sich in den Salon hinunter.

Kapitel 37

Am nächsten Morgen schlief Penelope etwas länger als sonst und erwachte dann mit einem Lächeln auf den Lippen. Was war das für ein amüsanter Abend gewesen! So ganz anders als die Abende, die sie gewöhnt war und deren ruhige Gemütlichkeit sie immer geschätzt hatte. Doch gestern war der Salon mit so viel Leben, so viel Freude erfüllt gewesen. Sie hatte nicht einsam und allein das Instrument gespielt, vor einer Mutter, der musikalischer Genuss fremd war und die sich am liebsten in Ruhe ihrer Schreibarbeit gewidmet hätte. Nein, sie hatte mit Verve in die Tasten gegriffen und die anderen hatten gesungen. Zuerst Clarissa und Balmore, später gesellte sich Bertram dazu, der mit seinem wohltemperierten Bariton das Trio vervollständigte. Auch die anderen legten ihre Karten nieder, sehr zu Mutters Leidwesen – Penelope musste jetzt noch kichern, wenn sie an ihr enttäuschtes Gesicht dachte –, nahmen rund ums Spinett Platz und begannen bei den fröhlichen Melodien im Takt zu klatschen. Irgendwann kam jemand – war es Clarissa? – auf die Idee, Mr Sterling könnte nach jedem dritten Lied ein Gedicht zum Besten geben. Dieser hatte erfreut sein braunes Büchlein aus dem Zimmer geholt und sich nicht zwei Mal bitten lassen. Da er sich für die heiteren Werke entschied, konnte aus ganzem Herzen gelacht werden. Schließlich sangen Clarissa und Bertram zwei Duette und taten dies so gekonnt und sahen dabei so reizend aus, dass sich auch Mamas Wangen vor Begeisterung röteten. Nun hatte anscheinend auch sie nichts mehr dagegen, den Abend mit Musik zu verbringen. Im Gegenteil. Sie war es, die

die Anwesenden fragte, ob sie nicht Lust hätten, zu tanzen. Also wurde nach den Dienern geläutet, die eilig die Teppiche zusammenrollten und die Sessel zur Seite schoben. Lady Titchwell war so freundlich gewesen anzubieten, Penelope am Spinett abzulösen. Als die ersten Takte einer ländlichen Tanzfolge erklangen, stand, wie erhofft, Jasper Sterling vor ihr und verneigte sich. Sie ließ sich von ihm aufs Parkett führen, auf dem auch schon Clarissa und Mr Balmore warteten. Sehr zum Missfallen von Bertram, der mit verschränkten Armen am Rand des Raumes stand und mit unverhohlener Eifersucht zu ihnen hinüberblickte. Gerade in dem Augenblick, als sich Frederica neben ihre Mutter setzen wollte, öffnete sich die Tür und Derryhill betrat den Raum. Wo war er bloß die ganze Zeit gewesen? Und wo war Mr Angram geblieben? Diese Fragen beschäftigten Penelope jetzt am Morgen stärker als am Abend, als sie mit Sterling durch den Raum gewirbelt war. Jedenfalls hatte Derryhill nur kurz gebraucht, um die Lage zu erfassen und Frederica aufs Parkett zu führen.

Penelope reckte sich noch einmal und schwang dann die Beine aus dem Bett und klingelte nach Rosie. Das Einzige, was sie am gestrigen Abend bedauert hatte, war, dass Henry Markfield nicht daran hatte teilnehmen können. Mit ihm an ihrer Seite wäre der Abend perfekt gewesen.

Mit einer energischen Handbewegung öffnete sie die schweren Vorhänge. Sonnenschein, wie schön! Sie würde die frühe Stunde nutzen, um Henry alles haargenau zu erzählen. Penelope lächelte. Sie freute sich sehr darauf.

Das Krankenzimmer war leer. Die Bettdecken hingen aus dem offenen Fenster, um durchzulüften. Die Schranktüren standen offen und zeigten, dass nichts mehr von dem da war, was Bertram seinem vermeintlichen Cousin zur Verfügung gestellt hatte. Von Henry Bernard Markfield fehlte jede Spur. Es sah so aus, als wäre er nie hier gewesen, als hätte sie sich die letzten Wochen nur eingebildet. Penelope spürte, wie sich

Panik in ihr breitmachte. Sie wandte sich auf dem Absatz um und wäre im Türrahmen fast mit einem der Hausmädchen zusammengestoßen, das einen Stapel frische Leinentücher auf beiden Unterarmen trug.

„Wo ist Mr … Leutnant Barnett?“

Das Mädchen bedauerte: „Ich weiß es nicht, Lady Penelope. Ich soll nur die Wäsche heraufbringen. Möchten Sie, dass ich Mr Shipton frage, Mylady?“

Penelope bemühte sich um ein Lächeln, von dem sie selbst merkte, dass es misslang. „Nein, danke, es ist alles gut.“

Sie eilte den Flur entlang. Nichts war gut. Aber auch schon gar nichts. Henry war verschwunden. Hatte sich heimlich, still und leise, bei Nacht und Nebel davongeschlichen, wie ein ganz gemeiner Dieb. Sie hielt im Gehen inne. Nein, so war Henry nicht! Er hatte gesagt, er sei ihr Freund! Freunde gehen nicht bei Nacht und Nebel! Mit großen Schritten war sie im Krankenzimmer zurück: „Wurde ein Brief gefunden? Irgendeine Nachricht?“, fragte sie atemlos.

Das Mädchen sah sich im Zimmer um und zuckte dann mit den Schultern: „Also, ich habe nichts gesehen, Mylady, tut mir leid. Ich habe hier allerdings auch nicht sauber gemacht. Soll ich Mr Shipton fragen, Lady Penelope?“

Diese schüttelte den Kopf. Nein, es war besser, den Butler nicht zu involvieren. Es reichte schon, wenn sie vor dem Mädchen eine lächerliche Figur abgab. Außerdem würde Shipton jeden Brief, der gefunden wurde, zu Mama bringen und … Mama! Sie musste auf der Stelle zu ihrer Mutter! Vielleicht wusste die ja des Rätsels Lösung.

Lieber Gott, gib, dass Mutter weiß, was geschehen ist, betete sie auf dem Weg durch die Flure. *Und gib, dass die Antwort nicht so unerfreulich, ja katastrophal ist, wie es in diesem Augenblick den Eindruck macht.*

„Was soll das heißen, Peter ist verschwunden? Komm erst einmal in Ruhe in den Raum, wünsche mir einen guten Morgen, frage mich, ob du mich bei meiner Arbeit stören darfst, und dann richte die Frage abermals an mich. Aber bitte auf eine Art und Weise, die ich verstehen kann."

Lady Panswick saß bereits seit einer guten Stunde an ihrem Schreibtisch und ging den Ablauf für den großen Ball noch einmal durch. In wenigen Tagen war es so weit und es gab noch immer so viel zu tun! Die Musikkapelle würde nun mit fünf statt mit vier Musikern anreisen. Wo konnte man den zusätzlichen Mann unterbringen? Was sollten diese Leute zu essen bekommen? Wo sollte das Essen stattfinden? Alle Diener würden im Einsatz sein, konnte man ihnen zumuten, dass ihnen ein Hausmädchen aufwartete? Immerhin waren das nicht irgendwelche Musiker, die auf der Straße ihr Geld verdienten, sondern eine Kapelle, die ihr von der Duchesse of Derryhill empfohlen worden war. Apropos Duchesse of Derryhill. Wen sollte sie ihr als Tischherrn zur Seite stellen? Es gab niemanden, der ihr im Rang gleichkäme. Außer ihrem Sohn natürlich. Aber es war ausgeschlossen, Mutter und Sohn ... In diese Gedanken war Penelope mit der ungeheuerlichen Nachricht geplatzt, Cousin Peter sei verschwunden. War es da verwunderlich, dass sie sich zuerst einmal orientieren musste, bevor sie die Tragweite dieser Nachricht verstand?

Ihre Tochter hatte sich, wenn auch offensichtlich widerwillig, mit einem „Guten Morgen, Mama!" dem Befehl gebeugt und ihr gegenüber Platz genommen.

„Darf ich dich kurz bei deiner Arbeit stören?" Da sie ein *Ja* anscheinend voraussetzte, sprach sie gleich weiter: „Ich komme soeben aus dem Krankenzimmer. Wie jeden Morgen wollte ich nach der Wunde am Arm sehen, doch Peter war nicht da. Das Zimmer war leer, sämtliche Kleidungsstücke fehlten. Hat er dir gesagt, dass er abzureisen beabsichtigte? Hat er bei dir vielleicht eine Nachricht für mich hinterlassen?"

Sie sah ihre Mutter hoffnungsfroh an, doch die war viel zu

sehr mit ihrer eigenen Empörung beschäftigt, um dies wahrzunehmen.

„Peter ist abgereist? Ohne mir Lebewohl zu sagen? Also, das ist doch ... das kann ich nicht ... das ist doch unerhört. So wird meine Gastfreundschaft vergolten? Nach all dem, was wir hier für ihn ... was du ..."

Es kam nicht oft vor, dass Ihre Ladyschaft nach Worten rang. Für Penelope war das ein sicherer Beweis dafür, dass ihre Mutter fast ebenso aufgewühlt war wie sie. Das tröstete sie ein wenig, machte aber die Lage nicht im Geringsten besser. Im Gegenteil. Wenn Mutter nichts von Henrys Weggehen wusste, dann wusste es niemand. Und sie würde Henry Markfield nie wiedersehen. Er hatte sie schon einmal im Stich gelassen. Er hatte mit ihren Gefühlen gespielt und sie schließlich enttäuscht und verzweifelt zurückgelassen. Und nun tat er es offensichtlich wieder.

Was hast du denn erwartet? fragte eine kritische innere Stimme. *Du hast ihm gesagt, dass du Jasper Sterling zu heiraten gedenkst. Soll er hierbleiben und zusehen, wie der Dichter um dich wirbt? Hast du dir wirklich vorgestellt, er würde dir Rosen streuen, wenn du mit einem anderen vor den Altar trittst?*

Sie hieß die innere Stimme zu schweigen. Sie hatte keine Ahnung, was sie erwartet hatte. Aber das gab Henry noch lange nicht das Recht, sie ein zweites Mal im Stich zu lassen. Wie konnte der Mann, den sie liebte, ihr so etwas Schmerzvolles antun? Penelope seufzte. Es war das erste Mal, dass sie sich die volle Wahrheit eingestand. Ja, sie liebte Henry Bernard Markfield noch immer. Sie hatte nie aufgehört, ihn zu lieben. Zwei lange Jahre lang. Sie spürte, wie die Tränen begannen, über ihre Wangen zu rinnen, und nestelte nach dem Batisttuch in der eingenähten Tasche ihres Kleides. Als es ihr nicht gleich gelang, es herauszuziehen, war es um sie geschehen. Sie begann zu schluchzen, zog am Taschentuch und die Wut darüber, dass sich das blöde Ding in der Tasche verfangen hatte, steigerte ihre

Traurigkeit und ihre Wut, sodass sie immer noch lauter weinte.

Ihre Mutter starrte sie mit großen Augen an. Was, um Himmels willen, fragte sie sich, war in Penelope gefahren? Die war doch sonst eher ruhig und verträumt und neigte nicht zu lauten Gefühlsausbrüchen.

Ein Klopfen an der Tür ersparte ihr, sich damit beschäftigen zu müssen, wie sie auf die Tränen am besten reagieren sollte.

Bertram steckte den Kopf zur Tür herein: „Guten Morgen, Mama ..." Er unterbrach, als ihm die Szene gewahr wurde, die sich da zu morgendlicher Stunde im Arbeitszimmer seiner Mutter abspielte. Das konnte nur eines bedeuten: „Penelope hat dir also die Wahrheit gesagt", kommentierte er das, was er aus den Tränen seiner Schwester herauszulesen glaubte. „Ein mutiger Schritt fürwahr, Penelope. Ich weiß, dass er dir nicht leichtgefallen ist, und doch wird es dir guttun, dir durch diese Beichte eine Last von der Seele genommen zu haben. Glaub mir, die Wahrheit ist immer noch der beste Weg."

Jetzt war es ihr Sohn, den Ihre Ladyschaft fassungslos anstarrte. Wovon, dachte sie, sprach nun er, um Himmels willen? Was war das überhaupt für eine Familienversammlung so früh am Morgen? Warum ließ man sie nicht einfach in Ruhe arbeiten?

„Bertram Barnett, ich kann dir nicht folgen."

Allein schon die Tatsache, dass ihn seine Mutter mit Barnett und nicht mit Panswick ansprach, zeigte ihm, dass sie ihn für ein lästiges kleines Kind hielt. Der junge Viscount straffte die Schultern, bereit, sich mit Würde zur Wehr zu setzen, da fiel sein Blick auf seine Schwester. Die hatte ihm ihr Gesicht zugewandt. Die Tränen hatten ihre hübschen Augen verquollen. Aber was noch viel schlimmer war, war dieser Blick. *Du hast mich verraten!,* besagte der Blick und Bertram fühlte sich so schlecht wie noch nie in seinem Leben. Wie hätte er denn ahnen sollen, dass Penelope ganz offensichtlich weit davon entfernt gewesen war, ihrer Mutter das Unglaubliche zu erzählen, das ihm Derryhill am Vorabend vor dem Schlafengehen enthüllt hatte? Dass der Mann, den sie für Peter Barnett hielten, sie hinters Licht geführt hatte? Und dass Penelope wusste, wer er in Wirklichkeit war? Wenn sie das nicht soeben eingestanden hatte, warum weinte sie denn dann, verdammt noch mal? Seine Hilflosigkeit machte ihn wütend. Auch in dieser Hinsicht war er Penelope nicht unähnlich.

„Was Bertram sagen wollte, ist …"

Und dann gestand Penelope die ganze, ungeschminkte Wahrheit und begann damit, dass sie sich in London in Henry Bernard Markfield, den Neffen von Lady Daglingworth, verliebt hatte.

„Lady Daglingworth war unsere erste Unterkunftgeberin, du erinnerst dich sicher, Mama. Die Schwester von Mr Grittleton, dem Vermögensverwalter deines Bruders. Der gekommen war, um uns mitzuteilen, dass Lancroft Abbey hoch verschuldet war."

„Wie könnte ich das vergessen?", fragte Ihre Ladyschaft, um gleich anzufügen: „Warum wusste ich bisher nichts von der Existenz dieses … dieses Mr Markfield?"

„Wer erzählt schon gern von einer Liebe, die nicht nur nicht erwidert, sondern gar ausgenutzt wurde, Mama? Dass der Mann nichts als ein gemeiner Spieler ist? Am Spieltisch ebenso wie wenn es um die Gefühle anderer geht?", stellte Penelope die Gegenfrage und Bertram zuckte zusammen. So viel Bitterkeit hatte er in Penelopes Worten noch nie vernommen.

Und dann hörten Mutter und Sohn mit wachsendem Erstaunen zu, wie sich Markfield zuerst auf verschiedenen Veranstaltungen in ihr Herz geschlichen hatte, um ihre Zuneigung zu benutzen, von Derryhill das Geld für ein Offizierspatent zu erpressen. Lady Panswick sagte keinen Ton mehr, sondern beobachtete ihre Tochter mit ernstem Gesicht.

„Es war damals so, wie es auch diesmal war, Mama! Markfield ist offensichtlich immer noch ein Meister darin, andere zu täuschen. Er gewinnt die Zuneigung mit leichtem Herzen und nutzt sie so lange aus, wie es seinen Zwecken dient. Und dann verschwindet er auf Nimmerwiedersehen. Diesmal hat er dich getäuscht, Mama. Hat dir vorgeschwindelt, er sei Papas Neffe, nur damit du ihn zu uns nach Hause bringst. Und was ist der Dank? Er verschwindet bei Nacht und Nebel!“ Wieder traten Tränen in ihre Augen.

Lady Panswick und der Viscount antworteten gleichzeitig.

„Er hat mich nicht getäuscht. Zumindest anfangs nicht!“, sagte Ihre Ladyschaft.

„Ich denke, es ist nicht davon auszugehen, dass er uns freiwillig verließ!“, sagte Bertram.

„Wie bitte?“, fragte Penelope und blickte verwirrt von einer zum anderen.

Natürlich ließ Bertram seiner Mutter den Vortritt. Diese antwortete jedoch nicht sofort, sondern zog die rechte Schublade ihres Schreibtisches auf und begann darin zu kramen. „Wo habe ich es nur? Das muss doch hier irgendwo sein. Ich habe doch … ach, hier ist es!“

Sie reichte Penelope ein zusammengefaltetes, verknittertes Blatt Papier hinüber. Bertram stand auf und stellte sich hinter seine Schwester, um ihr über die Schulter blicken zu können.

„P. Barnett“, las er laut vor, als Penelope keine Anstalten machte, dies zu tun, sondern nur wortlos auf das Papier starrte. „Lancroft Abbey, Tunbridge Wells. Was soll das heißen, Mama? Warum steht hier unsere Adresse? Steht P für Penelope?“

Ihre Ladyschaft nickte: „Wenn ich es aus der jetzigen Sicht beurteile, dann denke ich: Ja, das bedeutet es. Damals im Stall der Drewes, als ich auf den verletzten Offizier aufmerksam gemacht wurde, da gab es für mich nur eine Erklärung, nämlich, dass das P für Peter stünde. Damit nahm ich an, dass es sich bei dem Mann um Peter Barnett handeln musste, den Neffen eures … aber, das wisst ihr ja inzwischen. Das heißt also …" Sie unterbrach sich und starrte ihre Tochter an, als habe sie erst jetzt die Reichweite ihrer Aussage begriffen: „Der verletzte Mann wollte zu dir!"

Penelope nickte und lächelte dabei so selig, dass der strenge Blick ihrer Mutter noch etwas länger auf ihr ruhte. Schließlich schüttelte Ihre Ladyschaft den Kopf und sagte mit einer Stimme, der ihr Unglaube nur zu deutlich anzuhören war:

„Penelope, Penelope, ich erkenne dich nicht wieder. Ich hielt dich für ein verträumtes, etwas weltfremdes junges Mädchen, die das Wohl der Tiere über das Wohl der Menschen stellt. Doch die eine junge Lady ist, der bewusst ist, was sich gehört, und die sich in jeder Lebenslage zu benehmen weiß."

Sie hielt inne und schüttelte abermals den Kopf. Dabei hatte sie ihre Rechte ausgestreckt, als wolle sie ihre Tochter an einer Antwort hindern. Doch die wusste ohnehin nicht, was sie hätte antworten sollen. Sie kannte ihre Mutter viel zu gut, als dass sie Hoffnung hegen konnte, der Einwand, sie hätte ihr *befohlen,* die Betreuung des Fremden trotz angemeldeter Zweifel aufrechtzuerhalten, würde etwas an ihrer Entrüstung ändern. Mutter liebte es nicht, auf eigene Fehler hingewiesen zu werden. Und Penelopes damaliger Protest war ja auch recht halbherzig gewesen.

„Du hast gewusst, wer er war …", setzte Lady Panswick auch schon fort, „… und dennoch bist du jeden Tag zu ihm aufs Zimmer. Ohne Anstandsdame. In meinem Haus. Penelope, wie konntest du nur? Wenn auch nur eine Menschenseele davon erfährt, dann können wir … Ist der Mann von Stand? Hat er vor, dir einen Antrag zu machen?" Ihre letzten Worte klangen hoffnungsfroh.

Dieses kleine Flämmchen der Hoffnung starb sofort wieder, als Penelope den Kopf schüttelte. Auch ihr eigenes seliges Lächeln war so schnell verschwunden, wie es gekommen war.

„Mr Markfield ist nicht in der Lage, zu heiraten. Er verfügt über keinerlei finanzielle Mittel. Das wenige, das er hatte, wurde ihm auf dem Weg hierher gestohlen." *So behauptet er zumindest,* fügte sie in Gedanken hinzu. Dann fiel ihr ein, dass sie keinen Grund hatte, ihm nicht zu vertrauen. Seine Erzählung mit dem Blatt Papier und ihrer Adresse hatte ja auch gestimmt.

Mutters Blick wurde wieder streng und prüfend. Sie wagte ihr nicht mehr in die Augen zu sehen und schnäuzte sich ausgiebig in ihr besticktes Taschentuch.

„Hat er denn keine Verwandten?", wollte ihre Mutter wissen.

Sie hat es wirklich eilig, mich unter die Haube zu bringen, schoss es Penelope durch den Kopf. *Sie würde mich sogar an einen Mann binden, den sie selbst kaum kennt. Der sie getäuscht hat, was seine wahre Existenz betrifft.* So sehr sie sich wünschte, eine Ehe mit Henry Markfield wäre möglich, so bitter traf sie diese Erkenntnis.

„Ich meine natürlich, außer dieser seltsamen Lady Danglingdings", setzte ihre Mutter fort, „denn von der wird mit Sicherheit nicht viel zu holen sein."

„Er ist ein Cousin zweiten Grades des Viscount of Badwell!", warf überraschend Bertram ein, worauf ein resigniertes Aufstöhnen ihrer Mutter folgte.

„Ausgerechnet Badwell!" Es klang, ihrem Seufzer entsprechend, entmutigend. „Dieser Mann ist mir in London ein, zwei Mal über den Weg gelaufen, als ich euren Vater zu Abendveranstaltungen in die Hauptstadt begleiten musste, was nun schon mindestens zehn Jahre her ist. Er ist um einiges älter als ich, natürlich respektabel, aber ein unangenehmer Zeitgenosse. Sein Geiz ist in der Gesellschaft ebenso bekannt und gefürchtet wie seine sittenstrengen Ansichten."

„Er hat Henrys … also Mr Markfields Vater nie verziehen,

eine unstandesgemäße Ehe eingegangen zu sein", informierte Penelope sie. „Mr Markfield hat ihn das letzte Mal gesehen, als er noch ein kleiner Junge war."

Lady Panswick schlug beide Hände auf die Tischplatte. „Da hilft alles nichts, wir werden noch ein weiteres Mal an Derryhills Güte appellieren müssen. Wenn er deine Mitgift erhöht und dir eine monatliche Apanage zur Verfügung stellt, dann müsstet ihr euch eine Existenz aufbauen können. Eine einfache Existenz, aber immerhin."

„Aber Mama", fühlte sich Bertram gezwungen, seiner Mutter entgegenzutreten. „Warum sollte Penelope ein einfaches Leben fristen? Sie kann doch hier auf Lancroft Abbey wohnen, solange sie möchte."

Das fand Penelope so rührend, dass sie aufsprang und ihrem Bruder einen Kuss auf die Wange drückte. Er freute sich sichtlich darüber. Als Familienoberhaupt war es seine Aufgabe, sich um seine Schwestern zu kümmern. Er fühlte, wie seine Brust vor Stolz anschwoll. Stolz, den seine Mutter mit den nächsten Worten zunichtemachte: „Mach dich nicht lächerlich, Bertram! Ich habe deine Auserwählte in den letzten Tagen kennengelernt. Sie ist nicht nur eine hübsche, sondern auch eine energische, junge Dame, die die Aufgaben einer Viscountess durchaus zu erfüllen wissen wird. Ich begrüße deine Wahl, mein Lieber. Doch wenn du eine Spur nachdenkst, statt dich von Sentimentalitäten leiten zu lassen, wirst du wissen, dass sie keine anderen Frauen im Haus dulden wird."

Jetzt schwiegen alle drei. Welchen Sinn hätte es gehabt, die Augen vor der Wirklichkeit zu verschließen und zu protestieren, wenn es nichts zu protestieren gab?

„Ich glaube nicht, dass Derryhill bereit ist, die Mitgift zu erhöhen, falls Penelope Markfield heiratet, Mama", sagte Bertram stattdessen. „Im Gegenteil. Ich fürchte, er wird nicht bereit sein, ihr überhaupt eine Mitgift zur Verfügung zu stellen. Ich mag Henry. Doch Anthony scheint ihn nicht leiden zu können. Sicherlich war er es, der ihn aus dem Haus geworfen hat."

Er verstummte, als beide Frauen ihn mit weit aufgerissenen Augen anstarrten, als habe er soeben etwas Ungeheuerliches von sich gegeben.

„So vermute ich zumindest", versuchte er rasch, seine Worte abzumildern.

„Willst du damit sagen, Henry hat uns nicht freiwillig verlassen?", wollte Penelope wissen und hielt gespannt die Luft an, bis ihr Bruder zaghaft zu nicken begann. Das selige Lächeln, das daraufhin wieder auf ihre Lippen zurückkehrte, entging ihrer Mutter nicht. Sie kommentierte es jedoch mit keinem Wort, sondern wandte sich stattdessen an ihren Sohn: „Was soll das heißen, Derryhill hat ihn aus dem Haus geworfen? Aus welchem Haus? Aus meinem Haus? Aus Lancroft Abbey? Seit wann liegt es denn an Seiner Lordschaft, zu entscheiden, wem ich hier meine Gastfreundschaft gewähre?"

Ihre Augen funkelten vor Zorn. Konnte man es da dem jungen Bertram verdenken, dass er darauf verzichtete, seine Mutter dahingehend zu berichtigen, dass es sich in Wahrheit um *sein* Haus handelte? Und dass Derryhill ihn zumindest zum Teil in seine Aktion miteinbezogen hatte?

Lady Panswick hatte sich zu seinem Glück bereits an seine Schwester gewandt: „Dieser Mister ... dieser falsche Peter ... hat er Anstalten gemacht, dich heiraten zu wollen, wenn deine Mitgift es zulassen würde?"

Diese schüttelte den Kopf. „Nein, im Gegenteil. Er sagte, es widerstrebe ihm zutiefst, als Mitgiftjäger angesehen zu werden."

„Das ehrt ihn zwar", musste Ihre Ladyschaft zugeben, „aber es hilft uns nicht weiter. Außerdem wissen wir ohnehin nicht, wo er sich aufhält. Du musst unter die Haube, bevor dieser Skandal an die Öffentlichkeit dringt." Sie hob abwehrend die Hand, als Bertram protestieren wollte.

„Glaub mir, es kommt ans Tageslicht, dass sich deine

Schwester im Schlafzimmer eines fremden Mannes aufgehalten hat. Doch bis es so weit ist, muss ein Ring an ihrem Finger stecken. Wir müssen Jasper Sterling dazu bringen, dir umgehend einen Heiratsantrag zu machen. Je mehr Augen- und Ohrenzeugen bei diesem Antrag dabei sein werden, desto ausgeschlossener ist es, dass er einen Rückzieher macht, wenn er die Wahrheit erfährt. Die beste Gelegenheit wäre der Ball."

Sie schlug abermals mit beiden Handflächen auf die Tischplatte, und diesmal erhob sie sich. „Ich werde einen Weg finden, wie ich das anstelle. Und jetzt geht. Und du, Penelope, wasch dir die Tränen aus dem Gesicht und richte deine ganze Aufmerksamkeit auf Mr Sterling. Er ist der Einzige, der die Ehre der Familie retten kann."

Kapitel 38

Der weitere Tag verging wie im Flug. Wären Penelopes Gedanken nicht immer wieder zu Henry Markfield abgeschweift, sie hätte die Zeit sehr genossen. Mr Angram begleitete sie nach dem Frühstück zu einem Ausritt. Er hatte nicht zu viel versprochen. Er war tatsächlich ein schneidiger Reiter, der sich auch nicht scheute, über Büsche und kleine Steinmauern zu springen, und sie war stolz und glücklich, ihm die Gegend zeigen zu können, für die er sich aufrichtig zu interessieren schien. Natürlich waren Frederica und Derryhill mit von der Partie. Es war ausgeschlossen, dass ein unverheiratetes Mädchen mit einem Mann alleine ausritt, und man war nach Markfields Verschwinden zur Normalität, also zu den strengen Anstandsregeln zurückgekehrt.

Es waren vergnügliche Stunden zu viert. Wenn sie nicht gerade über die Wiesen galoppierten, ritten sie jeweils zu zweit nebeneinander her und fanden Zeit für fröhliches Geplauder. Die meiste Zeit ritt Penelope neben Angram und hörte ihm zu, wie er über seine Erlebnisse auf dem Kontinent erzählte. Er tat dies mit dem nötigen Ernst, wählte aber die Episoden so gekonnt aus, dass er die Gräuel des Krieges aussparte und seine Erlebnisse eher wie ein einziges großes Abenteuer klangen. Bisweilen gelang es ihm sogar, seine Begleiterin zum Lachen zu bringen. Da sie ihnen den Rükken zuwandte, sah Penelope nicht, dass Frederica und ihr Mann einander in diesen Momenten zufrieden zulächelten. Einmal, für ein kurzes Stück des Wegs, war Penelope neben Derryhill zu reiten gekommen und sie hatte die Gelegenheit dazu genutzt, ihn zu fragen, ob er tatsächlich hinter Markfields Verschwinden steckte. Der Blick, den er ihr daraufhin zuwarf, ließ sie umgehend wieder verstummen. Er war so voller Vorwurf, aber auch voller Enttäuschung. Die Tatsache, dass sich ihr Schwager daraufhin, ohne ein Wort zu sagen, zurückfallen ließ, um zu seiner Frau aufzuschließen, war ihr Antwort genug. *Ich stecke hinter seinem Verschwinden,* schien diese Geste zu sagen, *und ich bin nicht bereit, auch nur ein Wort mit dir darüber zu wechseln.* Nach all dem, was in London vorgefallen war, konnte sie ihm nicht einmal einen Vorwurf daraus machen. Und doch wüsste sie zu gern, wohin sich Henry gewandt hatte und ob es ihm gut ging. Allerdings ging sie nicht davon aus, dass ihr Schwager das wusste. Oder sich auch nur im Geringsten dafür interessierte.

Den Abend verbrachte sie zuerst wieder am Spieltisch, um sich dann wieder ans Spinett zu begeben und Clarissa und Mr Balmore dabei zu begleiten, Lieder zu singen. Mr Angram hatte sich erboten, ihr beim Umblättern der Noten behilflich zu sein. Das Duo hatte sich diesmal, zu ihrem Leidwesen, für romantische Weisen voller Inbrunst und Schmerz entschieden. Und während die beiden unter Bertrams eifersüchtigen Blicken in den Pausen zwischen den Darbietungen kichernd die Köpfe zusammensteckten, hätte Penelope am liebsten in das Schluchzen der Weisen eingestimmt. Warum bloß konnten sie sich nichts Fröhlicheres von ihr wünschen, das sie von ihrem Kummer abgelenkt hätte?

Jasper Sterling hatte sich mit zahlreichen Kerzen an den kleinen Schreibtisch neben der Tür zurückgezogen und beobachtete sie von dort, eine Wange auf die linke Hand gestützt, mit verträumtem Blick. In der Rechten hielt er eine gespitzte Feder, die er ab und zu ins Tintenfass tauchte, um dann damit über ein weißes Blatt Papier zu kratzen und einige Zeilen aufzuschreiben. Frederica kam vom Spieltisch zu ihr herüber. Penelope sah, dass der Earl ihren Platz eingenommen hatte.

„Du hast uns nun genug unterhalten, meine Liebe", sagte sie im Näherkommen und strahlte über das ganze Gesicht. „Wir danken dir ganz herzlich dafür. Doch nun sollst du dich auch vergnügen. Überlass mir das Spinett. Du kannst dich zum Kamin hinübersetzen und ausruhen. Mr Angram, würden Sie wohl die Liebenswürdigkeit haben, meiner Schwester ein Glas Limonade zu bringen? Ich bin sicher, sie ist am Verdursten!"

Noch selten war Penelope so glücklich, vom Spinett wegzukommen, wie an diesem Abend. Frederica war lange nicht so versiert im Spiel wie sie und darum würden jetzt einfachere, fröhliche Weisen den weiteren Abend begleiten. Was für ein Segen! Sie lächelte ihr dankbar zu, wenn sie auch die Bitte an Mr Angram als gar zu durchschaubar empfunden hatte.

Penelope ging zum Sofa hinüber, während Mr Angram pflichteifrig dem Auftrag nachkam, dem man ihm erteilt hatte. Sehr zu seinem Leidwesen fand er den Platz neben Penelope besetzt, als er ihr das Glas reichte. Mr Sterling hatte sich zu ihr gesetzt, das weiße Blatt Papier in der Hand, über das er in der letzten Stunde gebeugt gesessen hatte. Also blieb ihm nichts anderes übrig, als sich einen der schweren Lehnstühle heranzuziehen und den beiden gegenüber Platz zu nehmen.

So habe ich Lady Penelope wenigstens genau im Blick, was Sterling, der neben ihr sitzt, nicht möglich ist, dachte er zufrieden. Er mochte den Mann nicht besonders. *Aber welcher Mann, der etwas auf sich hält,* dachte er geringschätzig, *hat schon eine Vorliebe für Dichter? Noch dazu für einen, der sich stets in den Vordergrund drängt und um Penelope Barnett herumscharwenzelt.*

„Ich habe einen Vers geschrieben und Ihnen gewidmet", hörte er den Poeten nun zu allem Überdruss sagen und sah den glutvollen Blick, den er der jungen Dame dabei zuwarf. „Möchten Sie ihn hören?"

Penelope lächelte liebreizend. „Aber unbedingt! Es gibt nichts, was wir lieber täten. Nicht wahr, Mr Angram?"

Mr Angram sah sich verpflichtet zuzustimmen und murmelte etwas Unverständliches.

Die beiden können einander nicht ausstehen, dachte Penelope amüsiert. Sie waren ja auch zu verschieden. Dennoch schienen sich beide für sie zu interessieren. Ihr Blick glitt von einem zum anderen. Auch wenn sie es vorgezogen hätte, ein ganz anderer Mann würde hier sitzen und ebenso lebhaftes Interesse an ihr bekunden, so fühlte sie sich doch geschmeichelt. Jasper Sterling hatte in der Zwischenzeit mit einer weit ausholenden Geste zu deklamieren begonnen:

„Seh Traurigkeit in deinen Augen
möcht Trost dir spenden mehr und mehr.
Dass Lachen in dein Herz zurück und
Röte in die blassen Wangen kehr."

„So ein Unfug, was unterstehen Sie sich?", lautete Mr Angrams vernichtende Kritik. „Lady Penelope und traurig! Wo haben Sie denn Ihre Augen, junger Freund? Na, sehen Sie, was sie jetzt angerichtet haben mit ihren … ihren … also diesem dummen Gerede."

Die letzten Worte bezogen sich auf die Tränen, die Penelope in die Augen getreten waren.

„Jetzt haben Sie Lady Penelope traurig gemacht, Sie … Sie Poet!", schimpfte Angram weiter, während Jasper Sterling verstört Worte der Entschuldigung stammelte.

Penelope hingegen war nicht traurig, zumindest nicht trauriger als vorher. Nein, sie war gerührt. Während alle fröhlich zur Tagesordnung übergegangen und ihre Familienmitglieder offensichtlich froh waren, dass der Störenfried Markfield das Weite gesucht hatte, hatte Sterling als Einziger die wahren Gefühle entdeckt, die sich hinter ihrer aufgesetzten Fassade von Liebreiz und Fröhlichkeit verbargen. So einem sensiblen jungen Mann war sie noch nie zuvor begegnet. Ihr wurde ganz warm ums Herz. Das Lächeln, das sie ihm nun unter Tränen schenkte, kam aus tiefster Seele.

Kapitel 39

Henry Bernard Markfield saß auf der Bank vor dem Haus, in dem man ihm Quartier gewährt hatte, und blinzelte in die Sonne. Den linken Ellenbogen hatte er bequem neben sich auf der Lehne abgestützt. Wenn er den Arm ruhig hielt, dann schmerzte die Wunde kaum noch. Dennoch konnte er den Tag nicht mehr erwarten, an dem er den Arm wieder voll zum Einsatz bringen konnte. Was für ein schöner, warmer Sommertag! Eine Biene flog summend an ihm vorüber und ließ sich dann sanft auf einer der großen Blüten vor der Hausmauer nieder. Markfield genoss die Ruhe, die ihm in den beiden letzten Tagen ermöglicht hatte, zur Besinnung zu kommen.

Wie konnte ich mich nur so unglaublich feige verhalten?, fragte er sich nicht zum ersten Mal. *Ich bin Offizier, verdammt noch einmal, da zieht man nicht den Kopf ein und flieht, wenn es brenzlig wird.* Man stellte sich dem Feind. Und wenn dies nicht möglich war, dann griff man zu einer List. Und um eine List war er in seinem Leben noch nie verlegen gewesen, warum sollte er also gerade jetzt damit anfangen? Markfield streckte seine Glieder und verspürte plötzlich große Lust auf einen Spaziergang. Er war viel zu lange im Krankenzimmer eingesperrt gewesen. Sobald er das Gespräch, das ihm bevorstand, hinter sich gebracht hatte, würde er zur Schafweide hinübergehen. Der schweigsame Mann, dessen Namen er vergessen hatte, hatte ihm gestern den Weg durch ein kleines Wäldchen gezeigt. Es war kein Wunder, dass Penelope diese Tiere so liebte. Sie waren ruhig und friedlich und wenn man sie beim

Grasen beobachtete, dann konnte man für kurze Zeit alle Sorgen und Nöte vergessen. Und Sorgen hatte Henry Markfield zur Genüge. Vor allem finanzieller Natur. Das Landleben gefiel ihm wider Erwarten ausgesprochen gut. Wenn er hier bliebe, würde er mit viel weniger Geld auskommen als in der Hauptstadt. Vor allem dann, wenn er sich ein wenig nützlich machen konnte. Ein Gentleman hat nicht zu arbeiten, so lautete die ungeschriebene Vorschrift der noblen Gesellschaft. Doch wen interessierte die noble Gesellschaft dort, wo er jetzt war? Ah, endlich, Hufgeklapper! Er hatte schon befürchtet, Matthew würde es nicht schaffen, Lancroft Abbey ungesehen zu verlassen.

Der Reiter bog auf den Vorplatz ein und winkte schon von Weitem. Markfield sah, dass er einen Briefumschlag in der Hand hielt.

„Guten Tag, Leutnant!", grüßte der Bursche, nachdem er sich aus dem Sattel geschwungen hatte. „Es war gar nicht so schwierig, wie ich befürchtet hatte. Wie es der Zufall will, soll ich nämlich diesen Brief hier abgeben."

Markfield streckte die Hand aus: „Den können Sie mir geben! Und nun heraus mit der Sprache, wie läuft es auf Lancroft Abbey? Was gibt es Neues? Erzählen Sie mir alles, was Sie wissen. Ich entscheide dann selbst, was mich davon interessiert."

Das ließ sich Matthew nicht zwei Mal sagen. Und so erfuhr Markfield zuerst Matthews Eindrücke vom vergangenen Tag. Man sei zu viert ausgeritten. Ja, Lady Penelope war mit von der Partie gewesen. Ja, sie schien es genossen zu haben, denn sie kam mit vom Wind zerzaustem Haar und geröteten Wangen zurück. Nach dem Abendessen habe die junge Lady, wie so oft, am Spinett gespielt. Was dann geschah, wusste der Diener leider nicht mehr, da ihn der Butler zu Bett geschickt hatte. Nein, dass Lady Penelope betrübt gewesen wäre, das hatte er beim besten Willen nicht feststellen können.

„Im Gegenteil, Leutnant Barnett, sie schien mir sogar

besonders aufgekratzt und guter Laune zu sein, wenn Sie mir meine Offenheit gestatten. Nicht nur einmal habe ich sie fröhlich lachen gehört."

Mr Markfield sah keinen Anlass, diese Offenheit zu rügen. Er enthielt sich jedoch jeden Kommentars, dachte sich seinen Teil und begehrte dann zu wissen, wie dieser Tag bisher verlaufen war. Darauf erfuhr er, dass man soeben zu einem Picknick aufgebrochen war, um den warmen Sonnentag auszunutzen und den Gästen die schöne Landschaft zu zeigen. Lady Penelope und ihre Mutter teilten sich dabei die Kutsche mit Mr Sterling und seiner Mama. Das habe, wie Matthew kichernd ausführte, Mr Angram dazu veranlasst, sich ein Pferd satteln zu lassen. So hatte dieser Lancroft Abbey hoch zu Ross verlassen und ritt neben der Kutsche her, in der die junge Lady saß. Während sich Markfield eben fragte, ob zwei Verehrer ungefährlicher waren als einer allein, verkündete Matthew so ganz nebenbei, dass er sich doch noch an eine bemerkenswerte Kleinigkeit erinnerte, die sich am Vorabend zugetragen hatte.

„Kurz vor dem Dinner trafen die Musiker ein. Sie wissen schon, die Leute, die morgen am Ball zum Tanz aufspielen werden. Stellen Sie sich vor, Mr Shipton hat extra sein eigenes Büro zur Verfügung gestellt, und so konnten die Mädchen dort den Tisch für die Musiker decken. Man meinte wohl, es ginge nicht an, dass diese Leute am Tisch der Dienerschaft Platz nähmen, und oben bei der Herrschaft wollte man sie anscheinend auch nicht haben."

„Und?", fragte Markfield ungeduldig.

„Sie hatten sich eben zu Tisch gesetzt, da geschah etwas Unerwartetes."

„Nämlich?" Mr Markfield konnte nicht erwarten, dass der Bursche endlich zum Punkt kam.

„Da erschien Ihre Ladyschaft persönlich bei uns im unteren Geschoss. Nicht, dass wir das nicht gewöhnt wären, denn sie kommt mehrmals im Monat, um etwas mit der Haushälterin oder der Köchin abzuklären. Doch diesmal kam Ihre Ladyschaft zu den Musikern." Die Stimme des Dieners hatte einen geheimnisvollen Klang angenommen, der für Markfield so gar nicht zu dieser nichtssagenden Information passen wollte.

„Ja und? Sie wird die Leute begrüßt haben. Ich wüsste nicht, was daran bemerkenswert wäre."

Der Bursche ließ sich durch diese harschen Worte nicht beirren.

„Bemerkenswert war, dass Ihre Ladyschaft die Leute bereits begrüßt hatte und nun ...", er schwieg kurz, um die Spannung zu erhöhen, „und nun kam sie, um den Ablauf des Balls zu besprechen. Nach ein paar Tänzen soll die Kapelle einen Tusch spielen, um die Aufmerksamkeit aller Anwesenden auf sich zu ziehen. Daraufhin würde Lady Panswick eine Ankündigung machen. Ich musste leider nach oben, weil die Köchin rief, ich möge endlich die ersten Speisen auftragen. Darum konnte ich nicht mehr länger lauschen. Das Letzte, was ich gehört habe, war, dass es sich um eine Verlobung handeln würde."

Der Bursche strahlte übers ganze Gesicht, erfreut, nun die volle Aufmerksamkeit seines Gegenübers gewonnen zu haben. „Und seither frage ich mich", setzte er fort, „wer sich wohl zu verloben gedenkt. Der Viscount selbst und diese kleine, hübsche Dame mit der spitzen Nase? Wohl eher nicht, was meinen Sie, Leutnant? Müssten da nicht ihre Eltern zugegen sein? Geht es also um Lady Penelope? Mit wem wird sie sich verloben? Mit dem schönen Mr Sterling oder mit dem schneidigen Mr Angram?"

Markfield verzog unwillig das Gesicht. Das hätte er auch gerne gewusst.

„Bereit, eine Wette abzuschließen, Leutnant?", schlug der Bursche vor. „Ich nehme den Dichter und Sie den anderen. Einen halben Penny wäre mir der Spaß wert."

Doch Mr Markfield hatte keine Lust, zu wetten. Für ihn

war das Ganze alles andere als ein Spaß. Das Einzige, was er wusste, war, dass er rasch handeln musste. War Penelope erst einmal verlobt, dann musste er all seine Hoffnungen auf eine glückliche Zukunft begraben. Dass es eine glückliche Zukunft für ihn nur an der Seite von Penelope Barnett geben konnte, das hatten ihm die letzten Tage ganz klar vor Augen geführt. Er hatte noch immer nicht den Hauch einer Ahnung, wie er dieses Leben je finanzieren sollte, doch er war nicht umsonst für die Leichtigkeit bekannt, mit der er die Widrigkeiten des Lebens nahm. Hatte ihm diese Einstellung nicht immer wieder bewiesen, dass es eine Lösung gab, wenn man sich diese nur fest genug wünschte? Was er brauchte, war Zeit. Kommt Zeit, kommt Rat, sagte das nicht auch schon ein altes Sprichwort? Nur, wie sollte er sich diese Zeit verschaffen, die er so dringend brauchte? Wie sollte er verhindern, dass die Verlobung am morgigen Ball stattfand? Er selbst durfte mit Penelope nicht in Kontakt treten, das stand fest. Derryhill würde ihn ohne zu zögern dem Friedensrichter übergeben. Das Wort eines Earl hatte mehr Gewicht als seines. Und auch wenn man ihn keines Vergehens für schuldig befinden würde, so würden einige Wochen in einem Verlies die Chancen nicht erhöhen, je um die Hand von Penelope anhalten zu können. Sollte er doch Matthew bitten, Penelope eine Nachricht zu überbringen? Nein, beschloss er, kaum dass ihm dieser Gedanke in den Sinn gekommen war. Wie unfair wäre es von ihm, zuzulassen, dass der treue Verbündete zu Schaden kam! Es musste eine andere Lösung geben. Irgendetwas würde ihm einfallen, musste ihm einfallen. Henry Markfield wäre nicht Henry Markfield gewesen, hätte nicht auch in diesem Fall die Zuversicht das Dunkel aus seinen Gedanken vertrieben. Er atmete tief durch, bedankte sich bei Matthew für die Nachrichten und ging ins Haus, um den Brief abzuliefern.

Wie wäre es wohl mit seiner Zuversicht bestellt gewesen, hätte er gewusst, dass noch eine zweite Lady in das Dienergeschoss gehuscht war, um mit den Musikern zu sprechen? Auch dabei ging es um eine Verlobung auf dem Ball. Auch dabei wurde ein Tusch bestellt, um Aufmerksamkeit zu erregen. Sie hörte es nicht gern, aber manchmal hatte Frederica mehr Ähnlichkeit mit ihrer Mutter, als ihr lieb war.

Kapitel 40

Der große Abend war gekommen. Pünktlich um 17 Uhr fuhr die erste Kutsche auf den Vorplatz von Lancroft Abbey ein und ein Gentleman im dunklen Frack half seiner Gemahlin und seiner hoffnungsfrohen ältesten Tochter aus dem Wagen. Und schon fuhr die nächste Kutsche vor dem Haustor vor. Die Diener hatten alle Hände voll zu tun, einen Wagenschlag nach dem anderen zu öffnen und kleine Treppchen bereitzuschieben, damit die Damen in ihren langen Roben gefahrlos aussteigen konnten. Die Gäste wurden begrüßt und ins Haus geführt. Allen Kutschern, die von weiter herkamen, musste der Weg zu den Ställen gezeigt werden. Dort war bereits alles für die müden Pferde vorbereitet.

Es hatte den ganzen Tag wie aus Kübeln geschüttet, doch zum Glück hatte es jetzt am Abend aufgeklart und die schweren, schwarzen Regenschirme, die man vorsorglich bereitgestellt hatte, mussten nicht zum Einsatz kommen.

Im Ballsaal, der sich im südlichen Flügel des Hauses befand, hatte die ganze Familie Aufstellung genommen, um die Gäste zu empfangen. Da der Hausherr noch nicht verheiratet war, kam seiner Mutter die Rolle der Gastgeberin zu. Diese zog ihre Alltagsarbeit auf dem Landsitz gesellschaftlichen Veranstaltungen im Allgemeinen bei Weitem vor, und darum war sie wohl selbst am meisten verwundert, wie sehr sie den Abend bereits in diesem frühen Stadium genoss. Sie hatte, wie sie mit stolzem Blick auf das Empfangskomitee feststellte, auch allen Grund dazu. Bertram war ein würdiger Gastgeber an ihrer Seite, der die Ankömmlinge mit der richtigen Mischung an Freundlichkeit und Noblesse willkommen hieß.

Penelope, die neben ihrem Bruder stand, sah an diesem Abend so besonders bezaubernd aus, dass sich viel Anwesende fragten, wer wohl endlich der Glückliche sein würde, der sie als Braut nach Hause führen konnte. Sie trug ein elfenbeinfarbenes Kleid mit echter Brüsseler Spitze am Dekolleté, das ihren makellosen Teint noch stärker betonte. Lady Derryhill war so reizend gewesen, diese Robe bei ihrer französischen Schneiderin extra für diesen Anlass in Auftrag zu geben. Die hatte Penelopes Maße bei ihrem Debut notiert, und da sie seither weder zu- noch abgenommen hatte, passte das Kleid wie angegossen. Es hob sich in seiner schlichten Eleganz wohltuend von den mit Schleifchen und Bändern verzierten Kreationen ab, die die beiden beliebtesten Schneiderinnen in Tunbridge Wells für den letzten Schrei der Mode hielten.

Während Penelope also nach außen hin eine zauberhafte Figur machte, strahlend lächelte, in angemessene Knickse versank und die vielen Komplimente, die ihr entgegengebracht wurden, mit genau der richtigen Mischung aus Freude, Bescheidenheit und Selbstbewusstsein entgegennahm, sah es in ihr ganz anders aus. In ihrem Herzen tobte ein Kampf zwischen der sehnsuchtsvollen Penelope Barnett und der vernünftigen. Und zu allem Überfluss mischte sich auch immer wieder die gekränkte Penelope dazwischen.

Als sie in der vorigen Nacht nicht und nicht einschlafen konnte, da hatte die Sehnsucht das Kommando übernommen. So war sie aus dem Bett gesprungen, hatte alle verfügbaren Kerzen angezündet und sich darangemacht, die Schublade mit den Strümpfen und Unterhemden nach ihren versteckten Ersparnissen abzusuchen. Auf die Frage: Wo mochte Henry Markfield wohl jetzt sein?, schien es nur eine Antwort zu geben, nämlich: in London. Dort lebte Lady Daglingworth, die einzige Verwandte, der sein Wohlergehen ein Anliegen war. Penelope brauchte einige Minuten, um die vielen Münzen und Scheine zu zählen, und kam dann dennoch aufseufzend zu der bitteren Erkenntnis, dass diese nie und nimmer für eine Fahrt nach London reichen würden. Auch wenn sie sich heimlich die Reisekutsche ihrer Mutter auslieh, so benötigte sie einen Kutscher und ein Mädchen als standesgemäße Begleitung. Auf der Fahrt war eine Übernachtung in einer respektablen Poststation ein absolutes Erfordernis. Und auch in London würden sie Quartier beziehen müssen, sollte Lady Daglingworth sich weigern, ihr Unterkunft zu gewähren. Und davon war nach all den Vorkommnissen vor zwei Jahren auszugehen. Die sehnsuchtsvolle Penelope war drauf und dran, in Tränen auszubrechen.

Willst du wirklich einem Mann nachweinen, der dich so schmählich im Stich gelassen hat?, hatte sich da die gekränkte Stimme zu Wort gemeldet. *Er hat sich bei Nacht und Nebel aus dem Haus geschlichen wie ein gemeiner Dieb!*

Diebe schleichen sich nicht aus dem Haus, sondern für gewöhnlich dort hinein!, korrigierte die Sehnsucht, die mit Logik zu punkten hoffte, wurde aber sofort von der Vernunft in die Schranken gewiesen: *Egal, wo Henry Markfield jetzt auch immer sein mag, er ist nicht der Mann, mit dem du deine Zukunft verbringen kannst. Er denkt gar nicht daran, dich zu heiraten, wie er dir nur zu deutlich klargemacht hat.*

Aber das war doch nur wegen des fehlenden Geldes!, protestierte die Sehnsucht.

Nur wegen des Geldes!, höhnte die Vernunft. *Das wäre schon ein ausreichender Grund, ihm nicht die Hand zu reichen, selbst wenn er um diese angehalten hätte!*

Was er nicht hat, der gemeine Schuft!, warf die Gekränkte ein und hätte am liebsten vor Enttäuschung laut aufgeschluchzt, wurde aber von der Vernünftigen sofort wieder in die Schranken verwiesen: *Einerlei! Er hat kein Haus, in dem ihr wohnen könnt, und du bildest dir wohl nicht ein, dass Clarissa zustimmt, dass Lancroft Abbey künftig das Heim für euch beide darstellen könnte.*

In diesem Punkt waren sich alle drei Stimmen einig. Doch die Sehnsuchtsvolle brachte eine andere Lösung ins Spiel: *Was ist mit White Rose Hill? Lady Stonesdale hat doch den Gedanken erwogen, es dir zu überschreiben!*

Ha!, lachte die Vernünftige auf. *Sie will es dir nur geben, wenn du ledig bleibst! Und außerdem wird sie hoffentlich noch lange nicht das Zeitliche segnen. Außerdem hättest du dann immer noch kein Geld* für dessen Erhalt, *denn Derryhill wird dir kaum deine Mitgift bei der Hochzeit mit dem Mann auszahlen, den er vor wenigen Tagen eigenhändig aus dem Haus geworfen hat.*

Ob der erdrückenden Wahrheit dieser Worte schwieg die Sehnsuchtsvolle und die Gekränkte fühlte sogar eine Spur Erleichterung. Schließlich war Henry Markfield nicht freiwillig gegangen.

Was du jetzt machen wirst, ist Folgendes, bestimmte die Vernünftige und alle drei strafften die Schultern. *Du wirst dir auf dem Ball sowohl Mr Angram als auch Mr Sterling noch einmal ganz genau anschauen und dann die Entscheidung treffen, wem von diesen beiden du in den nächsten Tagen die Hand für den Bund des Lebens reichen willst. Sie scheinen beide sehr angenehme Männer zu sein, die dir ein Leben auf dem Lande in Wohlstand und Frieden bieten können. Ihr werdet euch achten und schätzen und vielleicht kommt ja, wenn ihr euch erst einmal besser kennengelernt und aneinander gewöhnt habt, auch so etwas wie Liebe dazu.*

Diese Entscheidung brachte die Sehnsucht zwar nicht zum Verstummen, ließ sie jedoch so leise werden, dass sie dem Ball und damit auch ihrem weiteren Leben wieder mit etwas mehr Zuversicht entgegenblickte.

Noch immer trafen neue Gäste ein. Shipton war in seinem Element. In seiner besten Livree stand er in der weißen Flügeltür, die zum Ballsaal führte, nahm die Visitenkarten der einzelnen Gäste entgegen und verkündete dann mit seiner kräftigen Bassstimme ihre Namen.

„Der Baron und die Baronesse of Glanwall-Commins!", verkündete er soeben und Lady Panswick reichte der Ankommenden huldvoll zwei Finger zur Begrüßung. Zwischen Mama und der Baronesse herrschte seit ihrer gemeinsamen Kindheit eine tiefe Abneigung. Und beide waren selbstbewusst und starrsinnig genug, die jeweils andere verantwortlich dafür zu halten und es auch nicht als notwendig zu empfinden, diese Abneigung durch Freundlichkeit zu verschleiern. Wären nicht der gutmütige, stets wohlwollend lächelnde Baron selbst und die Konventionen gewesen, die es nicht erlaubten, einen Adeligen aus der Region nicht auf die Gästeliste zu setzen, Lady Panswick hätte keine Zeit zum Überlegen gebraucht, Lady Glanwall-Commins davon zu streichen. So jedoch hatte sie keine Sekunde gezögert, sie einzuladen. Es nicht zu tun, wäre ein Affront gewesen, der sich wie ein Lauffeuer in der Region verbreitet hätte. Außerdem war die Baronesse für ihr scharfes Mundwerk ebenso bekannt wie für ihre Vorliebe, kleine Skandale zu großen zu machen und genussvoll alles auszuschlachten, was sich ihr diesbezüglich bot.

Während Penelope in einen tiefen Knicks versank und beim Hochkommen dem kritischen Blick Ihrer Ladyschaft mit einem Lächeln begegnete, bedauerte sie, dass Lady Stonesdale nicht unter den Gästen sein würde. Ihr war es bisher immer mit Bravour gelungen, die Baronesse im Zaum zu halten. Sie bot ihr mit ihrem exzentrischen Wesen so viel, worüber sie sich entrüsten konnte, dass sie gar keine Zeit hatte, anderen Skandalen und Skandälchen nachzuspüren. Die vernichtenden Worte, die Lady Glanwall-Commins über sie äußerte, interessierten Lady Stonesdale so wenig, wie die ganze Baronesse eine reiche, ledige Tochter eines Herzogs interessieren musste, die im Rang weit über ihr stand und sich längst von den gesellschaftlichen Regeln verabschiedet hatte. Doch Lady Stonesdale hatte heute Mittag endgültig ihr Kommen abgesagt. Das verletzte Bein machte ihr immer noch zu schaffen. Tanzen war ausgeschlossen. Ja, sogar längeres Stehen schien immer noch ein Ding der Unmöglichkeit. Außerdem erwartete sie, wie sie Penelope in ihrem Brief informierte, in dem sie sie bat, ihr Fernbleiben bei ihrer Mutter zu entschuldigen, für den kommenden Morgen die Ankunft ihres Londoner Vermögensverwalters.

„Da brauche ich einen wachen Geist", wie sie im Schreiben in aller Offenheit vermerkte, „und kein benebeltes Hirn von all dem Wein und Ratafia, die ich mit Sicherheit zu mir genommen hätte, um die Gesichter der Tunbridger Gesellschaft zu ertragen."

Kapitel 41

Draußen auf dem freien Feld, keine drei Meilen von Lancroft Abbey entfernt, trottete ein Pferd durch die abendliche Stille. Es war ein solider Gaul, der es gewöhnt war, die Lasten zu ziehen, die man ihm auf den einfachen hölzernen Einspänner geladen hatte. Doch an diesem Abend war der Wagen bis auf den Kutscher leer. Der Mann trug einen groben dunklen Anzug, ohne jede Zier. Da war kein weißes Hemd, keine goldenen Knöpfe, die ihn in der herannahenden Dunkelheit verraten hätten. Er hielt die Zügel locker in seiner Rechten und steuerte das Gefährt mit sicherer Hand direkt auf die Schafweide von Lady Stonesdale zu. Dort angekommen, sprang er behände vom Bock, nahm zwei aufgerollte Seile, die neben ihm auf der brüchigen Lederbank lagen, und suchte die Stelle im Zaun, die der Stallmeister Ihrer Ladyschaft erst kürzlich notdürftig repariert hatte.

Was für ein Glück, dass er noch nicht die Zeit gefunden hatte, den Zaun zu erneuern, dachte der Mann und schob eines der Bretter zur Seite. Er musste sich zwar bücken, doch dann kam er ungehindert in die Schafsherde hinein. Der strömende Regen während des Tages hatte den Boden aufgeweicht, und er versank bis zu den Knöcheln in Lehm und nassem Gras. Doch nichts hätte den Mann weniger interessieren können. Denn er hatte einen Plan und ein Ziel vor Augen und das war es allemal wert, sich die Kleidung zu ruinieren. Schon hatte er das erste Seil um den Hals des schwarzen Schafes gebunden. Es wehrte sich, doch er zog es unbarmherzig, unter Aufbringung seiner ganzen Kräfte, zum Wagen. Die beruhigenden

Worte, die er dabei sprach, verfehlten jegliche Wirkung. Ein weißes Schaf schob sich in seinen Weg und er musste alles daransetzen, mit dem schwarzen Tier die Koppel zu verlassen, ohne dass ihnen das weiße folgte. Das gelang erst nach einigen Bemühungen. Die Worte, die er dabei ausstieß, waren längst nicht mehr beruhigend, sondern ungehalten und befehlend, durchbrochen von lauten Fluchen und Schreien, die man auch als Schmerzensschreie auslegen konnte. Doch all das war den Schafen offensichtlich egal. Während er das schwarze auf die Ladefläche des Wagens hob, bäumte und zappelte es und machte ihm seine Aufgabe so schwer wie möglich. Die anderen Tiere grasten hingegen ungerührt weiter und zeigten nicht das geringste Interesse am Schicksal ihres Gefährten. Kaum eine Viertelstunde später landete ein zweites Schaf auf demselben Weg auf der Ladefläche. Diesmal ein schwarzes mit einem weißen Kopf. Der Mann hatte dafür noch länger gebraucht als beim ersten.

„Zum Glück seid ihr noch jung und noch nicht so schwer wie die anderen. Sonst hätte ich euch nie auf den Wagen geschafft!", murmelte der Mann den beiden Schafen zu, bevor er sich noch einmal vergewisserte, dass er den Zaun wieder ordnungsgemäß geschlossen hatte und kein weiteres Tier entkommen konnte. Dann griff er zu dem altmodischen dunklen Dreispitz, der im Wagen lag, und drückte ihn sich aufs Haupt, sodass alle Haare verdeckt waren. Dann sprang er auf den Kutschbock und der Wagen setzte sich in Bewegung. Was hätte Penelope wohl gedacht oder gefühlt, hätte sie gewusst, dass sich ausgerechnet Darky und Halfy, ihre beiden Lieblingsschafe, soeben mit unbekanntem Ziel auf die Reise gemacht hatten?

Doch Penelope ahnte von all dem naturgemäß nichts und so konnte sie sich dem Ballvergnügen hingeben. Natürlich dachte sie immer wieder an Henry Markfield, aber da sie ihn noch nie im Ballsaal von Lancroft Abbey erlebt hatte, fehlte er ihr auch nicht so stark, dass sie das Ereignis nicht hätte genießen können.

Ihre Ballkarte hatte sich, wie zu erwarten war, rasch gefüllt und so musste sie keinen Tanz auslassen, um am Rande des Saals im Kreise der Anstandsdamen das muntere Treiben zu beobachten. Jasper Sterling hatte sie zu einer ländlichen Tanzfolge geführt, während Mr Angram sich für die erste Quadrille eingeschrieben hatte. Mr Sterling brachte ihr ein Glas Limonade, als sie in einer Pause etwas schwindlig von den vielen Drehungen auf eine der Sitzgelegenheiten sank, die man neben den großen Fenstern zum Park hinaus aufgestellt hatte. Während er davoneilte, um ihr Glas nachzufüllen, hatte Mr Angram neben ihr Platz genommen, um ihr zum gelungenen Abend zu gratulieren und sie mit einer Anekdote zu unterhalten, deren Zeuge er bei einem Ball gewesen war. Wenn sie mit anderen Herren tanzte, dann spürte sie stets zwei Augenpaare auf sich gerichtet. Der eine Blick kam aus dunklen Augen mit einem romantisch dramatischen Ausdruck des Schmerzes, die zu einem Mann mit ausgesprochen schönen Gesichtszügen gehörten. Der andere schoss unter den hochgezogenen Augenbrauen eines Mannes hervor, der dabei die Zähne aufeinander presste und den Eindruck machte, er würde jedem Rivalen um ihre Gunst am liebsten beim wohlgeknüpften Halstuch packen und eigenhändig aus dem Saal zerren. Penelope musste insgeheim kichern. Der Ernst, mit dem die beiden so unterschiedlichen Männer ihr ihre Aufmerksamkeit schenkten, ehrte sie einerseits. Andererseits fand sie es aber auch zu komisch. Henry würde Tränen lachen, wenn sie ihm davon erzählte! Da fiel ihr ein, dass sie wohl nie die Gelegenheit dazu haben würde, und schon waren es ihre Augen, in denen Tränen aufstiegen. Das allerdings waren keine Lachtränen. Zum Glück kam in diesem Augenblick Bertram und sie musste sich auf ein ganz anderes Problem konzentrieren.

„Sie gestatten?" Er nickte dem jungen Mann zu, der Penelope von der Tanzfläche hatte führen wollen, und bot ihr seinen Arm an.

Die Kapelle hatte eine Pause eingelegt und Matthew kam, um ihnen Erfrischungen anzubieten. Auch Lady Panswick ließ es sich ganz offensichtlich nicht nehmen, den Musikern ihre Hochachtung auszusprechen. Zumindest sah Penelope aus den Augenwinkeln, wie sich Mama mit dem Kapellmeister unterhielt, bevor Bertram sie gnadenlos weiterzog.

Da keine Musik spielte, hatten einige Paare begonnen, im Tanzsaal im Kreis zu promenieren, um sich weiterhin unterhalten zu können. Andere Mädchen wurden zu ihren Anstandsdamen gebracht, bevor sich die Männer in die angrenzende Bibliothek begaben in der Hoffnung, dass ihnen ein freier Platz an einem der Spieltische angeboten wurde. Penelope und ihr Bruder reihten sich in die Reihe der Promenierenden ein.

„Ich kann Clarissa nirgendwo finden", hörte sie ihn sagen. „Wann hast du sie denn das letzte Mal gesehen?"

Seine Schwester überlegte und musste aber dann zugeben, dass sie gar nicht darauf geachtet hatte, wo sich die Herzogstochter aufhielt.

„Als wir die Gäste begrüßten, stand sie doch neben Frederica, damit man ihr die Besucher vorstellen konnte, nicht wahr?" Vage erinnerte sie sich an eine kleine Person in pinkfarbener Seide. „Aber dann", sie schüttelte bedauernd den Kopf, „tut mir leid, Bertram, dann habe ich nicht mehr auf sie geachtet. Hast du gesehen, welche Bemühungen Mr Angram und Mr Sterling unternehmen, um mich den ganzen Abend nicht aus den Augen zu lassen? Sieh nur, dort drüben! Aber sei vorsichtig, damit er deinen Blick nicht bemerkt! Dort steht Mr Angram an der Wand neben der Eingangstür und verfolgt uns mit Blicken. Kann es denn möglich sein, dass er sogar auf dich eifersüchtig ist? Meinen eigenen kleinen Bruder?" Sie ließ ein glockenhelles Lachen ertönen.

„Denkst du, sie könnte in den Garten hinausgegangen

sein, um unter den Bäumen zu promenieren? Immerhin ist es noch nicht dunkel und da ..."

Da sie in diesem Augenblick an den bodenhohen Fenstern vorbeikamen, warf seine Schwester einen skeptischen Blick nach draußen. Der weitläufige Park lag in abendlicher Stille. Ein leichter Windhauch fuhr durch die nassen Blätter der Bäume und erzeugte für einen Moment die Illusion, es hätte wieder zu regnen begonnen. Die schweren Blüten der Rosen ließen ihre Köpfe hängen.

„Es mag zwar noch nicht dunkel sein, Bertram, aber es ist ein kühler Abend und es hat den ganzen Tag geregnet. Ich kann mir nicht vorstellen, welchen Grund Clarissa haben sollte, sich in den Garten zu begeben."

„Aber irgendwo muss sie doch sein!", fuhr Bertram auf. „Hier im Saal ist sie nicht. In der Bibliothek auch nicht, dort habe ich schon nachgesehen. Und in Mamas Salon, in dem sich einige der alten Schachteln versammelt haben, um den neuesten Klatsch auszutauschen, ist sie ebenfalls nicht. Dort führte übrigens die Baronesse of Glanwall-Commins das große Wort. Eine schreckliche Frau, direkt furchterregend. Oh, wenn man vom Teufel spricht ..."

Penelope folgte seinem Blick und sah, wie eine Gruppe älterer Damen den Ballsaal betrat und von ihrer Mutter zu einer kleinen Sitzgruppe dirigiert wurde. Ihnen voran die strenge Baronesse, die offensichtlich wenig Freude darüber empfand, den Raum wechseln zu müssen.

„Ich hoffe, meine teure Lady Panswick, nun folgt ein Höhepunkt des Abends, der diese Strapaze wert war!", hörte Penelope die unzufriedene Stimme.

Ihr Blick suchte ihre Mutter, die nun begonnen hatte, die Kartenspieler aus der Bibliothek in den Saal zu bitten. In diesem Augenblick spielte die Musikgruppe einen lauten Tusch. Die Promenierenden hielten erstaunt im Gehen inne und verharrten am Platz. Bertram folgte ihrem Beispiel und blickte zu Penelope hinunter. „Weißt du, was Mama vorhat?"

„Ich habe nicht die geringste Ahnung", antwortete diese mit einem bangen Gefühl im Herzen. Sie blickte zuerst zu ihrer Mutter, die nun mit stolzgeschwellter Brust neben dem Kapellmeister Aufstellung genommen hatte, und entdeckte Jasper Sterling an ihrer Seite. Er sah nicht ganz so stolz, sondern vielmehr ängstlich in die Runde. *Um Himmels willen,* dachte Penelope und spürte, wie sie in Panik geriet. Es konnte doch nicht sein, dass Sterling ihr hier, vor versammelter Gästeschar, einen Antrag machte! Ein zweiter Blick auf ihre Mutter, die sich nun ihr zugewandt hatte, ließ keinen Zweifel daran zu, dass sie es war, die dieses Ereignis eingefädelt hatte, von dem man gewiss noch lange sprechen würde. Nie und nimmer wäre der verträumte, schüchterne junge Mann von selbst auf ein derart mutiges Vorhaben gekommen! Ihre Mutter hingegen war sich sicher, dass Penelope seine Frage mit „Ja!" beantworten würde. Zum einen hatte sie versprochen, den nächsten Antrag keinesfalls abzulehnen, und zum zweiten würde sie es nicht übers Herz bringen, einen so netten, gutmütigen Menschen wie Jasper Sterling vor versammelter Gesellschaft bloßzustellen.

Reflexartig ruckte ihr Blick weiter zur Eingangstür. *Flucht! Nur raus hier!,* war der Impuls, der ihr Denken beherrschte. Sie konnte ja vorgeben, von dem sich anbahnenden Heiratsantrag nichts mitbekommen zu haben und sich auf die Suche nach Clarissa zu machen.

„Soll ich vielleicht in ihrem Zimmer nachsehen, ob …", begann sie daher. Doch was sie neben der Eingangstüre sah, verschlug ihr die Rede. Dort standen Mr Angram, flankiert von Frederica, und Lord Derryhill, und alle drei blickten zu ihr herüber. Penelope kannte ihre Schwester zu gut, als dass sie dieses Lächeln nicht hätte deuten können. Offensichtlich hatte Freddy das Vorgehen auf der Bühne und Mutters Aktionen nicht mitbekommen oder falsch gedeutet.

Hilfe!, dachte Penelope, hier kommt der nächste Anwärter um meine Hand.

Das Reden und Lachen der Umstehenden war verstummt. Die einen blickten zu Lady Panswick, gespannt auf deren nächste Worte. Die anderen auf die Dreiergruppe, die so zielsicher das Tanzparkett durchmaß. Und wieder andere Augen waren auf sie gerichtet, wohl ahnend, dass jetzt ihr großer Augenblick gekommen war. Nur Bertram war weiterhin ahnungslos: „Wenn es dir nichts ausmacht, dann wäre es sehr nett von dir, wenn du in Clarissas Zimmer …"

Sie ließ ihn nicht ausreden, schürzte die Röcke und eilte in großen Schritten in Richtung Eingangstür. Aus dem Augenwinkel nahm sie wahr, dass Matthew, der Diener, ganz nah an eines der Fenster getreten war. Suchte er etwa auch den Garten nach Clarissa ab? Oh, jetzt wäre sie beinahe in ihre Schwester hineingelaufen! Tief atmend blieb Penelope stehen. Frederica hatte einen Schritt zur Seite gemacht und sich ihr in den Weg gestellt. Ihre Wangen glühten vor Aufregung und Vorfreude.

„Lass mich vorbei, Freddy, bitte!", startete Penelope einen flehentlichen Versuch. Sie bemerkte, wie Frederica überrascht die Augen aufriss. Ja, hatte sie denn wirklich gedacht, ein Heiratsantrag vor all diesen Leuten würde ihr Freude bereiten?

„Meine liebe Penelope, würdest du bitte zu uns auf die Bühne kommen?", hörte sie in diesem Augenblick die Stimme ihrer Mutter und sie wusste, dass es kein Entrinnen mehr gab. Und dann überschlugen sich die Ereignisse.

Kapitel 42

Lady Panswick streckte beide Hände nach ihrer zweitältesten Tochter aus und umfasste sie mit festem Griff. *Mach mir jetzt ja keine Schande!*, schien ihr eindringlicher Blick zu sagen. *Vergiss nicht, was du mir versprochen hast!*

Alles in Penelope wehrte sich. Wehrte sich gegen die Idee, hier vor den neugierigen Augen der Menschen einen Heiratsantrag annehmen zu müssen. In den nächsten Tagen würde sie damit für Gesprächsstoff in der ganzen Grafschaft sorgen. Wie typisch für ihre Mutter! Wenn es darum ging, zu beweisen, dass sie die Stärkere war, wenn es darum ging, ihren Willen durchzusetzen, dann schreckte sie auch nicht davor zurück, zu unkonventionellen Mitteln zu greifen. Penelope war großjährig, man konnte sie zu nichts mehr zwingen. Aber egal wie alt sie auch werden mochte, man würde sie immer moralisch unter Druck setzen können. Und so stand sie also vor ihrem fünften Heiratsantrag. Sie hatte doch selbst tagelang gedacht, Jasper Sterling wäre ein geeigneter Gemahl. Er war freundlich, liebenswert, feinfühlig und belesen. Und statt einem Tier irgendein Leid zuzufügen, würde er eher in einem Gedicht dessen Schönheit preisen. Und doch war ihr mit einem Schlag bewusst, dass ihr das zu wenig war. Dass sie ihn nicht liebte. Und, was noch schlimmer war, dass er und seine Poesie dabei waren, sie unglaublich zu langweilen. Wer wollte schon einen langweiligen Mann? Sie sicher nicht! Also wollte sie auch keinen Antrag. Weder in einem stillen Kämmerlein und schon gar nicht vor versammelter Gästeschar. Doch sie wusste, dass ihr dieser Antrag unmittelbar bevorstand. Und sie wusste auch, dass ihr nichts anderes übrig blieb, als dieser Verlobung zuzustimmen.

„Typisch die Panswick", hörte sie Lady Glanwall-Commins, die sich mit dem, was sie wohl selbst als gedämpfte Stimme hielt, an ihre Sitznachbarin gewandt hatte. „Macht erst ein großes Tamtam und dann lässt sie uns warten. Geht es etwa um das junge Fräulein?"

Penelope wagte nicht, hinzusehen. Sie wusste auch so, dass Ihre Ladyschaft mit dem Fächer auf sie zeigte. Vereinzelt war unterdrücktes Lachen zu hören. Sonst herrschte erwartungsvolle Stille.

Penelope straffte die Schultern. Sie wusste, dass sie, wenn sie nicht die gesamte Familie bloßstellen wollte, in der Falle saß. Dass ihr nichts anderes übrig blieb, als ihren Widerwillen gegen diese Verlobung mit aufgesetzter Freude zu überspielen. Also bemühte sie sich um ein Lächeln. Es kam nicht vom Herzen, doch sie wusste, dass das kaum jemand bemerken würde. Wer machte sich denn schon die Mühe, hinter ihre schöne Fassade zu blicken? Natürlich schoben sich bei diesem Gedanken die blauen Augen von Henry Bernard Markfield in ihre Gedanken. Sie schob sie weg. Natürlich trat eine Träne in ihren Augenwinkel. Sie wischte sie ab. *Wäre ich doch nur so mutig wie meine liebe Lady Stonesdale!*, war das Nächste, das ihr durch den Kopf ging. Warum wagte sie es nicht, der Gesellschaft den Rücken zu kehren und als ledige Frau … Ach, es hatte doch keinen Sinn, die Augen vor der Wahrheit zu verschließen! Sie wollte nicht ledig bleiben. Sie wollte …

Das Streichen eines Daumens über ihre Handfläche holte sie in die Wirklichkeit zurück. Überrascht bemerkte sie, dass es nicht mehr Mutters Hände waren, die sie hielten. Nein, es war Jasper Sterling, der ihre Rechte ergriffen hatte und der nun dabei war, vor ihr auf die Knie zu sinken. Ein Raunen ging durch die Zuschauermenge.

„Na, endlich!", entfuhr es Lady Glanwall-Commins. „Das

wurde auch Zeit. Los, Mädchen, sag schon Ja. Ich will an den Spieltisch zurück. Ich habe das perfekte Blatt in Händen."

Nun war auch dem Dümmsten klar, was auf der Bühne vor sich ging. Und Mr Angram.

„Meine ... äh ... liebe ... äh ... Lady Penelope", hörte sie Sterlings Stimme, die ungewöhnlich rau klang. Sie blickte zu ihm hinunter und stellte fest, dass sie nicht die Einzige war, die litt. Jasper Sterlings Kopf war hochrot angelaufen und er schwitzte so stark, dass seine schwarzen Locken an der Stirn klebten und Schweißperlen die Wangen hinunterliefen, um dann feuchte Flecken auf seinem kunstvoll gelegten Halstuch zu hinterlassen.

Am liebsten hätte sie ihm ein *Sie müssen es nicht tun!* zugeflüstert. Aber unter dem erwartungsvollen Blick so vieler Menschen wagte sie es nicht, sondern richtete stattdessen ihre Augen geradeaus durch eines der großen Fenster. Noch konnte sie die Konturen der einzelnen Büsche klar erkennen. Es dämmerte zwar schon, doch noch hatte sich die Dunkelheit nicht über das Land gelegt.

Jasper Sterling nahm inzwischen einen zweiten Anlauf: „Liebe Lady Penelope. Darf ich mit einem Gedicht das ausdrücken, was ich für Sie empfinde?" Er begann in der Innentasche seines Jacketts zu kramen.

„Die freie Rede ist nicht so ... vor allen Leuten ... noch dazu ... – Wo ist es denn?", hörte sie ihn stammeln. Dann zog er mehrere zusammengefaltete Blätter aus der Innentasche seines Fracks und suchte hektisch nach dem richtigen. Penelope starrte weiter in den Garten hinaus. Sie hatte gehofft, die unangenehme Angelegenheit rasch hinter sich bringen zu können, und nicht damit gerechnet, dass sie von Minute zu Minute noch peinlicher werden könnte.

Auch ihre Mutter schien ungehalten zu sein.

„Warum haben Sie das Blatt nicht schon vorher aus der Jacke genommen, wenn Sie schon meinen, dass ein Gedicht sein muss?", hörte sie sie sagen.

„Also, was ist jetzt?", fragte Lady Glanwall-Commins. Sie versuchte nicht einmal mehr, ihre Lautstärke zu dämpfen.

Und noch eine andere Stimme war laut und deutlich zu hören – die von Mr Angram. Die von einem sehr verärgerten Mr Angram, um genau zu sein.

„Das verstehe ich jetzt nicht, Lady Derryhill, mit allem Verlaub!"

Penelope blickte zu der Stelle hinüber, von wo dieser Satz kam, und sah ihre Schwester, die verzweifelt nach Worten rang. *Ach, Frederica, nicht du auch noch!*, ging es ihr durch den Kopf. Warum glaubten bloß alle, sie wüssten am besten, was für sie gut war? Warum sprachen sie nicht mit ihr, statt über ihren Kopf hinweg ihre gut gemeinten Ränke zu schmieden?

„Sie haben mich ermutigt, Lady Derryhill. Sie haben meinen Hoffnungen Vorschub geleistet. Und jetzt muss ich mit ansehen, wie dieser Dichterling …"

„Määäh!"

„Was in drei Teufels Namen …?" Mr Angram unterbrach seine wütende Rede und starrte zum mittleren der fünf großen Fenster hinüber, die bis zum Boden reichten. Alle anderen beeilten sich, es ihm gleichzutun, und auch Penelopes Blick folgte dem seinen.

Wie von Geisterhand hatte sich das Fenster geöffnet und ein schwarzes Schaf schaute neugierig in den Saal hinein. Daneben stand der Diener Matthew und tat so, als würde er sich auf nichts anderes als auf die Gläser konzentrieren, die er auf einem silbernen Tablett ordnete.

„Määäh!", blökte das Schaf abermals.

Jetzt kam Leben in die Gästeschar.

„Um Himmels willen, so schließen Sie doch das Fenster!", rief jemand. „Sonst kommt das Vieh noch in den Ballsaal."

„Seht nur, da ist ja noch ein zweites!", rief eine Dame aufgeregt. Hinter dem schwarzen Schaf war ein schwarz-weißes aufgetaucht.

Bevor der Diener reagieren konnte, hatte Lady Panswick

die Angelegenheit selbst in die Hand genommen. Mit energischen Schritten ging sie durch den Saal, schloss das Fenster und zog den Samtvorhang zu.

Nun kam auch Leben in Penelope, die bisher wie erstarrt an ihrem Platz gestanden war und nicht wusste, wie ihr geschah. Am liebsten hätte sie laut losgelacht. Halfy und Darky hatten so komisch ausgesehen, wie sie da ihre Köpfe zum Fenster hereinstreckten.

„Was für ein Theater!“, hörte sie Lady Glanwall-Commins sagen. „Nur, weil sich an diesem Abend die Schafe ausnahmsweise nicht nur *im* Ballsaal befinden!“ Sie ließ ihr bekannt bellendes Lachen hören und es waren nicht wenige, die darin einstimmten.

Die anderen rümpften pikiert die Nase oder starrten auf Lady Panswick in neugieriger Erwartung, was als Nächstes kommen würde.

„Mr Sterling, es besteht wahrlich kein Grund, sich von zwei Schafen aus dem Konzept bringen zu lassen!“, sagte Ihre Ladyschaft da auch schon mit strengem Tonfall. „Schafe sind hier auf dem Lande etwas Alltägliches. Also, fahren Sie fort …“

Schafe mochten zwar auf dem Lande etwas Alltägliches sein, ging es Penelope durch den Kopf, aber sicher nicht im Park von Lancroft Abbey! Das waren ohne Zweifel ihre beiden Lieblingslämmer von Lady Stonesdales Weide. Wie waren sie von dort entkommen? Mr Rolesford hatte von einem kaputten Zaun gesprochen. Um Himmels willen, hieß das etwa, dass alle Schafe Ihrer Ladyschaft das Weite gesucht hatten und nun dabei waren, sich über die ganze Landschaft zu verteilen? Sie musste etwas unternehmen, und zwar sofort!

„Mr Sterling, wären Sie wohl bereit, mir dabei zu helfen, die Schafe einzufangen?“, fragte sie, ohne darauf geachtet zu haben, was der junge Mann soeben zu ihr sagte. Dieser blickte fassungslos von dem Blatt Papier auf, das er in Händen hielt.

„Äh … Schafe?", wiederholte er, gerade so, als habe er den Vorfall soeben nicht mitbekommen.

„Ja, die Schafe!" sagte sie ungeduldig und fügte hinzu, als ihr gewahr wurde, dass er immer noch vor ihr kniete: „So stehen Sie doch auf! Sind Sie bereit, mir zu halfen, die Schafe einzufangen?"

Er tat, wie ihm geheißen, und klopfte sich dann den Staub von den Knien. „Ich verstehe nicht ganz."

Dann blickte er unsicher von Penelope zu Lady Panswick und wusste nicht, was er tun sollte. Den Antrag fortzusetzen wagte er nicht mehr, obwohl ihn der Blick der Älteren dazu aufzufordern schien. Aber hinaus in den kalten Abend? Wegen ein paar Schafen? Er hatte eine Heidenangst vor diesen Tieren. Sie waren so unberechenbar.

„Aber es hat doch den ganzen Tag geregnet …", stammelte er schließlich. „Ich fürchte, ich habe nicht das richtige Schuhwerk an …"

„Haha, er hat nicht das richtige Schuhwerk an!", kam da die höhnische Reaktion von Mr Angram, der sich nun als Herr der Lage fühlte. Er durchmaß mit energischen Schritten den Ballsaal, den Kopf wie ein Sieger erhoben. „Das war sicher ein Test, mein lieber … Dichterling. Und bei diesem Test haben Sie, wie wir alle bezeugen können, kläglich versagt. Lassen Sie mich die Dinge in die Hand nehmen, meine liebe Lady Penelope. Wenn Sie mir gestatten, werde ich den Dienern Beine machen. So eine Nachlässigkeit muss bestraft werden. Ich werde in diesem Anwesen sofort für Ordnung sorgen …"

Penelope sah entgeistert von dem Mann, aus dessen Mund die unerhörten Worte gekommen waren, zu ihrer Mutter hinüber und entnahm ihrem Gesichtsausdruck, dass es sich nur mehr um Sekunden handeln konnte, bis sich Mama auf ihn stürzen würde. Wer es wagte, irgendetwas an oder auf Lancroft Abbey zu kritisieren, der hatte sich eine mächtige Feindin zugezogen.

Sie blickte sich um und stellte aufatmend fest, dass ihr Bruder noch immer einige Schritte hinter ihr stand. Sie ging zu ihm hinüber und zupfte ihn am Jackett. „Bertram! Hilfst du mir, die Schafe einzufangen?“

Ihr Bruder nickte und während die Gäste Zeugen wurden, wie Lady Panswick Mr Angram mit schneidenden Worten in die Schranken wies, nutzte das Geschwisterpaar den passenden Augenblick und schlüpfte durch eine Seitentür in den Flur hinaus.

„Danke, Bertram“, flüsterte Penelope ihm zu. „Du bist der einzige Mann im Saal, auf den ich mich verlassen kann.“

Obwohl er sich offensichtlich über ihre Worte freute, mahnte er zur Eile. „Wenn Mama feststellt, dass du dich heimlich davongeschlichen hast, dann erwartet uns ein Donnerwetter, gegen das ihre Worte an Mr Angram sich wie ein mildes Lüftchen anfühlen werden. Also nichts wie weg hier! Du nimmst den Vordereingang, ich den Hintereingang. Vielleicht haben wir ja Glück und es handelt sich nur um diese beiden Schafe. Die werden wir dann wohl rasch eingefangen haben.“

Kapitel 43

Penelope trat durch die schwere Vordertür ins Freie. Sie sah nach rechts, sie sah nach links. Kein Schaf weit und breit! Ob sie kamen, wenn sie sie rief? Sie versuchte es mit einem zaghaften „Halfy!" Wie gut, dass Mama die Samtvorhänge zugezogen hatte. Sie hatte keine Lust, von den Gästen dabei beobachtet zu werden, wie sie das Haus umrundete. Und gehört werden wollte sie auch nicht. Also noch einmal ein zaghaftes „Halfy!"

Natürlich verhallten ihre Rufe ungehört. Sie hätte wohl auch brüllen können und es hätte nichts daran geändert. Ein Schaf war eben kein dressierter Hund, der auf Befehl folgte. Also war es wohl am klügsten, sie begab sich zum Stall, um Hilfe zu holen. Zu zweit würden Sie es nie schaffen, den Park abzusuchen. Wo Bertram blieb? Wahrscheinlich versuchte er sein Glück im Garten hinter dem Haus. Der liebe Bertram! Wie schön, einen Bruder zu haben, auf den sie sich in jeder Situation verlassen konnte. Wie schrecklich, ihn an eine Frau zu verlieren, die dieses gute Verhältnis mit Sicherheit hintertreiben würde.

Vor den Stallungen herrschte lebhafter Betrieb. Männer standen in kleinen Gruppen beieinander, anscheinend wurde lebhaft diskutiert, einer lachte laut auf. Kurz verhielt Penelope im Schritt. Daran hatte sie nicht gedacht! An jedem anderen Tag lagen die Stallungen um diese Zeit ruhig und friedlich, und meist war nur mehr einer der Burschen bei der Arbeit, um die Pferde zu versorgen. Heute war das natürlich anders.

Mit einem Kloß im Hals stellte sie fest, dass ihr nichts anderes übrig bleiben würde, als sich in einer Runde fremder Männer zu Wort zu melden. Vielleicht hat das Ganze auch etwas Gutes, redete sie sich ein. Mit so vielen Männern würde es viel einfacher sein, die Ausreißer zu finden. Die Tatsache, dass ihr noch kein Schaf über den Weg gelaufen war, schien darauf hinzuweisen, dass nicht die gesamte Herde herumstreunte. Was für ein Zufall, dass es ausgerechnet ihren beiden Lieblingslämmern gelungen war, zu entkommen. Wieder blickte sie sich um. Es war doch seltsam, dass von Bertram immer noch nichts zu sehen war. Um wie viel lieber wäre es ihr gewesen, *er* hätte die fremden Burschen bitten können, bei der Schafssuche zu helfen.

„Lady Penelope!", hörte sie da Mr Reading, den Stallmeister, von Weitem rufen und ihr fiel ein Stein vom Herzen, ein vertrautes Gesicht zu erblicken. Freudigen Schrittes eilte sie ihm entgegen. Sie hatte dabei ihr Kleid leicht angehoben, konnte aber nicht verhindern, dass der Saum mit jedem Schritt etwas mehr mit Lehn bespritzt wurde. Zu den Schuhen wollte sie gar nicht erst sehen. Es reichte, dass sie die Feuchtigkeit spürte, die durch den Seidenstoff drang. Ihre Mutter würde sehr ungehalten sein, wenn sie sie in diesem Zustand sähe. Penelope seufzte. Das war allerdings bei dem Zorn, den sie damit verursacht hatte, dass sie den Ballsaal verließ, ohne einen Antrag angenommen zu haben, ohnehin nicht mehr weiter beachtenswert.

„Määh!", kam es von ihrer linken Seite.

Der Stallmeister war ihr entgegengekommen und zeigte nun auf einen einfachen Holzwagen, auf dessen Ladefläche zwei Schafe standen. Das eine war schwarz. Das andere schwarz mit einem weißen Kopf. Penelope konnte ihren Augen kaum trauen.

„Wenn Sie die beiden Ausreißer hier suchen, Mylady", sagte der Stallmeister, offensichtlich gut gelaunt, „dann wird es Sie freuen, dass es uns gelungen ist, sie wieder einzufangen."

„Oh, Mr Reading, vielen, vielen Dank!", rief Penelope aus und wäre dem Bediensteten vor Freude am liebsten um den Hals gefallen. Doch das war natürlich ein Ding der Unmöglichkeit. Die vielen neugierigen Blicke waren schon Aufhebens genug. Sicher fragten sich die versammelten Kutscher, wie es dazu kam, dass sich eine Tochter des Hauses in voller Abendrobe von einem Ball wegschlich, nur um nach zwei Schafen zu sehen. Sie sah, dass einige tuschelten. Andere wiederum starrten ihr ungeniert auf das Dekolleté.

Das bemerkte auch der Stallmeister, wie sie an den strengen Worten hörte, mit denen er die Männer fortschickte.

„Ich bin sicher, ihr habt Wichtigeres zu tun, als hier zu stehen und Maulaffen feilzuhalten! Sie gestatten, Mylady?" Er trat zu Penelope heran und legte ihr den Umhang, den er über dem Arm getragen hatte, über die Schultern. „Nehmen Sie den, Lady Penelope. Es ist recht frisch zur abendlichen Stunde."

Sie ließ sich die fürsorgliche Geste gern gefallen und zog den Umhang mit beiden Händen vor der Brust zusammen. Erst jetzt merkte sie, dass sie fröstelte.

„Der Bursche dort drüben", setzte der Stallmeister fort und zeigte mit der Schulter auf den Kutschbock des Einspänners, „ist bereit, die Schafe zu ihrer rechtmäßigen Besitzerin zurückzubringen. Ich nehme an, Sie wollen sich vergewissern, dass die beiden dort wohlbehalten ankommen werden. Darf ich Ihnen auf den Wagen helfen, Mylady?"

Penelope zögerte. Die Tiere waren doch offensichtlich gut versorgt. Da war es übertrieben, wenn sie sie auch noch zur Weide zurückbrachte. Es war sicher ratsamer, wenn sie so schnell wie möglich in den Ballsaal zurückkehrte. Wo Bertram nur blieb?

„Danke, nein, ich muss in den Saal zurück", sagte sie daher. „Lady Panswick wird sich schon fragen, was aus mir geworden ist."

Der Stallmeister verzog das Gesicht und schien über diese Antwort alles andere als erfreut zu sein.

„Mr Reading?", fragte sie irritiert.

„Natürlich steht es mir nicht zu, Sie von dem abzuhalten, was Sie für richtig halten, Mylady", kam die prompte Antwort und Penelope wartete auf das Aber, das sich dieser Aussage mit Sicherheit anschließend würde. Und da kam es auch schon: „Aber es wäre mir eine große Hilfe, wenn Sie den Mann begleiten würden. Er ist in der Gegend nicht zu Hause und ich fürchte, dass er den Weg nicht findet."

Penelope sah überrascht zu dem Burschen hinüber, der aufrecht am Kutschbock saß, die Kapuze seines braunen Umhangs über den Kopf gezogen. Er wandte ihr den Rücken zu und sie konnte nur erkennen, dass er die Zügel in der rechten Hand hielt, bereit für die Abfahrt.

„Können wir nicht einen unserer Leute mitschicken, Mr Reading?", wollte sie wissen.

Der Stallmeister hob beide Arme und ließ sie wieder fallen: „Sie sehen ja, was hier los ist, Mylady. Wir haben so viele fremde Männer hier. So viele Pferde, um die wir uns kümmern müssen. Ich brauche hier jede helfende Hand."

Penelope seufzte und gab sich geschlagen. Mutter würde ohnehin schon außer sich sein, da kam es auf eine Verspätung von einer weiteren Stunde nicht mehr an. Und ihr verschaffte es noch ein wenig Zeit zum Überlegen. Und vielleicht, wenigstens für kurze Zeit, noch einmal das Gefühl von Freiheit.

Also reichte sie dem Stallmeister ihre Rechte und ließ sich auf den Wagen helfen. Dort zog sie ihr Kleid und den Umhang zurecht, damit beides nicht in die Speichen der Räder geraten konnte, und wandte sich noch einmal an Mr Reading: „Mein Bruder, der Viscount, wird mich in Kürze suchen. Sagen Sie ihm, dass ich dabei bin, die Schafe zu Lady Stonesdale zurückzubringen. Ich werde wohl in einer Stunde wieder da sein. Bitten Sie ihn, mich in der Zwischenzeit bei Mama zu entschuldigen."

Der Stallmeister versprach, jedes ihrer Worte genauso weiterzugeben. Überrascht bemerkte Penelope, wie sehr sie sich auf die Fahrt durch die abendliche Landschaft freute. Und wie sehr sie das schlechte Gewissen plagte, Bertram zum Überbringer der Nachricht zu machen, mit der er nun seinerseits den Zorn der Mutter auf sich ziehen würde.

„Also gut, nachdem das geklärt ist – auf geht's!", sagte sie zu dem Burschen, der neben ihr saß und offensichtlich auf das Kommando gewartet hatte. Er hatte sich die Kapuze so ins Gesicht gezogen, dass sie nur die Nasenspitze erkennen konnte. Jetzt murmelte er etwas Unverständliches und setzte den Wagen in Bewegung.

Kapitel 44

Bertram war noch ganz benommen von all dem, was sich im Ballsaal abgespielt hatte. Warum waren Mutter und anscheinend auch Frederica nur so erpicht darauf, Penelope unter die Haube zu bringen? Wie war er doch froh, als Mann auf die Welt gekommen zu sein! Als Wesen, dem man eine eigene Meinung zubilligte und das die Freiheit besaß, das eigene Leben selbstbestimmt zu gestalten. Zumindest ab dem Zeitpunkt seiner Volljährigkeit. Und bis dahin waren es nur mehr knapp zwei Jahre. Außerdem war Derryhill kein allzu strenger Vormund. Wie kam Mama bloß auf die Idee, dieser selbstverliebte Dichter wäre der geeignete Mann für seine lebenslustige Schwester? Sie würde sich doch an seiner Seite binnen weniger Wochen zu Tode langweilen. Kein Wunder, dass er mit seiner Poesie als schwarzes Schaf der bodenständigen Familie Sterling galt. Und dann erst dieser Mr Angram! Sicher ein rechtschaffener Mann, dessen Tapferkeit im Krieg nicht hoch genug gelobt werden konnte. Doch wenn er daran dachte, wie er sich in Peters Zimmer verhalten hatte – so selbstgerecht, so gnadenlos. Diesen Mann würde er nicht so gern zum Schwager haben. Das war jemand, der es genoss, Fehler anderer aufzudecken und seine eigene Meinung über die anderer zu stellen. *Peter,* ging es ihm durch den Kopf, *der wäre der geeignete Mann für Lämmchen.* Er hatte das Bild noch genau vor sich, das sich ihm geboten hatte, als er nach Lancroft Abbey gekommen war. Die beiden vereint am Spinett. So vertraut, so … Bertram hielt die Luft an … so verliebt! Peter, oder wie immer er auch hieß, schien genau der Mann zu sein, an dessen Seite er seine

Schwester sehen wollte. Ein Kerl, mit dem man lachen konnte. Der das Leben nicht allzu ernst nahm. Der Tiere liebte und zupacken konnte, wenn Not am Mann war.

Er hatte inzwischen die Tapetentür erreicht, hinter der sich die Treppe zum Dienergeschoß verbarg. Er blickte sich um, stellte aufatmend fest, dass ihm niemand gefolgt war, und drückte die Klinke hinunter. Wie dumm, dass dieser Peter anscheinend nicht der war, für den er sich ausgegeben hatte. Derryhill hatte ihm noch nie einen Grund gegeben, an ihm zu zweifeln, und daher vertraute er seinem Schwager voll und ganz. Anscheinend wusste er etwas aus der Vergangenheit dieses Mannes, das ihn als geeigneten Bewerber ausschloss. *Arme Penelope*! Wie traurig musste sie über den wortlosen Abgang dieses Mannes sein! Und wie bewundernswert sie sich im Griff hatte! In diesem Augenblick schwor sich der junge Viscount, dass er alles in seiner Macht Stehende tun würde, um Penelope wieder glücklich zu machen.

Er war am Treppenabsatz stehen geblieben, um eine der bereitstehenden Kerzen zu entzünden. Noch fiel fahles Licht durch die kleinen Fensterscheiben, und doch hatte er keine Lust, im Dämmerlicht über die Stufen zu fallen.

Ich muss mit Mama ein ernstes Wort reden, war sein nächster Gedanke, während er das Zündholz ausblies und sich vergewisserte, dass es nicht mehr glühte, bevor es auf dem Zinnteller ablegte. Clarissa würde sich sicher freuen, wenn Penelope noch einige Zeit auf Lancroft Abbey blieb. Was konnte es für eine junge Frau Schöneres geben als eine Schwester, die ihr dabei half, sich in ihrer neuen Rolle zurechtzufinden? Clarissa würde … einen Augenblick! Hatte er da etwa Stimmen gehört?

Er blickte sich im engen Treppenhaus um. Hier war weit und breit niemand zu sehen. Seltsam, er hatte sich fest eingebildet, zwei Stimmen vernommen zu haben. Eine männliche und eine weibliche. Er stieg noch ein paar Treppenstufen nach unten.

„Deine Schönheit ist mehr, als das männliche Auge ertragen kann!", hörte er die männliche Stimme nun ganz klar neben seinem Ohr. „Komm, lass dich ansehen!"

„Was geben Sie mir dafür, wenn ich Ihnen einen kurzen Blick gestatte, Sir?", fragte, nein, schnurrte nun die weibliche Stimme. Bertram war zwar noch jung, aber nicht so unerfahren, dass er diesen verlockenden Tonfall nicht schon einmal gehört hätte. Das war eine Frau, die dem Mann nahe sein wollte, mit dem sie da anscheinend das Zimmer teilte. Und dessen Ausruf: „Oh, Teuerste, was für Brüste!", ließ keinen Zweifel zu, dass der Mann ebenso fühlte wie sie.

Bertram wusste, dass er eigentlich empört sein sollte. Was für ein unsittliches Treiben herrschte da in den altehrwürdigen Mauern? Andererseits fand er die Situation auch so komisch, dass er am liebsten darüber gelacht hätte. Schmatzende Kussgeräusche drangen durch die Wand, die an dieser Stelle wohl besonders dünn war. Nun lachte Bertram nicht mehr, sondern fühlte sich peinlich berührt. Was sollte er tun? Eingreifen? Penelope wartete auf ihn im Garten. Er hatte ohnehin schon zu viel Zeit mit Nachdenken vertrödelt.

„Gib dich mir hin! Oh, meine Teure, lass mich nicht länger zappeln ...", hörte er nun und errötete zutiefst. Nun gab es keinen Zweifel mehr, er musste eingreifen. Eine Liebschaft unter den Bediensteten würde seine Mutter niemals dulden. Wüsste Shipton Bescheid, so würde er zumindest das Hausmädchen auf der Stelle fortjagen. Natürlich ohne ein positives Zeugnis im Gepäck.

Bertram hatte das Fußende der Treppe erreicht und erkannte nun, dass die Stimmen aus dem Zimmer kamen, das man einst für eine zusätzliche Köchin eingerichtet hatte, als er noch ein Kind gewesen war. Nun stand es seit Langem leer und wurde als Gästezimmer benutzt, wenn einer der Diener Besuch von Verwandten bekam. Bertram zögerte. Sollte er oder sollte er nicht? Da drang ein Stöhnen zu ihm heraus auf den Flur. Energisch straffte er die Schultern, atmete tief durch, sagte zu sich selbst: „Du bist der Viscount und Herr dieses Hauses! Es ist deine Pflicht, einzugreifen!“, klopfte laut und bestimmt an die Tür und riss sie auf.

Auf den Anblick, der sich ihm bot, war er ganz und gar nicht vorbereitet. Nein, mehr als das. Er war so schockiert, dass er im ersten Augenblick nicht wusste, was er sagen sollte.

Vor ihm stand Clarissa Harristowe. Das Oberteil ihres rosafarbenen Kleides war aufgeknöpft und hing ihr über die Hüften. Entweder hatte sie den ganzen Abend kein Unterhemdchen getragen oder dieses abgelegt, jedenfalls hatte er beim Eintreten einen Blick auf ihre kleinen, runden Brüste erhascht. Es waren sehr schöne Brüste, das hatte er erwartet. Was er jedoch nicht erwartet hatte, war, dass es ein anderer Mann war, der sie zu sehen bekam. Mr Balmore starrte ihn mit großen Augen an.

Am liebsten hätte Bertram auf dem Absatz kehrtgemacht, wäre in den Ballsaal gelaufen und hätte den Earl of Derryhill zu Hilfe geholt. Der wusste sicher besser, was in so einer Situation zu tun war. Wie sollte er, als Neunzehnjähriger, sich einem Mann gegenüber verhalten, der mehr als zehn Jahre älter war und mit aufgeknöpftem Hemd und nacktem Oberkörper der jungen Frau gegenüberstand, die er selbst hatte heiraten wollen?

Clarissa hatte bei seinem Eintreten erschrocken beide Arme vor die Brüste geschlagen und ihm den Rücken zugekehrt. Ein Anblick, der ihn unter anderen Umständen entzückt hätte. Nun drehte sie den Kopf wieder zu ihm zurück, ihr Gesicht war ein einziges Flehen.

„Wie gut, dass du gekommen bist, Bertram, mein Lieber. Dieser Mann bedrängt mich. Rette mich aus dieser qualvollen Lage!“

Nun streckte sie hilfesuchend eine Hand nach ihm aus und nahm in Kauf, dass sie damit zumindest eine ihrer Brüste wieder seinen Augen preisgab. Der Blick, den sie ihm dabei zuwarf, nahm ihm fast den Atem.

Sie macht das mit Absicht, fuhr es ihm durch den Kopf. Das war nicht die Clarissa, in die er sich verliebt hatte. Das war eine durch und durch berechnende, verkommene, völlig fremde junge Frau.

„Was für eine infame Lüge!", kam nun der erwartete Protest aus Balmores Mund. „Glauben Sie mir, die junge Dame ist mir aus freien Stücken gefolgt. Es war sie, die dieses abgelegene Zimmer bei einem Rundgang mit Ihrer geschätzten Frau Mutter entdeckt hatte."

„Berti!", sagte Clarissa und legte dabei jenen schnurrenden Tonfall an den Tag, den er bereits durch die Wand des Treppenhauses vernommen und nicht als den ihren erkannt hatte. „Du wirst diesem Fremden, diesem … Ungeheuer doch nicht mehr Glauben schenken als mir."

„Doch, das tue ich!", sagte Bertram und wunderte sich selbst, wie ruhig er mit einem Mal geworden war. Fühlte sich so Erwachsenwerden an?

„Ich danke Ihnen!" Mr Balmore beeilte sich, die Knöpfe seines mit Rüschen besetzten weißen Hemdes zu schließen. Aus den Augenwinkeln nahm Bertram wahr, dass Clarissa zu einem Stück hellrosa Stoff gegriffen hatte, das auf der Bettdecke lag. Offensichtlich war es ihr Unterhemdchen, denn als er sich zu ihr umwandte, war sie nicht mehr ganz so nackt.

„Eure Lordschaft, ich bedaure diese Situation zutiefst", hörte er Mr Balmore sagen. Er war inzwischen in sein Jakkett geschlüpft und schüttelte nun gekonnt die Rüschen seiner Manschetten. „Wenn Sie mich zum Duell fordern wollen, dann stehe ich Ihnen selbstverständlich zur Verfügung."

Zu einem Duell!? Mit einem Schlag fühlte sich Bertram so gar nicht mehr erwachsen. Der andere Mann war um vieles älter als er. Sicher hatte er Erfahrung im Umgang mit dem Degen. Oder nahm man heutzutage lieber Pistolen? Einerlei! Er hatte nicht die geringste Lust, sein Leben wegen einer Frau aufs Spiel zu setzen, die seiner Liebe nicht wert war und sich dem Nächstbesten an den Hals geworfen hatte.

„Nennen Sie mir Ort und Uhrzeit und den Namen ihres Sekundanten!", hörte er Mr Balmore sagen.

Halt!, ging es Bertram durch den Kopf. Wie kam dieser Mann dazu, ihm ein Duell aufdrängen zu wollen? Er war der Beleidigte. Ihm hatte man doch übel mitgespielt. Daher war er es auch, der darüber zu entscheiden hatte, welche Wiedergutmachung er zu fordern gedachte. Bertram war bei diesem Gedanken so erleichtert, dass er am liebsten sehr geräuschvoll ausgeatmet hätte.

„Sie sind es nicht wert, dass ich mir die Hände schmutzig mache, Balmore", sagte er mit so viel Würde, wie er aufbringen konnte. Dann drehte er sich um und brüllte in den Flur hinaus: „Dienerschaft! Hört mich hier jemand?"

Zuerst geschah nichts. Also rief er noch einmal.

Da blickte ein kleines, in helles Grau gekleidetes Wesen um die Ecke. Bertram hatte das Mädchen noch nie gesehen, er nahm an, dass es sich um eine der Küchenmägde handelte. Sie aber wusste ganz offensichtlich, wer er war, denn sie riss erschrocken die Augen auf und wäre wohl davongelaufen, hätte er sich nicht bemüht, seiner Stimme einen ruhigeren Klang zu geben.

„Schön, dass du da bist, Mädchen. Wärst du wohl so freundlich, Mr Shipton zu mir zu schicken? Und am besten auch gleich die Haushälterin. Hab vielen Dank!"

Das Mädchen knickste und machte sich auf die Suche nach jemandem, der sich im Obergeschoss auf die Suche nach dem Butler machen konnte. Denn für sie war alles, was nicht das Küchengeschoss betraf, verbotener Bereich.

Clarissa hatte ihren Oberkörper in der Zwischenzeit wieder mit dem Kleid bedeckt. Sie wandte dem jungen Viscount immer noch den Rücken zu, doch nun hielt sie mit beiden Armen die Haare nach oben. Die Hochsteckfrisur, die sie zu Beginn des Balls getragen hatte, war längst einer wilden Mähne gewichen.

„Hilfst du mir mit den Knöpfchen, Berti?"

Als sie sich zu ihm umwandte, zeigte sie einen reizenden Schmollmund. Ach, wie hatte er dieses Gesicht geliebt! Warum hatte er nicht bemerkt, dass sie alle Menschen in ihrer Umgebung wie Marionetten für sich tanzen ließ? Ihn eingeschlossen. Wie hatte er so dumm sein können?

„Lady Clarissa Harristowe, ich darf Sie bitten, sich auf der Stelle in Ihr Zimmer zu begeben, sobald die Haushälterin eingetroffen ist, um Sie zu begleiten. Sie fühlen sich offensichtlich nicht wohl. Ich werde Ihre Tante ohne Aufschub davon in Kenntnis setzen“, sagte er in einem Tonfall, der keinen Widerspruch zuließ. Oh ja, er würde in nicht allzu langer Zeit ein würdiger Hausherr auf Lancroft Abbey sein.

„Da Sie sich nach Ihrem Elternhaus sehnen“, setzte er fort, „werden Sie sich morgen voll Dankbarkeit für die Gastfreundschaft bei meiner Mutter verabschieden und die Heimreise antreten. Wenn alles so abläuft, wie von mir eben vorgeschlagen, dann wollen wir diesen Vorfall niemandem gegenüber erwähnen.“

Clarissa nickte und wagte es nicht mehr, Bertram ins Gesicht zu sehen. Diese scharfen Worte hatten sie nun doch eingeschüchtert. Und, wenn sie ehrlich war, auch positiv überrascht. Vielleicht hätte es doch mehr Sinn gemacht, auf den Antrag des Viscounts zu warten, als sich in ein spannendes Techtelmechtel mit einem Londoner Lebemann zu begeben. Nun, diese Chance hatte sie vertan. Jetzt konnte sie nur hoffen, dass beide Herren über den Vorfall schweigen würden, was Bertram offensichtlich vorhatte.

„Selbstverständlich entkommt kein Wort aus meinem Mund, Panswick!“, meldete sich nun auch Balmore zu Wort und suchte mit einem Blick in den kleinen Spiegel den richtigen Platz für seine Krawattennadel. So als wäre nichts weiter Wichtiges vorgefallen. „Auf mich können Sie sich verlassen.“

„Sie“, entgegnete der junge Viscount und riss die Zimmertür auf, „Sie scheren sich zum Teufel!“

Kapitel 45

„Da vorne müssen wir nach links in den Waldweg einbiegen!", wies Penelope den Kutscher an, der immer noch schweigend neben ihr saß. „Achtung, passen Sie auf die Wurzel auf, die in den Weg hineinragt. Sehen Sie sie?"

Der Mann am Bock murmelte wieder etwas Unverständliches, blickte starr geradeaus und lenkte das Fahrzeug gekonnt um das Hindernis. Penelope, die sich am Rand der Holzbank festgekrallt hatte, begann sich etwas zu entspannen. Der fremde Bursche schien den Einspänner im Griff zu haben, und sie hatte Zeit, darüber nachzudenken, wie sie es je wieder wagen konnte, ihrer Mutter unter die Augen zu treten. Was hatte sie sich bloß dabei gedacht? Sie war von ihrem eigenen Ball weggelaufen! Noch dazu mitten in einem Heiratsantrag. Vor den Augen der versammelten vornehmen Gesellschaft von Tunbridge Wells und Umgebung. Sie hatte sich bei ihrem Debut in London vor zwei Jahren lächerlich gemacht und hier auf Lancroft Abbey nun ein weiteres Mal. Penelope seufzte auf. Ob sie Lady Stonesdale bitten konnte, sie nach Yorkshire mitzunehmen?

„Määäh!", meldete sich eines der beiden Schafe laut und deutlich von der Ladefläche und gab ihren Gedanken sofort wieder eine erfreulichere Richtung. Mama würde zwar schimpfen, doch am Ende des Tages würden die Konsequenzen halb so schlimm sein. Das Wichtigste war doch, dass sie die Tiere wieder in Sicherheit bringen konnte.

Sie sah zu dem Mann am Kutschbock hinüber, dessen Gesicht noch immer von der Kapuze verdeckt war. Wer war der Bursche eigentlich? Wie kam der Stallmeister dazu, einem Unbekannten die Zügel zu überlassen? Und, wie kam sie dazu, mit einem Wildfremden durch die Nacht zu fahren? Oh Gott, was für ein schrecklicher Abend! Sie hatte Mr Sterling vor den Kopf gestoßen. Sie hatte Mr Angram vor den Kopf gestoßen. Der Anblick eines weiteren Hindernisses ließ sie aus ihren Gedanken aufschrecken: „Aufpassen!", rief sie. „Hier hängt ein Teil des Baumes in den Weg herein!"

Doch es war zu spät. Der schwere Ast hatte den Kutscher am linken Arm gestreift. Der Schmerzensschrei, der seiner Kehle entfuhr, ließ ihr den Atem stocken. Sie wandte sie sich dem Mann neben sich zu. Er starrte weiter geradeaus. Mit einem Ruck hatte sie ihm die Kapuze vom Kopf gezogen. Was sie sah, bestätigte ihren Verdacht, und ihr Herz begann wie wild zu klopfen.

„Henry? Henry Markfield! Bist du etwa ein weiteres Mal dabei, mich zu entführen?"

„Wenn du beliebst, es so zu nennen", sagte er und musste trotz der Schmerzen grinsen, „dann hast du wohl nicht unrecht."

Wäre Penelope in diesem Augenblick gezwungen gewesen, ihre Gefühle zu beschreiben – sie hätte sich damit schwergetan. Es waren zu viele Gefühle und alle wetteiferten miteinander. Da war zu allererst Überraschung. Dazu kam die riesengroße Freude, ihn wiederzusehen. Natürlich war da auch Empörung, dass es ihm ein zweites Mal gelungen war, mit ihr allein in die Nacht hinaus zu fahren. Und auch Bewunderung dafür. Daneben keimte das wunderbar leichte Gefühl der Hoffnung auf, das sofort erstickt wurde, wenn sie an Mamas Gesicht dachte. Oder an das von Lord Derryhill.

Markfield hatte den Einspänner zum Stehen gebracht.

„Ich bin so froh, dich zu sehen, Penelope", sagte er. Seine Miene war nun ernst geworden und er ergriff ihre Hände. „Die letzten Tage waren eine Qual. Ich dachte, ich hätte dich für immer verloren."

Wie von Zauberhand legte sich das Gefühlschaos in Penelopes Brust und machte dem warmen Gefühl der Liebe Platz. Würde er sie nun endlich, endlich fragen, ob sie seine Frau werden wollte?

„Ich hätte es nicht ertragen, dass du dich mit einem anderen Mann verlobst."

Penelope fand, das klang verheißungsvoll.

„Noch dazu mit so einem albernen Poeten! Wie willst du denn mit einem Mann glücklich werden, der nichts anderes zu bieten hat als schwülstige Verse? Der Sonnenstrahl, der auf deine Schultern regnet! Also wirklich!"

Penelope musste kichern. Wenn Henry sie aussprach, dann hatten Mr Sterlings Reime jede Romantik verloren und waren zu einer lächerlichen Aneinanderreihung von Wörtern geworden.

„Da gibt es immerhin noch Mr Angram", wandte sie ein. Mehr um ihn herauszufordern, als um den Mann ernsthaft als zukünftigen Ehemann in Erwägung zu ziehen.

Markfield ließ ihre Hände los.

„Dieser selbstgerechte … verknöcherte … also …!" Er rang offensichtlich nach Worten. „Glaub mir, Penelope, mit diesem Mann würdest du nie glücklich werden. Du hast doch seinen Heiratsantrag nicht angenommen?" Er griff wieder zu ihren Händen. „Sag mir, Penelope, dass das nicht der Fall ist! Die Schafe sind doch nicht zu spät gekommen, um diesen schlimmen Fehler zu verhindern, oder?"

„Du hast die Schafe absichtlich vor dem Ballsaal ausgelassen?" Penelope konnte ihren Ohren kaum trauen. „Henry Markfield …", sie suchte nach Worten. „Henry Markfield … du bist einfach großartig!"

War es da ein Wunder, dass er sie in die Arme riss? Dass sie sich ganz fest umarmten, so als würden sie verhindern wollen, dass irgendjemand sie je wieder trennen konnte? Als er sah, dass sie ihm voller Vertrauen und, ja, auch voller Erwartung das Gesicht zugewandt hatte, da beugte er sich vor und drückte seine Lippen auf die ihren. Ganz vorsichtig zuerst. So als würde er diese zarte Stimmung nicht brechen wollen. Leidenschaftlicher dann, als er bemerkte, mit welcher Innigkeit sie diesen Kuss erwiderte.

„Määäh!", meldete sich eines der Schafe von der Ladefläche her.

Penelope fuhr auf und befreite sich aus der Umarmung. „Du lieber Himmel, wir müssen uns beeilen, Henry! Wir müssen die Schafe auf die Weide bringen. Und dann müssen wir zurück nach Lancroft Abbey! Oh Gott, sieh nur, wie finster es in der Zwischenzeit geworden ist. Denkst du, wir schaffen es, vor vollständiger Dunkelheit wieder zurückzukommen?"

Kapitel 46

Lady Panswick war so fassungslos, dass ihr die Worte fehlten – was nur alle paar Jahre einmal vorkam. Sie hatte Penelopes Vorliebe für Schafe noch nie viel abgewinnen können. Aber, dass sie nun, wie von einer Tarantel gestochen, aus dem Ballsaal stürzte, um entlaufene Tiere einzufangen, das schlug dem Fass den Boden aus. Und das alles ausgerechnet während eines Heiratsantrags! Dabei hatte es sie so viel Mühe und Überzeugungskraft gekostet, dem Mut des willensschwachen jungen Sterling auf die Sprünge zu helfen. Und wäre das nicht alles schon schlimm genug gewesen, hatte sich Angram bemüßigt gefühlt, seinerseits Ansprüche auf ihre zweitälteste Tochter anzumelden. Sie wusste nicht, warum sie diesen Mann nicht mochte, aber sie mochte ihn nicht. Ihr wäre es lieber gewesen, Frederica hätte ihn nicht nach Lancroft Abbey mitgebracht. Dann könnte er jetzt auch nicht hier stehen und sich mit dem armen, völlig verwirrten jungen Sterling ein Wortgefecht liefern, das dieser nie gewinnen konnte.

Ihr Plan war es gewesen, durch den Heiratsantrag die Aufmerksamkeit aller Gäste auf ein positives Ereignis im Hause Barnett zu ziehen. Nun, das war durch Penelopes ungestümes Verhalten zweifellos misslungen. Auf die Aufmerksamkeit, die ihr nun zuteilwurde, hätte sie gut und gern verzichten können. Ihre Ladyschaft bemühte sich um ein Lächeln. Dass es sich eher wie ein Zähnefletschen ausnahm, war ihr selbst schmerzlich bewusst. Wie sollte man aber auch ruhig und gelassen in die Menge blicken können, wenn man das Gefühl hatte, die Welt stürze ein? Na ja, korrigierte sie sich selbst, wohl nicht die Welt. Aber doch all die schönen Pläne, die sie für Penelope geschmiedet hatte. Es war nicht anzunehmen, dass der junge Sterling einen weiteren Vorstoß wagen würde, wenn Penelope erst einmal zurück im Ballsaal war.

„Ein derart unmögliches Verhalten habe ich fürwahr noch nicht erlebt. Ich war so bass erstaunt, dass mir fast mein Glas aus der Hand gefallen wäre", hörte sie jemanden zu ihrer Linken murmeln.

„Sie hatte stets viel zu viele Freiheiten!", lautete die Antwort einer anderen Lady. „Du solltest diese kleine Barnett erleben, wenn sie ausreitet. Sie springt über Mauern und Hecken, als wäre sie ein Mann!"

„Kein Wunder, dass sie nicht weiß, wo ihr Platz ist", ergänzte eine dritte. „Immerhin glaubte ihre Mutter lange Zeit, einen Verwalter, also einen Mann, ersetzen zu können. Das muss man sich erst einmal vorstellen!"

Lady Panswick knirschte mit den Zähnen. Was sollte sie tun? Eingreifen und die drei zurechtweisen? Das hätte alles nur noch schlimmer gemacht. Sie beschloss, so zu tun, als würde sie all die gehässigen Bemerkungen nicht hören, und suchte im Saal nach einem ganz bestimmten Gesicht. Wo war Bertram? Wo war er, wenn sie einmal einen Mann im Haus brauchte? Hatte er es etwa vorgezogen, seiner Schwester in den nassen Garten hinaus zu folgen? Alles wegen ein paar verirrter Schafe? Und sie, seine Mutter, allein gelassen inmitten all der sensationslüsternen Menschen, die nichts Besseres zu tun hatten, als jetzt in allen Ecken des Saals zu tuscheln?

„Ich bin sehr stolz auf meine Schwägerin!", hörte sie da die selbstbewusste Stimme ihres Schwiegersohns. Das Raunen der Gästeschar verstummte und alle blickten zu dem großen, eleganten Gentleman, der neben der Musikkapelle Aufstellung genommen hatte.

„Lady Penelope Barnett ist eine junge Frau, wie man es

sich nur wünschen kann. Wo findet man heutzutage noch eine Lady, die das Wohl der ihr anvertrauten Tiere höher zu schätzen weiß als ihre eigenen Befindlichkeiten? Ich bin mir sicher, dass Sie mir recht geben, verehrte Ladys und Gentlemen. Ich darf darum bitten, Ihrem Wohlwollen mit den Händen Ausdruck zu verleihen. Ein Applaus für Lady Penelope!"

Er begann zu klatschen und Frederica, die neben ihm stand, stimmte sofort ein. Das Getuschel rings herum wurde wieder lauter. Die ersten Klatscher waren zu vernehmen. Sie klangen leise, unsicher und verhalten. Lady Panswick warf Derryhill einen Blick zu, der sowohl ihre Dankbarkeit als auch ihre Hochachtung für sein schnelles, geradezu brillantes Handeln ausdrücken sollte.

„Bravo!", rief nun auch sie und begann voll Begeisterung zu klatschen. „Bravo! Ich bin sehr stolz auf meine Tochter." Sie schnappte sich ein Glas vom Silbertablett, das einer der Diener am Rand des Raumes bereithielt: „Ich bin mir sicher, Sie freuen sich mit mir: Ein Hoch auf Lady Penelope!"

Das wiederum erwies sich als sehr kluger Schachzug ihrerseits. Denn würde der Applaus nicht aufbranden, so konnte man immer noch damit argumentieren, die Ballgäste hätte zu ihren Gläsern gegriffen. Derryhill lächelte ihr zu. Inzwischen hatte sich auch seine Mutter an seiner Seite eingefunden und klatschte voll Inbrunst. Vielleicht gab das den Ausschlag. Wenn der Earl und zwei Gräfinnen Penelopes Verhalten guthießen, dann blieb den anderen nichts übrig, als in diesen Lobgesang einzustimmen. Man hörte Bravorufe und Geklatsche. Nur Lady Glanwall-Commins konnte es nicht lassen, weiterhin ihre bissigen Bemerkungen zu machen, doch die gingen im Lärm, der nun herrschte, unter. Viele hoben, wie aufgefordert, die Gläser und prosteten der stolzen Mutter und Gastgeberin zu. Derryhill hatte inzwischen dem Kapellmeister einige Anweisungen ins Ohr geflüstert.

Als nun eine schmissige Polka erklang, wurde das Stimmengewirr sofort leiser und die Paare nahmen zum Tanz

Aufstellung. Der Earl of Derryhill und Frederica waren die Ersten in der Reihe.

Lady Panswick wusste, dass es ihnen gelungen war, das Schlimmste abzuwenden.

Natürlich musste Penelope nach diesem Vorfall schneller denn je unter die Haube, aber nicht mehr heute Abend. Jetzt stand Ihrer Ladyschaft der Sinn zuerst einmal nach einem Glas Single Malt zur Beruhigung ihrer Nerven. Also machte sie sich auf den Weg zur Bibliothek, wo die Karaffen mit Port, Rum und eben auch Whisky für die Gäste bereitstanden. Dies erwies sich als kein leichtes Unterfangen, da man von allen Seiten ein paar Worte mit ihr wechseln wollte. Doch nun fiel es ihr zumindest schon wieder leichter, zu lächeln. Derryhills Bemerkung war auf fruchtbaren Boden gefallen und so waren die Worte, die man an sie richtete, wenn auch nicht von Begeisterung, so doch von freundlichem Wohlwollen geprägt.

Als Lady Panswick schließlich eine gute Stunde später wieder in den Ballsaal zurückkehrte, hatte der Whisky seine wohltuende Wirkung entfaltet. Auch die Gäste schienen sich von den dramatischen Ereignissen erholt zu haben. Auf der Tanzfläche war ein fröhlicher Reel im Gange und die Gespräche der Umstehenden hatten sich längst anderen Themen zugewandt. Sie blieb am Rand des Saals stehen und ließ ihren Blick über die Menge schweifen. Ah, Bertram war zurückgekehrt! Sehr gut! Dann war Penelope wohl ebenfalls bereits wieder anwesend. Was hatte ihr Sohn bloß mit Clarissas Tante zu besprechen? Warum war diese ganz blass geworden? Lady Panswick überblickte die Tanzfläche. Wo war die Herzogstochter eigentlich? War sie im Ballsaal gewesen, als Sterling den verhinderten Antrag vorbrachte? Lady Panswick musste sich eingestehen, dass sie das nicht wusste. Als Derryhill Applaus für Penelope eingefordert hatte, war sie offensichtlich nicht anwesend gewesen. Was für ein Glück! Nicht auszudenken, wenn Penelopes ungestümes Verhalten die hochwohlgeborene junge Lady davon abhalten würde, Bertram die Hand für den Lebensbund zu reichen.

Lady Panswick schaute zu ihrem Sohn zurück, der eben dabei war, den Redefluss von Clarissas Tante zu stoppen. Obwohl er sich um eine freundliche Miene bemühte, kannte sie ihn zu gut, um nicht zu bemerken, wie angespannt er war. Bertram bekümmerte ganz offensichtlich etwas. *Um Himmels willen,* schoss es ihr durch den Kopf, *die kleine Harristowe wird doch nicht etwa krank geworden sein?* Sie musste umgehend nach dem Arzt schicken! Sie wollte sich keinesfalls vom Herzogspaar nachsagen lassen, sie hätte sich nicht ausreichend um dessen Tochter gekümmert. Vielleicht konnte ja in der Zwischenzeit Penelope nach ihr sehen. Penelope? Wo war Penelope überhaupt? Sie musste sich umgehend Klarheit verschaffen. Als sie das andere Ende des Ballsaales erreichte, war Bertram eben dabei, Clarissas Tante die Tür aufzuhalten.

„Was ist geschehen?", fragte sie mit gedämpfter Stimme. „Clarissa wird doch nicht krank geworden sein?"

Zu ihrem Entsetzen schien ihr Sohn keinen Grund dafür zu sehen, leise zu sprechen. „Ich muss dir zu meinem Leidwesen mitteilen, dass sich Lady Clarissa leider nicht wohlfühlt, Mama!", sagte er mit einer so lauten Stimme, dass die Umstehenden gar nicht anders konnten, als die Worte zu hören. „Die vielen Drehungen beim Tanzen sind ihr zu viel geworden." Er wandte sich nun direkt an die Umstehenden, die ohnehin schon neugierig die Ohren gespitzt hatten. „Meine liebe Schwester Penelope", sagte er, „war so freundlich, sie auf ihr Zimmer zu begleiten. Doch nun verlangt sie nach dem Beistand ihrer Tante …"

Lady Panswick hielt es für das Klügste, ihren Sohn aus dem Ballsaal zu schieben. Clarissas Tante beeilte sich, den beiden zu folgen. Shipton schloss die Tür hinter der kleinen Gruppe.

„Was, um Himmels willen, sollte dieser Auftritt bedeuten, Bertram? Aus der Tatsache, dass sich Lady Clarissa nicht wohlfühlt, musstest du doch keine Staatsaffäre machen. Da wäre etwas mehr Diskretion durchaus angebracht gewesen. Penelope ist also bei ihr, sagst du? Dann werde ich …"

Was Lady Panswick hätte tun wollen, sollte keiner der beiden anderen je erfahren, denn in diesem Augenblick wurde sie von Clarissas Tante unterbrochen, die wieder einmal angesetzt hatte, einen ihrer gefürchteten Wortschwalle von sich zu geben: „Ich verstehe das nicht, mein lieber Panswick! Wie konnte es nur so weit kommen? Clarissa wird doch nie schwindelig! Sie beliebt es, ganze Nächte durchzutanzen, während ich mir am Rande eines Ballsaals die Füße in den Bauch stehen muss, wenn Sie mir … vergessen Sie es, es war eine unschickliche Bemerkung, ohne Frage, keine Zweifel. Und heute Abend habe ich mich prächtig amüsiert, ich stehe nicht an, Ihnen dafür ein Kompliment zu machen. Wir hatten eine höchst unterhaltsame Kartenpartie und ich …"

„Beeilen Sie sich, Mylady. Was Ihnen Ihre Nichte zu sagen hat, duldet keinen Aufschub!", unterbrach sie Bertram und seine Stimme schlug dabei eine unbekannte Strenge an, die seine Mutter dazu brachte, ihm ruckartig ihren Kopf zuzuwenden. Sie sah ihn mit großen Augen an, schwieg jedoch.

„Ich geh ja schon. Ich sage kein Wort mehr und gehe sofort zu ihr!" Auch die Tante war offensichtlich eingeschüchtert. Sie eilte in kleinen Trippelschritten in Richtung Treppe davon.

Lady Panswick umklammerte das Handgelenk ihres Sohnes und zog ihn unbarmherzig in ihr Büro.

„Es geht Clarissa doch hoffentlich nicht allzu schlecht, oder?", hörte er seine Mutter fragen. „Hat sie etwa eines der Gerichte beim Supper nicht vertragen?"

Sie klang so besorgt und hoffte, wie es ihm schien, so inständig auf eine beruhigende Antwort, dass er sich nicht in der Lage sah, sie zu enttäuschen. Mutter musste den Ball mit Würde zu Ende bringen, morgen war noch genügend Zeit für die Wahrheit. Und es reichte, wenn einer in dieser Nacht keinen Schlaf finden würde.

„Ich bin sicher, sie wird sich besser fühlen, wenn erst einmal ihre Tante bei ihr ist", sagte er daher vage und erzählte ihr dann, dass Penelope nicht an Clarissas Seite, sondern vielmehr dabei war, die Schafe in Sicherheit zu bringen.

„Im Ballkleid? Bei einbrechender Dunkelheit?", rief Ihre Ladyschaft aus, die diese Worte kaum glauben konnte. „Hat deine Schwester nun endgültig den Verstand verloren? Clarissa darf nie davon erfahren, hörst du? Ich kann nur hoffen, dass Penelopes leichtfertige Verhalten keinen Schatten auf dein zukünftiges Glück wirft!"

„Da besteht nicht der geringste Anlass zur Sorge", sagte er.

Ihr entging die Bitterkeit in seinen Worten und sie atmete auf. „Na, Gott sei Dank!" Dann fiel ihr noch eine andere Frage ein: „Penelope kutschiert doch nicht etwa selbst?"

„Nein, nein. Es ist ein Kutscher bei ihr. Soweit ich erfahren habe, allerdings keiner von unseren Leuten", erklärte Bertram. „Wenn du möchtest, kannst du den Stallmeister dafür rügen, Mama, aber bitte nicht mich. Ich war erstens nicht anwesend ..."

Und zweitens kann ich heute keinen weiteren Kummer ertragen, hätte er gern noch angefügt, ließ es aber bleiben.

Seine Mutter warf einen Blick aus dem Fenster. Penelope war bis jetzt noch nicht von White Rose Hill zurückgekehrt. Stockdunkle Nacht hatte sich über das Land gelegt. An diesem Tag würde sie es keinesfalls mehr zurück nach Lancroft Abbey schaffen. Gebe Gott, dass Lady Stonesdale nicht verreist war und ihr Quartier für die Nacht anbot.

„Wir müssen in den Ballsaal zurück, Bertram", sagte sie, ohne ihren Sohn an diesen Gedanken teilhaben zu lassen. „Lass uns gute Miene zum bösen Spiel machen. Die neugierige Meute darf von all dem nichts wissen. Also lach und tanze! Alles Weitere hat Zeit bis zum Frühstück. Heute können wir ohnehin nichts mehr unternehmen."

Kapitel 47

„Wirst du wohl! Jetzt geh schon, Halfy, aber schnell!"

Während Markfield das Schaf von der Ladefläche zu schieben versuchte, stand Penelope beim Kopf des Lammes und sprach ihm gut zu. Allein das Tier schien an der Ladefläche Gefallen gefunden zu haben und rührte sich nicht vom Fleck. Also beschloss sie, ihrem Begleiter beim Ziehen zu helfen. Doch so sehr sie auch zerrten, Halfy stemmte sich mit all seiner Kraft dagegen. Rund um sie wurde es immer dunkler und dunkler. Penelope wurde immer verzweifelter. „Jetzt komm schon, du dummes Tier! Ich muss nach Hause! Zurück in den Ballsaal!"

Sie versuchte, noch fester zu ziehen, was sich als äußerst kräfteraubend und zudem schwierig herausstellte, da das Gras unter ihren Füßen feucht und rutschig war. Längst hatte die Nässe ihre zarten Ballschuhe völlig durchweicht und Penelope konnte nur hoffen, dass der Schmutz am Saum ihres Kleides den Gästeaugen verborgen bleiben würde. In diesem Augenblick beschloss Halfy, sich zur Wehr zu setzen, Penelope stolperte und landete mit einem Aufschrei unsanft auf ihrem Allerwertesten. Jetzt war alles aus! Jetzt war ihr Kleid endgültig verdorben. Die Tränen, die der Schmerz in die Augen hatte schießen lassen, vermischten sich mit denen der Verzweiflung. In diesem Aufzug brauchte sie Mama nicht unter ihre strengen Augen zu kommen. Und sie hatte kein zweites derart elegantes Ballkleid! Es war zum aus der Haut fahren! Noch nie hatte sie sich so hilflos gefühlt, so … Doch halt, was war das?

Sie sah zu ihrem Begleiter hoch, der das Schaf losgelassen hatte und nun den Schmutz von seinen Händen klopfte. Er hatte den Kopf in den Nacken geworfen und schallend zu lachen begonnen. Penelopes Verzweiflung wich schlagartig einer ebenso glühenden Empörung.

„Henry Markfield!", forderte sie entrüstet, „hier gibt es nichts, aber auch schon gar nichts, was Grund für einen Lachanfall wäre." Sie rupfte ein Büschel Gras aus und bewarf ihn damit. „Wirst du wohl aufhören, du unmöglicher Mensch!"

Dabei konnte sie gar nicht anders, als ebenfalls in sein Lachen einzustimmen.

„Ich entschuldige mich in aller Form. Wie konnte ich nur!", sagte ihr Begleiter, und die Tatsache, dass er schon wieder lachte, nahm seinen reumütigen Worten einiges von ihrer Glaubwürdigkeit. „Aber wann sieht man schon mal eine Dame aus bestem Haus zu abendlicher Stunde im Matsch sitzen?"

Sie versuchte, ihn mit einem vernichtenden Blick zu strafen, der völlig misslang, und ließ es zu, dass er ihr die Rechte reichte, um sie hochzuziehen. Seine Hand fühlte sich warm und vertraut an, als sie sich um ihre klammen Finger schloss. Mit einem Ruck hatte er sie hochgezogen. War es Absicht, dass dieser Ruck so stark war, dass sie gegen seine Brust fiel? Und er sie loslassen und mit beiden Armen umfangen musste, damit sie nicht abermals in Gefahr geriet, zu stürzen? Diese Frage ging Penelope zwar kurz durch den Kopf, doch dann genoss sie es einfach, an seine Brust gelehnt stehen zu bleiben. Sie hörte die Stille und das Schlagen seines Herzens. Es hatte so etwas Beruhigendes. *Tok, tok,* schien sein Herz zu ihr zu sprechen, *bleib nur bei mir und alles wird gut.*

Wie von selbst wandte sie ihm ihr Gesicht zu. So als wollte sie sich vergewissern, dass seine Miene bestätigte, was sein Herz versprach. Der Druck seiner Arme verstärkte sich, als nun er seinerseits den Kopf senkte und seine Lippen ganz sanft auf die ihren drückte. Auch sein Kuss fühlte sich in der Zwischenzeit schon so vertraut an, dass sie gar nicht anders konnte, als die Lippen zu öffnen, um seiner Zunge Einlass zu gewähren. Von ihr aus hätten sie noch stundenlang so eng umschlungen stehen und sich küssen können. Längst waren der Ballsaal und die neugierigen oder entsetzten Mienen der Gäste vergessen. Mutter und ihre Wut und Enttäuschung waren in weite Ferne gerückt. Wie schön, wäre es für immer … – „Määäh!“

Halfy war selbstständig vom Wagen gesprungen und stupste sie jetzt unsanft in die Seite. Penelope erschrak, fasste reflexartig das Tier bei seinem dicken, wolligen Hals, bevor es wieder hätte ausbüxen können, und schob es auf die Weide. Darky folgte ihm, ohne weitere Probleme zu machen. Henry Markfield verschloss den Bretterzaun wieder. Die romantische Stimmung war vorüber.

Penelope versuchte aus seinem Gesicht zu lesen, was er dachte, doch inzwischen war es so dunkel geworden, dass sie seine Miene nur mehr schemenhaft erkennen konnte.

„Wir müssen uns beeilen!“, rief sie, erschrocken über die Erkenntnis, wie finster es bereits geworden war. Mit hektischen Bewegungen wischte sie sich die Hände im seidenen Rock ihres Kleides ab. „Komm, Henry, wir müssen nach Lancroft Abbey zurück, bevor es vollkommen dunkel ist! Warum bloß haben wir Neumond? Ich weiß nicht, wie wir das schaffen sollen.“

„Ich fürchte, diesen Plan musst du vergessen, meine Liebe. Es wäre blanker Wahnsinn, jetzt noch kutschieren zu wollen.“

Sie sah ihn mit großen Augen an, obwohl sie wusste, dass er das nicht mehr erkennen konnte. „Schlägst du allen Ernstes vor, dass wir hier übernachten sollen, Henry? Hier auf freiem Feld?“

„Aber sicherlich tue ich das, meine Süße“, lautete die Antwort in einem Tonfall, den sie nicht zuordnen konnte. „Was könnte es Schöneres geben?“

Penelope überlegte.

„Da ich selbst keine Lösung weiß, die geeigneter wäre, unser Problem zu lösen, bin ich mit dem Plan einverstanden. Ich hoffe, es wird während der Nacht nicht allzu kalt werden. Sollen wir es uns auf der Ladefläche gemütlich machen?"

Allein bei den letzten Worten klopfte ihr Herz bis zum Hals. Sie allein mit Henry Markfield, Seite an Seite, eng aneinandergedrückt, um sich gegenseitig zu wärmen! Was für ein aufregender Gedanke. Was für ein durch und durch unmoralisches Vorhaben! Sie konnte nur beten, dass niemand vorbeikam und sie so sehen würde, sonst war ihr Ruf endgültig ruiniert.

Er hatte ihre Hand ergriffen, sie an sich gezogen und gab ihr nun einen kleinen Kuss auf die Stirn.

„Lady Penelope Barnett, du bist bezaubernd!", sagte er und es klang feierlich.

Sie strahlte zu ihm empor. Was würde jetzt folgen? Ein Heiratsantrag? Neben der Schafweide? Mama würde dies alles andere als gutheißen, doch sie hätte sich in diesem Augenblick nichts Romantischeres vorstellen können.

„Aber keine Sorge!", setzte er fort und sie fiel so unsanft aus ihren romantischen Träumen, dass sie sich erst einmal zurechtfinden musste. Sorge? Wieso Sorge? Sie war doch gerade so zuversichtlich, so … verliebt gewesen.

„Wir sind natürlich nicht gezwungen, ein kaltes, unbequemes Lager einzunehmen", sagte er, der von Penelopes Gedanken nichts ahnte, und begann das Pferd auszuspannen. „Ich habe bei Lady Stonesdale Quartier gefunden und ich weiß, sie freut sich darauf, auch dich als Gast in ihrem Haus willkommen zu heißen."

Kapitel 48

Man traf sich zur morgendlichen Stunde, um einen Ausweg für das zu suchen, was Lady Panswick in der Zwischenzeit *Penelopes Dilemma* nannte. Die Hausgäste schliefen noch friedlich in ihren Betten und erholten sich vom Tanzen und vor allen auch von den alkoholischen Getränken, denen sie mit großem Eifer zugesprochen hatten. Zum Unterschied zu den Ballbesuchern aus der Umgebung, die vor Einbruch der Dunkelheit Lancroft Abbey verlassen mussten, hatten die Hausgäste bis Mitternacht gefeiert, und so war es für die gastgebende Familie eine Überwindung, bereits um acht Uhr aus den Federn zu steigen.

Die Dienerschaft war in heller Aufruhr, als das frühe Läuten Ihrer Ladyschaft nach der Kammerfrau den gewohnten Ablauf im unteren Geschoss völlig durcheinanderbrachte. Als dann auch noch Lady Frederica nach der ihren verlangte, da wussten alle, dass etwas Außergewöhnliches geschehen sein musste. Dann begehrte gar der Earl of Derryhill persönlich, den Stallmeister zu sprechen, und von da an standen die Münder nicht mehr still. Die unterschiedlichsten Mutmaßungen, was passiert sein könnte, waren nicht mehr aufzuhalten. Nur einem Machtwort des Butlers war es zu verdanken, dass sich dann doch noch alle ihrer Pflichten erinnerten und das Frühstück zu ungewohnt früher Stunde serviert werden konnte.

Lady Panswick wartete, bis sich alle aus den schweren, silbernen Warmhaltevorrichtungen bedient und bei Tisch

Platz genommen hatten, bevor sie die Diener mit einem bestimmten „Danke, Sie können gehen. Wir läuten, wenn wir Sie brauchen!" aus dem Speisezimmer verwies. Keinen Augenblick zu früh, wie sich gleich darauf herausstellte, denn Derryhill, der als einziger von der Familie noch gefehlt hatte, riss die Tür auf, ließ sie hinter sich zufallen und verkündete laut und deutlich, als stünde der Weltuntergang bevor: „Ich fürchte, sie ist auf dem Weg nach Gretna Green. Und diesmal ist ihr Vorsprung so groß, dass wir sie nicht mehr einholen können. Wenn ich diesen Kerl erwische, dann …"

Lady Panswick war alles andere als erfreut. *Sie* war hier die Hausherrin, *sie* hatte dieses Treffen einberufen. Und sie hatte nicht die geringste Lust, sich das Heft aus der Hand nehmen zu lassen. Ihr Schwiegersohn sollte nicht glauben, sie würden alle nach seiner Pfeife tanzen, nur weil er reich genug war, Lancroft Abbey vor dem Untergang zu retten. Der Mann hatte in den letzten Tagen schon viel zu viele eigenmächtige Entscheidungen getroffen. So sehr sie ihn schätzte und für sein Eingreifen am Vorabend dankbar war, so sehr gelüstete es sie danach, ihm Einhalt zu gebieten.

„Guten Morgen, mein lieber Schwiegersohn!", sagte sie daher ruhig, aber äußerst bestimmt. „Du kommst zu spät. Nimm neben deiner Gemahlin Platz!"

Reflexartig tat er, wie ihm geheißen. Dann wurde ihm gewahr, dass er soeben wie ein unartiger Schuljunge behandelt worden war, und es regte sich Widerstand in ihm. Dass Frederica ein ungläubiges „Aber, Mama!" ausgerufen hatte, trug auch nicht dazu bei, dass er sich beruhigte.

Bertram, der am Kopfende der Tafel saß, sagte kein Wort. Aus seinem Blick meinte Derryhill zu entnehmen, dass er sich ausgesprochen unwohl fühlte. Er war blass, seine Augen waren blutunterlaufen. Er machte den Eindruck, als habe er die ganze Nacht nicht geschlafen. Und seltsamerweise machte er überdies den Eindruck, als hätte er geweint. Aber da Derryhill glaubte, das ausschließen zu können, musste es wohl der Alkohol sein, der für die roten Spuren in den Augen seines Schwagers gesorgt hatte. In jedem Fall hatte er keine Lust, sich von seiner Schwiegermutter vor dem Jüngeren abkanzeln zu lassen. Er straffte die Schultern und begann: „Ich muss schon sehr bitten …"

Weiter kam er nicht: „Eine Barnett tut nichts so Unehrenhaftes, wie nach Gretna Green durchzubrennen, um dort vor jemandem so Vulgären wie dem Schmied einem Mann das Jawort zu geben!", unterbrach ihn Lady Panswick mit so viel Sicherheit in der Stimme, als habe Penelope die Nacht auf dem Diwan in ihrem Zimmer verbracht. „Eine Barnett kennt ihre Pflichten gegenüber der Familie!"

„Ach ja?", fuhr Derryhill auf. „Tut sie das? Und wo ist diese gewisse Lady Barnett jetzt? Ich sehe sie nicht." Er blickte sich im Zimmer um, als vermutete er, sie habe sich hinter den Vorhängen versteckt. „Ja, wo ist sie denn?"

Nun war es an Frederica, „Aber Anthony!" auszurufen.

Ihr Gatte und ihre Mutter machten den Eindruck, sich wie zwei Kampfhähne aufeinander stürzen zu wollen. Es war nur mehr eine Frage von wenigen Augenblicken. Frederica wusste, dass sie etwas unternehmen musste, um das zu verhindern, wollte sie nicht riskieren, sich auf die eine oder andere Seite schlagen zu müssen.

„Wäre mir der genaue Aufenthaltsort meiner Tochter Penelope bekannt, so säßen wir jetzt nicht hier!", gab Ihre Ladyschaft mit all der Würde zu, die sie aufbringen konnte.

„Aha!", fuhr seine Lordschaft auf.

„Aber ich weiß, dass sie mit einem Einspänner aufgebrochen ist, um die ausgerissenen Schafe – es handelte sich dem Vernehmen nach um zwei Stück – zu Lady Stonesdale zurückzubringen. Dort wurden sie, wie ich annehme, von der Dunkelheit überrascht, worauf meine Tochter so klug gewesen sein wird, die schrullige Herzogsschwester um Unterkunft zu bitten. Was auch immer man von dieser Dame halten mag …", und das war in ihrem Fall äußerst wenig, wie ihre Kinder wussten, „… ist sie ohne Zweifel eine höchst angesehene Person, und eine Nacht in ihrem Haus ist nicht dazu angetan, Penelopes Ruf zu gefährden.“

Frederica atmete auf. Das klang alles sehr nachvollziehbar und vernünftig. Anscheinend war ihr Gatte weit davon entfernt, diese Zuversicht zu teilen.

„Aha!“, sagte er abermals. „Und wer hatte wohl die Zügel in der Hand, als Penelope auf den Kutschbock stieg?“

„Ein fremder Kutscher, wie man mir sagte“, antwortete Ihre Ladyschaft verärgert. Sie hasste es, etwas nicht zu wissen, was auf ihrem Grund und Boden – nun ja, auf dem Grund und Boden ihres Sohnes – vor sich ging. „Wahrscheinlich gehört der Mann zur Dienerschaft einer unserer Gäste. Es besteht also nicht der geringste Grund, sich zu echauffieren …“

„Und ob so ein Grund besteht, liebe Schwiegermutter“, unterbrach nun der Earl seinerseits. „Ich habe mir das Äußere dieses sogenannten Kutschers beschreiben lassen. Du kannst mir glauben, welchen Schreck ich bekam, als diese Schilderung exakt das Aussehen von Henry Markfield wiedergab.“

„Du lieber Himmel!“, entfuhr es Frederica, und ihre Zuversicht, dass alles gut ausgehen würde, verschwand wieder. „Gebe Gott, dass Mr Angram nichts davon erfährt! Er hat ernste Absichten, was unser Lämmchen betrifft. Darum darf er auf keinen Fall …“

Die brüske Handbewegung ihrer Mutter ließ sie innehalten. „Niemand spricht hier von Mr Angram. Und dabei wollen wir es belassen. Henry Markfield, hast du gesagt, Derryhill? Das ist doch der Bursche, den meine Töchter bereits aus London kennen und der sich als Peter Barnett ausgegeben hat? Oder, um der Wahrheit die Ehre zu geben, den ich fälschlicherweise für Peter Barnett gehalten habe?“

Derryhill nickte. „Sehr richtig. Ich habe ihn des Hauses verwiesen und ihm befohlen, sich Penelope nie wieder zu nähern. Na wehe, in seiner Haut möchte ich nicht stecken!“

„Denkst du tatsächlich, es sei deine Aufgabe, meine Gäste aus dem Haus zu werfen, ohne mit mir vorher Rücksprache zu halten?", kam die eisige Gegenfrage.

„Ich habe Bertram in meine Entscheidung einbezogen!", lautete die ebenso eisige Erwiderung. „Er ist hier der Erbe. Und als Mann der Herr im Haus."

Frederica schlug sich vor Schreck die Hand vor den Mund, und so war nur ein kleiner, unterdrückter Schrei zu hören.

Lady Panswick starrte ihren Schwiegersohn an, dieser starrte zurück. Es war ihm selbst etwas mulmig zumute und er fragte sich, ob er mit seinen letzten Worten nicht über das Ziel hinausgeschossen war. Und doch war er nicht bereit, sich vor den Augen seiner Gattin die Blöße zu geben, sich dafür zu entschuldigen.

Nun herrschte Schweigen im Speisezimmer. Man hätte eine Stecknadel fallen hören können. Doch stattdessen hörte man Dienstboten vor der Tür ihre Arbeiten verrichten und den Hufschlag zweier Pferde, die sich offensichtlich in großem Tempo dem Eingangstor näherten.

Frederica wollte eben ihre Mutter darauf aufmerksam machen, als diese auch schon lospolterte: „Solange Bertram nicht verheiratet ist, bin ich immer noch Herrin in diesem Anwesen, ob es dir passt oder nicht, Derryhill! Und ob es dir passt oder nicht, Penelope wird Mr Sterling heiraten! Dafür werde ich sorgen."

Sie wusste selbst, dass sie es nicht in der Hand hatte, dafür zu sorgen, da nicht damit zu rechnen war, dass der schüchterne Poet noch einmal den Mut aufbringen würde, seinen Antrag zu wiederholen. Aber sie konnte es einfach nicht über sich bringen, ihren Schwiegersohn weiterhin in der Hoffnung schwelgen zu lassen, der von ihm auserwählte Mr Angram würde am Ende des Tages als Sieger vom Platz gehen.

Der Butler trat ein.

„Ich habe doch gesagt, wir läuten, wenn wir Sie brauchen, Shipton!", schnauzte ihn Ihre Ladyschaft an, ganz gegen ihre

Gewohnheit, die Dienerschaft stets mit Respekt zu behandeln. „Da ich nicht geläutet habe, brauche ich Sie auch nicht!"

Der erfahrene Diener ließ sich von diesen harschen Worten nicht einschüchtern. Er kam unbeirrt näher und reichte seiner Herrin einen Briefumschlag, der auf einem kleinen, silbernen Tablett lag.

„Es wird Ihre Ladyschaft interessieren zu erfahren, dass Lady Clarissa Harristowe und ihre Begleitung Lancroft Abbey vor Kurzem verlassen haben. Man überreichte mir diesen Brief für Sie, Mylady!"

Lady Panswick war entsetzt. „Abgereist? Ja, wieso denn?" Sie schnappte den Brief vom Tablett. „Danke, Shipton. Doch nun bitte gehen Sie wieder und sorgen Sie dafür, dass wir nicht noch einmal gestört werden."

„Selbstverständlich, Mylady!", der Butler verbeugte sich und verließ den Raum.

Lady Panswick sah zu ihrem Sohn hinüber, der noch immer mit unbewegter Miene auf seinem Stuhl saß. Das Essen vor ihm auf dem Teller war so gut wie gar nicht angerührt worden.

„Bertram, warum sitzt du denn noch hier? Auf mit dir aufs Pferd. Reite ihr nach! Was immer auch vorgefallen ist, sicher kannst du sie noch umstimmen."

Bertram rührte sich nicht und starrte weiterhin unbewegt geradeaus. Und wieder war es still im Speisezimmer. Von der Halle drangen Stimmen in den Raum herein, die jedoch niemand beachtete. Lady Panswick öffnete den Briefumschlag, den sie unter den gespannten Blicken des Ehepaars Derryhill durchlas.

„Hier steht nichts!", rief sie schließlich aus. „Kein Wort des Grundes, das die überstürzte Abreise rechtfertigen würde. Nur ein schlichtes Dankeschön für meine großzügige Gastfreundschaft und die unvergesslichen Tage. Sie wandte sich ihrem Sohn zu. „Kannst du dir dieses seltsame Verhalten erklären, Bertram?"

Ihr Sohn saß immer noch regungslos auf seinem Platz.

„Was ist denn bloß los mit dir?", herrschte ihn seine Mutter an. „Die kleine Harristowe ist weg! Hast du das verstanden? Penelope hat mit ihrer unmöglichen Art das Mädchen vertrieben, die du dir als deine Gemahlin gewünscht hast. Das wir uns alle als deine Gemahlin gewünscht haben. Penelope hat nicht nur den armen Mr Sterling vor den Kopf geschlagen, sondern auch dir das Glück deines Lebens ruiniert. Und dabei haben wir doch wirklich alles getan, dass sie einen passenden Ehemann findet und das Anwesen leer ist ...

„Schluss! Aus!", rief Bertram auf einmal völlig unvermutet, stand auf und klopfte mit der flachen Hand auf den Tisch. Lady Panswick verstummte schlagartig.

„Clarissa ist weg und das ist auch gut so. Ist es euch dreien denn noch nie in den Sinn gekommen, dass ihr Penelope bedrängt? Dass ihr ihr die Luft zum Atmen nehmt? Penelope, heirate diesen! Nein, Penelope, heirate jenen! Ist es euch noch nie in den Sinn gekommen, dass sie alt genug ist, ihre eigenen Entscheidungen zu treffen? Und dass sie die Auswahl, wer ihr Gatte sein soll, längst getroffen hat? Henry Markfield. Ich habe die beiden miteinander gesehen, und ich muss sagen, ich unterstütze diese Wahl. Und nun lasst uns gemeinsam überlegen, wie wir Penelope helfen können, ihr Leben auch wirklich an seiner Seite verbringen zu können."

Die drei anderen starrten ihn an, als wäre soeben ein Mann von einem anderen Stern zu ihnen ins Speisezimmer geschneit. So energisch hatten sie Bertram noch nie erlebt. Und während sie sich noch von diesem Schreck erholten, wurde das Klatschen zweier Hände von der Tür her vernehmbar.

„Bravo, mein lieber Panswick!", sagte eine weibliche Stimme. „Sehr weise gesprochen."

Alle fuhren herum und starrten die Person an, die in der offenen Tür stand.

Kapitel 49

Penelope saß am hübsch gedeckten Frühstückstisch in Lady Stonesdales Lila Salon. Sie hatte weder Augen für die elegante violett-weiß gestreiften Seidentapeten noch für den üppigen Strauß weißer Rosen, der die Tischmitte zierte. Henry Markfield saß ihr gegenüber und verspeiste, allem Anschein nach in Seelenruhe, eine große Portion Ham and Eggs. Ab und zu sah er vom Teller hoch, sprach kein Wort und aß dann wieder weiter. Sein Appetit schien ungebrochen zu sein, während sie sich dazu zwingen musste, ein paar Bissen des Milchbrotes zu essen, das sie in den letzten Minuten auf ihrem Teller zerkrümelt hatte. Gab es ein Wort für das Gefühl im Herzen, das Hoffnung und Verzweiflung in sich vereinte und das sie nun schier aufzufressen drohte? Sie hätte Henry so gern gefragt, ob er diesen Zwiespalt ebenfalls spürte. Ob bei ihm die Hoffnung überwog oder die Verzweiflung. Ob er sie überhaupt noch liebte. So sehr liebte, dass es ihm in den letzten Nächten schier den Schlaf geraubt hatte, wie er ihr gestern noch zuflüstern konnte, bevor Lady Stonesdale sie trennte, um sie zu ihrem Gästezimmer zu bringen.

Ob er ihr in den nächsten Augenblicken endlich, endlich, endlich den Heiratsantrag machen würde, nach dem sie sich so sehr sehnte? Der es ihr um vieles leichter machen würde, Mama wieder unter die Augen zu treten? Sie überlegte: *Mutter war es doch, die mir das Versprechen abgenommen hat, den nächsten Antrag anzunehmen. Müsste sie dann nicht eigentlich der Verbindung mit Henry ihren Segen geben?* Penelope sah zu Markfield hinüber. Er nahm eben einen großen Schluck von seinem Ale und machte nicht den Eindruck, etwas Wichtiges vorzuhaben. Als Penelope zu ihrer Teetasse griff, bemerkte sie, dass ihre Hände zitterten. Was auch immer sie sich jetzt einzureden versuchte, Mutter würde in jedem Fall toben. Daran bestand kein Zweifel. Derryhill würde ebenfalls toben, auch daran bestand kein Zweifel. Penelope straffte die Schultern. Sie würde beiden die Stirn bieten und zu Henry stehen. Wenn er ihr nur endlich einen Antrag machen würde! Warum bloß schwieg er schon seit Minuten, die ihr wie Stunden vorkamen? Genau genommen, hatte er kaum mehr ein Wort gesagt, seit Lady Stonesdales das Haus verlassen hatte.

Die Hausherrin hatte sich kurz nach Beginn des Frühstücks die Lippen abgetupft, die Serviette neben den Teller gelegt und war überraschenderweise aufgestanden.

„Ich hoffe, ihr verzeiht meinen Aufbruch, meine Lieben, aber ich habe mich soeben daran erinnert, dass ich noch etwas zu erledigen habe, bevor mein Vermögensverwalter aus London hier eintrifft", hatte sie verkündet, am Klingelstrang gezogen und den herbeieilenden Butler gebeten, ihren Wagen vorfahren zu lassen und die Kammerfrau zu holen.

„Lasst euch bitte nicht stören und genießt weiterhin das Frühstück. Mitchel wird euch dabei Gesellschaft leisten. Wenn der Vermögensverwalter kommt, würdet ihr ihn bitte unterhalten, sollte ich noch nicht zurück sein? Man soll ihm Tee servieren. Ich verspreche, ihn nicht lange warten zu lassen."

„Ich denke nicht, dass ich so lange hierbleiben kann, Lady Stonesdale", hatte Penelope eingewandt. „Mama wird sich längst fragen, was aus mir geworden ist, und ich …"

„Keine Sorge", war sie da von Ihrer Ladyschaft unterbrochen worden, die ihr beruhigend die Hand auf die Schulter legte. „Selbstverständlich wurde deine Mama bereits informiert, dass du in Sicherheit bist. Da ich selbst vielleicht nicht rechtzeitig zurück sein werde, wäre es mir eine Beruhigung zu wissen, dass du den Gentleman aus London in meinem Haus willkommen heißt. Er könnte mich sonst für allzu unhöflich halten."

Penelope war kurz verwundert, dass sich ihre exaltierte Freundin tatsächlich Gedanken um die Gefühle eines Vermögensverwalters machte, aber es stand ihr nicht zu, hier etwaige Zweifel anzumelden. Außerdem war sie Ihrer Ladyschaft viel zu dankbar dafür, dass sie in der Nacht Aufnahme gefunden hatte. Und sie war erleichtert darüber, das Gespräch mit Mama noch etwas hinauszögern zu können. Was sich jetzt wohl gerade auf Lancroft Abbey zutrug? Penelope beschloss, lieber nicht darüber nachzudenken.

„Nun denn, wir sehen uns später wieder", hatte Ihre Ladyschaft gesagt und den Raum verlassen. Sie wirkte energisch und voller Tatendrang. Auch wenn sie das Bein immer noch erheblich nachzog, so bedurfte sie keines Stockes mehr, um daran Halt zu finden.

Hatte Penelope gehofft, dass ihr nun einige Minuten allein mit Markfield gegönnt sein würden, so wurde sie enttäuscht, als gleich nach Lady Stonesdale deren schwarz gekleidete Kammerfrau eintrat und einen Platz am unteren Ende des Tisches einnahm. Sie schlug Penelopes Einladung, sich ebenfalls am Mahl zu beteiligen, mit einem Kopfschütteln aus und widmete sich stattdessen der Häkelarbeit, die sie mitgebracht hatte. Ihre Finger arbeiteten ganz von allein, während sie aufrecht saß wie ein großer, schwarzer Obelisk. Sie war eine besonders hagere Frau, etwa im Alter Ihrer Ladyschaft, mit zusammengekniffenen Lippen und einem Muttermal neben der Nase, aus dem mehrere graue Haare sprossen. Ihr scharfer Blick ging abwechselnd nach rechts zu Mr Markfield und dann wieder nach links, wo sie saß. Sie war sich ihrer wichtigen Rolle offensichtlich nur allzu sehr bewusst, die darin bestand, zwei junge Leute zu bewachen, damit diese nicht vom Pfad der Tugend abweichen konnten.

Penelope hätte am liebsten unwillig aufgeschnauft. Sie wollte mit Henry allein sein. Wie sollte er ihr denn je einen Antrag machen, wenn das furchterregende Frauenzimmer im Raum war?

„Es ist etwas kühl", sagte sie schließlich und war äußerst stolz auf ihren Plan. „Wären Sie wohl so freundlich, mir einen Umhang zu bringen, Mitchel? Ich fürchte, sonst würde ich mich erkälten!"

„Selbstverständlich, Mylady!" Die Kammerfrau war sofort dienstbeflissen aufgesprungen und Penelope konnte sich ein siegessicheres Lächeln nur mit Mühe verkneifen. Doch leider war ihre Freude verfrüht gewesen, denn Mitchel tat nichts anderes, als am Klingelstrang zu ziehen und dem herbeigeeilten Butler einen entsprechenden Auftrag zu geben. Dass sie sich dabei im Rückwärtsgang bewegte, um die jungen Leute nicht aus den Augen zu lassen, fand Penelope geradezu lächerlich. Wenn die Gute wüsste, was sich gestern an der Schafsweide zugetragen hatte! Wenn sie wüsste, dass Henry Markfield sie nicht nur einmal geküsst hatte, die sittenstrenge Zofe würde wohl in Ohnmacht fallen. Penelope sah zu Henry hinüber. Der sagte kein Wort, gab ihr aber damit, dass er die Augen rollte, zu verstehen, dass er ihre Gedanken teilte.

Der Schal wurde gebracht. Obwohl Penelope nicht wirklich kalt war und das wollene Stück so gar nicht zu ihrem Kleid passte, blieb ihr nichts anderes übrig, als es sich umzulegen.

Die Diener kamen, um das Geschirr abzuräumen. Penelope versuchte zumindest ein Gespräch über das Wetter zustande zu bringen. Doch da weder Markfield noch die Kammerfrau Lust hatten, sich darüber zu unterhalten, verlief es schnell im Sand. Und dann geschah aus heiterem Himmel etwas, mit dem sie nicht mehr gerechnet hatte. Markfield stand auf und trat zu ihr hin.

Mit klopfendem Herzen blickte sie zu ihm auf. Machte er ihr jetzt tatsächlich den Antrag? In Anwesenheit dieser erschreckenden Frau? Sie wagte kaum zu atmen. *Ja, ja, von Herzen gern,* wollte sie rufen. Doch sie wusste, dass sie sich gedulden musste.

„Penelope", begann er zu sprechen und seine Stimme klang rau.

Die Kammerfrau räusperte sich laut und vernehmlich. Sein Kopf ruckte herum, er war sichtlich irritiert. Dann wandte er sich wieder dem Mädchen zu, das noch immer erwartungsvoll zu ihm aufblickte.

„Lady Penelope Barnett", begann er abermals und verwendete diesmal die formvollendete Anrede, die Mitchel offensichtlich erwartete. „Darf ich …"

Weiter kam er nicht.

„Ja, ja, von Herzen gern!", rief Penelope und sprang auf.

„Mylady!", kam umgehend die rügende Stimme der Kammerfrau. Sie war ebenfalls aufgesprungen, bereit, sich heldenmutig zwischen die jungen Leute zu werfen, wenn es ihr geboten erschien.

Eine tiefe Röte überzog Markfields Wangen, als ihm bewusst wurde, welchen Irrtum er angerichtet hatte.

„Ich wollte mich eigentlich von dir verabschieden", sagte er.

Kapitel 50

„Verabschieden?“

Jetzt war es an Penelope, zutiefst zu erröten. Hatte sie soeben einen Heiratsantrag angenommen, den er ihr gar nicht zu machen beabsichtigte? Konnte es ein peinlicheres Versehen geben? Was musste er nun von ihr denken? Sie sank auf ihren Stuhl zurück. Was hatte er gesagt? Er wollte sich verabschieden? Verabschieden? Wo wollte er denn hin? Wann kam er denn wieder? Was war jetzt mit dem Antrag? So viele Männer, die sie nicht hatte heiraten wollen, hatten um ihre Hand angehalten oder zumindest kurz davor gestanden. Und der einzige Mann, von dem sie sich nichts sehnlicher wünschte, war dabei, sich zu verabschieden? Was, wenn er beabsichtigte, ganz aus ihrem Leben zu verschwinden?

Sie spürte, wie sich die Angst, ihn zu verlieren, und tiefe Enttäuschung wie ein kalter Mantel um ihren Körper legten. Warum nur machte er ihr immer wieder Hoffnungen, um diese dann doch zu enttäuschen? Sie zog den Wollschal vor der Brust zusammen. Jetzt war sie doch froh, dass sie ihn hatte.

Zumindest die erste Frage erhielt eine umgehende Antwort.

„Ich bin mit mir übereingekommen, mich in die Höhle des Löwen zu wagen und meinen Cousin aufzusuchen“, erklärte er. „Mochten er und mein Vater auch miteinander gebrochen haben, so heißt das nicht, dass wir diese Fehde fortsetzen müssen. Seit meiner Kindheit habe ich ihn nicht mehr gesehen, denn er verlässt seinen Landsitz so gut wie nie. Vielleicht hat ihn ja das Alter milde gestimmt. Wenn wir Glück haben, ist er bereit, mich finanziell zu unterstützen, und dann ..."

Der Blick, mit dem er Penelope bedachte, war so liebevoll, dass sie nicht anders konnte, als zurückzulächeln. Es war ein ziemlich unsicheres Lächeln. Aber vielleicht, so dachte sie mit klopfendem Herzen, war doch noch nicht der Zeitpunkt gekommen, alle Hoffnungen begraben zu müssen. Sie spürte, wie ihre Zuversicht wieder vorsichtig zu wachsen begann. Zu Recht, wie seine nächsten Worte bewiesen.

„ ... und dann", setzte er nämlich den Satz fort, „kann ich dir endlich die Frage stellen, die du dir zu meiner übergroßen Freude offensichtlich ebenso sehr wünschst, wie ich mir wünsche, sie an dich zu richten. Glaub mir, meine Liebe, ich kann es gar nicht erwarten."

Die Kammerfrau räusperte sich wieder laut und vernehmlich, doch Markfield hatte offensichtlich keine Lust, sich davon beeindrucken zu lassen.

„Ich mag ein leichtsinniger Kerl gewesen sein, Penelope Barnett, aber das bin ich nicht mehr. Zumindest nicht leichtsinnig genug, dich an mich zu binden, wenn unsere finanzielle Lage keine gemeinsame Zukunft erlaubt. Und bevor du diesen Vorschlag wiederholst, meine Süße: Nein, ich werde Derryhill nicht anflehen, uns mit den nötigen Mitteln auszustatten."

Penelope schwieg. Sie hatte weder vorgehabt, diesen Vorschlag zu machen, noch rechnete sie damit, dass Derryhill bereit sein könnte, abermals für Henry in die Taschen zu greifen. Im Gegenteil. Es stand viel mehr zu befürchten, dass er ihr jede Mitgift strich, sollte es Markfield sein, dem sie die Hand zum Bund reichte. Er hatte schließlich keinen Zweifel daran gelassen, wie wenig er von Henry hielt.

„Wirst du auf mich warten, Penelope?", hörte sie ihn sagen und wandte sich ihm nun wieder mit voller Aufmerksamkeit zu. „Bitte verlobe dich nicht mit dem Poeten! Und auch nicht mit diesem anderen, dem Selbstgefälligen, dessen Namen ich vergaß. Zumindest nicht, solange ich nicht mit meinem Cousin gesprochen habe."

Sein intensiver Blick aus blauen Augen trafen sie mitten ins Herz. Natürlich würde sie warten! Und mochte es viele Jahre lang dauern. *Oh Herr, gib, dass es nicht viele Jahre lang dauert!*, betete sie inbrünstig im Stillen. Sie nickte. Dann fiel ihr noch eine andere Lösung des Problems ein.

„Was ist mit deiner Tante?", fragte sie aufgeregt. „Lady Daglingworth! Kann sie dir nicht unter die Arme greifen? Immerhin hat sie ein großes Haus in der Henrietta Street und sicher auch ..."

Er schüttelte den Kopf: „Es tut mir leid, meine Liebe, das habe ich natürlich auch überlegt, doch es ist ausgeschlossen. Sie verfügt selbst über wenig Barvermögen und muss ihren Lebensunterhalt durch Untervermietung verdienen. Für mich allein hätte es vielleicht gereicht, aber sicher nicht, um auch meine Gattin und meine Kinder zu unterstützen."

Das Wort *Kinder* freute Penelope und gleichzeitig errötete sie zutiefst. Markfield war zu sehr in Gedanken, als dass er das bemerkt hätte.

„Außerdem habe ich vor zwei Jahren den Kontakt zu ihr abgebrochen", setzte er fort. „Ich habe keine Lust mehr, in ihre Machenschaften verwickelt zu werden."

Er räusperte sich und trat zu ihrem Stuhl heran.

„Also, leb wohl, meine Liebe, und drücke mir, nein, drücke uns, die Daumen, dass sich das Herz meines Cousins Reginald als großzügiger erweisen wird, als ich heute noch befürchte."

Penelope hatte sich ebenfalls erhoben und er ergriff ihre Hand, um sich darüber zu beugen.

„Komm bald wieder zurück, Henry Markfield!", sagte sie, tapfer bemüht, die Tränen zurückzuhalten. „Lass mich nicht zu lange warten."

„Reginald?", kam da eine Frage von unerwarteter Seite. „Sie meinen doch nicht etwa Reginald Rawling, den vierten Viscount of Badwell?" Mitchel hatte ihre Häkelarbeit auf den

Schoß gelegt und blickte nun stirnrunzelnd zu Henry Markfield hinüber, der Penelopes Hand immer noch in seiner hielt und überrascht zu ihr zurückblickte.

„Doch", antwortete er. Und dann noch einmal mit Nachdruck: „Doch, genau den meine ich. Warum bloß habe ich den Eindruck, das würde Sie überraschen?"

„Der Eindruck trügt Sie nicht, Sir. Ich muss Ihnen die betrübliche Mitteilung machen, dass Ihr Cousin Reginald Rawling, der vierte Viscount of Badwell, nicht mehr lebt."

Markfield ließ Penelopes Hand los und sank auf den nächsten Stuhl. „Er ist tot? Wie kann das sein? Er war doch noch nicht so betagt. Und warum wissen Sie das überhaupt?"

„Ich interessiere mich für die Geschichte und Schicksale der adeligen Familien unseres Königreichs", erklärte die Kammerfrau mit so viel Würde, als gehörte sie selbst dazu. „Ich lese regelmäßig die Gazette. Und Ihre Ladyschaft erlaubt mir einen Blick in sämtliche Zeitungen, sobald sie diese ausgelesen hat. Es ist noch kein ganzes Jahr her, vielleicht nicht viel mehr als ein halbes, da verstarb ihr Cousin bei einem Kutschenunfall. Es stand in allen Zeitungen, daher wundert es mich, dass Sie diese Nachricht nicht erreichte."

Markfield konnte die Worte kaum glauben. Sein Cousin war tot? Was bedeutete das für ihn? Was für seine Zukunft mit Penelope Barnett? Er bemerkte, dass ihn die Kammerfrau immer noch erwartungsvoll ansah, und beeilte sich, eine Erklärung zu geben: „Vor einem halben Jahr habe ich als Offizier unseres Königs in Spanien gekämpft, da erreichten uns kaum Nachrichten aus der Heimat."

Noch jemand sah ihn erwartungsvoll an.

„Bist du etwa der Erbe?", fragte Penelope und sie war sich nicht sicher, ob sie so viel Glück und einen so großen Zufall überhaupt fassen konnte. „Ich meine, natürlich ist es betrüblich, dass dein Cousin gestorben ist, auch wenn du ihn schon lange nicht mehr gesehen hast. Aber heißt das jetzt tatsächlich, dass du das Familienoberhaupt bist?"

Sie war so aufgeregt, dass sie es kaum mehr auf dem Stuhl aushielt. Sollte die Lösung all ihrer Probleme so einfach sein? War Henry mit einem Schlag reich? Mama konnte nichts dagegen haben, wenn sie dem Viscount of Badwell die Hand zum Bund reichte. Ihr wäre es zwar lieber gewesen, sie hätten ein ruhiges, beschauliches Leben auf dem Land führen können, ohne die zahlreichen Pflichten, die die Mitglieder des Hochadels auf sich nehmen mussten, aber wenn …

Das krächzende Lachen der Kammerfrau holte sie aus ihren hochfliegenden Träumen. Es klang alles andere als fröhlich.

„Wo denken Sie denn hin, meine Liebe? Der Verstorbene hat zwei Söhne und zahlreiche Cousins ersten Grades, die wiederum Söhne haben …"

Penelope hörte ihr nur mehr mit halbem Ohr zu und spürte, wie sie von der Enttäuschung fast überwältigt wurde. Aber es wäre wohl auch zu schön gewesen.

„Wie ist der Name des Erben?", wollte sie wissen.

Auch hier wusste die Kammerfrau Bescheid: „Es handelt sich um Justin Rawling. Man nennt ihn auch …"

„ … den Teufel!", vollendete Markfield den Satz. Es klang nicht wirklich begeistert.

Penelope fuhr herum. „Den Teufel? Was soll denn das bedeuten? Warum gibt man dem Mann eine so wenig schmeichelhafte Bezeichnung?"

Die Kammerfrau lachte abermals trocken auf, bevor sie fortfuhr: „Nach all dem, was ich über seine Lordschaft gelesen habe, denke ich nicht, dass er selbst diese Bezeichnung als wenig schmeichelhaft empfindet. Schließlich tut er alles, um sie sich Tag für Tag neu zu verdienen."

Penelope verstand nicht im Geringsten, was sie meinte, und wandte sich wieder Henry zu. Seine Erklärung kam umgehend: „Ich habe Justin Rawling selbst erst einige Male gesehen, und das war vor meinem Aufenthalt auf dem Kontinent. Wir verkehrten in verschiedenen Kreisen. Allein sein Äußeres scheint die Bezeichnung zu rechtfertigen. Er hat dichtes, schwarzes Haar, dunkle Augen und die Augenbrauen geben ihm etwas Diabolisches. Irgendwie sieht er erschreckend aus."

„So eine Aussage kann nur aus dem Mund eines Mannes kommen, wenn Sie mir die Offenheit gestatten, Sir", protestierte die Kammerfrau. „Auf die Londoner Damenwelt scheint seine Lordschaft einen sehr attraktiven Eindruck zu machen."

Sie lachte wieder rau auf und Penelope fragte sich im Stillen, woher sie all das wissen wollte. Anscheinend hatte Henry nicht vor, diesen Gedanken zu vertiefen: „Er ist ein verteufelt guter Boxer, der regelmäßig die Boxschule von Gentleman Jackson frequentiert. Er gewinnt fast jedes Pferderennen, an dem er teilnimmt. Zumindest tat er das vor mehr als zwei Jahren, bevor auch er den Kontinent bereiste. Außerdem ist er ein begnadeter Spieler. Er gilt als arrogant und seine schneidenden Bemerkungen sind gefürchtet. Dazu gibt er sich stets unnahbar. Außerdem", sagte er, um dem Ganzen noch die Krone aufzusetzen, „soll er drei Männer im Duell besiegt haben."

„Oh!" war alles, was Penelope dazu einfiel.

Und dann schwiegen alle drei.

„Denkst du, er wird dich unterstützen?", wagte sie schließlich zu fragen.

„Wohl kaum!", lautete die wenig erfreuliche Antwort. Und der Anblick von Henry Markfield, der resigniert mit hängenden Schultern auf seinem Stuhl saß, tat sein Übriges, um Penelope einen tiefen Seufzer zu entlocken. Warum musste das Leben bloß so kompliziert sein?

In diesem Augenblick ging die Tür auf und der Butler erschien im Rahmen. „Mr Thomas Grittleton!", verkündete er feierlich. Gerade so, als habe er einen Staatsgast zu präsentieren.

Kapitel 51

Es war erstaunlich, wie schnell sich die Atmosphäre im Lila Salon änderte. Während die Kammerfrau die einzige war, die bei der Erwähnung des Namens keinen Anlass sah, sich irgendwelche Gedanken zu machen oder gar in Erstaunen zu geraten, waren Markfield und Penelope aufgesprungen, um dem Vermögensverwalter entgegenzugehen.

Mr Grittleton, wollte Penelope sagen. *Das ist aber eine Überraschung! Ich wusste nicht, dass der Vermögensverwalter meines Onkels und früheren Vormunds derselbe ist, den auch Lady Stonesdale beschäftigt.*

Doch da bemerkte sie, dass ihr der Neuankömmling keinerlei Beachtung schenkte, sondern mit weit aufgerissenen Augen auf Henry Markfield starrte.

„Onkel Thomas", stammelte dieser.

Penelope fuhr herum. *Onkel Thomas?*

Dann kam die Erkenntnis so plötzlich, dass sie sich am liebsten mit der Hand gegen die Stirn geschlagen hätte. Ja, natürlich! Mr Grittleton hatte Lancroft Abbey vor zwei Jahren besucht, um die finanziellen Angelegenheiten für ihr Debüt in London zu regeln. Er hatte ihr und Frederica seine Schwester Lady Daglingworth als Unterkunftgeberin empfohlen. Und diese Dame wiederum war Henry Markfields Tante. Woraus man den logischen Schluss ziehen konnte, dass Mr Grittleton sein Onkel war.

„Neffe!", hörte sie ihn in diesem Augenblick sagen. „Ich muss gestehen, dass ich ob deiner Anwesenheit in diesem Haus höchst verwundert bin. Ich wähnte dich in Spanien."

„Das ist eine lange Geschichte", entgegnete Markfield ausweichend und besann sich dann der höflichen Umgangsformen: „Lady Penelope Barnett, darf ich dir meinen Onkel vorstellen? Mr Thomas Grittleton."

Der Vermögensverwalter fuhr herum. Es war ganz offensichtlich, dass er Penelopes Anwesenheit bisher noch nicht bemerkt hatte, und es war ihm anzumerken, wie unangenehm ihm dieser Fauxpas war.

„Lady Penelope, Ihr Diener!" Er beugte sich über die dargebotene Hand. Anscheinend hatte er ein gutes Menschengedächtnis, denn er wusste genau, wer sie war. „Ihr Debut damals war eine große Sache. Ein mutiger Schritt von Ihrer Frau Mutter, das muss ich sagen. Ein mutiger Schritt! Aber er hat sich bekanntlich gelohnt. Ich hoffe, Ihre Ladyschaft ist wohlauf?"

Penelope beeilte sich, dies zu bestätigen, und fühlte sich dann verpflichtet, nun ihrerseits zu fragen: „Und Ihre Schwester, Lady Daglingworth? Ich hoffe, es geht ihr ebenfalls gut."

„Leonore?", fragte er, geradeso, als habe er Zweifel an ihrem Verstand. „Sie fragen mich doch wohl nicht wirklich, ob es ihr gut geht?"

Penelope überlegt erschrocken, ob sie etwa wirklich etwas Dummes gesagt hatte. Sie wollte doch nur höflich sein.

„Was ist mit Tante Leonore?", erkundigte sich nun auch Markfield, den anscheinend keine derartigen Zweifel plagten.

„Es hat sich also noch nicht herumgesprochen? Leonore ist tot. Sie starb an einem Schwächeanfall vor einem Jahr."

Was ist denn das bloß für ein schrecklicher Tag?, ging es Penelope durch den Kopf. *Zuerst erfahren wir, dass Lord Badwell gestorben ist, jetzt auch noch Lady Daglingworth!* Obwohl sie den einen nicht kannte und die andere nicht leiden konnte, machten sie die beiden Todesfälle nun doch betroffen. Auch Markfield schwieg für kurze Zeit.

„Wer ist ihr Erbe?", wollte er schließlich wissen.

„Diese Frage erscheint mir nun wirklich befremdlich,

Neffe. Du weißt doch, dass meine Schwester ohne direkte Erben verstarb. Sie hat testamentarisch verfügt, dass ihr Vermögen an dich geht."

Penelope ließ einen kleinen Schreckensschrei hören.

„Obwohl", schränkte Mr Grittleton da auch schon ein, „es vermessen wäre, tatsächlich von einem *Vermögen* zu sprechen. Du bekommst das Haus in der Henrietta Street, ihren Schmuck und etwas Bargeld. Wenn du weiterhin ein Geschoss des Hauses vermietest und dich eines bescheidenen Lebenswandels befleißigst, dann solltest du damit dein Auskommen haben. Obwohl ich bezweifle, dass du in der Lage bist, ein bescheidenes … was in Herrgotts Namen machst du denn da?"

Er unterbrach sich und sah irritiert auf Markfields Hand, die seinen Oberarm mit festem Griff umfasste.

„Ich bitte tausend Mal um Entschuldigung, lieber Onkel. Lady Stonesdale hat mir ausdrücklich aufgetragen, mich um dein Wohlergehen zu kümmern, da sie erst in Kürze hier sein kann. Und ich habe dir nicht einmal die Möglichkeit gegeben, dich nach der Reise frisch zu machen. Wie unachtsam von mir."

Der Vermögensverwalter fühlte sich geschmeichelt, glaubte aber, aus Höflichkeitsgründen protestieren zu müssen. Sein Neffe ließ ihn nicht zu Wort kommen: „Nach der anstrengenden Kutschenfahrt hast du dir ein paar ruhige Minuten wahrlich verdient. Zieh dich zurück, lass dir Zeit, wir werden inzwischen für Tee und Kuchen sorgen."

„Ja, wenn du meinst …" Nun klang der Protest nicht einmal mehr halbherzig.

„Aber natürlich, lieber Onkel, das ist das Mindeste, was wir dir schuldig sind, wenn du eine so große Mühe auf dich genommen hast, zu uns zu kommen."

Markfield öffnete die Tür zur Vorhalle. Penelope überlegte, ob es klug wäre, ihn zu korrigieren. Schließlich war der Vermögensverwalter nicht gekommen, um ihn zu sehen, sondern Lady Stonesdale. Und sie wagte zu bezweifeln, dass dieser das Wohlergehen des Mannes eine Erwähnung wert gewesen wäre.

„Und Myladys Kammerfrau wird dich führen und sicherstellen, dass es dir an nichts fehlt!", hörte sie Henry nun sagen.

Die schwarze Gestalt war bei Erwähnung ihrer Person aufgesprungen, doch, wie nicht anders zu erwarten war, hob sofort energischer Protest an. Ein Protest, den sich Mr Markfield offensichtlich nicht anzuhören gedachte.

„Ich erwarte Gastfreundschaft unserem Besucher gegenüber", sagte er mit so viel Autorität, dass Penelope bewundernd zu ihm hinübersah. Diese Seite kannte sie noch nicht an ihm und sie musste zugeben, dass sie ihr gefiel.

„Ich werde einen der Hausdiener damit beauftragen", sagte die Kammerfrau, die sich dem Befehl nicht beugen wollte. Sie stand auf und ging zielstrebig zum Klingelstrang hinüber, wobei sie Markfield nicht aus den Augen ließ.

„Lady Stonesdale würde wollen, dass Sie sich um den wichtigen Gast persönlich kümmern. Niemand könnte die Gastgeberin so gut vertreten wie Sie!", sagte dieser nun und schenkte ihr sein charmantestes Lächeln. Penelope wäre vor Lachen fast laut herausgeplatzt, als sie sah, dass die gestrenge Kammerfrau errötete.

„Na gut, wenn Sie wirklich meinen, Sir. Wenn Sie mir folgen wollen, Mr Grittleton!" Hochaufgerichtet ging sie zur Tür und unterstrich ihre Bitte mit einer weitausholenden Geste. „Hier entlang!"

Kaum hatte sie mit dem Vermögensverwalter die Eingangshalle betreten, da wandte sie sich noch einmal um: „Ich bin in wenigen Minuten zurück, Lady Penelope", sagte sie, als sie den Kopf durch in den Salon hereinsteckte. „Und selbstverständlich bleibt die Tür einen Spaltbreit geöffnet."

Penelope nickte, wartete, bis die Kammerfrau mit dem Gast verschwunden war, und wandte sich dann um, um Markfield zu fragen, warum er es so eilig hatte, die beiden loszuwerden.

Doch der Blick, mit dem er sie ansah, war Antwort genug. Sie spürte, wie ihr Herz wieder wie wild zu klopfen begann. Doch diesmal war es eine gute Aufregung, die sie erfasste. Diesmal war es ein Klopfen der Freude. Ausgelöscht waren alle Sorgen und die Ungewissheit, ob ihnen eine gemeinsame Zukunft beschieden sein könnte.

Markfield lächelte und sank vor ihr auf ein Knie. Er ergriff ihre Hand und sie merkte, dass diese leicht zu zittern begann. Offensichtlich war er eben so nervös wie sie. Am liebsten hätte sie ihn sofort erlöst. Hätte ihr „Ja!" laut in die Welt jubiliert und sich dann in seine Arme geworfen. Doch sie war schon einmal zu voreilig gewesen, das hielt sie jetzt zurück. Und wohl auch die Neugier, welche Worte er für seinen Antrag wählen würde.

„Lady Penelope Barnett", begann er und seine Stimme klang ernst. Das freche Lächeln war aus seinem Gesicht verschwunden. „Ich weiß, dass ich dir in der Vergangenheit viel Kummer und Leid verursacht habe, und glaube mir, das bereue ich zutiefst."

Es ist vergeben und vergessen, wollte sie sagen und spürte, dass das tatsächlich der Fall war. *Hauptsache ist,* dachte sie, *dass er jetzt an meiner Seite ist und hoffentlich für immer bleibt.* Sie spürte einen Kloß im Hals und nickte nur schweigend.

„Ich weiß, dass du dir gewünscht hast, auf dem Land leben zu können. Inmitten von krähenden Hähnen, die einen zur unchristlichen Zeit wecken, Pferdeäpfeln und schwarzer Schafe."

Sie musste kichern und spürte, wie sich der Kloß im Hals auflöste.

„Glaub mir, es hätte mir tatsächlich Spaß gemacht, mit dir auf dem Land zu leben. Doch leider kann ich dir das nicht bieten."

„Das macht nichts, Henry Markfield. Ich bin dort glücklich, wo du bist."

Sie sank zu ihm auf die Knie hinunter.

Er schluckte, bevor er weitersprach: „Ich liebe dich von ganzem Herzen, Penelope Barnett! Bist du bereit, mich zum Mann zu nehmen, mit mir nach London zu kommen und in der Henrietta Street zu leben, bis dass der Tod uns scheidet?"

Es hätte viele Orte im geliebten Königreich gegeben, an denen sie lieber gewohnt hätte als in der Henrietta Street. Ausgerechnet in dem Haus, in dem ihr missglücktes Debüt in der Hauptstadt seinen Anfang genommen hatte. Aber was sie sagte, war die Wahrheit gewesen. An Henrys Seite war sie bereit, überall zu leben. Sogar dort.

„Ja, ich will, Henry Bernard Markfield! Von ganzem Herzen!", sagte sie daher.

Er stand auf, zog sie hoch und umfasste ihr Gesicht mit beiden Händen.

„Du bist etwas ganz Besonderes, Penelope. Und ich verspreche hoch und heilig, dass ich versuchen werde, mich dir immer würdig zu erweisen."

Er drückte seine Lippen auf ihre, ganz sanft zuerst, so als würde er damit seinen Schwur besiegeln. Dann riss er sie in seine Arme und der Kuss wurde leidenschaftlicher, als er merkte, dass sie ihn erwiderte. All ihre Liebe, all die unterdrückte Sehnsucht, all die Vorfreude auf das kommende Leben vereinte sich in diesem Kuss. Die beiden hätten sich sicher noch minutenlang nicht voneinander gelöst, wäre nicht das Geräusch von Kutschenrädern auf dem bekiesten Vorplatz zu ihnen in den Lila Salon gedrungen.

Penelope machte sich los und strich die Röcke glatt.

„Lady Stonesdale ist zurück, Henry. Wir müssen uns wieder wie anständige junge Leute benehmen."

„Ich kann den Tag kaum erwarten, an dem es uns erlaubt sein wird, uns tatsächlich unanständig zu benehmen", antwortete er grinsend und ging zum Fenster hinüber. Dass Penelope zutiefst errötete, sah er nicht, denn er hatte den Vorhang einen Spaltbreit zur Seite geschoben.

„Oh, oh, oh!", war sein Kommentar, als er sah, was vor dem kleinen Landhaus vor sich ging.

Mit schnellen Schritten war Penelope an seiner Seite.

„Mama!", rief sie erschrocken. „Sieh nur, Henry, neben Lady Stonesdale steht Mama! Und da ist auch noch Bertram! Um Himmels willen! Was hat das zu bedeuten?"

Sie wandte sich zu Markfield um, der nur mit den Schultern zuckte und offensichtlich ebenfalls keine Ahnung hatte.

„Da kommt ja noch eine Kutsche!", rief Penelope entsetzt. „Um Gottes willen, das ist Derryhill persönlich, der da am Kutschbock sitzt!"

„Ich sehe es, meine Liebe. Und ich würde sagen, sein verbissener Gesichtsausdruck verheißt nichts Gutes."

Er wandte sich zu Penelope um. „Du bist dir doch absolut sicher, dass du mich heiraten willst, nicht wahr?"

Penelope nickte energisch. Auch wenn sie mit mulmigem Gefühl den Dingen entgegensah, die sich in wenigen Minuten hier auf White Rose Hill ereignen würden, an ihrer Liebe zu Henry gab es keinen Zweifel.

„Sehr gut", sagte er und bemühte sich um ein zuversichtliches Grinsen. „Dann lass uns unseren ersten gemeinsamen Kampf bestehen!"

Er ergriff ihre Rechte und drückte sie ganz fest. Sie drückte zurück und blickte lächelnd zu ihm auf, bevor sie die Hand wieder losließ.

„Henry Markfield, du ahnst nicht, was es mir bedeutet, dich ab nun an meiner Seite zu wissen. Doch diese Angelegenheit hier ist ganz allein meine. Ich möchte keinen Kampf, Henry. Ich möchte Mutters Segen für unsere Verbindung."

„Ja, aber …", versuchte er einzuwenden, aber sie ließ ihn nicht zu Wort kommen.

„Lass mich ihnen allein entgegentreten, Henry, bitte. Halte dich vorerst im Hintergrund. Glaub mir, es ist besser so."

Kapitel 52

Und so kam es, dass Penelope Barnett allein im Lila Salon zu stehen schien, als der Butler die weiße Flügeltür öffnete, um die Neuankömmlinge einzulassen. Sie stand aufrecht, das Kinn trotzig angehoben, bereit, den Vorwürfen ihrer Familie entgegenzutreten. Henry Markfield hatte sich in die Ecke neben der Tür gestellt und tat, als würde er aus dem Fenster blicken. Er bewunderte Penelope für ihren Mut und doch wäre es ihm lieber gewesen, er hätte an ihrer Seite gestanden. Es war kein gutes Gefühl, die Empfindung zu haben, sie im Stich zu lassen. Wieder einmal. Doch wenn es ihr ausdrücklicher Wunsch war, so war er bereit, sich diesem zu fügen. Allerdings er würde nicht zögern, einzugreifen, sollte sich dies als notwendig erweisen.

Bertram war der Erste, der den Raum betrat.

„Penelope! Du bist unversehrt! Gott sei Dank!“ Er ging auf seine Schwester zu, um sie zu umarmen und fest an sich zu drücken.

Das war ein viel verheißungsvollerer Anfang, als Markfield befürchtet hatte. Nun, die zu erwartenden Vorwürfe würden nicht mehr lange auf sich warten lassen, wenn erst einmal Lady Panswick auf der Bildfläche erschienen war.

„Es tut mir unendlich leid, dass ich dich beim Einfangen der Schafe allein gelassen habe. Doch …“, Bertram unterbrach sich. „Ach, Penelope, du ahnst nicht, was gestern Abend noch alles passiert ist!“

Weiter kam er nicht, denn da hatte die Gastgeberin an der Seite seiner Mutter den Raum betreten.

„Wie hübsch Sie es hier haben, Lady Stonesdale", sagte diese und sah sich um. „Da bist du ja, Penelope!" Sie trat auf ihre Tochter zu und hielt ihr die Wange zum Kuss entgegen. Völlig überrumpelt folgte Penelope diesem unausgesprochenen Befehl.

„Mama, ich muss dir ...", begann sie tapfer.

„Ja, ja, natürlich, meine Liebe. Aber jetzt nehmen wir zuerst einmal Platz. Setz dich am besten dort drüben auf das kleine Sofa."

Sie wies mit der Hand auf das Möbelstück, dem gegenüber sie sich selbst niederließ.

Lady Stonesdale hatte in der Zwischenzeit Frederica und Lord Derryhill willkommen geheißen, ihnen ebenfalls Platz angeboten und den Butler beauftragt, Erfrischungen zu bringen. Alle taten so, als würde es sich um einen ganz normalen Vormittagsbesuch zwischen Nachbarn handeln. Penelope verfolgte das Geschehen mit bangem Herzen. Für sie gestaltete sich das Ganze wie ein Tribunal.

„Was stehen Sie denn in der dunkelsten Ecke herum?", hörte sie in diesem Augenblick ihre Mutter sagen. Ihre Stimme klang energisch, aber nicht unfreundlich. „Setzten Sie sich zu uns, junger Mann, am besten dort drüben neben Penelope, damit ich Sie besser in Augenschein nehmen kann!"

Markfield verbeugte sich und tat wie ihm geheißen. Ein rascher Blick streifte Lord Derryhills Gesicht, doch auf dessen Miene zeigte sich keine Gefühlsregung.

„Darf ich aus der unschicklichen Tatsache, dass Sie sich allein mit meiner Tochter in einem Raum befinden", setzte Ihre Ladyschaft fort, „schließen, dass Sie ihr bereits einen Antrag gemacht haben, Mr ... wie heißen Sie eigentlich wirklich?"

Der so Angesprochene stand wieder auf, schlug die Hakken zusammen, ganz so, wie es sich für einen ehemaligen Offizier gehörte: „Markfield, Lady Panswick. Mein Name ist Henry Bernard Markfield. Ich liebe Ihre Tochter Penelope von ganzem Herzen. Sie ist eine bewundernswerte, überaus liebenswerte junge Lady. Und selbstverständlich habe ich ihr einen Antrag gemacht und ich darf mit Stolz und Freude verkünden, dass sie diesen auch angenommen hat."

„Du hast doch selbst gesagt, dass ich den nächsten Antrag annehmen muss, Mama", warf Penelope ein und ahnte, dass das nicht die richtigen Worte sein würden, um ihre aufgebrachte Mutter zu besänftigen. Doch, wie es zu ihrer Überraschung den Anschein hatte, war es gar nicht nötig, sie zu besänftigen.

„Ja, natürlich", kommentierte sie nämlich. „Schön gesprochen, Markfield. Ich habe nichts anderes erwartet. Kein Grund, länger zu stehen, sodass ich mir den Kopf ausrenken muss, wenn ich Ihr Gesicht sehen will. Nehmen Sie wieder Platz."

Derryhill war zum Fenster hinübergetreten. „Als Vermögensverwalter und ehemaliger Vormund Ihrer Auserwählten sei mir die Frage gestattet: Wie gedenken Sie Ihrer beiden Leben zu finanzieren?"

„Aber, Anthony ...", warf Frederica ein, die neben ihrer Mutter Platz genommen hatten, „wir haben doch ..."

Mit einer Handbewegung bat er sie zu schweigen.

„Meine Tante hat mir das Haus in der Henrietta Street in London vererbt." Henry Markfield war Leonore posthum unglaublich dankbar dafür, dass sie ihm diese Antwort ermöglichte.

„Lady Daglingworth ist tot? Oh, das tut mir leid zu hören!", meldete sich Frederica wieder zu Wort.

„Das erklärt noch nicht, wovon Sie leben wollen", beharrte Derryhill.

„Wir werden ein Stockwerk untervermieten. Es wird ein bescheidenes Einkommen sein, aber immerhin ein ausreichendes."

„Das heißt", vergewisserte sich der Earl, „Sie rechnen nicht mit einer Mitgift?"

„Ganz gewiss nicht!", lautete die Antwort.

Markfield war wieder aufgestanden, um dem anderen auf gleicher Augenhöhe zu begegnen. Sie standen sich Aug in Aug gegenüber, als wären sie erbitterte Feinde. Die anderen hielten die Luft an. Zu Markfields großer Überraschung begann der Earl schließlich schallend zu lachen. „Sie haben wirklich Schneid, das muss ich Ihnen lassen." Er streckte die Hand aus: „Willkommen in der Familie, Markfield!"

Während Henry seine Hand schüttelte und sich völlig überwältigt fragte, was das alles zu bedeuten hatte, begannen alle drei Mitglieder der Familie Barnett gleichzeitig zu sprechen. Ihre Ladyschaft drückte zuerst ihre Empörung aus, dass ihr Derryhill schon wieder bei etwas zuvorgekommen war, das eigentlich ihr zugestanden hätte, bevor sie dem jungen Paar ihren Segen gab. Frederica war aufgesprungen, um ihre Schwester zu umarmen und ihr alles Glück der Welt zu wünschen. Bertram klopfte Markfield, der nicht wusste, wie ihm geschah, brüderlich auf die Schulter und verkündete, er habe immer schon gewusst, dass er der Schwager seiner Wahl wäre.

„Ich freue mich, ich bin überwältigt ...", stammelte Penelope und befreite sich aus der Umarmung ihrer Schwester. „Aber, um ehrlich zu sein, ich verstehe nicht, was soeben geschieht. Wir erwarteten, ihr würdet uns böse sein!" Und dann in einer plötzlich aufkeimenden Erkenntnis: „Es ist wegen Clarissa, nicht wahr? In der Zwischenzeit ist es euch schon egal, wen ich zum Mann nehme, Hauptsache ..."

„Clarissa ist abgereist und wird nie wieder nach Lancroft Abbey kommen", fiel ihr Bertram ins Wort. „Auch wenn du es nie ausgesprochen hast, Penelope, so habe ich deine Zweifel gespürt. Und du hattest damit völlig recht gehabt ..."

Penelope wandte sich mit einem Ruck ihm zu: „Oh, das tut mir leid zu hören!", sagte sie. „Nicht um meinetwillen, sondern um deinetwillen!"

Bertram war noch nicht bereit, dieses Thema zu vertiefen.

„Wir sind heute Morgen übereingekommen, dass wir uns nicht länger deinen Kopf zerbrechen wollen. Du hast deine Entscheidung getroffen, Penelope, und es ist Aufgabe deiner Familie, dich bei deinen Plänen zu unterstützen, statt ständig neue für dich zu schmieden."

Penelope war zuerst fassungslos und dann so gerührt, dass sie ihrem Bruder um den Hals fiel. Die Tränen, die ihr über die Wangen rannen, waren Tränen der Erleichterung und des Glücks.

„Bertram hat uns allen heute ordentlich den Kopf gewaschen", meldete sich Lady Stonesdale, die diese Szene ganz offensichtlich genoss. „Er ist ein würdiges Oberhaupt der Familie." Sie wandte sich um, als der Butler mit dem Teetablett hereinkam: „Ach, Jamethon, ich nehme an, Mr Grittleton ist in der Zwischenzeit eingetroffen. Schicken Sie ihn zu uns. Und sagen Sie ihm, er soll die Verträge nicht vergessen!"

Dann wandte sie sich wieder der Familie zu. „Hier kommt nämlich mein Verlobungsgeschenk, ihr Lieben! Ich habe mich entschlossen, Penelope White Rose Hill zu überschreiben, da ich zu meinem Bruder auf den Landsitz meiner Väter zurückkehren werde. Penelope, ich liebe dich wie eine eigene Tochter. Ihr seid beide tüchtige junge Leute. Ich bin mir sicher, mein geliebtes Anwesen ist bei euch in den besten Händen."

Als der Vermögensverwalter gleich darauf den Lila Salon betrat, fuhr er erschrocken zurück und hob konsterniert eine Augenbraue. Da lagen sich doch glatt alle Anwesenden in den Armen! Der Verfall der Sitten war nicht mehr aufzuhalten.

Anhang

Die Geschichte von Lancroft Abbey

Für seine Erfolge zu See wurde dem ruhmreichen General George Barnett im Jahre 1601 von Königin Elisabeth I. der Titel *Viscount of Panswick* verliehen. Er erwarb das ehemalige Kloster Lancroft Abbey nördlich von Tunbridge Wells, in der englischen Grafschaft Kent gelegen, das unter der Herrschaft von Heinrich VIII. säkularisiert worden war, und baute es für seine Familie um. Seit dieser Zeit befindet sich der vierseitige Backsteinbau mit den runden, markanten Ecktürmen im Besitz der Familie Barnett.

Der 7. Viscount (1755–1810) war ein herzensguter Mensch, der sein Leben lang weder etwas von Landwirtschaft noch von Vermögensverwaltung verstand. Sein Geld investierte er vor allem in die Ausgrabungen, die Edward Alverston, der angeheiratete Neffe seiner Gemahlin, in Ägypten durchführte. Als er 1810 an einem heimtückischen Fieber stirbt, hinterlässt er eine tatkräftige Witwe, fünf heranwachsende Kinder und einen Berg Schulden.

Als Frederica, die älteste Tochter, mit dem reichen Earl of Derryhill vor den Traualtar tritt, sind alle finanziellen Probleme Geschichte.

Die Familie Barnett im Jahr 1813

Mutter: Louise Barnett *1767, 46 Jahre alt, die Viscountess of Panswick, ist eine gerechte, praktisch veranlagte, zupackende Frau. Obwohl ihr Schwiegersohn einen fähigen Verwalter für Lancroft Abbey eingesetzt hat, hält sie es doch für angebracht, auch selbst ein wachsames Auge auf die Verwaltung des Landsitzes zu werfen.

Frederica *1789, 24 Jahre alt, ist dunkelhaarig, hübsch, klug, einfallsreich, belesen, liebt das Großstadtleben, Schach und Bücher, und natürlich ihren Ehemann, Anthony Farrensby, den 4. Earl of Derryhill.

Penelope *1791, 22 Jahre alt, die absolute Schönheit der Familie, macht sich wenig aus hübschen Kleidern und gesellschaftlichem Vergnügen. Ihr Interesse gilt dem Landleben. Sie spielt das Spinett und hat sich ein umfangreiches Wissen in der Heilkunde von Tieren erworben.

Bertram *1793, 19 Jahre alt, der 8. Viscount of Panswick, studiert in Cambridge, erbringt allerbeste Leistungen und wächst zu einem ernsthaften jungen Mann mit diplomatischem Geschick heran.

Vivian, *1796, 17 Jahre alt, ist der Freigeist unter Lady Panswicks Töchtern. Sie ist ein fröhliches, offenes, kämpferisches Mädchen, das 1813 im Institut von Mrs Clifford den letzten Schliff bekommen soll.

Nicolas *1798, 15 Jahre alt, ein lebhafter, fröhlicher junger Mann, der Eton besucht und dessen Mundwerk nie still steht. Er scheint sich vor nichts und niemandem zu fürchten.

Agatha Alverston, * 1778, 35 Jahre alt, Lady Panswicks Nichte, lebte lange bei den Barnetts, bereist 1813 den Kontinent.

Andere wichtige Personen

Leutnant Peter Barnett, Mitte zwanzig, wurde von Penelope gesund gepflegt – oder doch nicht? Kriegsversehrter oder Hochverräter, lebendig oder tot – wer weiß das so genau?

Honorable Henry Bernard Markfield, 24 Jahre alt, Cousin zweiten Grades des Viscount of Badwell, stahl während ihres Debüts Penelopes Herz.

Anthony Farrensby, 4. Earl of Derryhill 34 Jahre alt, groß, gut aussehend, besitzt ein enormes Vermögen, mit dem er auch Lancroft Abbey wieder auf die Beine half. Vormund der unmündigen Barnett-Kinder und Penelopes Vermögensverwalter. Liebt Frederica und spöttische Bemerkungen.

Seine Mutter, die Countess of Derryhill, Cassandra, Ende vierzig, elegant, klein, sehr lebhaft und freigeistig. Sie liebt ihren Sohn und Frederica, ihre Schwiegertochter. Führte diese und ihre Schwester Penelope in die Gesellschaft ein.

Lady Stonesdale, Nachbarin von Lancroft Abbey, ungefähr 50 Jahre alt. Herrin von White Rose Hill. Die ledige Schwester eines Herzogs, reich und exaltiert, schert sich nicht um die geltenden Konventionen. Penelopes engste Vertraute.

Die Ballgesellschaft

Lady Clarissa Harristowe, noch keine zwanzig Jahre alt, die verwöhnte, hübsche Tochter eines Herzogs, die eine blendende Partie für Bertram abgäbe.

Tante Isobel, Clarissas Anstandsdame, deren Mundwerk nie stillzustehen scheint.

Lady Edith Titchwell, Lady Panswicks Freundin aus Jugendtagen, klein, nett und schweigsam.

Jasper Sterling, ihr fast unwirklich schöner Sohn, der fast unwirklich schöne Gedichte schreibt.

Mr Edward Angram, ein ernsthafter Kriegsheld, der Penelope mit interessanten Erlebnissen zu unterhalten weiß.

Mr Balmore, von dem zuerst keiner weiß, wozu er nütze sein könnte.